Sophie Stava

EINE FALSCHE LÜGE

WIRD ES
IHRE LETZTE SEIN?

THRILLER

Übersetzt von Janine Malz

FISCHER
TASCHENBUCH

MIX
Papier | Fördert gute Waldnutzung
FSC® C014496
www.fsc.org

Deutsche Erstausgabe
Erschienen bei FISCHER Taschenbuch

Die Originalausgabe erschien 2025
unter dem Titel »Count My Lies«
bei Scout Press, Simon & Schuster, LLC, New York

Hedderichstr. 114, 60596 Frankfurt am Main

Redaktion: Alexander Groß
Satz: Fotosatz Amann, Memmingen
Druck und Bindung: GGP Media GmbH, Pößneck
ISBN 978-3-596-71169-7

Kontaktadresse nach EU-Produktsicherheitsverordnung:
produktsicherheit@fischerverlage.de

Für Mom und Dad

Wenn du die Wahrheit sagst, gibt es nichts,
was du im Kopf behalten musst.

MARK TWAIN

Ich dachte immer, es wäre besser,
ein falscher Jemand zu sein als ein echter Niemand.

TOM RIPLEY IN:
DER TALENTIERTE MR. RIPLEY

1

»Ich bin Krankenschwester.« Die Worte purzeln aus mir heraus, noch ehe ich mich bremsen kann, laut polternd wie Blechdosen, die hinten an der Stoßstange befestigt sind. Wenn ich danach greifen und sie an der Schnur zurückholen könnte, würde ich es tun, doch es ist zu spät. Die beiden haben mich gehört.

Ich sollte weggehen. Oder lachen und behaupten, ich hätte nur einen Witz gemacht. Aber als der Vater und seine kleine Tochter von der Parkbank zu mir hochsehen, spüre ich einen solchen Adrenalinrausch, dass ich weder zum einen noch zum anderen imstande bin. Stattdessen knie ich mich neben das Mädchen und lächle erst sie breit an, dann ihn.

»Sie müssen es kühlen«, sage ich zu dem Mann mit fester, klarer Stimme und einer Spur von Autorität, die jemand aus dem medizinischen Bereich wohl von Natur aus besitzen würde.

Die Sache ist nur, ich bin gar keine Krankenschwester. Bin ich nie gewesen. Was ich hingegen bin, ist eine Lügnerin.

Ich hatte das kleine Mädchen quer über den Spielplatz weinen hören und mich ihr genähert, wie magisch angezogen von ihren langgezogenen Schluchzern. Ich war schon immer neugierig, belausche hier und da die Gespräche von Fremden, blicke Leuten über die Schulter, um zu sehen, was sie so lesen, oder schiele in der U-Bahn bei meinen Sitznachbarn aufs Handy, was für Nachrichten sie schreiben. Noch so eine schlechte Angewohnheit von mir.

»Lass mal sehen«, sagte der Vater gerade zu seiner Tochter, als ich näher kam, und hielt ihren nackten Fuß in der Hand. »Wo hat sie dich gestochen? Hier? Oder hier?«

Ich wollte bloß helfen; er wirkte so aufgewühlt, so aufgelöst, dass ich, beinahe ohne nachzudenken, den Mund aufmachte, und schon kam die Lüge herausgepoltert. Landete mit einem Plumps mitten auf dem Gehweg und ließ sie beide hochschrecken. Ich habe es nur gut gemeint, ehrlich. Ich weiß schon, damit bringt man sich in Teufels Küche.

Ich lasse meinen Blick über ihre Sachen schweifen. Neben ihnen steht eine Lunchtüte aus Papier, der Inhalt liegt über die Bank verstreut. Ein halb gegessenes Sandwich. Bereits bräunlich werdende Apfelscheiben, Karottensticks. Zwei Getränke: eine Dose Mineralwasser mit Grapefruitgeschmack und ein Saft-Trinkpäckchen.

Ich schnappe mir die Dose. Sie ist kühl, nicht kalt, aber besser als nichts. »Hier«, sage ich und halte sie dem Mann hin. Er nimmt sie. Unsere Hände berühren sich, nur ganz leicht, seine Finger sind überraschend weich. »Ist der Stachel noch drin?«

Der Vater blickt stirnrunzelnd auf den Fuß seiner Tochter. Sie wimmert noch immer, doch das Weinen hat nachgelassen. Mit weit aufgerissenen Augen sieht sie zu mir hoch. Ihr Gesicht ist tränenüberströmt. Rotz läuft ihr aus der Nase. Sie hat ein Puppengesicht – die Stirnfransen, die langen Wimpern –, ausgesprochen süß. Genau wie er, gelinde gesagt. Ich spüre noch immer die Berührung seiner Finger.

»Ich glaube schon«, antwortet er. »Würde es Ihnen etwas ausmachen, nachzuschauen?«

Ein Anflug von Stolz. Er vertraut mir. Natürlich tut er das.

Ich bin eine gute Lügnerin – und, na ja, praktischerweise trage ich einen Kittel.

»Klar«, antworte ich lächelnd. Noch immer auf Knien, hebe ich ihre verschmutzte rosa Fußsohle an. Sie muss vier oder fünf sein, ihr Fuß ist winzig in meinen riesigen Händen. Für eine Frau habe ich ziemlich große Hände, schon als Kind hatte ich die. *Guck dir diese Pranken an*, hat mich meine Tante früher immer aufgezogen und ihre Hand neben meine gelegt. Bis heute schäme ich mich deswegen, halte jedes Händeschütteln bewusst kurz und verstecke meine Hände tief in meinen Taschen oder unter den Oberschenkeln, wenn ich sitze.

Mit zusammengekniffenen Augen inspiziere ich ihre Fußsohle. Darauf sind ein kleiner roter Hügel und in seiner Mitte ein schwarzer Punkt zu sehen. Der Stachel. Ich ziehe Luft zwischen den Vorderzähnen durch und nicke. »Er steckt noch drin.«

Er runzelt die Stirn und blickt hinunter auf den Fuß. »Soll ich …?«

»Sie müssen ihn rauskratzen. Mit einer Kreditkarte oder etwas anderem mit einer flachen Kante. Sie dürfen nicht daran herumdrücken, das macht es nur schlimmer.«

Ich bin zufrieden damit, wie kompetent ich rüberkomme, wie fachkundig, als wüsste ich, wovon ich rede. In gewisser Weise tue ich das, denn zufälligerweise bin ich im Spätsommer des vorigen Jahres in genau diesem Park ebenfalls auf eine Biene getreten. Ich hatte eine Decke ausgebreitet und die Schuhe ausgezogen, um mich zum Lesen hinzulegen. Als ich die Decke wieder zusammenfalten wollte, immer noch barfuß, die Sneaker im Gras daneben abgestellt, spürte ich einen schmerzhaften Stich in der Fußsohle. Leise fluchend setzte ich mich wieder hin, um die Verletzung zu begutachten, und entdeckte die zerquetschte Biene, deren Stachel in meiner Haut steckte. Vorsichtig drückte ich so lange daran herum, bis der Stachel herauskam. Erst später, als ich panisch googelte, stellte ich fest, dass das ein Fehler war.

Bis zum Abend war mein Fuß fast auf die doppelte Größe angeschwollen und sah aus wie eine dicke rosa Wurst. Es dauerte drei Tage, ehe das Jucken aufhörte, und noch mal vier, bis die Schwellung komplett zurückgegangen war. Die ganze Woche über war ich herumgehumpelt und hatte jedem das komplette Drama geschildert, der auch nur mit hochgezogenen Augenbrauen in meine Richtung schielte. Wobei ich zugeben muss, dass ich womöglich behauptete, es habe sich um einen ganzen Schwarm gehandelt, nicht nur um eine einzelne Biene. Jedenfalls habe ich *tatsächlich* Erfahrung auf diesem Gebiet.

Der Vater greift in die Gesäßtasche seiner Hose und zückt sein Portemonnaie. »Danke«, sagt er aufrichtig. »Wenn Sie nicht hier gewesen wären, hätte ich vermutlich den Notarzt gerufen.« Er lächelt, um mir zu bedeuten, dass er nur einen Witz macht. Seine Zähne sind strahlend weiß und ebenmäßig. Er ist jener Typ gutaussehender Mann, der das Herz von Teenies höher schlagen lässt, und vermutlich Anfang dreißig, genau wie ich.

Er zieht eine Kreditkarte aus einem der Fächer seiner Geldbörse. »Heb mal deinen Fuß, Süße«, sagt er, und als er mit der Karte über ihre Sohle schabt, sehe ich den auf der Karte eingeprägten Namen. Jay Lockhart. *Jay Lockhart.* Klingt gut, ganz so, als würde er mir leicht über die Lippen gehen, würde ich ihn laut aussprechen. Jay wie Jay Gatsby, der charmante, heißblütige, liebeskranke Millionär. Ich werfe einen Blick auf den

Mann – Jay – und beschließe, dass der Name zu ihm passt, mit seinem jungenhaften Lächeln und dem Playboy-Gesicht.

»Hab ihn!«, verkündet Jay triumphierend und hält einen winzigen schwarzen Punkt zwischen Daumen und Zeigefinger – der Stachel vermutlich. »Siehst du?« Er zeigt ihn zuerst dem kleinen Mädchen, dann mir.

»Gut gemacht!«, sage ich und lächle ihn an. Er sieht so stolz aus, als hätte er gerade bei den Olympischen Spielen gewonnen. Vielleicht nicht gerade Gold, aber Bronze, immer noch ein äußerst respektabler Erfolg.

Als er zurücklächelt, spüre ich, wie ich leicht erröte. Es fühlt sich an, als wäre es unser gemeinsamer Sieg, als würde er mich, sein Teammitglied, jeden Moment umarmen.

»Geht's dir besser?«, fragt er das kleine Mädchen. Sie nickt, hört auf zu schniefen. Er wischt ihr mit dem Daumen über die Wange, streicht ihren seidigen Pony glatt. Mir fällt auf, dass er keinen Ehering trägt.

»Sie sollten es weiter kühlen, wenn Sie nach Hause kommen«, sage ich und stehe wieder auf, »damit es nicht zu sehr anschwillt. Und vielleicht geben Sie ihr eine halbe Tablette Benadryl, gegen das Jucken.«

»Wirklich, vielen Dank. Harper, kannst du dich bedanken?« Jay wendet sich an das kleine Mädchen. »Sag Danke, Miss …?« Er verstummt und dreht sich fragend zu mir um.

»Caitlin«, antworte ich. Eine weitere Lüge. Keine Ahnung, wo die herkommt. Habe ich je eine Caitlin getroffen? Einmal vielleicht. Ich glaube, als ich jünger war, bin ich beim Ballett mal einer Caitlin begegnet. Oder hieß sie Carly? Wir besuchten denselben Kurs im Gemeindezentrum, doch das waren auch schon alle Gemeinsamkeiten. Sie hatte hüftlange Haare, die zu einem wunderschönen Zopf geflochten und an den Seiten mit glitzernden Spangen fixiert waren, und trug brandneue Ballettschuhe, deren rosa Satin glänzte. Ich tanzte derweil in alten Socken. Sie war die Beste, wie auch immer sie hieß, und spielte die Hauptrolle in dem Stück. Ich war Zuckerfee Nummer sechs. Das kleine Mädchen mit dem Bienenstich, Harper – ein süßer Name, aber typisch für Yuppies, genau was man in diesem Viertel erwarten würde –, hat ebenfalls einen glänzenden geflochtenen Zopf, und ihr Pony ist fein säuberlich gekämmt. Vielleicht bin ich deswegen auf den Namen gekommen: Sie erinnert mich an das Mädchen von damals.

»Danke, Miss Caitlin«, spricht Harper pflichtbewusst nach.

»Gern geschehen«, sage ich. »Ich hoffe, es geht deinem Fuß bald besser.«

Sie lächelt mich zögerlich an und blickt mit ihren großen braunen Augen zu mir hoch. Dann sieht sie wieder zu ihrem Vater. »Kann ich meine Sandburg zu Ende bauen?«

Jay nickt lächelnd, und sie rutscht von der Bank herunter zu ihrem im Sand verteilten Spielzeug.

»Ich bin übrigens Jay«, sagt er, steht auf und streckt mir die Hand entgegen. Er ist größer, als ich dachte, deutlich über eins achtzig.

»Freut mich, Jay«, erwidere ich. Als wir uns die Hände schütteln, ist da eine gewisse Spannung zwischen uns. Zumindest spüre ich sie. Er hätte sich nicht vorstellen müssen, hat es aber getan. Das ist schon mal was.

Es entsteht eine Pause, dann sagt er: »Jeder Einzelne ein Lügner, was?«

Mein Herz bleibt stehen, und mir stockt der Atem. »Was?«, bringe ich mit Mühe heraus. *Woher weiß er …?*

Jay lächelt und deutet dann auf meine linke Hand. Darin halte ich noch immer mein Buch, in dem ich gelesen habe, als ich Harpers Weinen hörte; meine Finger stecken zwischen den Seiten an der Stelle, wo ich aufgehört habe. Es ist eine abgenutzte Ausgabe von *Mord im Orient-Express* mit vom vielen Lesen hochgerollten Umschlagkanten. »Sorry.« Er grinst entschuldigend. »Habe ich etwas vorweggenommen? Es sieht so aus, als hättest du es schon mal gelesen«, wechselt er zum Du.

»Oh.« Ich stoße ein kleines Lachen aus und atme erleichtert aus. »Nein, alles gut, ich lese es bestimmt schon zum zehnten Mal. Du kennst das Buch?«

Jay nickt. »Ich habe den Detektiv geliebt, Hercule Poirot. Meine Eltern haben mir einen Schuber mit der Romanreihe zu meinem zwölften Geburtstag geschenkt. Ich habe immer versucht, den Fall noch vor ihm zu lösen, habe es aber nie hingekriegt.« Bedauernd schüttelt er den Kopf.

Ich lache. »Mein Lieblingsroman von Agatha Christie ist *Und dann gabs keines mehr.* Das Ende war einfach …« Ich imitiere ein explodierendes Geräusch. »Poah. Damit habe ich nicht gerechnet.«

»Den kenne ich nicht. Ist der echt so gut?«

»Ich könnte dir mein Exemplar ausleihen«, biete ich an. »Kommt ihr öfter her? Normalerweise bin ich ein paarmal pro Woche hier.« Ich halte den Atem an und spüre, wie mein Herz schneller schlägt. Bestimmt bin ich zu weit gegangen. Das passiert mir öfter.

Aber die Wahrheit ist: Ich weiß, sie sind nicht das erste Mal hier im Park. Ich habe sie schon mal gesehen. Zweimal genauer gesagt, Anfang der Woche. Ich hatte gehofft, dass sie heute wieder hier sein würden, und mich gefreut, als ich sie kommen sah. Harpers Weinen hat zwar tatsächlich mein Aufsehen erregt, aber ehrlicherweise hatte ich sie die ganze Zeit über im Blick, während ich in meinem Buch blätterte, und schaute alle paar Seiten hoch, beobachtete, wie sie sich am Gerüst entlanghangelte und auf der Schaukel saß.

Das erste Mal, am Dienstag, fiel mir Jay noch vor Harper auf. Wie bestimmt allen Frauen im Park. Nicht nur weil er einer der wenigen anwesenden Männer war, sondern auch weil er aussah, als würde er an ein Filmset in L. A. gehören und nicht auf einen Spielplatz im Herzen von Brooklyn.

Tatsächlich bin ich unter der Woche fast jeden Tag hier, um nachmittags eine Pause von der Arbeit einzulegen, insofern kenne ich die Stammgäste des Parks. Ich sehe oft dieselben Kinder mit ihren Nannys, dieselben Mütter, die zusammensitzen und quatschen, während ihr Nachwuchs kreischend auf dem Spielplatz herumtollt. Ich mag diesen Park, mag, wie glücklich alle wirken, mag den Duft der Geißblattbüsche, die die sonnigen Wiesen säumen. Hier ist selbst in den kälteren Monaten viel los, wenn die Kinder mit rosigen Wangen dick eingemummelt spielen.

»Das wäre toll«, bedankt sich Jay für mein Angebot, »aber normalerweise bringt meine Frau Harper hierher. Ich hatte die Woche frei, deshalb bin ich mit ihr in den Park gegangen. Ab Montag übernimmt meine Frau wieder.«

Als er »meine Frau« sagt, wird mir das Herz schwer, und ich fühle mich noch alberner als ohnehin schon. Was hatte ich mir nur dabei gedacht? Dass das hier der Anfang einer romantischen Komödie wäre und ich Liv Tyler in *Jersey Girl*? Ich weiß, der Film ist schon relativ alt, aber welche Frau träumt nicht davon, dem trauernden Witwer Ben Affleck zu begegnen, der bei einem Trost sucht? Wer träumt nicht von einem mutterlosen kleinen Mädchen, das hinreißend zu einem aufschaut? Ja, es ist ein wenig morbide, aber ich bin bestimmt nicht die Einzige. Oh Gott, oder doch?

»Ich werde ihr Bescheid geben, damit sie das nächste Mal nach dir Ausschau hält, wenn sie hier ist«, sagt Jack. »Offenbar ist das Harpers neuer Lieblingspark.«

Ich setze ein breites Lächeln auf, als würde mich die Aussicht darauf, seine zweifellos bildschöne Ehefrau zu treffen, mit ungetrübter Freude erfüllen. »Super«, sage ich und hoffe, es klingt gut gelaunt. »Ich bin normalerweise immer um diese Zeit hier. Vielleicht kann ich ihr das Buch mitbringen.«

Das ist ein untrügliches Indiz dafür, dass ich nicht hübsch bin. Kein verheirateter Mann würde seiner Frau erzählen, dass er sich im Park mit einer attraktiven Frau angefreundet hat. Zumindest nicht, wenn er einen Funken Verstand besitzt oder nicht Gefahr laufen will, im Schlaf mit einem Kissen erstickt zu werden.

Und Jay kommt mir weder dämlich noch lebensmüde vor.

Aber es überrascht mich nicht. Ich weiß, ich bin nicht die Art Frau, die für andere Frauen eine Gefahr darstellt. Meine Nase ist ein wenig zu groß, mein Kinn zu kantig. An guten Tagen rede ich mir selbst ein, ich wäre eben keine klassische Schönheit, eher so wie diese Schauspielerinnen in den Schwarz-Weiß-Filmen mit markanten Gesichtszügen. Greta Garbo vielleicht, bei schummrigem Licht. Und ich trage mein Übriges dazu bei. Ich weiß, ich könnte mich mehr um mein Aussehen kümmern, könnte mich beispielsweise besser anziehen, doch ich mag es bequem und trage jahrelang Klamotten, die ich längst in die Kleidersammlung geben oder hätte wegwerfen sollen: High-Waist-Jeans mit Löchern an den Knien, Flanellhemden und ausgeleierte Oversize-Pullover. Da die Trends in der Mode ja kommen und gehen, könnte es tatsächlich cool wirken, wenn dahinter eine Absicht erkennbar wäre – und wenn ich diesen Look nicht mit einem hastig zusammengebundenen Dutt, einer billigen Plastikbrille und abgewetzten Sneakern kombinieren würde. Ich besitze zwar Kontaktlinsen (und eine Haarbürste), aber meistens bin ich morgens spät dran und stolpere halb angezogen aus der Tür, einen verbrannten Toast zwischen die Lippen geklemmt, so dass die Kontaktlinsen (und die Haarbürste) für gewöhnlich unter den Tisch fallen.

Es ist nicht so, dass ich keine schöneren Klamotten hätte – habe ich –, ich hatte in letzter Zeit nur einfach keinen guten Grund, sie zu tragen. Denn statt Strickjacke und Jeans trage ich einen Kittel bei der Arbeit. Einen mauvefarbenen Kittel, um genau zu sein. Meine Chefin Lena hat ihn mir am ersten Arbeitstag mit einem stolzen Lächeln überreicht. Sie hat die Farbe selbst ausgesucht.

Ich arbeite allerdings nicht als Krankenschwester, sondern als Nageltechnikerin in einem kleinen Beautysalon, der für fünfundsiebzig Dollar Maniküren und Pediküren, Sugar Waxing und ein dreiseitiges Menü von Gesichtsbehandlungen anbietet. Krankenschwester, Nageltechnikerin, wo liegt da schon der Unterschied? Ach so, ja richtig, einfach in allem. Die Kluft zwischen jemandem, der einen gebrochenen Arm behandelt, und jemandem, der sich um einen abgebrochenen Acrylnagel kümmert, könnte kaum größer sein.

Momentan trage ich neben dem erwähnten Kittel die zuvor erwähnte Plastikbrille, goldene Ohrstecker und eine goldene

Kette, die ich auf dem Weg aus dem Studio schnell angelegt habe.

Ich befühle meine Halskette. Ich habe sie vor ein paar Wochen in einem kleinen Laden entdeckt, als ich auf dem Heimweg von der Arbeit war. Eigentlich war ich nur reingegangen, um Zeit totzuschlagen, nicht um etwas zu kaufen. Aber als ich an der Kasse vorbeikam, fiel mir in der Glasvitrine etwas auf, das golden funkelte. Die Verkäuferin bot mir an, sie mir umzulegen, damit ich mich damit im Spiegel betrachten konnte. Sie passte perfekt. Die Kette besteht aus feinen Kettengliedern, die miteinander verwoben sind, und direkt am Halsansatz prangt eine kleine schillernde Perle. Ich bezahlte und ließ sie gleich an. Als Natasha, meine Kollegin, mich am nächsten Tag darauf ansprach, erzählte ich ihr, es sei ein Familienerbstück von meiner Großmutter.

Aber, wer hätte das gedacht, selbst mit den Ohrringen und der Halskette bin ich auf einer Skala von zehn eher eine gute Fünf. Seine Frau sieht einer Liv Tyler vermutlich ähnlicher, als ich es je tun werde. Die Daisy zum Gatsby. Rank und schlank und mit hohen Wangenknochen, vollen Lippen und langen Locken, die ihr über den Rücken fallen. Von Spliss keine Spur.

»Noch fünf Minuten, Harp.« Jay bückt sich, um den Kopf des kleinen Mädchens zu tätscheln. Sie nickt abwesend. Sie scheint den Stich vergessen zu haben und spielt vergnügt zu unseren Füßen, wo sie mit einer Schaufel Sand in einen Eimer füllt und ihn anschließend auskippt.

Ich verlagere mein Gewicht von einem Fuß auf den anderen. Ich sollte gehen – in weniger als zehn Minuten muss ich wieder bei der Arbeit sein –, aber Jay ist deutlich interessanter als das, was mich dort erwartet. Wenn ich mich beeile, schaffe ich es noch rechtzeitig. Deshalb frage ich stattdessen: »Du meintest, du hättest diese Woche frei?«

Er nickt. »Harpers Kindergarten hat während der Frühlingsferien geschlossen, deshalb habe ich mir die Woche ebenfalls frei genommen, um Zeit mit ihr zu verbringen.«

»Was machst du beruflich?« Das ist eine weitere schlechte Angewohnheit von mir, ich rede zu viel und stelle zu viele Fragen. Das ist wahrscheinlich auch derselbe Grund, weshalb ich lüge – um die Stille zu füllen, um Leute davon abzuhalten, sich gelangweilt abzuwenden.

Ich weiß genau, wie erbärmlich das klingt. Es ist nur einfach so, dass mein Job langweilig ist. Mein Leben ist langweilig. Fad und öde. Umso begieriger bin ich darauf, einen Blick in das Leben anderer Leute zu werfen. Und seins wirkt besonders interessant. Bestimmt ist es filmreif, Hollywood-like. Ich wette, mein Gefühl trügt mich nicht.

»Ich habe letztes Jahr meine eigene Firma gegründet, in der Online-Game-Entwicklung. Mit anderen Worten, ich bin ein ziemlicher Nerd«, witzelt Jay lächelnd, und seine Augen blitzen. Mir fällt auf, dass er ein Grübchen in der rechten Wange hat. Er ist kein Nerd. Ganz sicher nicht. Ist er nie gewesen. Das erkennt man allein daran, wie er aussieht. Wie gesagt, er ist groß, wirklich groß, mindestens eins neunzig, und hat dunkle Haare, durch die er mit der Hand fährt, um sie sich aus dem Gesicht zu streichen. Sein Kiefer ist stark, glatt rasiert und seine Haut gebräunt und weich.

»Ist bestimmt aufregend, seine eigene Firma zu gründen«, sage ich.

»Kann schon sein.« Er zuckt mit den Achseln. »Nicht so altruistisch wie im Gesundheitswesen zu arbeiten, aber es reicht, um die Rechnungen zu bezahlen.«

Stimmt, ich bin ja Krankenschwester. Ich lächle bescheiden, als würde ich das Kompliment verdienen. Ich wünschte, es wäre so.

Jay blickt auf sein Handy. »Mist, wir müssen los. Ich hatte versprochen, Harper bis drei heimzubringen.«

»Ist es schon so spät?«, frage ich und tue überrascht. »Oh, ich muss auch los.« Natürlich muss ich zu meinem echten Job zurück, wo keine Patienten, sondern Kunden warten. »Hat mich gefreut, dich kennenzulernen.«

»Mich auch, Caitlin.« Sein Lächeln gibt mir das Gefühl, dass er es ernst meint, und mein Magen schlägt Salti.

»Wie gesagt, ich werde meiner Frau Bescheid sagen, damit sie nach dir Ausschau hält.«

Ich grinse breit zurück. »Das würde mich *riesig* freuen.« Ich bin eine Lügnerin, schon vergessen?

Ich beobachte, wie er und Harper Hand in Hand und mit schwingenden Armen den Park verlassen. Als sie das Tor erreichen, dreht sich Jay um und winkt mir ein letztes Mal zu. Ich winke zurück, warte aber, bis sie nicht mehr zu sehen sind, ehe ich ebenfalls losgehe.

Erst auf dem Rückweg zur Arbeit fällt mir auf, dass ich ihn deshalb für alleinstehend gehalten habe, weil er keinen Ehering trägt. Ich komme nicht umhin, mich zu fragen, weshalb.

2

»Mom?«, rufe ich, als ich von der Arbeit nach Hause komme, die Haustür hinter mir zuziehe und meinen Schlüssel auf dem kleinen Tisch am Eingang ablege. »Ich bin zu Hause!«

»Sloanie? Bist du's?«

Das ist mein echter Name, Sloane. *Sloanie, Sloanie, schafft es nie.* Und ja, ich lebe noch bei meiner Mutter. Ich weiß, noch so eine Glanzleistung. Aber ich arbeite daran. Ehrlich wahr. Hand aufs Herz.

»Ja, ich bin's, Mom«, rufe ich zurück. Ich ziehe die Schuhe aus, lasse meine Handtasche daneben fallen und gehe den kurzen Flur entlang zum Wohnzimmer. Sie liegt auf ihrem Fernsehsessel und schaut fern, trägt einen hellblauen Jogginganzug und dicke Wollsocken wie eine Figur aus einer Siebziger-Jahre-Sitcom. Ich durchquere den Raum und beuge mich zu ihr hinunter, um ihr einen Kuss auf die Wange zu drücken, und schiele zum Bildschirm hinüber. Es läuft *Mord ist ihr Hobby*, ihre Lieblingsserie. Vermutlich hat sie diese Folge schon mindestens dreimal gesehen.

»Wie war's bei der Arbeit?«, fragt sie und senkt die Lautstärke von trommelfellschädigend auf ohrenbetäubend. Sie blinzelt zu mir hoch und sieht weit älter aus, als sie ist, mit ihrem kurzen, fast komplett ergrauten drahtigen Haar und den tiefen Falten auf der Stirn, um die Augen und den Mund herum.

»Okay«, sage ich achselzuckend. »Ich mach dann mal Abendessen. Hast du Hunger?«

Sie nickt, richtet die Fernbedienung wieder auf den Fernseher und stellt den Ton erneut auf Tinnitus-Lautstärke. Es wundert mich, dass sich die Nachbarn noch nicht beschwert haben.

Sowohl das Sehvermögen als auch das Gehör meiner Mutter haben nachgelassen. Die jahrelange körperliche Arbeit als Putzkraft hat ihre Gesundheit ruiniert, so dass sie einen krummen, schmerzenden Rücken und steife Gelenke hat. Seit sie dreißig ist, leidet sie an rheumatoider Arthritis, die sie mit Medikamenten im Griff hält, doch die Krankheit hat ihren Tribut gefordert und dafür gesorgt, dass sie sich an den meisten Tagen kaum bewegen, geschweige denn arbeiten kann.

So verbringt sie ihre Tage auf einem verschlissenen Cordsessel in einer Ecke des Wohnzimmers, ein Heizkissen im Rücken, die Beine vor sich ausgestreckt, und starrt durch verschmierte Brillengläser auf den Fernseher, wo Wiederholungen von *Unsolved Mysteries* und *Forensic Files* über die Mattscheibe flimmern. Dazu trinkt sie literweise überzuckerten, lauwarmen Kaffee, gefolgt von einem Whiskey um fünf Uhr und einer weiteren Tasse Kaffee vor dem Schlafengehen, diesmal entkoffeiniert. Es war nicht mein Plan, noch mit Mitte dreißig bei meiner Mutter zu wohnen, aber so kann ich zumindest ein Auge auf sie haben. Solange ich mich erinnern kann, kümmere ich mich nun schon um sie, so dass es inzwischen zur Gewohnheit geworden ist.

Ich gehe in die Küche und mache den Kühlschrank auf. Darin stehen Reste des Brathähnchens, das ich gestern Abend gekocht habe und das ich nun aufwärme und in einer Schüssel zerpflücke, zusammen mit einer Handvoll geschnittener Gurken und Karotten und ein wenig Romana-Salat. Ein bescheidener Versuch, dem chinesischen Takeaway-Essen etwas entgegenzusetzen, das meine Mutter sich oft zum Mittag bestellt. Ich teile den Salat zwischen meinem Teller und dem meiner Mutter auf und gehe dann zurück ins Wohnzimmer.

»Danke, Sloanie«, sagt meine Mom und nimmt den Teller entgegen. Dann schaltet sie ihre Serie stumm. Sie hört mir gerne zu, wie ich von meinem Tag erzähle, während wir gemeinsam essen.

»Heute habe ich Dollys Nägel gemacht«, sage ich und beiße in eine Karotte.

Inzwischen arbeite ich seit fast einem Jahr im Beautysalon Rose & Honey. Eines Nachmittags sah ich im Fenster den Aushang *Aushilfe gesucht* und ging hinein. Ich war bestimmt schon hundert Mal an der Ladenfront mit der schwarz-weißen Markise vorbeigekommen, aber nie reingegangen. Zu diesem Zeitpunkt war ich bereits einige Monate arbeitslos. Ich fand nirgends eine Anstellung, zumindest keine, die meiner Qualifikation entsprach. Ich schaffte es mitunter durch ein paar Bewerbungsrunden, doch letztlich bekam ich nie ein Jobangebot. Natürlich wusste ich auch warum, insofern war es nicht überraschend, aber das machte es nicht einfacher. Nagelpflege klang nach einer vernünftigen Alternative, nach etwas, das mir liegen könnte, wenn ich es ausprobierte.

Die Frau am Empfang sah erfreut aus, als ich mich bewarb. Energisch drückte sie meine Hand und stellte sich als Lena vor, die Inhaberin des Salons. Lena war eine korpulente Osteuropäerin mit makellosem Make-up, mit Kajalstift umrandeten Augen, langen angeklebten Wimpern, Porzellanhaut und roten Schmolllippen. Sie hatte den Laden vor ein paar Jahren eröffnet, wie sie mir mit starkem osteuropäischem Akzent erzählte, und wollte nun eine weitere Nagelpflegerin einstellen, jemand

Verlässlichen, jemanden, auf den sie zählen konnte. Wieso nicht, dachte ich, wie schwer kann es schon sein?

Als Lena fragte, ob ich eine Lizenz als Kosmetikerin hätte, bejahte ich und erklärte, ich hätte erst kürzlich meine Prüfung bestanden. Sie lud mich zu einem praktischen Bewerbungsgespräch ein, bei dem ich, wie sie mir erklärte, meine Kenntnisse unter Beweis stellen und ihr eine Maniküre verpassen sollte. Die darauffolgende Woche verbrachte ich damit, YouTube-Tutorials zu schauen und das Video alle paar Minuten anzuhalten, um an meiner Mutter zu üben, wie man feilt und lackiert. Ich prägte mir sämtliche Schritte ein, was nicht schwer war – Waschen, Schneiden, Feilen, Polieren, Nagelhautpflege, Peeling, Unterlack, Farbe, Überlack –, und tauchte zum vereinbarten Termin mit meinen eigenen Maniküre-Tools auf, die ich bei einem örtlichen Beauty-Zubehörladen mit einem Fünfundzwanzig-Prozent-Rabattcoupon gekauft hatte. Als ich fertig war, betrachtete Lena ihre Nägel, lächelte und bot mir den Job an.

»Du hast gute Hände«, sagte sie und nickte anerkennend. Ich sah hinunter. Neben Lenas Händen wirkten sie noch größer als sonst. Wer hätte gedacht, dass sich meine Pranken mal als Vorteil erweisen würden? Der Stundenlohn betrug einundzwanzig Dollar, fuhr sie fort, plus mindestens tausend Dollar monatlich extra an Trinkgeld, manchmal mehr; ihre Kundinnen waren großzügig, erklärte Lena und spielte auf die Gutverdiener in Cobble Hill an. Das war geringfügig weniger, als was ich bei meiner letzten Anstellung verdient hatte, selbst mit dem Trinkgeld, aber wie sagt man so schön: Arme Leute dürfen nicht wählerisch sein.

Ich nahm das Angebot an und überreichte ihr eine gefälschte

Kosmetikerinnenlizenz, die ich online von irgendeinem Typen für fünfzig Kröten per PayPal gekauft hatte. Lena hatte, abgelenkt durch das klingelnde Telefon, nur einen kurzen Blick darauf geworfen und mir gesagt, ich könne am nächsten Tag anfangen.

Es ist ein angenehmer, unkomplizierter Job, bei dem man nicht viel nachdenken muss, und die meisten Kundinnen lassen mindestens zwanzig, manchmal dreißig Prozent Trinkgeld da. Zusammen mit der Erwerbsminderungsrente, die meine Mom kassiert, haben wir genug für unsere Miete und unsere Rechnungen, aber es ist nicht annähernd genug, um mich nicht nach etwas Besserem – nach *mehr* – zu sehnen oder mich jeden Morgen vor dem Wecker zu fürchten, dessen durchdringendes Klingeln meine Nerven strapaziert.

»Und wie geht es ihr?«, fragt meine Mutter und meint Dolly – eine Hommage an die Queen des Country, Dolly Parton. Ich denke mir nämlich gern Spitznamen für meine Stammkundinnen aus; Frauen, die ich Woche für Woche sehe und inzwischen dank ihrer laut geführten Telefonate oder ihrer ausgiebigen Tratschereien gut kenne. Dolly Parton heißt eigentlich Laura Hoffman, aber beide haben blonde Haare und riesige Brüste. Laura hat sogar einen leichten Südstaaten-Tonfall, obwohl sie in Texas aufgewachsen ist, nicht in Tennessee wie Dolly. Sie ist aus Dallas nach New York gezogen, nachdem sie ihren Mann bei einer Ölexpedition kennengelernt hat – oder was auch immer Tycoons machen, wenn sie auf Geschäftsreise gehen.

»Ihre Stieftochter will den Lamborghini«, sage ich.

Lauras – sehr alter und sehr vermögender – Ehemann ist vor zwei Jahren gestorben. Seither befindet sie sich in einem Rechtsstreit mit seinen Kindern und muss um jeden Cent kämpfen, den der alte Kauz hinterlassen hat. Was nicht wenige sind. Laura hält mich bei ihren wöchentlichen Terminen über die neuesten Entwicklungen auf dem Laufenden.

Sie lebt in einem Penthouse in Manhattan – an der Upper East Side, wo sonst –, doch sie hat einen Sohn aus voriger Ehe in Brooklyn Heights, ein paar Straßen vom Rose & Honey entfernt, so dass sie an den Tagen bei uns vorbeikommt, wenn sie ihn zum Mittagessen trifft. Alle Köpfe drehen sich nach ihr um, wenn sie auftaucht, einen solchen Kontrast bildet sie zu unserer üblichen Brooklyn-Klientel.

»Aber«, erzähle ich weiter, »Laura sagt, sie würde den Wagen eher an einen Ersatzteilhändler verscherbeln, als ihn dieser verzogenen Göre zu überlassen. Ihre Worte, nicht meine.«

»Wo will man denn in Manhattan einen Lamborghini parken?«, fragt meine Mutter. Sie klingt aufrichtig neugierig.

Ich zucke mit den Achseln. »Sie hat was von einer privaten Garage erzählt. Dabei *fährt* von denen überhaupt keiner. Laura sagt, Cassie hat nicht mal einen Führerschein. Statt eines Autos bekam sie zu ihrem Sechzehnten einen Chauffeur geschenkt.«

Meine Mutter schnaubt und verdreht die Augen. Ihre Toleranzschwelle für reiche Frauen ist niedriger als meine. Aber ich mag Laura, ich mag, wie sie mich an ihrem Soap-Opera-haften Leben teilhaben lässt. Außerdem behandelt sie mich wie einen echten Menschen und nicht wie ein lebloses Objekt, das zufällig weiß, wie man Nägel feilt, was mehr ist, als ich von den meisten meiner Kundinnen behaupten kann.

»Doch sie hat herausgefunden, dass ihr Sohn bald zum zweiten Mal Vater wird, insofern war sie gut gelaunt. Hat das Trinkgeld gleich mal verdoppelt.«

Laura steckt mir normalerweise auf dem Weg nach draußen

einen Fünfziger zu – eine der wenigen, die mir das Trinkgeld bar gibt –, aber heute hat sie mir einen Hunni in die Hand gedrückt. Ich wollte protestieren, doch sie fegte meine Einwände mit einem übertriebenen Zwinkern beiseite.

Das ist allerdings nicht die ganze Wahrheit. Vermutlich hat sie mir auch deshalb das Extrageld zugesteckt, weil ich zu Beginn der Maniküre erwähnte, ich hätte Kaffee über mein MacBook gekippt, so dass meine Festplatte durchgebrannt ist und ich deswegen die letzten fünfzig Seiten des Romans verloren habe, an dem ich gerade arbeite. Mit noch feuchten Nägeln hatte sie sich die Hand vor den Mund geschlagen. *Oh nein, Sloane!*

Natürlich gibt es gar kein MacBook und keinen Roman. Aber diese Lüge galt ihr genauso sehr wie mir. Ich wünschte, es gäbe *wirklich* ein halbfertiges Manuskript auf einem Laptop, und ich würde abends gekrümmt über der Tastatur sitzen anstatt tagsüber gekrümmt über Frauenfüßen. Ich konnte ja nicht ahnen, dass sie das Trinkgeld verdoppelt. Hätte ich das gewusst, hätte ich das nicht erzählt. Ich schwöre.

Es ist nur so, dass die Wahrheit so uninteressant ist. Dieses Zurechtbiegen, dieses Schildern in den buntesten Farben, damit habe ich bereits als Kind begonnen; eine schlechte Angewohnheit – so wie an den Nägeln zu kauen oder an Schorf herumzukratzen –, die ich nie losgeworden bin. Tatsächlich ist es im Laufe der Jahre zu einer Art zweiter Haut geworden, die Lügen kamen mir immer natürlicher über die Lippen, fast schon reflexartig, bis es zu einem Instinkt wurde, einem Bestandteil meiner Persönlichkeit. Mittlerweile komme ich fast gar nicht mehr auf die Idee, die Wahrheit zu sagen. Warum sollte ich? Wenn man die Wahrheit erzählt – die fast immer öde ist –, fangen die Leute an, geistig abzudriften, und man kann regelrecht zusehen, wie ihre Aufmerksamkeit nachlässt. Bis es ihnen irgendwann auffällt und sie mit einem verlegenen *Oh, tut mir leid, was hast du gesagt?* hochschrecken und versuchen, Interesse zu heucheln.

Ich hasse diesen Blick. Dieses falsche, leere Lächeln. Dadurch fühlt man sich so unwichtig, wie ein zerknülltes Blatt Papier, das jemand auf den Boden statt in den Papierkorb geworfen hat. Das ist mir ständig passiert, als ich jünger war. Meine Mom und ich sind oft umgezogen, von Stadt zu Stadt, von Wohnung zu Wohnung, von Schule zu Schule, während sie immer wieder den Job wechselte. Dadurch war ich stets die Neue, musste ständig vor der Klasse stehen, mit schwitzigen Handflächen, während die Lehrerin mich bat, mich vorzustellen. Dann fing ich stockend an zu erzählen, dass ich in Florida geboren wurde, aus dem jeweiligen Kaff hergezogen war, wo wir zuletzt gewohnt hatten, und wenn ich hochblickte, sah ich, dass niemand zuhörte. Die Mädchen reichten sich Briefchen weiter und tuschelten miteinander, und die Jungs traten heimlich unter den Tischen ihre Gangnachbarn. Die Lehrerin rief sie daraufhin zur Ruhe, aber selbst sie war abgelenkt, schrieb an die Tafel oder teilte Arbeitsblätter aus. Derweil beobachtete ich mit sehnsüchtigem Blick die Mädchen und wünschte, man würde mir etwas zuflüstern. Doch mit meiner Hochwasserhose, den abgewetzten Sneakern und dem verblichenen Shirt würdigte mich niemand auch nur eines Blickes. Es war ein Scheißgefühl, diese Unsichtbarkeit. Jedes Mal wünschte ich mir, wir müssten nicht schon wieder umziehen, auch wenn ich die Gründe dafür verstand.

Meine Mutter arbeitete hart und gewissenhaft bis zur Selbstaufgabe, aber als ihre Arthritis schlimmer wurde, war sie plötzlich ans Haus gebunden, unfähig zu arbeiten, und verbrachte den Tag damit, Hände und Füße in so heißes Wasser wie erträglich zu stecken. Wenn ich von der Schule heimkam, kletterte ich zu ihr ins Bett, rieb ihre Gelenke mit Rizinusöl und Tigerbalsam ein und schaltete einen ihrer Lieblingsfilme an, um sie von den Schmerzen abzulenken. Letztlich begann sich ihr Arbeitgeber über ihre sich häufenden Fehltage zu beschweren und erteilte ihr eine Verwarnung, dann noch eine, bis sie eines Tages mit der letzten Lohnabrechnung heimkam.

Jedes Mal, wenn der Vermieter anfing, an die Tür zu hämmern und Mahnungen durch den Briefschlitz zu schieben, hieß es weiterziehen. Dann suchten wir uns eine neue Stadt, zwanzig Meilen in der einen oder anderen Richtung entfernt, zogen in irgendein anderes schäbiges Apartment, für das kein Verdienstnachweis nötig war, und ich ging in eine neue Schule. Immer und immer wieder.

Es war: Wir gegen den Rest der Welt. Meinen Vater habe ich nie kennengelernt, ich weiß nichts über ihn, nur dass meine Mom mit Anfang zwanzig eine kurze Affäre mit ihm hatte. Ihre Eltern – meine Großeltern – sind ein paar Jahre nach meiner Geburt gestorben, und ihre Schwester, die älter ist, lebte ein paar Stunden entfernt. Aber wir sind immer zurechtgekommen, zu zweit. Mussten wir ja.

In der fünften Klasse, als meine Mutter und ich nach Whispering Pines in Georgia zogen, einen kleinen Vorort am Rand von Macon, beschloss ich, dass es diesmal anders laufen würde. Am ersten Tag, als die Klingel zur Hofpause ertönte, folgte ich der Klasse nach draußen, wo mich eine Gruppe von Mädchen mit Zöpfen umringte. »Wo kommst du her?«, fragte mich eine von ihnen. Dass sie zu den Coolen gehörte, konnte man an den vielen Gummiarmbändern an ihrem Handgelenk in Neonpink und Neongrün ablesen, die beim Laufen wippten. Sie trug einen Pony, und als ich an diesem Tag nach Hause kam, stellte ich mich auf einen Stuhl vor dem Badspiegel, die Küchenschere in der Hand, und verpasste mir ebenfalls einen Pony.

»Aus Kalifornien«, sagte ich. Ich wusste selbst nicht, wo das auf einmal herkam. Wir waren gar nicht aus Kalifornien hergezogen; wir hatten uns lediglich eine Stunde weiter nördlich niedergelassen, hatten nicht mal die Grenze des Bundesstaats überschritten, waren nur von einem County ins nächste umgezogen. Gott sei Dank hatte mich die Lehrerin an diesem Morgen nicht vor der ganzen Klasse gefragt, hatte mich überhaupt nicht erwähnt. Ich war eine leere Leinwand, Tabula rasa.

Als ich sah, wie die Gesichter der Mädchen aufleuchteten, schwoll etwas in meiner Brust. Ich wusste, ich hatte das Richtige gesagt. Das Mädchen mit den Armreifen strahlte mich an. »Bist du berühmt?«, fragte sie aufgeregt.

Ich schüttelte den Kopf, doch als ich ihre Enttäuschung bemerkte, fügte ich schnell hinzu: »Aber mein Dad. Er spielt in Filmen mit.«

Man konnte das kollektive Einatmen hören. Und plötzlich war ich etwas Besonderes. Einfach so.

Das war das erste Mal, dass sich die anderen Kinder darum rissen, beim Mittagessen neben mir zu sitzen. Ich erzählte vom Meer und den Palmen und beschrieb detailliert, wie es war, durch die heranrollenden Wellen zu waten, und welche Farben die Muscheln hatten, die ich am Strand fand. In einem Sommer hatte ich sogar den Wettbewerb im Sandburgenbauen gewonnen, erzählte ich. Natürlich hatte ich den Pazifik in Wirklichkeit noch nie gesehen. Ich war ein paar Mal in Daytona Beach gewesen, was bei meinen Beschreibungen half, ebenso wie die Szenen aus meinem Lieblings-Disneyfilm *Lilo und Stitch* und meinem zweitliebsten Film *Flipper*. Nach dem Mittagessen spielten wir Handball, und das Mädchen mit den Armreifen – ihr Name war Bianca – fragte mich, ob ich in ihr Team kommen wollte. Ich war außer mir vor Freude.

Als sie darum baten, meinen Dad kennenlernen zu dürfen, erzählte ich ihnen, er sei gerade am Set und drehe einen neuen Film. Das *könnte* sogar stimmen, sagte ich mir selbst. Dadurch kamen mir meine Lügen nie so schlimm vor. Ich wusste ja nicht, wer, wo oder was er war. Insofern ließ sich nicht *ausschließen*, dass er nicht doch Schauspieler war, richtig?

Ich wusste, ich sollte damit aufhören, aber ich brachte es nicht über mich. Ich wollte so unbedingt gemocht werden, und das war die einzige Möglichkeit, die mir einfiel. Im Grunde war es nicht mehr als das: Ich wollte interessanter wirken, also machte ich mich interessant. *Sloanie, Sloanie, glaub ihr nie.*

Doch die Ironie daran war, je ausgeklügelter meine Lügen wurden, desto mehr musste ich andere von mir fernhalten. Nie konnte ich jemanden zu mir einladen. Sonst hätten sie den Welpen sehen wollen, von dem ich behauptete, wir hätten ihn im Sommer bei uns aufgenommen. Wie ich meinen Klassenkameraden erzählte, hieß er Pickles, war schwarz mit weißen Flecken und der Kleinste und Schwächste des Wurfs. Sonst hätten sie das Prinzessinnenbett sehen wollen, von dem ich erzählte, das mit dem glitzernden Baldachin und der Einhorn-Bettwäsche. Sonst würden sie meinen Dad, den Filmstar, kennenlernen und in unserem Gartenpool mit der Wasserrutsche schwimmen wollen. Und natürlich wollten sie all das. Deshalb waren wir ja Freunde. Und genau deshalb konnten wir keine Freunde sein. Zumindest keine echten.

Da fiel mir eine weitere Lüge ein, die all meine Probleme auf einen Schlag lösen würde. Eines Montags kam ich mit langer Miene in die Schule und flüsterte Bianca ins Ohr, dass bei uns am Wochenende ein Feuer ausgebrochen wäre. Unser gesamtes Haus samt Pool sei abgebrannt. Mein Himmelbett sei fort, genau wie unser Welpe.

Ich erzählte ihr, wir müssten nun in eine Wohnung am anderen Ende der Stadt ziehen, aber nur vorübergehend, bis sie unser Haus wieder aufgebaut hätten. Vielleicht hätte sie ja Lust, mal nach der Schule vorbeizukommen? Die Wohnung war zwar nicht so schön wie unser altes Haus, sagte ich, aber es gab gegenüber einen Park, in dem wir mit den Barbies spielen könnten, die ich vor dem Brand in Sicherheit gebracht hatte. Bianca starrte mich mit großen Augen an und nickte.

Bis zur Pause hatte es sich überall herumgesprochen. Meine Lehrerin, Miss Newberry, nahm mich beim Mittagessen beiseite und fragte mich, was passiert sei. Daraufhin wiederholte ich die Geschichte, die ich Bianca erzählt hatte: dass meine Mom den Ofen angelassen hatte und mitten in der Nacht ein Feuer ausgebrochen war. Die Lehrerin sah mich mit sanftem, mitfühlendem Blick an, berührte meinen Arm und sagte mir, falls ich irgendetwas bräuchte, sollte ich ihr Bescheid geben. Und dass ich diese Woche von den Hausaufgaben befreit wäre. Ich freute mich wie ein Schneekönig.

Am nächsten Tag, einem Dienstag, verkündete Miss Newberry vor der Klasse, dass die Schule eine Spendensammelaktion für mich und meine Familie abhalten würde, um uns in dieser schwierigen Zeit zu helfen. Es würde einen Kuchenbasar geben, und sie würde jedem Kind ein Spendenformular für die Eltern mitgeben. Ich lächelte schüchtern, überglücklich über so viel Aufmerksamkeit. Aber wenig überraschend fand die Spendensammelaktion nie statt. Die Mutter einer Klassenkameradin rief abends bei meiner Mom an und fragte nach unserer neuen Adresse, damit sie uns eingetuppertes Essen vorbeibringen könne. Ich malte gerade auf dem Boden unseres Wohnzimmers, und als ich meine Mom in den Telefonhörer sagen hörte: »Welcher Brand?«, wusste ich, es war aus und vorbei.

Am Donnerstag saß ich mit von der Stuhlkante baumelnden Beinen mit meiner Mutter vor dem Rektor, während er auf mich einredete und mich über die Konsequenzen meiner Lüge belehrte. Meine Mutter war, gelinde gesagt, zutiefst beschämt.

Mir war es auch höchst peinlich. Vor allem, weil ich erwischt worden war. Aber selbst, wenn ich es hätte rückgängig machen können – ich hätte es wieder getan. Allein dafür, wie mich alle zwei Tage lang angesehen hatten, war es das wert gewesen.

Ich war zu jung, um nachsitzen zu müssen, also bekam ich stattdessen vom Rektor die Strafe aufgebrummt, einen Brief an meine Klassenkameraden und Miss Newberry zu schreiben, in dem ich mich entschuldigte. Von meiner Mutter erhielt ich einen Monat lang Fernsehverbot. Aber keine dieser Strafen brachte mich vom Lügen ab. Es brachte mich nur dazu, besser im Lügen werden zu wollen. Dieser Fehler würde mir an der nächsten Schule nicht noch mal unterlaufen.

Am Ende des Schuljahres zogen wir erneut um. In der sechsten Klasse erzählte ich einer meiner Klassenkameradinnen, noch unter dem Eindruck meiner Lektüre von *Black Beauty*, ich würde an den Wochenenden reiten. Sie auch, rief sie begeistert aus, und lud mich für das folgende Wochenende in ihren Reitclub ein. Ich erfand eine Ausrede nach der anderen, weshalb ich nicht hingehen konnte. Einmal war es ein erfundener Besuch bei meiner Tante und meinem Onkel in den Bergen, ein anderes Mal ein Tanzkurs oder ein Übernachtungsbesuch mit Freunden aus meiner alten Schule. Was hieß, dass ich allein zu Hause bleiben musste, während meine Mom arbeitete, anstatt mich mit den Freunden zu treffen, die ich dank all meiner Geschichten gefunden hatte. An Freitagnachmittagen ging ich bei der Bibliothek vorbei, um mich mit Büchern einzudecken, die ich übers Wochenende las. Bücher, die mir in meiner Einsamkeit Gesellschaft leisteten und deren Details sich mit dem von mir gesponnenen Lügennetz verwoben.

Ich log die ganze Mittel- und Oberstufe hindurch, dann in der Berufsschule und darüber hinaus. Normalerweise waren es kleinere Lügen, aber trotzdem. Ich hätte längst damit aufhören sollen – ich bin schließlich erwachsen, verdammt –, doch es gelingt mir nicht. Ich kann nicht. Ich möchte einfach so unbedingt das Richtige sagen, den richtigen Eindruck hinterlassen, möchte, dass das aus meinem Mund kommt, wovon ich glaube, dass es mein Gegenüber hören will, egal ob es wahr ist oder nicht.

Es ist auch nicht so, als hätte es nie Konsequenzen für mich gehabt. Ich habe ab und an Freunde verloren, und mir sind Jobchancen flöten gegangen, wenn man meine Referenzen ein wenig zu genau unter die Lupe nahm. Ich bin gut im Lügen, aber hin und wieder unterläuft mir ein Fehler, oder jemand anderes widerspricht meiner Darstellung, und ich fliege auf.

Mitunter gibt es Phasen, in denen ich weniger lüge. Normalerweise nachdem ich erwischt worden bin. Ich versuche mich zu ändern, versuche ehrlich zu sein, doch nach ein paar Wochen höre ich mich selbst etwas sagen, das nicht stimmt, ohne dass ich überhaupt vorgehabt hatte zu lügen, und schlüpfe wieder in meine alte Rolle, so wie man immer wieder sein Lieblingsshirt überstreift. Es passt perfekt, fühlt sich schön gemütlich und vertraut an. In anderen Phasen, wenn alles gut läuft, wie als ich meinen vorherigen Job hatte, verspüre ich nicht so oft das Bedürfnis danach. Ich lüge dann zwar immer noch, ich kann einfach nicht anders, doch der Drang ist nicht mehr so stark.

Was mich aber noch mehr zum Freak macht: Manchmal glaube ich meine Lügen selbst. So real fühlen sie sich an. Beim wiederholten Erzählen geht mitunter die Phantasie mit mir durch, so dass ich nachts im Bett neue Details hinzuerfinde, wenn ich wegdöse und davon träume. Ich glaube, das liegt daran, dass ich immer das Gefühl hatte, dass das doch nicht alles gewesen sein konnte. Ich konnte nicht einfach nur ein armes Kind ohne Vater sein. Er musste irgendwo da draußen sein. Er musste etwas *Besonderes* sein, was hieß, dass ich ebenfalls etwas Besonderes war. Wollen wir das letztlich nicht alle – etwas Besonderes sein?

»Also war es ein guter Tag«, fasst meine Mom zusammen, und es klingt ebenso sehr nach einer Frage wie nach einer Feststellung. Ach ja, das Hundert-Dollar-Trinkgeld.

»Mh-hm«, antworte ich. Es war ein guter Tag. Ein sehr guter Tag sogar. Ich erwäge, ihr von Jay und Harper zu erzählen, tue es aber nicht. Keine Ahnung warum. Sie ist die Einzige, die ich nicht anlüge, die Einzige, die mich für interessant hält, einfach so wie ich bin. Trotzdem möchte ich die Begegnung für mich behalten, vorerst. Und etwas wegzulassen ist nicht dasselbe wie lügen, nicht ganz jedenfalls. Zumindest rede ich mir das ein.

Meine Mom reicht mir die Fernbedienung. »Such du einen Film aus«, sagt sie. »Ich habe den letzten ausgewählt.«

Ich reiche sie ihr zurück. »Nein, such du aus. Ich hole den Nachtisch. Wir haben noch immer den Becher Rocky-Road-Eis.«

»Ich nehme zwei Kugeln.«

Mom sinkt zurück in ihren Sessel, während sie die Liste an aktuell angesagten Titeln auf Netflix durchscrollt. Gestern Abend haben wir einen Thriller geschaut über eine Frau, deren Ehemann nicht so perfekt war, wie es nach außen hin den Anschein hatte. Das sind die wenigsten Ehemänner, zumindest in Hollywood, so scheint es.

In der Küche stelle ich die Teller in die Geschirrspülmaschine, kratze die Reste aus der Eispackung in zwei Schüsseln und werfe den leeren Behälter in den fast vollen Mülleimer. Ich mache mir im Kopf eine Notiz, ihn rauszubringen, bevor am Montag der Müll abgeholt wird. Auf dem Rückweg zur Couch dimme ich das Licht und reiche meiner Mom ihre Schüssel, ehe ich mich hinsetze. Der Titel des Films – ein weiterer Thriller – erscheint auf dem Bildschirm, es ertönt kitschige Musik, und ich stecke mir den kalten Löffel mit dem Eis in den Mund und drehe ihn herum. Fast sofort schweifen meine Gedanken ab, beginnt der Bildschirm zu verschwimmen und der Ton zu verstummen. Alles, woran ich denken kann, sind Jay und Harper. Aber vor allem denke ich an Jay. An sein Lächeln. Ich frage mich, ob ich ihn wiedersehen werde.

Bevor ich zu Bett gehe, hole ich meine Ausgabe von *Und dann gabs keines mehr* aus dem Bücherregal und stecke sie in meine Tasche. Nur für alle Fälle.

3

Am Montagmorgen komme ich zu spät zur Arbeit. Ich hatte meinen Wecker dreimal zu oft auf Schlummern gestellt und war dann zur Tür rausgerannt, während ich noch mit dem Reißverschluss meines Hoodies kämpfte. Glücklicherweise kümmert es niemanden, wann ich im Beauty Salon auftauche, solange ich rechtzeitig zu meinem ersten Termin da bin, der heute um zehn Uhr dreißig stattfindet.

Montage sind normalerweise bei uns die ruhigsten Tage, und dieser Montag ist da keine Ausnahme. Der Salon ist praktisch leer. Chloe, eine unserer drei wechselnden Rezeptionistinnen, sitzt hinter dem Tresen. Von den dreien mag ich sie am liebsten. Chloe ist eine neunzehnjährige Studentin im ersten Semester am Brooklyn College und cooler, als ich es je sein werde. Sie hat ihre pechschwarzen Haare platinblond gebleicht – ihre koreanischen Eltern hätten sie beinahe enterbt, als sie sie so sahen, wie sie mir vergnügt erzählte – und einen glatten Bob mit kurzem Pony. Dazu trägt sie eine Oversize-Schildpattbrille aus Plastik, weite Jeans und Crop-Tops. Wenn nicht viel los ist, lackiere ich ihr die Nägel, normalerweise in Neonfarben, in einem knalligen Gelb oder einem Orange, das an einen Textmarker erinnert.

Hinter Chloe sitzt allein eine Frau und bekommt eine Pediküre auf einem der fünf Spa-Stühle, die die linke Wand säumen. Nur einer der sechs kleinen Behandlungsräume ist besetzt, wie an dem Schild zu erkennen ist, das auf die Seite

Belegt gedreht ist. Am Nachmittag wird etwas mehr los sein, aber nicht viel. Lena hat montagvormittags frei, deshalb kommen viele der Kolleginnen erst gegen zehn statt um neun hereingeschlendert, wenn die Schicht offiziell anfängt, mit Ausnahme der Schlüsselfrau, die Punkt acht erscheint, falls bereits Laufkundschaft eintrifft.

Ein kräftiger Duft nach Eukalyptus und Zitronengras weht mir entgegen, während ich durch den Salon laufe. Darunter der ätzende Geruch nach Nagellack und Aceton. Als ich hier anfing, hat mich diese dicke Duftwolke gestört, und ich bekam tränende Augen, aber inzwischen habe ich mich daran gewöhnt. Ich merke es kaum noch, außer an den Tagen, wenn ich eine Doppelschicht übernehme und der Geruch in meine Klamotten kriecht, sich in den Fasern meines Kittels festsetzt, in meinen Haaren und meiner Haut und mich die Chemikalien bis nach Hause verfolgen, bis in mein Bett und meine Träume.

Ich lege meine Tasche und meinen Mantel im Pausenraum im hinteren Bereich des Ladens ab und mache mir eine Tasse Kaffee, bevor meine erste Kundin eintrifft. Letztes Jahr hat Lena als Weihnachtsgeschenk an uns Mitarbeiterinnen eine Keurig-Kaffeemaschine gekauft. Passend dazu hat sie im Schrank einen Vorrat an Espresso-Pads und French-Vanilla-Kaffeesahne angelegt. Sie strahlt jedes Mal, wenn sie sieht, dass jemand sie benutzt, und ist von ihrer eigenen genialen Geschenkidee begeistert.

Ich nehme einen Schluck vom Kaffee und strecke den Kopf durch die Tür, um einen Blick in die Nagelecke zu werfen. Sie ist leer, und die Frau vom Pediküre-Stuhl steht nun am Empfang und reicht Chloe ihre Kreditkarte. Obwohl es an diesen schleppend verlaufenden Montagen weniger Trinkgeld gibt, ist mir dieses Tempo lieber als die Hektik am Ende der Woche, wenn Frauen im Koffeinrausch ungeduldig auf die Uhr starren, während wir eine Kundin nach der anderen abfertigen. So habe ich wenigstens Gelegenheit, zwischen den Terminen mit den anderen Nageltechnikerinnen den neuesten Tratsch auszutauschen.

Da betritt Natasha, meine Kollegin, wie aufs Stichwort den Pausenraum. Als sie mich sieht, lächelt sie. Natasha ist ein paar Jahre jünger als ich und kommt aus New Jersey, wobei ihre Mom aus Ho-Chi-Minh-Stadt stammt und ihr Vater Sizilianer in zweiter Generation aus East Hanover ist. Natasha hat ihre schwarzen Haare mit den pinken Strähnen meist zu einem hohen Pferdeschwanz auf dem Scheitel zusammengebunden und trägt ihren Kittel hauteng über ihrem Push-up-BH, dazu immer dieselben goldenen Creolen von der Größe eines Armreifs. Das tägliche Pendeln aus Jersey City ist zwar ätzend, aber hier bekommt sie das Dreifache von dem, was sie auf der anderen Seite des Hudson verdienen würde; bei den Hausfrauen in Hoboken sitzt das Portemonnaie etwas weniger locker.

»Morgen, Slo«, sagt sie und steckt ein Kaffee-Pad in die Maschine. Ihre Acrylnägel klackern gegen die Plastikknöpfe. »Hattest du ein schönes Wochenende?«

Ich nicke. »Allerdings.« Ich biete ihr Kaffeesahne aus der Glasflasche an. »Ich habe jemanden kennengelernt«, sage ich lächelnd und denke an Jay. »Am Freitag, im Park. Und gestern Abend hat er mich zum Essen ausgeführt.«

In Wirklichkeit habe ich den gestrigen Nachmittag damit verbracht, für meine Mom Alton Browns Wurzelgemüse-Panzanella nachzukochen, und dann sind wir beide vor dem

Fernseher eingeschlafen, während *Seinfeld* lief. Jay und seine Frau lagen derweil bestimmt eng aneinander gekuschelt im Bett, mit Harper in der Mitte, und haben ihr Gutenachtgeschichten vorgelesen. Als ich später am Abend von der Couch ins Bett gegangen bin, habe ich ihn in der Dunkelheit, unter der Bettdecke, auf dem Handy gegoogelt und bin als Erstes auf sein LinkedIn-Profil gestoßen. Nachdem ich mir seine bisherige berufliche Laufbahn angesehen hatte, suchte ich ihn auf Social Media, musste aber enttäuscht feststellen, dass alle Konten auf privat gestellt waren.

»Ah ja?«, sagt Natasha. Ihre microgebladeten Brauen schnellen interessiert nach oben. »Erzähl!«

Ich grinse. »Also zunächst mal: Er ist unfassbar attraktiv. Und gut im Bett. So richtig, richtig gut«, betone ich.

Natasha hängt gebannt an meinen Lippen, während ich von meinem fiktiven Rendezvous erzähle. Sie will alle Details hören, das sehe ich ihr an. Genau wie ich ist sie Single, wischt sich durch die Dating-Apps und stimmt einer Verabredung zu, sobald ein Mann auch nur das geringste Interesse an ihr zeigt. Meistens verbringen wir unsere Schicht am Montag damit, uns gegenseitig für unser Pech in der Liebe zu bemitleiden und zu vergleichen, wer übers Wochenende die schlimmsten Nachrichten, die ekligsten Anmachsprüche und die furchtbarsten Fotos bekommen hat, die man dann nicht mehr aus dem Kopf kriegt.

»Wohin hat er dich ausgeführt?«, fragt sie.

»Ins La Vara«, antworte ich, ohne zu zögern. Das war ein Restaurant, das Laura erwähnt hatte; sie war vorige Woche mit ihrem Sohn dort gewesen und hatte davon geschwärmt, sie hätte die beste Sangria seit langem getrunken. »Die Cocktails waren der Hammer.«

»Und dann bist du mit ihm nach Hause gegangen? Du ungezogenes Mädchen, du!«

Ich nicke. »Das wärst du auch, wenn du gesehen hättest, wie umwerfend er aussah. Aber er war ein totaler Gentleman. Hat mir morgens Frühstück gemacht, bevor ich gegangen bin.« Ich nicke bescheiden. Natasha ist grün vor Neid. »Buttermilch-Pancakes«, füge ich hinzu, ich kann es einfach nicht lassen.

»Und wirst du ihn wiedersehen?«, fragt sie.

Noch ehe ich antworten kann, scheppert es an der Eingangstür, und ich höre, wie Chloe jemanden freudig begrüßt. Ich spähe nach draußen und sehe zwei Frauen, die am Eingang des Beautysalons stehen. Schnell kippen Natasha und ich den Rest unseres Kaffees hinunter und rollen unsere Wägelchen zu unseren Nagelpflege-Stationen, wo wir uns auf unsere Hocker setzen und den Wasserhahn aufdrehen.

Vor mir sitzt ein Mädchen Anfang zwanzig mit einem Aviator-Nation-Pulli und einer Oversize-Celine-Sonnenbrille, die sie wie einen Haarreif zurückgeschoben hat, und steckt die Füße, die Hosenbeine bis zur Wadenmitte hochgezogen, in das Fußwaschbecken, das sich allmählich füllt. Die Nagellackfarbe, die sie sich ausgesucht hat, steht auf der Armlehne neben ihr – Blitzblau. Sie hat Ohrhörer in beiden Ohren und seufzt am laufenden Band, als ob die Person am anderen Ende der Leitung ihr auf die Nerven geht. Sie scheint meine Existenz gar nicht zu bemerken, und falls doch, ignoriert sie mich. Ihre Attitüde ist typisch. Die meisten Frauen, die ihre Nägel hier machen lassen, würdigen uns kaum eines Blickes, während wir über ihre Füße und Hände gebeugt arbeiten. Es gibt ein paar Stammkundinnen, die sich unsere Namen merken und sich richtig mit uns unterhalten, aber die meisten Frauen reden nur mit uns, wenn sie uns anherrschen – *aber nicht zu kurz* oder *nicht so, eher rund!* und *Aua!* und werfen uns hin und wieder böse Blicke zu, wenn wir eine Nagelhaut zu beherzt rausziehen –, ansonsten sind wir für sie unsichtbar.

Neben mir, auf Natashas Stuhl, sitzt eine nichtssagende mittelalte Frau, die gelangweilt durch eine Zeitschrift blättert, wobei jedes Mal ihre Hermès-Armreifen klimpern.

»Zu heiß?«, frage ich meine Kundin und deute auf das Wasser im Becken. Sie sieht mich ausdruckslos an, deutet dann auf ihre Ohren und formt lautlos mit den Lippen: *Ich telefoniere.* Womit sie sagen will: *Wage es nicht, mich anzusprechen, Sklavin.* Ich nicke bestätigend. Mir auch recht. Wenn es ihr egal ist, ob sie sich die Füße verbrüht, kann es mir auch egal sein. Ich drehe den Wasserhahn ein wenig nach links, ein paar Grad wärmer.

»Meins ist zu heiß«, verkündet die Frau lauthals, die vor Natasha sitzt und meine Frage belauscht hat. »Zu heiß«, wiederholt sie betont langsam und blickt Natasha eindringlich an. Dann sieht sie zu mir. »Könnten Sie ihr bitte sagen, dass es zu heiß ist?«

Ich lächle angestrengt, während Natasha die Wassertemperatur anpasst. Eine beschämend große Zahl an Frauen geht davon aus, dass eine Asiatin in einem Nagelstudio wenig bis kein Englisch versteht, da spielt es keine Rolle, dass Natasha keine zwanzig Meilen von hier geboren wurde und ihre Eltern beide Hochschuldozenten sind. Wir haben längst aufgehört, unsere Energie darauf zu verschwenden, sie zu korrigieren, aber es wurmt mich dennoch und sorgt dafür, dass ich das Wasser am liebsten so heiß aufdrehen würde, wie es nur geht, bis ihre weiße Haut rot anläuft und Blasen wirft.

»Also«, sagt Natasha, sobald wir mit der Pediküre zugange sind, und dreht sich mir halb zu, wobei sie leise und dezent spricht. »Ich sterbe vor Neugier – siehst du den Typen jetzt wieder, oder was?«

Ich nicke grinsend. »Definitiv. Er ist gegen Ende der Woche auf Geschäftsreise, aber er meinte, er möchte mich sehen, sobald er zurück ist. Er hat gesagt, er würde gerne mit mir in *Funny Girl* gehen, mit Lea Michele.« Mehrere Kundinnen hatten darüber gesprochen, wie schwer es war, an Karten für das Broadway-Stück heranzukommen.

Ich frage mich, ob Jay manchmal mit seiner Frau ins Theater geht, und beschließe, dass das bestimmt der Fall ist. Wahrscheinlich hat er sie auch schon ins La Vara ausgeführt. Ich sehe sie vor mir, an einem Zweiertisch, sprudelnde Champagnerflöten vor sich, die Gesichter im Kerzenschein erleuchtet, mit geröteten Wangen und breitem Lächeln, die Finger quer über den Tisch ineinander verschränkt. Die Vorstellung ruft bei mir erstaunlich heftige Eifersucht hervor.

Das Lächeln, das ich aufsetze, ist steif wie Plastik. »Diesen hier?«, frage ich meine Kundin und greife nach dem blauen Nagellack auf dem Tablett neben ihr. Einen Moment lang starrt sie mich an und blinzelt bedächtig, ehe sie die Lippen schürzt und nickt. *Du schon wieder*, soll das wohl heißen. *Auf dich verschwende ich doch nicht die Energie, extra zu antworten.*

Kurz erwäge ich, die Flasche aufzudrehen und ihren Zweihundert-Dollar-Pulli zu ruinieren. Wenn ich nicht von etwas leben müsste, wenn ich nicht dringend auf diesen Job angewiesen wäre, würde ich es vielleicht tun. Stattdessen lächle ich noch breiter und beuge mich dann wieder über ihre Füße. So ähnlich muss sich die Hölle anfühlen.

Natasha lehnt sich zu mir. »Frag deinen neuen Freund mal, ob er noch einen Kumpel hat. Das letzte Mal, als mich ein Typ zum Essen ausführen wollte, meinte er das Subway. Was nicht so schlimm gewesen wäre, wenn er nicht direkt danach gefragt hätte, ob ich mal seinen 30-Zentimeter-Sub sehen wolle.« Sie schaut angewidert.

»Ich frag ihn«, versichere ich ihr nickend. »Vielleicht können wir ein Double-Date organisieren.«

Lächelnd wenden wir uns wieder unseren Kundinnen zu. Diesmal ist mein Lächeln echt. *Dein Freund*, hat sie ihn genannt. Mir gefällt, wie das klingt. *Das ist Jay, mein neuer Freund.* Falls Natasha noch mal wegen des Double-Dates nachfragt, erzähle ich ihr einfach, dass die meisten seiner Kumpels bereits verheiratet sind. Damit liege ich bestimmt nicht ganz falsch.

4

Um halb zwei beginnt meine Nachmittagspause, und ich mache mich auf den Weg zum Quailwood Park, der nur zwei Blocks und fünf Minuten zu Fuß entfernt ist. Ich spüre, wie meine Vorfreude wächst, je näher ich komme, obwohl Jay meinte, er würde diese Woche wieder arbeiten. Trotzdem hoffe ich, dass er sich einen zusätzlichen Tag freigenommen oder früher Feierabend gemacht und Harper auf dem Heimweg abgeholt hat, weil er unser Gespräch genauso sehr genossen hat wie ich. Wahrscheinlicher ist jedoch, dass er das Wochenende mit seiner bildschönen Frau und seinem hinreißenden Kind verbracht und keinen weiteren Gedanken an mich verschwendet hat. Aber ein bisschen träumen muss erlaubt sein.

Es ist ein sonniger, warmer Tag, perfektes Spätfrühlingswetter. In dem kleinen Park wimmelt es nur so von Kindern und ihren Müttern und Kindermädchen, überall Kreischen und Lachen und nackte Arme und Beine. Ich drehe zwei langsame Runden um den Spielplatz. Kein Jay. Keine Harper. Ich stoße einen Seufzer aus und bleibe stehen, suche den Park ein drittes Mal mit den Augen ab. Noch immer kein Zeichen von ihnen. Das ist wenig überraschend, aber deshalb bin ich nicht weniger enttäuscht, was blödsinnig ist, ich weiß.

Als ich mir ganz sicher bin, dass sie nicht da sind, breite ich mein Flanellhemd auf einem kleinen Stück Wiese unter den ausladenden Ästen eines Baums aus, setze mich im Schneidersitz darauf und hole ein Buch aus meiner Tasche. Es ist eine mit Eselsohren versehene Ausgabe von *Rebecca*, die ich schon hundertmal gelesen habe. Ich schlage das Buch auf der Seite mit dem Lesezeichen auf, kann mich aber nicht konzentrieren. Mehrere Minuten starre ich auf denselben Absatz, bevor ich aufgebe. Alles, woran ich denken kann, ist Jay. Das Grübchen in seiner rechten Wange. Das Knistern, das ich empfand, als sich unsere Finger berührten. Ich frage mich, was er wohl gerade macht. Ist er in einem Meeting? Sitzt er vor dem Computer, das Kinn in die Hand gestützt? Mit einem Stöhnen klappe ich das Buch zu, verstaue es wieder in meiner Tasche, hole meine Ohrhörer heraus und tippe auf das Spotify-Icon auf meinem Handy.

Ich scrolle durch die Titel, bis ich den Song finde, den ich suche und der zuletzt bei mir auf Repeat lief. Das Lachen der Kinder verstummt. Lautlos singe ich mit, während Taylor Swift darüber singt, wie sich alle einig sind: Sie ist das Problem. *Same same*. Seufzend schließe ich die Augen. Alle paar Minuten öffne ich sie und werfe einen Blick zum Spielplatz. Nur für alle Fälle. Nach zehn Minuten, als ich schon drauf und dran bin, einzupacken und zurück zum Beautysalon zu gehen, fällt mir ein vertrautes Gesicht auf. Ich erstarre. Es ist Harper. Und sie schaut in meine Richtung. Mein Herz macht einen gewaltigen Sprung. Fast bin ich versucht zu denken, meine Augen würden mir einen Streich spielen, aber ich bin mir sicher, dass es tatsächlich Harper ist, weil sie dasselbe lila T-Shirt wie letzte Woche trägt, das mit dem weißen Pailletten-Einhorn vorne drauf.

Sie hat den Arm ausgestreckt, und mir wird klar, dass sie auf jemanden zeigt – auf mich. Zumindest denke ich das. Gespannt halte ich Ausschau nach Jay, doch stattdessen sehe ich neben ihr eine Frau.

Sie sieht aus wie Ende zwanzig oder Anfang dreißig, hat dunkle Haare, trägt eine Sonnenbrille und auf dem Kopf einen nach hinten geschobenen breitkrempigen Hut und schaut ebenfalls in meine Richtung. Dann wendet sie sich Harper zu, nimmt ihre Sonnenbrille ab und blickt blinzelnd erneut zu mir. Sie sagt irgendetwas, und Harper nickt.

Ein Lächeln breitet sich auf dem Gesicht der Frau aus, und sie beginnt zu winken. *Oh shit.* Ich drehe mich vorsichtshalber um, aber da ist niemand. Jetzt bin ich mir sicher, sie meint mich. Zögerlich winke ich zurück.

Die Frau nimmt Harper an der Hand, und beide beginnen in meine Richtung zu laufen, über die Spielplatzgummimatten zur Wiese. Langsam löse ich mich aus dem Schneidersitz und stehe unbehaglich auf, wobei mein Handy herunterfällt, nehme meine Ohrhörer heraus und stecke sie in die Tasche.

»Hi«, ruft mir die Frau zu, als sie näher kommt. Ihre Stimme ist laut und klar, wie eine Glocke. Sie lächelt mit blendend weißen Zähnen. »Ich bin Violet.« Sie bleibt vor mir stehen und streckt mir ihre rechte Hand entgegen. »Jay und Harper haben mir erzählt, wie du ihnen geholfen hast, den Bienenstachel zu ziehen. Du bist Caitlin, richtig? Die Krankenschwester?« Sie blickt auf meinen Kittel.

Ich nicke langsam. Richtig. Caitlin, die Krankenschwester. Ich schüttele ihre Hand. Ihre Handfläche ist weich und kühl, ihre Finger sind schlank, aber ihr Händedruck ist dennoch kräftig. Mir fällt auf, dass ihre Nägel gut manikürt und frisch lackiert sind. Ich frage mich, wo sie sie machen lässt und ob sie je im Rose & Honey gewesen ist. Ich beschließe, dass das nicht sein kann; daran würde ich mich erinnern.

»Und du bist Harpers Mom«, sage ich. »Jays Frau.« Natürlich ist sie das. Sie sieht umwerfend aus, wie ich geahnt hatte, aber auch interessanter, als ich mir vorgestellt hatte. Unter dem glänzenden Pony ragen ihre markante Nase und die dicken Augenbrauen hervor. Sie erinnert mich an eine Marmorstatue mit anmutig gemeißelten Zügen und einer glattpolierten Haut. An die Venus von Milo im Louvre, vor der die Menge steht und sie staunend bewundert. So wie ich mir vorstelle, dass ich aussehe, wenn ich bei gedämpftem Licht tagträume.

Violet lächelt noch immer und nickt. »Ich hatte gehofft, dich hier zu treffen«, sagt sie freundlich. »Damit ich mich für neulich bedanken kann.«

Ich zucke bescheiden mit den Schultern und senke schüchtern den Blick. *Ach was, ich hab doch nichts weiter gemacht*, besagen meine Schultern. Es war ja auch wirklich keine große Sache.

»Harper, kannst du Caitlin ›Danke‹ sagen?«

»Danke«, spricht Harper nach. Sie hat sich an Violets Bein geklammert und lugt dahinter zu mir hoch.

»Bitte«, sage ich. »Ich helfe gern.«

Es entsteht eine Pause, dann fragt Violet: »Was hast du da Schönes gehört?«

»Oh.« Verdattert blicke ich hinunter auf mein Handy. »Taylor Swift«, sage ich mit leichter Verzögerung. Kurz erwäge ich, mir etwas auszudenken – ein Podcast wäre interessanter gewesen –, aber das Albumcover ist groß auf dem Display zu sehen, wahrscheinlich hat sie es längst entdeckt. »*Midnights*.«

Insgeheim hoffe ich, dass sie nicht zu den Leuten gehört, die Popmusik zu klischeehaft finden und lieber Underground-Indie-Bands oder Folk-Musiker mit Ein-Wort-Namen hören, die ihre Alben an der verregneten Küste Irlands aufnehmen – doch glücklicherweise leuchten ihre Augen auf.

»Das ist sooo gut«, sagt sie begeistert. »Das ist eins meiner Lieblingsalben.«

Ich grinse und nicke. »Meins auch.«

Dann stehen wir da, lächeln einander ein wenig schüchtern an, und eine angenehme Stille entsteht zwischen uns. Schnell mustere ich sie von Kopf bis Fuß. Sie ist so groß wie ich, aber dünner und hat längere Beine. Genau wie Harper und ich hat sie große dunkelbraune Augen mit langen Wimpern.

Sie trägt eine ärmellose weiße Bluse mit Knopfleiste und eine beige Leinenhose mit einem Leinengürtel sowie beige Plateausandalen. Der oberste Knopf ihrer Bluse ist offen, und als sie sich zu Harper hinunterbeugt, sehe ich ihren Spitzen-BH und ihren üppigen Busen. Der Hut, den sie trägt, ist ein kamelfarbener Woll-Fedora, die Krempe hochgeklappt. Damit sieht sie cool aus, wie eins der Mädels in der Highschool, zu deren Kreis ich gern gehört hätte.

Unter dem Hut ragt ihr mahagonibraunes, fast rötliches Haar hervor, und ich frage mich, ob das ihre Naturhaarfarbe ist. Es fällt ihr in losen, glänzenden Locken auf die Schultern. In diesem Moment nimmt sie ihren Hut ab und fährt sich durchs Haar, streicht ihren Pony glatt und aus den Augen. Ihr Pony ist gerade mal einen Millimeter zu lang und streift ihre Wimpern. Aber es steht ihr, wie er ihr Gesicht einrahmt, und ich stelle mir vor, wie ich mit demselben Schnitt aussehen würde. Seit der fünften Klasse, als ich einmal selbst zur Schere griff, habe ich keinen Pony mehr gehabt.

Als ob sie Gedanken lesen könnte, greift sie sich an die Stirn. Mit ihrer linken Hand. Daran trägt sie einen Ring mit einem perfekt rund geschliffenen kieselsteingroßen Diamanten. Er glitzert in der Sonne, genau wie die passenden Ohrstecker in ihren Ohren. »Ich weiß, mein Pony ist zu lang«, sagt sie. »Ich müsste mal wieder zum Friseur. Das steht ganz oben auf meiner Liste, aber du weiß ja, wie das ist.« Lachend deutet sie auf ihre Tochter und macht dann mit der Hand eine ausladende Geste, wie um zu sagen, *und der ganze Rest.* »Das klingt jetzt bestimmt traurig, wenn ich sage, ein Friseurtermin steht ganz oben auf meiner Liste.«

»Wenn du meinst, *das* wäre traurig, warte erst mal ab, bis du meine To-do-Liste siehst«, erwidere ich. »Traurig ist gar kein Ausdruck. Tragisch trifft es eher. Tragisch wie in *Sophies Entscheidung*. Oder wie in *Bambi*, als die Mama stirbt. Oder wie der Ich-lass-dich-nicht-los-Jack-Moment in *Titanic*.«

Violet lacht lauthals los. »Du bist witzig«, sagt sie, als sie aufhört zu lachen, noch immer ein Lächeln auf den Lippen. »Was ist an deiner To-do-Liste so tragisch? Jetzt hast du mich neugierig gemacht.«

»Na ja, nichts so richtig. Ich habe nicht mal eine To-do-Liste, das ist ja das Traurige.« Das stimmt nicht ganz – auf unserem Küchentisch liegt ein Stapel unbezahlter Rechnungen, dann ist da die Mülltüte, die ich mit rausnehmen muss, und einen Zahnarzttermin muss ich auch vereinbaren –, aber ich will sie nicht langweilen. Niemand möchte etwas über die Mundhygiene anderer Leute hören.

Sie lacht erneut. »Keine To-do-Liste zu haben, klingt wie das Gegenteil von tragisch. Das klingt traumhaft. Wie in *Titanic*, wenn Kate am Ende die Treppe hochkommt und Leo wiedertrifft – um im Bild zu bleiben.«

Das bringt mich zum Lächeln. Sie besitzt ebenfalls Humor.

Sie legt ihre Hand auf Harpers Schulter und drückt sie sanft. »Na ja, wir wollen dich nicht aufhalten. Ich wollte nur sagen, wie sehr wir das zu schätzen …«

»Willst du mich anschubsen?«, unterbricht sie Harper und sieht mit ihren Schokoaugen zu mir hoch. Sie trägt ihre dunkelbraunen Haare wieder in einem ordentlichen Zopf, der von einer rosa Schleife zusammengehalten wird.

»Dich anschubsen?«, frage ich stirnrunzelnd.

»Auf der Schaukel.« Mit ihren kleinen Fingern deutet sie auf den Spielplatz.

Ich blicke zu Violet, die mich entschuldigend ansieht.

»Nur wenn du willst«, sagt sie achselzuckend. »Ich habe vollstes Verständnis dafür, wenn du Besseres zu tun hast.«

»Nein, schon in Ordnung«, erwidere ich schnell. »Das mache ich gern. Wie gesagt, auf meiner To-do-Liste steht eh nichts. Dann mal los!« Damit komme ich zwar zu spät zum Beautysalon, aber ich beschließe, dass es das wert ist. Mein nächster Termin ist erst um drei; solange ich um Viertel vor losgehe, reicht es.

Harper nimmt meine Hand und zieht mich zu den Schaukeln. Überrascht von ihrer Kraft, stolpere ich vorwärts, fange mich wieder und gehe dann hinter ihr her.

Zu dritt laufen wir hintereinander und schlängeln uns zwischen den kleinen Knirpsen hindurch, die über den Spielplatz wuseln. Als wir ankommen, klettert Harper vergnügt auf die Schaukel und wackelt voller Vorfreude mit den Beinen. Die Hände an ihr Kreuz gelegt, beginne ich sie anzuschubsen. Sie ist leicht wie eine Feder. Sobald sie genug Schwung aufgenommen hat, trete ich einen Schritt nach hinten, zu Violet.

»Sie ist süß«, sage ich. »Und sie war sehr tapfer, als ihr der Stachel gezogen wurde.«

Violet lächelt mich an. »Sie ist ein liebes und braves Kind. Aber ich warne dich, wenn es nach ihr ginge, würde sie stundenlang schaukeln. Nur damit du weißt, worauf du dich da einlässt.«

Ich lächle zurück. Violet ist mir sympathisch. Und sie scheint mich ebenfalls zu mögen. Erneut gebe ich Harper einen Schubs.

»Wohnst du in der Nähe?«, fragt Violet.

»Nicht weit von hier«, antworte ich. »Nähe Second und Bond Street.«

»Das ist direkt bei uns!«, ruft sie begeistert aus, als hätte ich aufregende Neuigkeiten verkündet. Ich strahle, froh darüber, offenbar das Richtige gesagt zu haben. »Das heißt, wir wohnen ein paar Blocks weiter. In Cobble Hill, an der Clinton und Kane Street. Wohnst du schon lange da?«

Ich nicke. »Seit der Highschool.«

Wir wohnen innerhalb von Brooklyn in Carroll Gardens – ein Viertel direkt südlich von Cobble Hill, mit lauter jungen Familien und piekfeinen Boutiquen, das sich nah genug am Wasser befindet, dass ein Hauch von Meersalz in der Luft liegt, wenn der Wind geht. Meine Mom und ich sind hierhergezogen, bevor es zum angesagten Szeneviertel wurde, als die Mieten noch bezahlbar waren, die Restaurants und Bars noch nicht mit Michelin-Sternen ausgezeichnet wurden und eine Zweizimmerwohnung mit Bad nicht mindestens eineinhalb Millionen Dollar kostete.

Wir waren hergezogen, um uns um meine Tante zu kümmern, die ältere und einzige Schwester meiner Mutter. Ihr Gesundheitszustand war, wie meine Tante sich ausdrückte,

»beschissen« – die Nieren versagten, und um die Leber stand es auch nicht viel besser –, und sie brauchte jemanden, der sie zu ihren wöchentlichen Dialyse-Terminen brachte. Es wäre nur eine Frage der Zeit, bis sie den Löffel abgeben würde, sagte sie damals seufzend.

Meine Mom und ich bezogen ein freies Zimmer in ihrer Wohnung, wo wir uns ein Doppelbett und einen winzigen Schrank teilten. Meine Tante sollte recht behalten: Sie starb keine anderthalb Jahre später. Eine Woche nach ihrer Beerdigung räumten wir ihr Zimmer aus, packten ihre Klamotten zusammen und bauten ihr krankenhausmäßiges Bett ab. Meine Mom wartete eine weitere Woche, dann bestellte sie bei Macy's ein Bett und zog in das alte Zimmer meiner Tante, während ich im Gästezimmer blieb.

Bevor meine Tante starb, fügte sie uns in ihrem Mietvertrag als Mitmieter hinzu, so dass wir die Wohnung zum selben Preis bewohnen konnten wie sie, die in den späten Neunzigern eingezogen war – für knapp tausend Dollar pro Monat. Die Nachbarn über uns zahlen das Viereinhalbfache. Wenn wir uns jetzt noch mal nach einer Wohnung umschauen müssten, könnten wir von Glück sagen, wenn wir eine Einzimmerwohnung in Queens bekämen.

Cobble Hill, das Viertel, wo Violet lebt, ist noch schöner als unseres, dort leben lauter Neureiche, Paare mit Treuhandfonds und siebenstelligen Gehältern. Die Brownstone-Häuser sind alle renoviert und erstrahlen nach einer Fassadenerneuerung wieder in ihrem alten historischen Glanz. Wenn Jay und sie es sich leisten können, dort zu leben, sind sie noch reicher, als ich angenommen habe.

Da springt Harper von der Schaukel und gesellt sich zu

Violet und mir. Sie ergreift Violets Hand. »Ich hab Hunger, Mom. Kann ich meine M&Ms haben?«

Violet nickt und wirft einen Blick auf die Apple Watch an ihrem Handgelenk. Das Armband besteht aus goldenen Gliedern – zweifellos echtes Gold. »Klar, Süße. Ich hab gar nicht gemerkt, wie spät es schon ist. Wir sollten langsam gehen.« Sie greift in ihre Tasche und holt drei M&Ms heraus. »Kannst du dich von Caitlin verabschieden?«

»Hat mich gefreut«, sage ich und versuche mir die Enttäuschung nicht anhören zu lassen. Ich wünschte, sie würden noch nicht gehen. Eigentlich sollte ich Violet hassen, sollte eifersüchtig sein auf ihr ebenmäßiges Gesicht, ihren reichen, gutaussehenden Mann und ihre zuckersüße Tochter, aber ich bin es nicht. Ganz im Gegenteil. Sie ist genauso faszinierend wie Jay. Die Daisy zum Gatsby, ganz wie ich es mir vorgestellt hatte. Das sollte mich eigentlich nicht überraschen. Er ist nicht der Typ Mann, der sich eine langweilige Frau angelt.

»Mich auch«, erwidert Violet lächelnd. »Ich bin so froh, dass wir dir begegnet sind.«

Bevor sie sich umdrehen und gehen können, sage ich schnell und hoffnungsvoll: »Ach, ich wollte mir eigentlich noch einen Frozen Yoghurt holen – wollt ihr mitkommen?« Lena wird mich zwar umbringen, aber ich kann die beiden nicht einfach ziehen lassen.

Violet verzieht das Gesicht. »Würden wir gerne, aber ich muss dringend einkaufen – unser Kühlschrank ist praktisch leer.«

Ich nicke lächelnd, als wäre das keine große Sache, als würde mir das nichts ausmachen. Da neigt Violet nachdenklich den Kopf zur Seite. »Aber …«, sie zögert kurz und fährt dann fort,

»aber hättest du Lust, stattdessen zum Abendessen vorbeizukommen? Als Dankeschön für deine Hilfe mit Harper?«

Meine Enttäuschung schlägt in Aufregung um, wie graues Regenwetter in Sonnenschein. Sie lädt mich zu ihnen nach Hause ein. Ich weiß gar nicht, was ich sagen soll, bin plötzlich sprachlos.

Sie lächelt. »Erwarte dir aber nicht zu viel«, sagt sie. »Ich würde uns was Simples kochen. Das heißt, falls du Zeit hast?«

Ich nicke erfreut. »Gerne«, sage ich, als ich meine Stimme wiederfinde. »Soll ich etwas mitbringen?«

Violet schüttelt den Kopf. »Nur dich, sonst nichts.« Sie blickt erneut auf ihre Armbanduhr. »Jetzt ist es halb drei, wie wäre es mit sechs? Da kommt Jay auch nach Hause, und ich habe noch genug Zeit, um vorher einkaufen zu gehen.«

Als sie Jay erwähnt, breiten kleine Schmetterlinge in meinem Bauch ihre Flügel aus und lassen sie heftig flattern. Ich denke an die Ausgabe von *Und dann gabs keines mehr* in meiner Tasche; ich könnte ihm das Buch persönlich überreichen. »Sechs ist prima«, sage ich und lächle breit. Normalerweise verlasse ich den Beautysalon nicht vor halb sieben, aber ich werde mir eine Ausrede einfallen lassen, weshalb ich früher abhauen muss. Leute mit Kindern essen früher. Ich befürchte, wenn ich eine spätere Uhrzeit vorschlage, könnte es passieren, dass sie die Einladung verschiebt: *Dann vielleicht ein anderes Mal.* Das kann ich nicht riskieren.

»Perfekt.« Violet grinst zurück. »Magst du mir deine Telefonnummer geben? Dann schreibe ich dir unsere Adresse.«

Als ich kurz darauf den Park verlasse, bin ich ebenso glücklich wie an jenem Tag, als ich Jay traf.

5

Aufgekratzt eile ich zurück zum Beautysalon und komme außer Atem an. Ich bin zu spät; ich war eine ganze Stunde weg, weit länger als die mir zustehenden dreißig Minuten Pause. Lena wird nicht erfreut sein. Sie hasst Zuspätkommen.

Ich halte an der Tür inne, wische mir Schweiß von der Stirn. Durch die Scheibe sehe ich Chloe am Empfangstresen, die einen To-Go-Kaffee schlürft. Als sie mich bemerkt, winkt sie mich herein. Ich hole tief Luft, versuche nicht zu abgehetzt zu wirken und betrete den Laden.

Als Chloe sich mir nähert, bin ich gerade damit beschäftigt, mit den Augen den Raum nach Lena abzusuchen. »Da wartet eine Deluxe-Pediküre auf dich«, sagt sie. »Sie hatte eigentlich einen Termin bei Natasha gebucht, aber Natasha musste sich um eine Laufkundin kümmern und ist noch nicht fertig.« Ich höre die Genervtheit in ihrer Stimme. Ich hätte da sein sollen, um die Laufkundin zu übernehmen, will sie mir damit sagen; ich bin der Sand im Getriebe.

»Klar, kein Problem.« Ein kurzer Blick auf meine Station sagt mir, dass die Kundin sitzt und ihre Füße bereits einweichen. »Lass mich nur kurz meinen Wagen holen.«

Geduckt gehe ich schnurstracks in den hinteren Bereich des Salons und versuche, möglichst keine Aufmerksamkeit zu erregen. Wäre ich nicht so in Eile, hätte ich vielleicht nachgeschaut, wer die Frau auf meinem Stuhl ist. Hätte ich das besser mal getan.

Als ich den Pausenraum erreiche und sehe, dass Lenas Bürotür geschlossen ist, entspanne ich mich. Das heißt, sie ist nicht da. Sonst lässt sie die Tür immer offen stehen, selbst wenn sie ein privates Telefongespräch führt, hört man ihren Bariton quer durch den Salon. Ich lege meine Handtasche in mein Regalfach und nehme mir eine Minute, um mich zu sortieren.

Nachdem ich meinen Dutt neu gebunden und abstehende Härchen gebändigt habe, schnappe ich mir meinen mehrgeschossigen Rollwagen und schiebe ihn zu meiner Station. Die wartende Frau liest, ihr Kopf ist hinter einem aufgeklappten Hardcover-Buch verborgen. Um das rechte Handgelenk trägt sie ein dünnes Armband, an dem ein filigraner grüner Edelstein baumelt. Ich sehe ihn, kann ihn aber nicht zuordnen.

»Haben Sie sich schon eine Farbe ausgesucht?«, frage ich und lächle zu ihr hoch. Was als Nächstes passiert, kommt mir vor wie in Zeitlupe.

Als die Frau das Buch sinken lässt, fallen mir als Erstes ihre rot aufblitzenden Haare auf, die ihr in einem Pferdeschwanz über die Schulter fallen. Gänsehaut kribbelt mir im Nacken. Ich kenne diese Haarfarbe, diesen Farbton. Mein Magen verknotet sich, und endlich blicke ich in ihr Gesicht. Hohe Wangenknochen; herzförmiger Mund; dünne Stupsnase. Sie ist es. Sie sieht noch genauso aus, auch wenn über ein Jahr vergangen ist. Mir weicht sämtliches Blut aus den Wangen. Mir ist, als würde ich gleich umkippen. Würde ich nicht bereits sitzen, würden meine Beine nachgeben. *Was macht Allison hier?*

Sie erkennt mich im selben Moment, in dem ich sie erkenne. Meine Überraschung spiegelt sich in ihrem Gesicht, als ihr die Kinnlade herunterfällt und sie die blauen Augen aufreißt.

Sie denkt genau dasselbe wie ich. Sie muss es nicht mal aussprechen, ich sehe es ihr an. *Was macht die denn hier?*

Ich öffne den Mund, um etwas zu sagen, irgendwas – doch sie kommt mir zuvor. Ruckartig zieht sie die Füße aus dem Becken, so dass das Wasser überschwappt. Die Überraschung in ihrem Gesicht ist zu einer Mischung aus Wut und Angst geworden.

»Ich hab dir gesagt, du sollst dich von mir fernhalten!«, kreischt sie schrill. Hektisch kramt sie nach ihrer Handtasche, hat Mühe, den Riemen über die Schulter zu schieben.

Verzweifelt schaue ich mich um. Natasha starrt mich an, andere Stammkundinnen verrenken sich die Hälse nach uns. Es ist laut im Salon – Chloe telefoniert, das andere Telefon klingelt, allgemeines Gemurmel –, aber Allison übertönt den Krach mit ihrer hysterischen Stimme.

Ich drehe mich wieder zu ihr um. »Bitte«, zische ich und halte die Hände abwehrend vor den Körper, um die Situation irgendwie zu entschärfen, ihre Wut zu bändigen. »Bitte, ich wusste nicht, dass du herkommst, ich schwöre es, es ist nicht, wie du …«

Doch sie hört mir nicht zu. »Du solltest mich ein für alle Mal in Ruhe lassen!«, schreit sie. Sie hat es geschafft, sich wieder ihre Schuhe anzuziehen, Riemchensandalen mit mittelhohem Absatz, und beginnt nun, in weitem Bogen um mich herum, sich zum Eingang vorzuarbeiten, während ihr einzelne feuerrote Strähnen ins Gesicht hängen.

Als Allison an der Eingangstür angelangt ist, streckt sie einen Finger nach mir aus. Er zittert leicht. Der Edelstein an ihrem Bulgari-Armband – das ich wiedererkannt habe, aber nicht zuordnen konnte – bebt. Auf ihren cremefarbenen Wangen zeichnen sich rosa Flecken ab. Ihre Lippen sind fest zusammengepresst. Sie will schreien, doch ihr Mund gehorcht ihr nicht. Sie steht einfach da, zitternd, mit ausgestrecktem Finger, und sieht mich an, und ich spüre, wie mir das Herz bis zum Hals schlägt.

Dann ist sie fort. Die Tür schlägt hinter ihr zu, dass die kleinen Glöckchen am Türknauf fröhlich klingeln. Der Raum ist still, zumindest für mich – das Geklapper und Gemurmel sind verklungen, als hätte jemand die Stummtaste gedrückt.

»Was zum …?«, hebt Natasha an, doch ich stürme bereits nach hinten zum Pausenraum. Ich spüre die Blicke, die sich in meinen Rücken bohren. Mein Gesicht brennt. In meinen Ohren ertönt ein stetes Rauschen, laut, ohrenbetäubend. Blindlings, mit brennenden Tränen in den Augen, schnappe ich mir meine Handtasche, mache kehrt und eile durch den Salon.

»Ich brauch frische Luft«, murmle ich Chloe auf dem Weg nach draußen zu. Ich meine zu hören, wie Natasha mir hinterherruft, drehe mich aber nicht um. Ich muss hier raus. Ich frage mich, ob ich je zurückkehren werde. Vielleicht, wenn ich viel Glück habe, schluckt mich ein schwarzes Loch und ich verschwinde, puff, einfach so. Löse mich in Millionen winziger Atome auf.

Mit schweißnassen Handflächen fummle ich am Türknauf herum und trete dann nach draußen auf den belebten Bürgersteig und ringe nach Atem, als würde ich, die Lunge voller Salzwasser, aus der Tiefe auftauchen.

Ich gehe einfach immer weiter, bis ich drei Blocks später am Anfang einer engen Gasse angelangt bin, die von zwei Apartmentgebäuden flankiert wird. Erst jetzt bleiben meine Füße stehen, weigern sich, noch einen weiteren Schritt zu tun. Ich lehne mich an die vom Schatten kühle Backsteinwand und sinke dann langsam zu Boden, wo ich starr geradeaus blicke – auf den dreckigen Asphalt vor mir, mit den schwarzen Gummiflecken. Schließlich beruhigt sich mein Atem, mein Herzschlag wird langsamer.

Von allen Läden in allen Städten der Welt musste sie ausgerechnet in meinen gestiefelt kommen. Sie sieht tatsächlich ein wenig aus wie Ingrid Bergman in *Casablanca*, mit ihren hellblauen Augen, den markanten Wangenknochen. Aber es ist eigentlich kein so großer Zufall. Sie lebt nur ein paar Blocks weiter, in einem der neueren Hochhäuser mit siebenundfünfzig Stockwerken, in einer Wohnung, von der man übers Wasser bis nach Manhattan schauen kann. Ich habe diesen Ausblick geliebt, habe es geliebt, an der deckenhohen Glasfront in ihrem Wohnzimmer zu lehnen und bei Sonnenuntergang zuzusehen, wie sich die Lichter in der Stadt ausbreiteten, bis alles dalag wie ein unendliches Meer aus funkelnden Sternen. Wären die Fenster auf der gegenüberliegenden Seite des Gebäudes gewesen, hätte man das Dach unseres Hauses sehen können, da unsere Wohnung nur fünfzehn Minuten zu Fuß von ihrer entfernt lag. Zwanzig vielleicht, wenn man den Weg hinzuzählte, den man zurücklegte, um die Marmorlobby zu durchqueren und mit dem Aufzug in die sechsunddreißigste Etage zu fahren.

Insofern wäre es nicht verwunderlich gewesen, wenn wir uns schon früher über den Weg gelaufen wären, doch tatsächlich sind wir uns heute das erste Mal begegnet, seit ich sie vergangenen Herbst zuletzt gesehen habe. Beinahe anderthalb Jahre sind seither vergangen. Ist es wirklich so lange her? An manchen Tagen fühlt es sich sogar noch länger an, an anderen, als sei es erst gestern gewesen.

Früher habe ich nach ihr Ausschau gehalten. Ich habe unter den Passanten auf der Straße nach ihrem Gesicht gesucht, mich gefragt, ob sie womöglich auftaucht, ob ich einen Blick auf sie erhasche. Doch dazu kam es nie. Es war, als sei sie wie vom Erdboden verschluckt. Schließlich gab ich es auf, nach ihr zu suchen. Hörte auf zu hoffen. Stattdessen verdrängte ich sie aus meinen Gedanken. Ich packte sie fein säuberlich in eine Kiste und schob sie in eine Ecke eines verstaubten Dachbodens.

Bis heute. Bis sie eben vor mir stand. Ich hätte sie beinahe berührt, beinahe ihren Fuß in die Hand genommen.

Ein stumpfer Schmerz in meiner Brust. Ich wünschte, ich bekäme die Chance, mich zu erklären. Hätte sie mir nur zugehört, vielleicht sähe die Situation dann anders aus. Vielleicht hätte ich ihr nachgehen, ihr auf dem Gehweg hinterherrennen sollen, aber wahrscheinlich hätte es das nur noch schlimmer gemacht. Falls das überhaupt möglich ist.

Das Klingeln meines Handys, das schrill in der stillen Gasse ertönt, lässt mich hochschrecken. Mit flatternden Lidern schließe ich die Augen und wappne mich, bestimmt ist es Lena, die mich anruft, um mich zu feuern. Wer hat es ihr wohl erzählt? Chloe? Natasha? Oder eine der anderen Nagelpflegerinnen, mit denen ich einen freundlichen – aber keinen freundschaftlichen – Umgang pflege? Mit schwerem Magen greife ich in meine Handtasche. Doch es ist kein Anruf von Lena. Es ist eine SMS von Violet. Sofort fällt eine Last von mir ab. Ich lächle. Ein Sonnenstrahl stiehlt sich durch die Wolken.

Ich wische mit dem Ärmel über mein Gesicht, schniefe. Die Nachricht leuchtet auf meinem Display auf.

Hier ist unsere Adresse! Bis 18 Uhr dann!

Ich klicke auf den Link. Google Maps setzt einen Pin mitten in Cobble Hill, und ich tippe auf das Thumbnail-Bild von Street View. Es ist ein wunderschönes Brownstown-Haus mit zwei statt der üblichen drei Stockwerke, aber dafür ist es breiter als gewöhnlich, und eine steile Treppe führt hinauf zu der schwarzen Haustür.

Ich kopiere die Adresse und füge sie in die Suchleiste bei Redfin ein. Dasselbe Foto des Brownstone-Hauses ploppt auf, mit einem kleinen Banner links oben in der Ecke mit der Aufschrift VERKAUFT. Ich scrolle auf der Seite nach unten und sehe, dass es voriges Jahr im April für Drei-Komma-Zwei-Fünf-Millionen Dollar verkauft wurde. Drei *Millionen.* Mein Grinsen wird breiter. Heute werde ich in einem Drei-Millionen-Dollar-Haus zu Abend essen. *Ich.*

Ich schließe die Redfin-Website und blicke vom Handy hoch. Die Gasse ist schmutzig und übersät mit zusammengelegten Kartons, an der gegenüberliegenden Hauswand steht ein Müllcontainer. Es riecht modrig, nach feuchtem, vor sich hin gammelndem Laub. Ich stehe auf und straffe die Schultern. Ich muss weg von hier.

Als ich wieder auf dem Gehweg stehe, nicht mehr im Schatten, sondern im Licht, biege ich links ab. Weg vom Beautysalon, Richtung zu Hause. Ich gehe nicht zurück zur Arbeit. Das ist riskant – falls Lena nicht schon wegen des Tumults im Laden angepisst ist, wird sie es spätestens sein, wenn ich einfach abhaue –, aber ich kann nicht anders. Ich kann meinen Kolleginnen nicht ins Gesicht schauen, kann es nicht ertragen, wie sie mich voller Unbehagen ansehen, aber im Grunde nervös meinem Blick ausweichen, bevor sie sich untereinander Blicke zuwerfen. Nein, ich kann nicht zurück. Außerdem, stelle ich mit einem Blick auf die Uhr fest, muss ich mich allmählich fertig machen, den Kittel ablegen und mich umziehen.

Ich lasse mir von Allison nicht den Abend ruinieren. Sie hat mir schon genug versaut.

Ich nehme den Vorfall von eben und packe ihn wieder in seine Kiste, klappe die Treppe zum Dachboden ein und verstaue die Tür hoch oben in der Dunkelheit, wo ich sie weder sehen noch erreichen kann. Alles ist gut. *Alles ist gut*, rede ich mir so lange selbst ein, bis es wahr ist. Als ich schließlich unser Haus erreiche, denke ich nicht mehr an Allison. Ich denke an Violet. Und Jay.

Zu Hause mache ich ein schnelles Gemüse-Rührei für meine Mom und bringe es ihr zusammen mit einem großen Glas Eistee mit Minzblättern und Eiswürfeln, die im Glas klackern.

»Isst du gar nichts?«, fragt sie und sieht zu mir hoch.

»Ich gehe heute Abend essen.«

Sie hebt eine Augenbraue. »Tatsächlich?«

Ich nicke. »Ich habe jemanden getroffen. Eine Freundin, gewissermaßen. Im Park. Sie hat mich zu sich zum Essen eingeladen.«

»Das ist ja nett«, entgegnet meine Mom. Sie sieht aus, als wollte sie noch etwas sagen, die Lippen leicht geöffnet, als warte sie auf die richtigen Worte. Doch sie lächelt nur und richtet ihre Aufmerksamkeit wieder auf ihre Sendung. Eine alte Folge von *Dateline* über einen Einbruch, der schiefgelaufen ist. Ich schaue einen Moment zu – eines der Opfer erinnert sich an den Abend – und verlasse dann den Raum, um mich fertigzumachen.

Im Bad tausche ich meine Brille gegen Kontaktlinsen und blinzle heftig beim Einsetzen. Ich trage sie nur selten, weil sie meine Augen austrocknen, so dass sie am Ende des Tages rot gerändert sind und jucken. Wahrscheinlich würde ich mich daran gewöhnen, würde ich sie öfter tragen, aber meistens bin ich spät dran oder habe keine Kontaktlinsenflüssigkeit da. Allerdings sehe ich ohne Brille besser aus; manchen Leuten stehen Brillen total, doch bei mir wirken die Augen durch die Brillengläser klein wie Knopfaugen – also werde ich die Zähne zusammenbeißen und die trockenen Augen hinnehmen, zumindest heute Abend. Vorsichtig trage ich ein wenig Mascara aus dem fast komplett eingetrockneten Fläschchen auf, kämme mit einer Bürste durch meine Haare, binde sie zu einem hohen Pferdeschwanz und befeuchte meine Hände, um die splissigen Enden zu glätten.

Danach probiere ich verschiedene Oberteile an, ehe ich mich für ein schwarzes Tankshirt mit hohem Halsausschnitt entscheide, und binde mein Flanellhemd um die Taille. Auch wenn die Tage allmählich milder werden, ist es abends noch kühl. Meine Kittelhose tausche ich gegen eine Jeans, eine ohne Löcher, und ziehe dann den Reißverschluss an meinen schwarzen Stiefeln hoch.

»Warte nicht auf mich«, sage ich zu meiner Mom, als ich gehe, und drücke ihr einen Kuss auf die Stirn. Sie schnaubt und grinst dann. Wir wissen beide, dass sie noch vor halb neun auf ihrem Sessel eingeschlafen sein wird. Wenn ich heimkomme, wird das Wohnzimmer dunkel daliegen, während der Fernseher flackert, die Lautstärke noch immer voll aufgedreht.

»Viel Spaß«, wünscht sie mir.

Ich lächle. Den werde ich haben. Ganz bestimmt sogar. Selten bin ich mir einer Sache so sicher gewesen.

6

Das Haus der Lockharts liegt nur fünfzehn Minuten von unserem entfernt. Ich laufe zügig, in kleinen, flotten Schritten. Mein Herz schlägt doppelt so schnell, meine Nerven liegen blank, aber auf gute Weise, wie am Ende eines romantischen Dates, wenn man sich nervös anlächelt und eine Anspannung in der Luft liegt, oder wie an Heiligabend, bevor man ins Wohnzimmer gerufen wird. Immer wieder greife ich in meine Tasche, um sicherzugehen, dass sich das Buch für Jay nach wie vor darin befindet. Natürlich tut es das, aber ich kann nicht anders.

Um zwei Minuten nach sechs treffe ich an der Adresse ein. Vom Gehweg aus schaue ich nach oben und erkenne dasselbe Brownstone-Haus wie auf den Google-Maps-Bildern wieder. In echt ist es sogar noch beeindruckender, noch größer, das schmiedeeiserne Treppengeländer glänzender und die neu renovierte Fassade noch strahlender. Jeden Cent der Drei-Komma-Zwei-Millionen Dollar wert, die sie dafür hingeblättert haben. Ich wüsste nur zu gern, wie.

Ich steige die Treppe hoch, bleibe auf der obersten Stufe stehen und verlagere mein Gewicht nervös von einem Fuß auf den anderen. Kurzzeitig blitzt Allisons Gesicht vor meinem inneren Auge auf, ihr roter Haarschopf. Plötzlich erwäge ich, umzudrehen. Es fühlt sich an, als wäre ich unter Vorspiegelung falscher Tatsachen hier. Was ja auch stimmt, gewissermaßen. Wenn ich jetzt weggehe, wird es nie jemand erfahren. Doch dann erblicke ich durch das Erkerfenster Violet, die Harper über die Schulter schaut, während diese auf einem kleinen Tisch im Wohnzimmer malt. Violet deutet auf die Zeichnung und nickt lächelnd, die Wangen leicht gerötet. Ich blinzele Allison fort. Ich werde nicht gehen.

Ich strecke den Rücken durch, ziehe das Flanellhemd um meine Taille straff. Ich heiße Caitlin. Ich bin Krankenschwester. Ich gehe noch einmal die Lügen durch, die ich erzählt habe, wiederhole sie, bis sie sich echt anfühlen. Dann klopfe ich.

Einen Augenblick später schwingt die Tür weit auf. Violet steht im Türrahmen, ein wenig atemlos, mit glänzenden Augen. Sie trägt dasselbe Outfit wie vorhin – Leinenhose, weiße Bluse – und darüber eine Rüschenschürze mit Paisleymuster. Außerdem einen Cardigan mit hochgekrempelten Ärmeln.

»Caitlin, hi! Komm rein!«

Ich trete von der Treppenstufe in ihren Eingangsbereich. Vor mir führt eine Eichentreppe in den ersten Stock hinauf, und zur Rechten ist das große Wohnzimmer mit dem Erkerfenster, das ich von der Straße aus gesehen habe. Auf der anderen Seite des Wohnzimmers befindet sich die Küche. Es läuft leise Musik, eine Frauenstimme mit Gitarrenbegleitung. Das Haus ist warm und riecht nach frisch gebackenem Brot.

»Mir nach«, sagt Violet und bedeutet mir mit einem Winken, ihr zu folgen. »Ich bin in den letzten Zügen mit dem Abendessen. Jay sollte auch jede Minute da sein. Harper, sag Hallo.«

Ich folge ihr durch das Wohnzimmer in die Küche. Harper schaut von ihrem Minitisch hoch, als wir vorbeikommen, lächelt und winkt mir zu, dann malt sie leise summend weiter. »Let It Go« aus *Frozen*, wenn ich mich nicht täusche.

Die Küche ist größer als die meisten in Brooklyn – auf jeden Fall größer als unsere Schuhkarton-Version – und verfügt über strahlend weiße Schränke, glänzende goldene Akzente, einen sechsflammigen Herd und einen French-Door-Kühlschrank. Auf der rechten Seite befindet sich ein für vier Personen gedeckter Esszimmertisch, obwohl er groß genug wäre für mindestens sechs, darüber hängt eine Rattanlampe.

»Setz dich doch.« Violet deutet auf einen Barhocker auf einer Seite der Kücheninsel mit Marmorplatte. In der Mitte der Platte steht ein Geranientopf, der duftet wie ein Garten nach dem Regen.

»Das Essen ist fast fertig. Die Pasta und die Soße kochen schon. Ich muss nur noch das Brot aus dem Ofen holen.«

Ich hänge meine Handtasche über die Lehne und rutsche auf den Hocker. Als ich mich umschaue, möchte ich mich kneifen. Wenn man mir heute Morgen gesagt hätte, dass ich in einer solchen Luxusküche zu Abend essen würde, hätte ich gelacht und denjenigen für einen ebenso großen Lügner gehalten, wie ich einer bin.

»Möchtest du Wein?«, fragt Violet und holt eine halbvolle Flasche Weißwein aus dem Kühlschrank, deren Glas vom Kondenswasser beschlagen ist.

Ich schüttele den Kopf. »Nein, danke. Ich trinke nicht.« Dieses Geständnis überrascht mich selbst. Es ist die Wahrheit, aber etwas, das ich selten zugebe. Ich warte darauf, dass sie die Augenbrauen hochzieht, mich erstaunt ansieht. *Du trinkst nicht?* Die meisten Leute reagieren darauf so, als würde ich aus Spaß Welpen das Fell über die Ohren ziehen. Mein Gott, wie entsetzlich!

Stattdessen erscheint ein breites, warmes Lächeln auf Violets

Gesicht. »Ich auch nicht!« Sie stellt die Flasche zurück und greift dann nach hinten in den Kühlschrank. »Ich schenke uns etwas anderes ein. Magst du Ingwer?«

Ich nicke beschwingt und bin begeistert, dass wir schon jetzt etwas gemeinsam haben. »Klar«, antworte ich.

»Perfekt.« Sie holt eine Dose heraus, macht den Kühlschrank zu und nimmt zwei Champagnerflöten aus dem Schrank hinter ihr. Ein lautes, metallisches Klacken ertönt, als sie die Dose öffnet. Vorsichtig gießt sie den Inhalt in die Gläser, aus denen Schaum aufsteigt.

»Mein Lieblings-Ginger-Ale«, sagt sie. »Niemand würde je darauf kommen, dass das kein Champagner ist.« Sie lächelt und reicht mir ein Glas. »Prost.«

Ich stoße mit ihr an und führe dann den Flötenrand an meine Lippen. Es schmeckt zuckersüß und ein wenig würzig. »Köstlich«, sage ich.

»Nicht wahr?«, entgegnet Violet. »Das ist mein typischer Move, ehrlich gesagt: Ich bestelle Ginger Ale an der Bar und bitte darum, ihn in ein Champagnerglas zu füllen.«

Sie zieht die Nase kraus. »Ich hasse es, wenn ich Leuten sagen muss, dass ich nicht trinke. Ein einfaches Nein reicht den meisten nicht. Immer wollen sie wissen, *wieso* ich nichts trinke, als würde mit einem irgendetwas ganz und gar nicht stimmen, wenn man einen Drink ablehnt.«

Ich nicke mitfühlend. »Absolut.« Ich gehe kaum mit Freunden aus, aber wenn es doch mal vorkommt, erfinde ich eine Ausrede – ich behaupte, ich würde Antibiotika nehmen oder hätte es am Vorabend ein wenig übertrieben. Die Wahrheit – dass ich von Alkohol Nesselsucht bekomme, riesige Quaddeln von der Farbe überreifer Kirschen – ist weniger sexy.

»Das Schlimmste ist, wenn sie mir ein vertrauliches, verstohlenes Lächeln zuwerfen und auf meinen Bauch gucken, als hätten wir ein gemeinsames Geheimnis. Als wäre der einzig denkbare Grund für eine Frau, nicht zu trinken, dass sie schwanger ist.« Violet verdreht die Augen.

»Heißt das, du würdest mich hassen, wenn ich dich frage, weshalb?«, sage ich und beuge mich vor über den Tresen. Ich kann nicht anders. Wie gesagt, ich bin neugierig. »Ich kann mich ja zuerst outen – ich bin *hochgradig* allergisch. Ich würde mir ja durchaus ein, zwei Gläser genehmigen, wenn ich nicht hinterher aussehen würde, als hätte ich Windpocken. Wie sich herausgestellt hat, sind die Leute nicht *so* erpicht darauf, sich in der Nähe von Aussätzigen aufzuhalten.« Das ist leider ebenfalls wahr. Diese bittere Erfahrung musste ich an meinem ersten Wochenende im College machen, als ich bei einer Hausparty einen Schluck warmes Bier trank und mich fast sofort in eine Tomate verwandelte; die Geschwindigkeit, mit der die Leute auf Abstand zu mir gingen, war alarmierend.

»Alles Arschlöcher«, bemerkt Violet lachend und beginnt dann zu fluchen: »Oh, fuck!« Sie rennt zum Herd. Der Kochtopf dampft, und das sprudelnde Wasser läuft über. »Ich bin echt schlecht im Kochen«, sagt sie und wirft mir ein entschuldigendes Lächeln über die Schulter zu. »Aber man kann es essen, ich schwöre.«

Während ich an meinem Ginger Ale nippe, betrachte ich sie und beobachte, wie sie in der Küche herumwuselt, so dass ihre glänzenden dunkelbraunen, sanft gewellten Haare hüpfen. Irgendwie hat sie eine mühelose Coolness an sich, selbst wenn sie mit dem Essen kämpft.

Sie dreht sich gerade zu mir um und öffnet den Mund, um

etwas zu sagen, doch das Geräusch einer sich öffnenden und schließenden Tür kommt ihr zuvor. Wir blicken beide zum Wohnzimmer.

Von meinem Sitzplatz aus kann ich Jay von hinten sehen, wie er im Flur steht, die Hand noch immer am Türknauf. Dann dreht er sein Gesicht dem Wohnzimmer zu. Ich kann ihn sehen, aber er mich nicht. Das Flattern in meiner Brust ist wieder da. Er ist sogar noch attraktiver als in meiner Erinnerung, in seinem Kragenhemd mit locker sitzender Krawatte und der gebügelten marineblauen Khakihose, doch auf seinem Gesicht liegt ein abwesender Ausdruck, nicht so unbeschwert und entspannt wie noch im Park.

»Ich bin wieder da«, ruft er.

Er streift sich eine braune Ledertasche von der Schulter, hängt sie über das Treppengeländer und betritt das Wohnzimmer. Er macht halt an Harpers kleinem Tisch, beugt sich zu ihr hinunter, um ihr einen Kuss zu geben, streicht ihren Pony glatt und kommt dann in die Küche.

Violet strahlt ihn an. »Jay, du erinnerst dich doch sicherlich noch an Caitlin?«

Sofort verändern sich seine Gesichtszüge, werden weicher um den Mund und die Augen herum. Er sieht mich an und schenkt mir dasselbe Lächeln wie im Park – breit, mit Grübchen und strahlend weißen Zähnen. Einen Augenblick lang vergesse ich zu atmen. »Natürlich«, sagt er. »Wie könnte ich unsere Retterin vergessen? Unseren Schutzengel vom Spielplatz. Schön, dich wiederzusehen, Caitlin.«

Ich erröte. »Ich hab ja praktisch nichts gemacht, nur ein paar Tipps gegeben«, erwidere ich.

»Na ja, aber deine Expertise war äußerst wertvoll«, betont

Violet. »Du warst Gesprächsthema Nummer eins beim Abendessen an dem Tag. Die beiden konnten gar nicht mehr aufhören, von dir zu erzählen.«

Jays Lächeln scheint zu erstarren. Er zögert und sagt dann: »Das stimmt. Wenn du nicht in dem Moment gekommen wärst, wäre Harper nicht die Einzige gewesen, die in Tränen aufgelöst war.«

Ich lache ein wenig. »Gern geschehen. Ich freue mich, wenn ich helfen konnte.«

Sein Blick schweift durch die Küche und bleibt an den Champagnerflöten in unseren Händen hängen. »Wie ich sehe, habt ihr bereits angefangen«, sagt er trocken.

Violet verdreht gutmütig die Augen. Es ist ein alberner Scherz, den er offenbar schon zuvor gemacht hat. Es erinnert mich daran, wie ich als Kind im Restaurant einen Shirley Temple bestellt habe und der Kellner mir verschwörerisch zuzwinkerte: *Du lässt es heute wohl krachen, was?* Doch aus Jays Mund klingt es charmanter.

»Möchtest du ein Bier haben?«, fragt sie ihn.

»Ich hol mir schon eins«, antwortet er und durchquert die Küche. Es gefällt mir, dass er nicht in das 1950er-Stereotyp des Mannes verfällt, der von der Arbeit heimkommt, sich in den Sessel plumpsen lässt und wie selbstverständlich ein kühles Getränk entgegennimmt, das ihm seine perfekt frisierte, mit einer Schürze bekleidete Frau bringt, obwohl beides auf Violet zutrifft.

Als er zum Kühlschrank läuft, prallt er mit dem Rücken gegen ihren, woraufhin beide sich umdrehen und den Blick des anderen suchen und einen Moment lang halten. Ich schaue weg, ebenso peinlich berührt wie eifersüchtig angesichts dieser Intimität, und spüre einen Stich im Magen.

Jay öffnet seine Bierflasche mit einem Plopp, nimmt einen kräftigen Zug und lehnt sich gegen die Arbeitsplatte neben dem Herd. Dann hebt er die Flasche in meine Richtung. Ich lächle und tue dasselbe.

»Brauchst du Hilfe?«, fragt er Violet, die dankbar nickt.

»Könntest du den Parmesan reiben? Oh, und holst du bitte die große Schüssel oben aus dem Schrank? Die Pasta ist fertig und kann umgefüllt werden.«

Jay stellt sein Bier ab und nimmt eine große Schüssel aus einem der oberen Schränke in der Küchenecke. Er stellt sie neben ihr ab, schnappt sich den Käse und beginnt ihn zu reiben. Während er mit dem Parmesan zugange ist, schüttet Violet die Pasta in ein Sieb im Waschbecken, kippt die Nudeln anschließend in die Schüssel und rührt mit der Schöpfkelle in der köchelnden Soße.

»Okay«, sagt Violet mit Blick auf die Küche, die Hände in die Hüften gestemmt. »Ich würde sagen, wir können essen. Harper, gehst du dir bitte die Hände waschen?«

Ein paar Minuten später sitzen wir alle, Jay und Violet an den beiden Tischenden, ich gegenüber von Harper. Violet trägt uns Pasta auf, während Jay einen Korb mit warmem, knusprigem Brot herumreicht. Ich nehme eine Scheibe und gebe den Korb dann Harper, die sich zwei nimmt.

Als alle versorgt sind, hält Violet ihr Glas in die Höhe. »Prost. Danke, dass du heute Abend unser Gast bist, Caitlin.«

»Prost!«, ruft Harper und hält eine Plastiktasse mit Milch in die Höhe. Ich lächle ihr zu und stoße mit ihr an, dann mit Violet und zuletzt mit Jay. Unsere Blicke begegnen sich, und wir lächeln beide.

»Danke für die Einladung«, sage ich, nachdem ich einen

Schluck von meinem Ginger Ale genommen habe. Ich blicke erneut zu Jay, dann zu Violet. »Wie habt ihr zwei euch eigentlich kennengelernt?«

Ich erwarte, dass sie zu strahlen beginnen und glänzende Augen bekommen, wenn sie an ihr Kennenlernen zurückdenken, doch keiner von beiden sieht zu mir. Stattdessen schauen sie einander an. Ich kann den Ausdruck auf ihren Gesichtern nicht entschlüsseln. Violet löst als Erste den Blick, als sie zu mir sieht und eine wegwerfende Geste mit der Hand macht. »Auf dem College«, sagt sie. »Ich wünschte, ich könnte etwas Spannenderes erzählen, aber unsere Kennenlerngeschichte würde dich nur langweilen.«

Bestimmt nicht, möchte ich ihr versichern, doch etwas an ihrem kurz angebundenen, etwas zu fröhlichen Tonfall hält mich davon ab. Ich schaue zu Jay, in der Hoffnung, er könnte ein wenig redseliger sein, aber er starrt nur auf seinen Teller, mit einem merkwürdig schmallippigen Lächeln, das aufgesetzt wirkt.

Unruhig rutsche ich auf meinem Stuhl umher und überlege krampfhaft, was ich sagen könnte, doch noch ehe ich dazu komme, ruft Harper: »Kuckt mal! Ein Wurm!«

Sie hält eine Nudel in die Höhe und lässt sie dramatisch wackeln. Wir lachen alle vier.

Schnell wird Harper zum Mittelpunkt des Gesprächs. Sie berichtet lauthals plappernd von ihrem Tag, freut sich, als ich sie nach ihrem Lieblingsbuch frage, und lächelt, als ich ihr erzähle, dass *Pu der Bär* auch eines meiner Lieblingsbücher ist.

»Nina hat mir alle Geschichten aus *Pu baut ein Haus* vorgelesen. Es hat nämlich mehrere *Kapitel*«, verkündet sie stolz.

»Wer ist Nina?«, frage ich.

»Unsere Nanny«, springt ihr Violet bei. »Das heißt, unsere Ex-Nanny. Sie hat vor ein paar Monaten aufgehört. Wirklich jammerschade. Harper hat sie geliebt. Wir alle. Nicht wahr, Liebling?« Sie wendet sich an Jay. »Sie war einfach die Beste, stimmt's?«

Jay hört auf zu kauen, blinzelt und nickt dann einmal.

Violet seufzt und wendet sich wieder an mich. »Es ist wahnsinnig schwer, jemand Neues zu finden.« Sie berichtet, wie sie in den vergangenen Wochen mehrere Bewerbungsgespräche geführt hat, wie eine Kandidatin zwei Stunden zu spät mit Bühnen-Make-up auftauchte und sich entschuldigte, weil das Vorsprechen so lange gedauert hätte, nur um dann zu erwähnen, dass sie zwar keine praktische Erfahrung mit Kindern habe, aber schon mal in einem Werbespot eine Mutter gespielt hat. »Wenn man in New York eine gute Nanny will«, sagt Violet, »sollte man offenbar am besten schon anfangen zu suchen, wenn man schwanger ist.«

Ich lächle; sie hat recht. »Tatsächlich habe ich früher als Nanny gearbeitet«, sage ich. »Bevor ich Krankenschwester wurde.« Und glaubt es oder nicht, aber das ist die reine Wahrheit. Es fing im College damit an, dass eine meiner Professorinnen erzählte, sie suche jemanden, der ihre Tochter nach der Schule abholen könne. Sie empfahl mich dann einer anderen Kollegin, und ehe ich mich's versah, war ich fast jedes Wochenende ausgebucht. Tatsächlich machte es mir so viel Spaß, dass ich den Studiengang wechselte – von Anglistik und Amerikanistik zu Pädagogik der frühen Kindheit – und nach dem Abschluss in Vollzeit als Nanny zu arbeiten begann. Schließlich bekam ich eine Stelle bei einem Kindergarten, nicht weit von hier. Als ich den Job verlor, fing ich bei Lena an. Aber das lasse ich in meiner Erzählung selbstverständlich weg.

Violet erwidert mein Lächeln. »Kein Wunder, dass du dich so gut mit Harper verstehst!«

Das versetzt mir unerwartet einen Stich. Ich war wirklich gut in meinem Job. Das Witzige ist: Meine ganzen Lügen, die bestenfalls als gesellschaftlicher Fauxpas gewertet werden, schlimmstenfalls als moralisches Versagen, waren teilweise der Grund, weshalb ich bei meinen Schützlingen so beliebt war. Ich war eine Meisterin im Geschichtenerzählen, eine Märchentante der Extraklasse, die Königin der Illusion. Die Kinder liebten meine haarsträubenden Geschichten, waren fasziniert von meinen abenteuerlichen Wochenendberichten, waren mein gebanntes Publikum. Nicht ein einziges Mal fragten sie nach, ob das alles stimmte. Es war ihnen schlicht egal.

Ich war am Boden zerstört, als ich gehen musste. Wenn ich die Augen schließe, sehe ich meinen letzten Arbeitstag vor mir, als sei es gestern gewesen. Die Kündigung kam ohne jede Vorwarnung und zog mir den Boden unter den Füßen weg. Ich wollte etwas entgegnen, wollte schreien, dass das nicht fair war, alles nur ein großes Missverständnis, doch ich wusste, es wäre vergeudete Mühe. Niemand würde mir mehr glauben als ihr.

Tränen brannten in meinen Augen, als ich den Kindern eröffnete, dass ich gehen – und auch nicht zurückkehren würde. Sie fragten mich nach dem Grund, aber natürlich konnte ich es ihnen nicht sagen. Es schnürte mir die Kehle zu, und ich brachte kein Wort heraus, deshalb kniete ich mich einfach hin und breitete die Arme aus. Einer nach dem anderen pressten sie ihre kleinen Körper an meinen. Die Kindergartenleiterin stand derweil mit verschränkten Armen an den Türrahmen gelehnt und begleitete mich anschließend nach draußen. Sie fehlen mir bis heute: ihre klebrigen Hände, ihr Kreischen und ihr fröhliches Lachen.

An Violet gewandt, ringe ich mir ein Lächeln ab. »Ich habe es wirklich gern gemacht«, sage ich. »Ich habe es *geliebt.*«

Noch ehe ich weiterreden kann, greift Harper nach einer weiteren Scheibe Brot und stößt dabei ihren Becher Milch um. Instinktiv springe ich auf, schnappe mir die Küchenrolle neben dem Waschbecken und renne zurück, um die Milchpfütze aufzusaugen, ehe sie auf den Boden tropft.

»Danke«, sagt Violet und lächelt mich an.

»Einmal eine Nanny, immer eine Nanny«, verkünde ich gutmütig. Damals, in meiner Anfangszeit, wäre es mein Traum gewesen, für eine Familie wie ihre zu arbeiten. Das ist es immer noch. Ich stelle mir vor, wie ich in ihrer Küche stehe und für Harper Erdnussbutter-und-Marmelade-Sandwiches in Herzform aussteche; wie ich im Wohnzimmer ihre kleinen Einhorn-Shirts zusammenlege, während sie vergnügt neben mir malt. Es kostet mich meine ganze Willenskraft, nicht zu Violet zu sagen, sie brauche keine Bewerbungsgespräche mehr zu führen, da ich gern übernehmen würde. Denn Gott weiß, nach dem heutigen Tag brauche ich einen neuen Job, und zwar dringend. Ich schlucke die bittere Erinnerung an den Vorfall am Nachmittag hinunter und beiße mir auf die Innenseite meiner Wange.

Im weiteren Verlauf des Abendessens tauschen wir Smalltalk aus, während Harper hin und wieder Anekdoten vom Tag einstreut und Violet aufmerksam lauscht und Harper ermutigt, sie auszuführen. Zweimal werfe ich verstohlen einen Blick auf Jay, bloß um festzustellen, dass er nur Augen für Violet hat und sie beobachtet. Ich kann verstehen, weshalb. Sie strahlt, und ihre Augen leuchten auf, wenn sie lacht. Falls sie Jays Blicke bemerken sollte, verbirgt sie es, denn ihre gesamte Aufmerksamkeit gilt Harper und mir, indem sie nachfragt, ob ich Nachschlag möchte und ob es mir schmeckt. Einmal, als ich sie beobachte, begegnet sie meinem Blick und lächelt. Entzückt lächle ich zurück. Ich frage mich, wie es sein muss, so schön zu sein wie sie, diese magnetische Anziehungskraft auszustrahlen. Magisch, nehme ich an.

Kurz nach sieben, als wir mit dem Essen fertig und die Gläser geleert sind, räuspert sich Violet, blickt zu Jay und deutet dann mit einer Kopfbewegung zu Harper hinüber. Er nickt.

»Bereit für die Badewanne?«, fragt Jay an Harper gewandt. Sofort beginnt sie zu schmollen und hebt zum Protest an, doch Violet schaltet sich schnell ein: »Zwei M&Ms, wenn du es in weniger als dreißig Sekunden nach oben schaffst!«

Harpers Gesicht leuchtet auf. »Die roten?«

Violet nickt. Quietschend springt Harper vom Stuhl. Die kleinen Füße stampfen über den Parkettboden, als sie von der Küche ins Wohnzimmer rennt und dann auf allen vieren die Treppe hochklettert. »Ich hab's geschafft!«, ertönt ihre kleine Stimme schwach irgendwo über unseren Köpfen, und wir lachen.

Noch immer lächelnd fragt Jay: »Wie viele hat sie heute schon gehabt?«

»Eine Handvoll?« Violet zuckt mit den Achseln und sagt dann an mich gewandt: »Ich finde, gegen ein wenig Bestechung ist nichts einzuwenden.« Sie zwinkert. »Meiner Meinung nach ist das der einzig gangbare Weg bei der Erziehung.«

Jay sieht aus, als wollte er noch etwas sagen, doch stattdessen schiebt er seinen Stuhl zurück und steht auf. »Ich geb dir Bescheid, wenn du sie übernehmen kannst«, sagt er zu Violet. Dann an mich gewandt: »Ich verabschiede mich schon mal, falls ich nicht zurück bin, bevor du gehst. Hat mich gefreut, dich wiederzusehen, Saint Cait.«

Wir beide lächeln zu ihm hoch. Er hat die Krawatte abgelegt und trägt den Hemdkragen offen, die Ärmel hochgekrempelt. Ich mag, wie er meinen Namen sagt. Meinen falschen Namen. Er hat sogar einen Spitznamen für mich. Mir wird warm und wohlig ums Herz. »Mich auch«, sage ich.

Violet und ich sehen zu, wie er die Küche verlässt und die Treppe hinauf verschwindet.

»Er ist wirklich toll mit Harper«, sage ich. Es ist süß, wie er sich um ihren Zuckerkonsum sorgt, und dass er derjenige ist, der ihr die Badewanne einlässt und sie anschließend in ein flauschiges Handtuch hüllt.

»Sie vergöttert ihn. Alle tun das«, sagt Violet und stößt ein kleines Lachen aus. »Er ist einfach so; er gibt Leuten das Gefühl ...«– sie sucht nach dem richtigen Wort – »... etwas Besonderes zu sein.«

Ich weiß, was sie meint. Es ist mir neulich im Park so gegangen. Er hat etwas an sich, ein Charisma, das einen in den Bann zieht. Selbst wenn er nicht verheiratet wäre, hätte ich niemals eine Chance bei ihm – er spielt mehrere Ligen über mir –, aber etwas daran, wie er mich angelächelt hat, hat mir das Gefühl gegeben, dass wir eventuell in einem Paralleluniversum füreinander bestimmt gewesen wären.

Nachdem wir aufgestanden sind, bestehe ich darauf, Violet beim Aufräumen zu helfen, was vor allem eine Ausrede ist, um länger bleiben zu können, räume den Tisch ab, spüle die Teller einmal kurz ab und stelle das schmutzige Geschirr und Besteck dann in den Geschirrspüler. Bis auf das Klappern der Töpfe und Pfannen herrscht eine angenehme Stille, während wir vor uns hin arbeiten, nur unterbrochen von Lachen, wenn eine von uns zufällig gegen die andere rempelt. Als die Küche aufgeräumt ist und alle Arbeitsflächen abgewischt sind, nimmt Violet ihre Schürze ab und hängt sie an einen Haken neben dem Kühlschrank.

Das sollte mein Stichwort sein, um zu gehen, doch ich mache noch immer keine Anstalten, mich zu verabschieden. Ich befürchte, wenn ich jetzt gehe, werde ich dieses Haus nie wieder betreten. Violet, Jay und Harper werden aus meinem Leben verschwinden, bis ich mich eines Tages fragen werde, ob ich sie mir nur eingebildet habe.

Violet sieht mich an und lächelt. Innerlich bereite ich mich darauf vor, gleich zu hören, dass es schon spät ist und sie allmählich nach oben gehen sollte, um Harper ins Bett zu bringen. Vielleicht sollte ich ihr zuvorkommen und anbieten, schnell bei einer Bäckerei um die Ecke ein wenig Gebäck zu besorgen, als Nachtisch. Insgeheim trete ich mir in den Hintern, dass ich nichts mitgebracht habe. Doch als ich gerade den Mund öffne, fragt sie: »Möchtest du Tee? Oder einen Kaffee?« Sie klingt hoffnungsvoll, als befürchtete sie, ich könnte ablehnen.

Ich nicke und muss mir auf die Unterlippe beißen, um mich davon abzuhalten, dämlich zu grinsen, während ich innerlich jubele. »Ich hätte gerne einen Tee.« Sie will also auch nicht, dass ich schon gehe.

»Prima«, sagt sie lächelnd. »Setz dich doch schon mal.« Sie deutet auf die Couch im Wohnzimmer. »Ich komme gleich.«

Ich verlasse die Küche und strebe auf die riesige Couch an

der Wand zu. Behutsam nehme ich Platz. Ich sinke in das cremefarbene Polster, spüre weiche Kissen im Rücken.

Von meinem Platz aus lasse ich den Blick durch den Raum schweifen. Gegenüber von mir ist ein großes Erkerfenster, die hauchdünnen weißen Gardinen zu beiden Seiten weit geöffnet. Draußen ist es dunkel, und das Licht der Lampe in der Ecke erzeugt eine Spiegelung in der Scheibe, so dass ich nicht rausschauen kann. Unter dem Fenster stehen sich zwei Sessel gegenüber, dazwischen ein kleiner Tisch, darauf ein Bücherstapel. Ich kann die Titel von hier aus nicht erkennen, aber es sieht aus, als wären es dicke, zerlesene Romane. In einer Ecke, links von den Sesseln, steht ein Tisch in Kindergröße für Harper, an dem sie vor dem Abendessen gemalt hat und auf dem Dosen mit Buntstiften und Wachsmalkreide stehen. Daneben befinden sich ein Bücherregal und ein paar geflochtene Körbe, in denen sich Spielzeug, Plüschtiere und Puppen türmen.

Es ist eines dieser Häuser, die einerseits gemütlich wirken, andererseits aber penibel aufgeräumt sind. Alles ist an Ort und Stelle; nirgends liegen Werbebriefe oder Schuhe herum, keine Jacken, kein sonstiger Nippes. Dann fällt mir etwas Merkwürdiges auf.

Bis auf das gerahmte Bild von Harper auf dem Bücherregal, das sie zeigt, wie sie, die Haare zum Pferdeschwanz gebunden, grinsend oben auf einer Rutsche sitzt, gibt es keine Fotos. An der Wand hängt nur Kunst; Aquarelle und Ölgemälde von Meereslandschaften und Wasserlilien, ein Gemälde eines weißrot gestreiften Sonnenschirms an einem einsamen Strand. Seltsamerweise finden sich nirgends Bilder von Violet oder Jay. Keine Hochzeitsfotos, keine Bilder, wie sie mit hochgesteckten Haaren, elegant im weißen Kleid, zum Altar schreitet oder wie er sie im Anzug anschmachtet. Nur dieses einsame Bild von Harper. Was seltsam wirkt. Würde ich wie Violet aussehen, würde mein Mann wie Jay aussehen, wären unsere Wände gepflastert mit Fotos von uns beiden.

Ich stehe auf und gehe zum Eingangsbereich. Allison hatte überall Fotos. Auf große Keilrahmen gedruckte Fotos von ihren Kindern, von sich selbst, von ihrem Ehemann. So habe ich erfahren, dass sie jedes Jahr im Sommerurlaub in die Catskill Mountains fahren und dass sie bei ihrer Baby-Shower-Party einen Kranz aus Ringelblumen getragen hat. Zu ihrem Vierzigsten hatte ich sie mit einem leuchtend gelben Blumenstrauß überrascht. »Das sind meine Lieblingsblumen«, hatte sie gesagt und die Nase in den Blüten vergraben. »Woher wusstest du das?«

Es gab noch weitere Fotos in Allisons Haus, nicht nur an den Wänden, auch jene, die sie vor mir hatte verbergen wollen. Das Bild, wie Dutzende Fotos der beiden quer über ihren Teppich verstreut liegen, ploppt in meinem Kopf auf, und ich schiebe es schnell beiseite. Vielleicht hat Violet ihre Familienfotos oben aufgehängt, oder …

»Hier, dein Tee.«

Erschrocken drehe ich mich um. Violet steht neben dem Couchtisch, zwei Tassen in den Händen.

Ich habe sie nicht hereinkommen hören. Ich gehe auf sie zu, nehme den Tee entgegen und lächle dankbar. Die Tasse dampft, das Porzellan ist schön warm an den Händen. Ich setze mich wieder hin und atme tief ein. Es riecht nach Orangenschalen, Gewürznelken und Muskat. Der Teebeutel ist von der teuren Sorte, ein fein gewebter Pyramidenbeutel, kein billiges Filterpapier gefüllt mit völlig ausgetrockneten, zerbröselten Blättern.

»Also«, sagt Violet, setzt sich neben mich auf die Couch und lächelt freundlich. »Erzähl mir von dir. Du warst früher Nanny, und jetzt bist du Krankenschwester?«

Ich lächle zurück. Ich wusste, das Thema würde aufkommen, und habe mir auf dem Weg hierher zurechtgelegt, was ich sagen werde. Aber jetzt habe ich eine bessere Idee. Besser für mich – und für Violet.

»Ich *war* Krankenschwester«, sage ich schmeichlerisch und hole die Lüge langsam wieder ein, rolle den Faden Stück für Stück zurück auf die Spule. Ich nippe an meinem Tee. »Na ja, ich bin noch in der Ausbildung. Zweites Jahr. Aber ich habe mich gerade beurlauben lassen, tatsächlich erst heute, um mich um meine Mutter kümmern zu können.«

Das ist eine weitere Sache, die ich gelernt habe. Wenn jemand nachbohrt, was die Lüge betrifft, rudere zurück. Antworte unverbindlich, füge ein paar neue Details hinzu, so dass dein Gegenüber später, wenn er oder sie daran zurückdenkt, nicht mehr genau weiß, was du erzählt hast. Dann wechsle das Thema, indem du das Gespräch leicht in eine andere Richtung lenkst. In diesem Fall, indem ich scheinbar beiläufig meine Mutter erwähne.

Violet schluckt den Köder. »Oh, das tut mir leid, ist sie krank?«

Ich nicke. »Sie hat Lupus.« Das ist Lüge Nummer drei. Ich heiße Caitlin, ich bin Krankenschwester und meine Mutter hat Lupus. Eins, zwei, drei. »Es war heftig, aber ihr Arzt hat ihr ein neues Medikament verschrieben, das zu helfen scheint. Ich möchte einfach während der Umstellung für sie da sein.«

»Das ist schön zu hören!«, sagt Violet. Sie lächelt, als wäre ihr wirklich daran gelegen.

Tatsächlich ist es Natashas Mutter, die Lupus hat. Sie hat mir ihren Leidensweg detailliert beschrieben, von den anfänglichen Symptomen bis zur Diagnose. Fast ein Jahr lang wusste niemand, was sie hatte, erzählte sie mir. Zuerst dachten sie, es sei die Lyme-Krankheit oder das Fibromyalgie-Syndrom. Das Ganze faszinierte mich. Erst kürzlich hatte Natashas Mom eine Behandlung gefunden, die ihr etwas Linderung brachte. Die Arthritis meiner Mom wirkt im Vergleich dazu nicht ganz so schwerwiegend.

»Ich habe meine Wohnung aufgegeben und bin bei ihr eingezogen, um ein Auge auf sie zu haben«, fahre ich fort. »Das war günstiger, als eine Pflegekraft einzustellen. Das ist natürlich nur vorübergehend, bis wir eine andere Lösung finden oder es ihr besser geht.«

Violet nickt verständnisvoll. Eine Frau, die mit Mitte dreißig noch bei ihrer Mutter wohnt, ist erbärmlich – außer besagte Frau pflegt ihre kranke Mutter; dann ist es eine selbstlose, noble Geste.

Bevor Violet die Chance hat, weiter zu graben, pflanze ich den Samen, der mir eben erst in die Hände gefallen ist. »Übrigens, da ich ja erst mal eine Auszeit nehme, könnte ich als Babysitterin für Harper einspringen, falls ihr mal jemanden braucht. Ich meine, falls euch das hilft.« Ich halte den Atem an.

Sie muss nur ein einziges Mal Ja sagen, mir die Chance geben, ihr zu zeigen, wie gut ich in dem Job bin. Dann könnten aus einem Mal zwei Male werden, insbesondere wenn Harper darum bittet, dass ich wiederkomme; dann wird vielleicht ein drittes Mal daraus, dann ein wöchentlicher Termin und irgendwann ein fester Rhythmus. Die meisten Familien in dieser

Nachbarschaft haben Kindermädchen, die bei ihnen leben, und ich wette, die Lockharts haben irgendwo in diesem großen Haus ein Gästezimmer; vielleicht, aber nur vielleicht, merkt Violet eines Tages, wie praktisch es wäre, mich in der Nähe zu haben. Dann ist es egal, wenn mich Lena feuert. Und falls sie es nicht tut, könnte ich kündigen. Ich könnte endlich meiner Mom sagen, dass ich ausziehe. Der Gedanke ist betörend.

Violet strahlt mich an, und ich spüre einen Glücksrausch. »Danke! Das wäre super. Wie gesagt, es ist so schwer, eine gute Kinderbetreuung zu finden. Jedes Mal, wenn ich Harper zum Kindergarten bringe und zurück nach Hause komme, fühlt es sich an, als müsste ich praktisch gleich wieder los, um sie abzuholen. Ich kann mich nicht erinnern, wann ich das letzte Mal Zeit hatte, eben kurz durchzusaugen.« Offenkundig beschämt schaut sie sich im Wohnzimmer um.

»Ich helfe gern«, sage ich zufrieden darüber, wie gut mein Plan aufgegangen ist. »Nicht, dass es so aussehen würde, als müsste hier dringend mal wieder gesaugt werden. Euer Haus sieht top aus. Wohnt ihr schon lange hier?«

»Erst ein knappes Jahr. Wir sind hergezogen, wegen Jays Arbeit.« Violet schüttelt den Kopf. »Ich kann nicht fassen, dass schon so viel Zeit vergangen ist. Ich habe noch nicht viele Leute kennengelernt, insofern freut es mich, dass du heute Abend vorbeigekommen bist.« Sie lächelt mich an, und ich lächle zurück.

»Und von wo seid ihr hergezogen?«, frage ich. Das weiß ich bereits aus Jays LinkedIn-Profil, aber ich möchte es von ihr hören.

»Aus San Francisco. Wir sind nach dem Abschluss hingezogen, damit ich dort an die Law School gehen konnte. Meine

Familie lebt in der Bay Area, und mein Dad hat mir einen Job in seiner Anwaltskanzlei angeboten, nachdem ich mein Examen in der Tasche hatte. Wir haben fast zehn Jahre dort gelebt. Es ist uns schwergefallen wegzugehen. Wir hatten dort einen tollen Freundeskreis. Wenn Jays Jobangebot nicht so lukrativ gewesen wäre, wären wir vermutlich nicht hergekommen. Nicht, dass es hier nicht schön wäre«, fügt sie hinzu. »Es ist nur anders. Warst du schon mal in San Francisco?«

»Einmal«, sage ich nickend. War ich nicht, aber ich habe in Vorbereitung auf den heutigen Abend eine kleine Stadttour auf Google Maps unternommen, mir die wichtigsten Sehenswürdigkeiten und die besten Restaurants angeschaut. »Meine Unterkunft war in Noble Hill an der Polk Street.«

Violets Miene leuchtet auf. »Ich liebe die Gegend! Wir haben gleich dort um die Ecke gewohnt, als wir neu in die Stadt gezogen sind.« Sie lächelt wehmütig bei der Erinnerung daran. »Was ist mit dir? Lebst du schon lange in dieser Gegend?«

»Praktisch schon immer. Meine Mom und ich sind hergezogen, als ich in der Highschool war, um uns um ihre Schwester zu kümmern. Sie ist kurz darauf gestorben, aber letztlich sind wir hiergeblieben.« Ich zucke mit den Achseln.

»Und dein Dad?«

Ich zögere, überrascht über die Frage. Mich hat schon lange niemand mehr nach ihm gefragt. Normalerweise erwähne ich ihn nicht, was die Leute als Signal interpretieren, dass ich nicht darüber reden will, doch es macht mir nichts aus, dass Violet nachgefragt hat. Ich überlege, mir etwas auszudenken, entscheide mich aber dagegen. Etwas daran, wie sie sich vorbeugt, zu mir hin – als wäre sie aufrichtig interessiert an mir, an meiner Geschichte –, sorgt dafür, dass ich ihr die Wahrheit erzählen will.

»Ich habe ihn nie kennengelernt«, antworte ich ehrlich. »Er ist direkt abgehauen, nachdem meine Mom ihm eröffnet hat, dass sie mit mir schwanger war. Es war eine Sommerliebe. Meine Mom arbeitete als Kellnerin in Daytona Beach, und er war eine Woche bei einem Studienfreund aus dem College zu Besuch.«

Violets Augenbrauen schnellen hoch. »Und sie haben sich danach nie wieder gesprochen?«

»Soweit ich weiß nicht. Sie meinte, es sei das Beste so. Ihr war klar, dass sie mich bekommen würde, und sie hatte keine Lust, sich da von ihm reinreden zu lassen. Sie sagte, einmal, nach meiner Geburt, hätte sie die Nummer angerufen, die er ihr gegeben hatte, aber sie sei nicht vergeben gewesen.« Ich erzähle es Violet so, wie es mir meine Mom erzählt hat, als wäre es gleichgültig gewesen, ob er den Hörer nun abnahm oder nicht. »Es war mir egal«, sagte sie immer und drückte meine Hand. »Ich wusste, ich würde das auch allein hinkriegen.« Aber ich habe mich immer gefragt, was gewesen wäre, wenn er rangegangen wäre.

»Wow«, sagt Violet und lässt sich nach hinten gegen die Kissen sinken.

»Das Einzige, was ich weiß, ist, dass er aus Philly war. Das heißt, aus einem Vorort. Meine Mom kann sich nicht mal mehr an seinen Nachnamen erinnern.«

»Aus Philly?«, wiederholt sie, mit einem komischen Ausdruck im Gesicht.

»Ja.« Ich lächle. »Sie hat immer noch ein Phillies-Trikot von ihm. Er hat es ihr am ersten Abend geschenkt, als sie sich kennenlernten, am Strand, als die Sonne unterging. Warst du schon mal dort?«, frage ich.

Sie beginnt zu nicken, doch dann – »Vi?«, ertönt Jays Stimme von oben. »Harper ist bereit für ihren Gutenachtkuss«, ruft er herunter.

Der seltsame Ausdruck ist so schnell verschwunden, dass ich mich frage, ob ich ihn mir nur eingebildet habe. »Ich komme sofort!«, ruft sie zurück und sagt an mich gewandt: »Sorry. Das ist der Deal. Wenn Jay das Baden und das Vorlesen übernimmt, bin ich mit dem Gutenachtkuss und dem Zubettbringen dran.«

Ich werfe einen Blick auf mein Handy. Es ist fast halb neun. »Kein Problem. Ich sollte sowieso langsam gehen«, sage ich. Ich möchte zwar noch nicht aufbrechen, will aber ihre Gastfreundschaft auch nicht überstrapazieren. Ich muss meine Karten heute Abend klug spielen.

»Du musst aber nicht«, sagt Violet schnell. »Es dauert nur eine Minute.«

»Nein, wirklich.« Ich schüttle den Kopf und stelle meine leere Teetasse auf den Couchtisch. »Ich sollte mal nach meiner Mom sehen.«

»Ja, verstehe.« Sie lächelt, und wir stehen beide auf. »Vielen Dank, dass du vorbeikommen bist«, sagt sie. »Und für dein Babysitting-Angebot. Ehrlich, das weiß ich zu schätzen.«

»Jederzeit«, erwidere ich und folge ihr in den Flur. *Nur ein einziges Mal*, denke ich, *mehr brauche ich nicht.*

Sie begleitet mich nach draußen auf den Treppenabsatz. Sie winkt kurz und schließt dann sanft die Tür, verschwindet im Haus. Durch das Fenster kann ich sehen, wie sie die Treppe hinaufgeht. Ich schaue ihr nach, bis ich sie nicht mehr sehen kann.

Ich mache auf dem Absatz kehrt, steige die Stufen hinunter

und fühle mich beschwingt, als würde ich schweben. Als ich den Gehweg erreiche, halte ich an und blicke noch einmal zu dem Brownstone hoch. Die Fenster sind erleuchtet, ein warmes Licht erstrahlt hinter den zugezogenen Vorhängen. Es ist schwer zu glauben, dass ich bis gerade eben noch drinnen, dass ich Teil ihres Abends gewesen bin, dass ich vielleicht schon bald ein Teil ihres Lebens sein werde.

Als ich heimkomme, finde ich meine Mom wie erwartet leise schnarchend im Sessel vor. Ich greife nach der Fernbedienung in ihrem Schoß und schalte den Fernseher leiser, ziehe dann die Wolldecke auf ihren Beinen bis zur Brust hoch und schalte die Lampe auf dem Beistelltisch neben ihrem Sessel aus.

Leise schleiche ich mich in das Bad, das meine Mom und ich uns teilen, und ziehe die Tür hinter mir zu. Nachdem ich meine Kontaktlinsen herausgenommen, meine Zähne geputzt und ein altes Sweatshirt angezogen habe, steige ich ins Bett und mache die Augen zu. Doch ich kann nicht schlafen. Ich liege da und spiele den Abend gedanklich immer wieder durch, denke an Violet, Jay und Harper. Denke an ihr wunderschön eingerichtetes Zuhause, daran, welche Wärme es ausstrahlt, wie es duftet. Wie ich mich an ihrem Küchentisch gefühlt habe, als würde ich dazugehören. Wie Violet über meine Witze gelacht hat, wie sie sich vorbeugte, wenn sie mir eine Frage stellte. Irgendetwas war an ihr – an ihnen beiden –, das sich elektrisierend und besonders anfühlte. Das gab mir das Gefühl, ebenfalls etwas Besonderes zu sein.

Unter meiner verhedderten Bettdecke wälze ich mich hin und her, mir ist zu warm, und die Dunkelheit lastet schwer auf mir. An der gegenüberliegenden Wand wirft meine Kommode einen bedrohlichen Schatten. Ich frage mich, was sie jetzt wohl gerade machen, in ihrem Schlafzimmer, unter der Decke. Was trägt Jay im Bett? Was Violet? Schlafen sie, die Beine ineinander verknotet, dicht aneinandergepresst oder lang und breit ausgestreckt, so dass sich nachts immer wieder ihre Finger und Zehen berühren? Hat er sie, als sie zu ihm ins Bett stieg, zu sich herangezogen, seinen Mund auf ihren gedrückt, hungrig, gierig?

Dann stelle ich mir vor, ich würde zu ihm ins Bett kriechen, nicht Violet. Stelle mir vor, wie ich neben Jay einschlafe, sein Körper warm und schwer, sein Atem tief, einen Arm um meine Brust geschlungen. Allein diese Vorstellung, von seiner Haut an meiner, sorgt dafür, dass mein gesamter Körper ganz heiß, geradezu fiebrig wird. Ich schüttle die Decke ab, drehe mein Kissen auf die kühle Seite. *Nein, Sloane.*

Meine Gedanken kehren zu Violet zurück. »Lass uns das gern wiederholen«, hatte sie zum Abschied gesagt. Hatte sie das ernst gemeint? Oder war es nur eine Höflichkeitsfloskel, ein unbedachtes Angebot, das sie ausgesprochen hatte, ohne lang darüber nachzudenken?

Nein, sie mochte mich wirklich. Sonst hätte sie mich nicht nach dem Abendessen gebeten, noch da zu bleiben. Sie hätte mir nicht all diese persönlichen Fragen gestellt. In der Dunkelheit lächle ich vor mich hin. Sie möchte ebenso sehr mit mir befreundet sein wie ich mit ihr. Mein Gefühl trügt mich nicht. Nicht dieses Mal.

7

Als ich am nächsten Morgen zur Arbeit gehe, wappne ich mich innerlich und lege mir zurecht, was ich wegen gestern sagen werde. Wegen Allison. Ich weiß auch nicht, *wer* das war, werde ich behaupten, und einen verwirrten Blick aufsetzen, eine Unschuldsmiene. Es war *definitiv* verstörend, werde ich zugeben, deshalb bin ich ja gegangen. Andererseits, verärgerte Kunden sind nichts Ungewöhnliches; hin und wieder gibt es Gefühlsausbrüche, Streit über die Rechnung, Unzufriedenheit mit einer Dienstleistung, oder irgendjemand fühlt sich gekränkt und wird laut, feindselig und anklagend. Dann beruhigt sich die Situation wieder, und der Beautysalon kehrt zu seinem normalen Trott zurück. Dieser Vorfall unterscheidet sich im Grunde nicht von den anderen. Nicht wahr?

Ich betrete den Salon, und Chloe schaut vom Computer hoch, ein sonniges Kundenlächeln auf den Lippen. Als sie mich erblickt, fällt ihr Lächeln in sich zusammen. Sie sieht nervös aus, beäugt mich argwöhnisch, wie ein Reh auf der Straße, das ins grelle Scheinwerferlicht starrt.

»Lena …?«, frage ich zaghaft, und Chloe schüttelt den Kopf.

»Ist nicht da. Ich glaube nicht, dass sie heute kommt. Sie hat etwas davon erwähnt, dass ihre Schwester diese Woche in der Stadt ist.«

Ich nicke erleichtert. Den Besuch ihrer Schwester hatte ich ganz vergessen. Dabei redete Lena schon seit Wochen davon.

Das erste Wiedersehen seit fast zwei Jahren. Irgendwas wegen eines Problems mit ihrem Visum.

Ich schenke Chloe ein entschuldigendes Lächeln. »Tut mir leid«, sage ich. »Wegen gestern. Ich glaube, diese Frau hat mich mit irgendwem verwechselt. Das war ziemlich erschreckend.«

»Das war echt *irre*«, sagt Chloe. Sie scheint sich zu entspannen, ihre Nervosität schwindet.

»Ich *weiß*.« Ich senke meine Stimme und trete einen Schritt näher an den Empfangstresen heran. »So ist New York. Voll mit Irren.«

Chloe nickt zustimmend. »Sie hat in letzter Minute einen Termin gemacht. Meinte, jemand hätte ihr unseren Salon empfohlen. Wenn ich gewusst hätte …«

»Das konntest du ja nicht«, unterbreche ich sie. »Vergessen wir's einfach.« Ich zeige mit dem Daumen in Richtung meiner Station. »Ich mach dann mal alles fertig.«

Ich lächle Chloe an, erfreut darüber, dass sie mir meine Version der Ereignisse geglaubt hat, und gehe meine Sachen holen.

Schon jetzt ist es im Salon laut und trubelig. Wir sind den ganzen Vormittag ausgebucht, mit Frauen, die ihre Finger und Zehen in genau dem richtigen Pastellrosa oder Feuerrot lackiert haben wollen. Ich sollte konzentriert bei der Sache sein. Aber das bin ich nicht. Ich bin abgelenkt, greife in meine Handtasche, überprüfe mein Handy in Erwartung einer Nachricht, verstaue es in meiner Hosentasche und hole es dann erneut heraus. Ich starre auf das Display, als könnte ich ihren Namen herbeizaubern, wenn ich mich nur genug anstrenge. Ich bin wie eine kaputte Schallplatte, meine Gedanken sind beim gestrigen Abend hängen geblieben, in meinen Gedanken spielt er sich immer wieder ab, wieder und wieder.

Um elf ist mein Magen wie verknotet. Ich musste zwei Nägel der Frau vor mir neu lackieren, nachdem ich ihren Nagellack verschmiert hatte, weil ich beim Arbeiten mit dem Bein wackelte. *Warum hat sie noch nicht geschrieben?*

Und dann vibriert es, mein Handy brummt an meinem Oberschenkel in meiner Hosentasche. Ich hole es heraus und grinse, als ich die Benachrichtigung sehe. Es ist eine Nachricht von ihr. Von Violet. Euphorie durchflutet mich. Schnell entsperre ich mein Handy, öffne die Nachricht und überfliege sie rasch.

Hi!, steht darin.

> Das war so ein schöner Abend gestern, danke fürs Vorbeikommen! Kann es sein, dass du ein rotes Flanellhemd vergessen hast? Soll ich es bei dir vorbeibringen?

Ich lächle und spüre ein Flattern im Magen. Ich war mir nicht sicher, wie lange Violet brauchen würde, um das Hemd zu finden. Ich hatte schon angefangen, mich zu fragen, ob sie überhaupt wissen würde, dass es meins war. Gestern, als sie mich hinausbegleiten wollte und mir kurz den Rücken zudrehte, hatte ich es von meiner Taille gelöst und in der Ecke des Sofas liegen gelassen, halb unter einem Strickkissen versteckt. Es war nicht allzu offensichtlich gewesen, nur der Ärmel, ein Hauch von Rot, ragte heraus.

Okay, ich weiß, wie das klingt, doch ich brauchte einen Grund, damit sie mir noch mal schreibt. Klar, sie sagte, sie würde sich freuen, wenn ich für sie babysitte, aber ich bin nicht der einzige Mensch, der lügt. Und die Leute haben allerhand zu tun – Arbeit, Kinder, To-dos –, und ehe man sich's versieht, ist eine Woche vergangen, dann zwei, dann ein Monat, dann ein halbes Jahr. Sie würde sich vornehmen, mich anzurufen, aber mit jeder Woche, die verstrich, würde ich mich in ihrer Erinnerung immer mehr auflösen, immer verschwommener werden. *Wer?*, würde sie fragen, wenn Jay mich erwähnte, dann: *Oh, richtig, die Krankenschwester. Wie war gleich noch mal ihr Name?*

Das konnte ich nicht zulassen. Sie war zu interessant, zu nett. Ich wollte nicht, dass sie mir entwischte. Also fand ich einen Weg, wie das nicht passieren würde.

»Entschuldigen Sie mich«, sage ich zu der Frau auf dem Stuhl, schalte die Nagellampe aus und eile nach hinten. Ich brauche einen Moment allein, um zu überlegen, was ich antworten soll.

Im Pausenraum starre ich auf mein Handy und kaue auf einem Fingernagel herum, während ich meine Antwort schreibe. Ich tippe und lösche, tippe und lösche. Ich möchte genau die richtigen Worte finden.

Schließlich drücke ich auf Senden. Meine Nachricht lautet:

Oh, danke fürs Bescheidgeben! Kann ich es morgen früh abholen? Vielleicht können wir einen Kaffee trinken gehen?

Ich muss erst um elf Uhr bei der Arbeit sein, wir hätten also genügend Zeit, um an unser Gespräch von gestern anzuknüpfen. Ich halte den Atem an und warte auf ihre Antwort. Meine

Lunge beginnt zu brennen. Dann eine Nachricht. Ich stoße die Luft aus, ein Lächeln erscheint auf meinem Gesicht.

Doch als ich sie lese, fällt mein Gesicht in sich zusammen.

Leider hat Harper morgen früh einen Arzttermin.

Dann leuchtet mein Handy erneut auf.

Wollen wir uns stattdessen nachmittags treffen? Gegen 13 Uhr? Im selben Park wie neulich?

Ich jubele lautlos. *Ja!,* schreibe ich zurück. Gerne. *Bis morgen!*

Dreizehn Uhr, das ist mitten in meiner Schicht, aber ich kann nicht Nein sagen. Nicht jetzt, nicht am Anfang unserer Freundschaft, wenn sie noch so zerbrechlich ist, dass der kleinste Hauch sie zerstreuen könnte, wie eine Pusteblume im Wind. Nein, ein »Nein« kam nicht infrage. Ich werde mir etwas einfallen lassen. Natasha anflehen, für mich einzuspringen, oder einen Anruf am Vormittag vortäuschen. *Es geht um meine Mutter*, könnte ich mit bleichem Gesicht sagen, *sie braucht mich.*

Ich stecke mein Handy in die Vordertasche meines Kittels und eile zurück zu der Frau, die ich habe warten lassen. Sie seufzt genervt, als ich mich setze, und ihr Blick wandert zur Uhr an der Wand, aber das ist mir egal. Ich lächle sie breit an und entschuldige mich für die Verspätung. Ich kann nicht aufhören zu lächeln. Nicht einmal, als ich zehn Prozent Trinkgeld statt der üblichen zwanzig bekomme. Das war es wert.

»Du wirkst gutgelaunt«, sagt Natasha, als wir eine kurze Pause machen.

Ich nicke und grinse. »Der Typ, mit dem ich letzte Woche

ausgegangen bin, hat mir gerade eine Nachricht geschickt. Er will morgen Abend wieder mit mir ausgehen.«

Sie hebt eine Augenbraue. »Ich dachte, du hättest gesagt, er sei auf Geschäftsreise?«

»Ist er auch«, erwidere ich schnell. Stimmt, das *hatte* ich gesagt. »Aber er kommt früher nach Hause. Eines seiner Meetings wurde abgesagt.«

Sie starrt mich einen langen Moment an, ehe sie mir ein wehmütiges Lächeln schenkt. »Wohin führt er dich diesmal aus?«

Ich zucke mit den Schultern. »Weiß ich noch nicht. Er meinte, er würde mich um sieben abholen.«

»Du hast so ein Glück. Das letzte Mal, dass ich zu einem Date abgeholt wurde, war« – sie klopft sich mit einem Acrylnagel an die Vorderzähne – »ah ja, richtig, noch nie.«

Sie hat recht. Ich habe Glück. Glück, dass ich jemanden getroffen habe, der so nett ist wie Violet. »Ich weiß«, sage ich und nicke. »Ich muss mich selbst manchmal kneifen.«

Auf dem Heimweg komme ich an dem kleinen Laden vorbei, in dem ich die Halskette gekauft habe, von der ich Natasha erzählte, sie sei ein Familienerbstück. Ich gehe langsamer, weil mir etwas ins Auge sticht. Im Schaufenster steht eine Schaufensterpuppe in einem geblümten Bohème-Kleid mit Puffärmeln und hohem Ausschnitt, in der Beuge ihres steifen Arms hängt eine Ledertasche. Aber ich interessiere mich weder für das Kleid noch für die Handtasche. Ich starre auf den breitkrempigen Filzhut auf ihrem Kopf. Es ist fast exakt der gleiche Hut, den Violet gestern im Park getragen hat. Er hat rundum sogar das gleiche dünne Lederband, das hinten zu einer kleinen Schleife gebunden ist.

Eine Minute später betrete ich den Laden. Als sich die Tür öffnet, ertönt ein mechanisches Klingeln. *Ding-dong!* Die Frau hinter der Kasse schaut auf und lächelt zur Begrüßung.

Ich lächle zurück, fange an, durch den Laden zu streifen, und wende mich dann wieder der Verkäuferin zu. »Dieser Hut da in der Auslage …«, sage ich.

»Der Filzhut? Der ist echt süß, oder?«, sagt sie. »Wir haben ihn auch in ein paar anderen Farben. Folgen Sie mir.« Sie springt von ihrem Hocker und führt mich in den hinteren Teil des Ladens zu einem Tisch mit diversen Hüten in verschiedenen Farben: hellbraun, beige, grau und schwarz.

»Ich fliege nächste Woche in den Urlaub«, sage ich und gehe hinter ihr her. »Nach Europa. Deshalb bin ich auf der Suche nach einem schicken Hut.«

»Wie cool!«, ruft sie aus. »Ich war noch nie da.« Sie seufzt bedauernd und hebt dann einen karamellfarbenen Hut hoch, den gleichen wie den im Fenster – den gleichen wie Violets – und reicht ihn mir.

Ich nehme ihn entgegen und schenke ihr ein mitfühlendes Lächeln, als ob ich ihre Sehnsucht nachvollziehen könnte – was ich natürlich kann. Ich war auch noch nie in Europa.

»Probieren Sie ihn auf«, sagt sie ermutigend. »Der ist perfekt für Ihre Reise.«

Ich löse meine Haare aus dem unordentlichen Dutt auf meinem Scheitel und streiche sie glatt. Sie sind lang, reichen fast bis zur Mitte meines Rückens; ich war seit Ewigkeiten nicht mehr beim Friseur. Dann setze ich mir den Hut vorsichtig auf den Kopf und ziehe die Krempe nach oben, so wie Violet ihren Hut getragen hatte. Die Verkäuferin deutet hinter mich, auf einen Spiegel an der Wand. »Da können Sie sich bewundern.« Dann sagt sie: »Ich bin vorne, falls ich noch etwas für Sie tun kann«, und geht zurück zum Tresen. Dann lächelt sie. »Er steht Ihnen übrigens ausgezeichnet.«

Ich wende mich dem Spiegel zu. Zu meiner Überraschung sieht es tatsächlich gut aus. Der Hut verbirgt meine krausen Locken und umrahmt mein Gesicht schmeichelhaft. Ich sehe gepflegter aus, schicker. Ich lächle mein Spiegelbild an. Es ist schön, mich so zu sehen.

Ich bin nicht immer so nachlässig herumgelaufen. Nicht, dass ich jemals so umwerfend wie Violet gewesen wäre, doch es gab eine Zeit, in der ich mir mehr Mühe gegeben habe. Bevor ich meinen Job verlor, waren meine Haare in der Regel geschnitten (und gekämmt), meine Kleidung gebügelt, ich trug Blusen statt T-Shirts, Stoffhosen statt Baggy Jeans. Eine Venus von Milo war ich nicht, aber ich sah besser aus als jetzt. Vielleicht könnte ich wieder so aussehen. Vielleicht könnte ich sogar noch besser aussehen als früher. Mehr wie Violet. Und dieser Hut könnte mir dabei helfen.

Ich nehme ihn ab, drehe ihn um und prüfe das Preisschild. Fünfundachtzig Dollar. Wow.

Ich sollte ihn zurücklegen. Ich sollte mein Geld nicht für so was rauswerfen. In einer Sache habe ich Violet gegenüber gestern Abend die Wahrheit gesagt: Ich beabsichtige, mir eine eigene Wohnung zu suchen. Das habe ich schon lange vor. Einmal hätte ich sogar fast einen Mietvertrag unterschrieben. Das ist jetzt etwa anderthalb Jahre her. Es war eine frisch renovierte, lichtdurchflutete Wohnung in Brooklyn Heights, im zweiten Stock eines siebenstöckigen Gebäudes. Ich hatte die Kaution in Höhe von zwei Monatsmieten beisammen, wurde aber letztlich abgelehnt, als die Hausverwaltung meinen Arbeitgeber anrufen wollte. Einen Monat zuvor wäre das kein Problem gewesen, doch wie es der Zufall wollte, hatte ich gerade meinen Job verloren, als mich mein Makler anrief, um mir mitzuteilen, dass sie mit der Hintergrund-Überprüfung begonnen hätten. Ich fragte, ob ich nicht einfach meine letzten beiden Gehaltsabrechnungen vorlegen könnte, in der Hoffnung, dass das reichen würde, aber die Antwort lautete nein. Und selbst wenn doch, hätte ich mir die Miete ohne einen Job nicht leisten können. Und *schwups*, war die Wohnung weg.

Ich dachte, durch die Anstellung in Lenas Beautysalon wäre ich wieder im Rennen, aber da ein Großteil meines Einkommens aus Trinkgeldern besteht – laut meinem Makler eine unzuverlässige Einnahmequelle –, bin ich nicht mehr die begehrte Bewerberin, die ich einmal war. Also warte ich ab und hoffe das Beste, während die Kaution auf meinem Sparkonto liegt. Deshalb ist die Idee, als Kindermädchen zu arbeiten, so verlockend: keine Hintergrundüberprüfung, kein Einkommensnachweis, nur eine Einladung und eine offene Tür.

Ich streiche mit dem Daumen über die weiche Hutkrempe. Ich sollte es nicht tun. Aber einen Moment später gehe ich mit dem Hut in der Hand auf den Tresen zu. Und verlasse den Laden mit ihm auf dem Kopf.

8

Am nächsten Nachmittag um Viertel vor eins sage ich Natasha, dass ich noch schnell etwas erledigen muss, und bitte sie, meine Station im Auge zu behalten. Glücklicherweise bin ich mit meinem Zwölf-Uhr-Termin früher fertig geworden, und mein nächster ist erst um zwei. Zähneknirschend erklärt sich Natasha bereit, meinen Zwei-Uhr-Termin zu übernehmen, falls ich nicht rechtzeitig zurück bin, woraufhin ich ihr verspreche, das wiedergutzumachen. Ich werde ihr einfach am nächsten Morgen einen Kaffee und einen Aprikosenstrudel aus der Bäckerei um die Ecke mitbringen. Den isst sie am liebsten. Dann wird sie mir verzeihen – das weiß ich.

Bevor ich gehe, ziehe ich einen locker sitzenden Pullover über mein Kitteloberteil und tausche meine Kittelhose gegen ein Paar Leggings. Beschwingt laufe ich in Richtung Park. Zudem trage ich den Hut, den ich gestern gekauft habe. Heute fühle ich mich damit ein wenig verlegen, als wäre ich eine Hochstaplerin, die sich verkleidet hat. Ich bin mir nicht sicher, ob er mir steht, aber ich beschließe, ihn aufzubehalten und die Krempe hochzuziehen, genau wie Violet es getan hatte.

Als ich den Park betrete, sitzt Harper bereits auf der Schaukel, und Violet steht hinter ihr und schubst sie an. Beide lächeln, als sie mich sehen. Violet sagt etwas, das ich nicht hören kann, und Harper springt von der Schaukel und rennt auf mich zu. Violet folgt ihr und winkt mir. Heute trägt sie ein hochgeschlossenes, langärmeliges Kleid mit winzigen weißen Tupfen, das ihr bis zur

Mitte der Wade reicht, und dieselben Plateausandalen wie bei unserem ersten Treffen.

Harper wird langsamer, als sie mich erreicht, und lächelt mich schüchtern an. Violet gesellt sich einen Moment später zu uns und legt ihre Hand auf Harpers Schulter. »Hi«, begrüßt sie mich. »Süßer Hut.«

»Danke«, erwidere ich beiläufig, aber meine Brust schwillt vor Stolz, und ich bin froh, dass ich beschlossen habe, ihn aufzusetzen. Dann gehe ich vor Harper in die Hocke. »Hi, Harper«, sage ich. »Dein T-Shirt gefällt mir. Knallrot, genau wie das T-Shirt, das Winnie Puuh trägt!« Harpers Gesicht leuchtet auf. »Magst du Honig genauso gern wie er?«, frage ich sie.

Sie nickt. »Mom gießt welchen über meine Erdbeeren. Manchmal«, sagt sie und beugt sich zu mir vor, »lecke ich ihn vom Löffel ab. Und wenn ich ganz brav bin, kauft mir Mama eine Honigstange auf dem Markt. Aber das ist unser Geheimnis.«

Ich lache. »Mmmh, das klingt köstlich.«

»Ja«, sagt sie. »Weißt du, wie alt ich bin?«

Ich schüttle den Kopf. »Darf ich raten?«

»Okay«, willigt Harper sichtlich erfreut über meine Bitte ein.

»Bist du fünfundzwanzig?«, frage ich. Als sie kichernd den Kopf schüttelt, tue ich so, als wäre ich schockiert. »Was denn? Noch älter? Achtundzwanzig? Dreißig?!«

Sie kichert. »Nein! Ich bin schon fast fünf. Mein Geburtstag ist im August. Am zweiundzwanzigsten. Dann gibt es Schokoladen-Cupcakes mit rosa Streuseln. Und ich hab mir ein Kätzchen gewünscht, aber Mom hat Nein gesagt.« Dann wendet sie sich an Violet: »Darf ich da drüben spielen?« Sie zeigt auf einen

Sandkasten in der Ecke des Parks. Violet nickt, und Harper flitzt los, flink wie ein Welpe. Schnurstracks strebt sie auf einen zurückgelassenen Plastikeimer zu, der von der Sonne ausgebleicht ist, und beginnt, Sand hineinzuschaufeln.

»Wollen wir uns hinsetzen?« Violet deutet auf eine Parkbank, die ein paar Meter entfernt steht.

Ich setze mich neben sie. Sie riecht wie die Blüten der Geranien auf ihrer Küchentheke. »Oh!«, sagt sie, als ihr etwas einfällt. »Hier.« Sie greift in ihre Tasche und holt mein rotes Flanellhemd heraus. »Bevor ich es vergesse.«

»Danke«, erwidere ich leichthin. Ich nehme es ihr ab und verstaue es in meiner Handtasche, insgeheim zufrieden mit mir selbst, weil der Plan so gut funktioniert hat. »Tut mir leid, dass du es extra herbringen musstest.«

»Kein Problem«, sagt sie und beugt sich dann zu mir. »Ich mag deine Halskette«, erklärt sie und verengt die Augen zu Schlitzen, um sie besser betrachten zu können. Ich lege eine Hand an meinen Hals. Die Perlen sind kühl und glatt.

»Woher hast du sie?«

»Die gehörte meiner Großmutter«, antworte ich und wiederhole die Lüge, die ich schon Natasha erzählt habe.

Sie sieht enttäuscht aus. »Schade. Ich hatte gehofft, du würdest mir sagen, wo ich sie kaufen kann. Ich habe schon lange nach so einer gesucht.«

Ich könnte mir in den Hintern beißen. Jetzt wünschte ich, ich hätte die Wahrheit gesagt. Mir gefällt der Gedanke, dass wir die gleiche Halskette tragen. »Na ja, sie hat sie kurz vor ihrem Tod gekauft. Ich kann herausfinden, wo, wenn du willst«, biete ich an. »Vermutlich hat sie sie irgendwo hier in der Nähe gekauft. Meine Mutter weiß bestimmt mehr.«

Violet strahlt. »Das wäre toll, danke.« Sie lächelt und schaut wieder zu Harper. Zusammen mit einem anderen kleinen Mädchen formt sie gerade Sandfladen, die sie sorgfältig mit ihren kleinen Händen bearbeitet und dann so tut, als würde sie sie in einem Stück essen.

»Bist du ganztägig mit ihr zu Hause?«, frage ich.

Violet nickt. »Ich habe meinen Job aufgegeben, als wir hergezogen sind, und ein Kindermädchen eingestellt – Nina –, damit ich anfangen konnte, für die New Yorker Anwaltsprüfung zu lernen, aber das hat nicht geklappt, insofern …« Sie bricht ab und zuckt mit den Schultern. »Wir werden sehen. Doch es ist schon witzig: Dieser Job, als Hausfrau und Mutter, ist hundertmal anstrengender als mein Job als Anwältin. Aber es macht mehr Spaß.« Sie lächelt. »Bevor ich Mutter wurde, konnte ich nie an einem Mittwochnachmittag im Park sitzen.«

»Willst du noch mehr Kinder?«, frage ich. Sofort wünschte ich, ich könnte meine Worte zurücknehmen. Die Frage ist zu persönlich, angesichts dessen, dass wir uns gerade erst kennengelernt haben. Ich hoffe, sie nimmt es mir nicht übel.

Das Lächeln auf Violets Gesicht bleibt, aber es verändert sich. Ihr Blick wandert zu ihrem Schoß und dann wieder zu mir. »Wollte ich. Ich habe mir eine große Familie gewünscht. Mindestens drei Kinder. Aber …« Sie hält abrupt inne und räuspert sich. »Harper hat ein paar medizinische Probleme. Es war schwer für uns. All die Arztbesuche, die Termine bei den Spezialisten.«

In meinem Hals bildet sich ein Kloß. »Was … was fehlt ihr denn?«, frage ich.

»Es ist ihr Herz.« Violet schaut wieder hinunter auf ihre Hände, fummelt an ihrem Diamanten herum. »Es ist geschwächt. Sie hatte als Baby eine Infektion, die das Gewebe beschädigt hat. Das Blut pumpt nicht immer richtig. Dadurch hat sie Ohnmachtsanfälle. Nicht oft – der letzte war vor über einem Jahr –, und normalerweise dauern sie nur ein paar Sekunden, aber einmal brauchte sie einen Defibrillator.«

Wir schauen beide zu Harper hinüber, die immer noch fröhlich im Sand spielt. Mir wird das Herz schwer.

»Wahrscheinlich war Jay deshalb so aufgeregt wegen des Bienenstichs. Wir halten immer den Atem an und hoffen, dass es ihr gut geht. Jay will nicht mal darüber reden. Er tut so, als wäre alles in Ordnung. Ich glaube, er will sich nicht eingestehen, dass wir sie verlieren könnten, wenn du weißt, was ich meine?« Violet lächelt. »Aber sie ist zäh. Wir behandeln sie nicht anders – wir wollen nicht, dass sie das Gefühl hat, etwas nicht zu können, was jedes andere Kind auch kann. Doch das ist einer der Gründe, warum es mir so schwerfällt, ein neues Kindermädchen zu finden. Ich möchte jemanden mit einem medizinischen Hintergrund, nur für den Fall der Fälle.« Dann beißt sich Violet auf die Lippe und sieht mich verlegen an. »Was mich zu dem eigentlichen Grund bringt, warum ich mich heute mit dir treffen wollte. Abgesehen von der Rückgabe deines Flanellhemds natürlich.«

Ich starre sie an, warte darauf, dass sie es erklärt, hoffend, bangend …

»Ich weiß, du hast angeboten, hin und wieder als Babysitterin einzuspringen, aber ich dachte mir … vielleicht hast du ja Interesse, uns öfter auszuhelfen? Vielleicht als Kindermädchen für ein paar Schichten pro Woche? Nur bis du wieder zur Krankenpflegeschule gehst?«

»Als Kindermädchen?«, wiederhole ich.

Violet nickt hoffnungsvoll. »Es wären lediglich ein paar Stunden pro Woche. Ich dachte an Dienstag und Donnerstag nachmittags, wenn Harper aus dem Kindergarten kommt, und ab und zu an einem Freitag? Dann könnte ich mich wieder mehr dem Studium widmen. Vielleicht mache ich im Februar die Anwaltsprüfung. Tut mir leid, aber ich musste einfach fragen. Wie schon gesagt, es fällt uns schwer, Harper jemandem anzuvertrauen, aber mit deinem Hintergrund fühlt es sich einfach so … *richtig* an.«

Mein Herz scheint dreimal so schnell zu klopfen. Das ist genau das, was ich mir erhofft hatte, als ich ihr das mit dem Babysitten angeboten habe. Aber – und das ist ein großes »Aber« – das war, bevor ich wusste, dass Harper krank ist. Sie braucht eine echte Krankenschwester, keine, die sich angeblich in der Ausbildung befindet. Ich sollte Nein sagen. Ich sollte Violet die Wahrheit sagen, ich weiß. Ich will das Richtige tun, aber ich will auch, dass sie mich mag. Ich will so sehr, dass sie mich mag. Und wenn man will, dass jemand einen mag, sagt man ihm das, was er hören will.

»Ich …«, fange ich an und weiß nicht, was ich sagen soll. »Ich bin …«

»Ich würde dich natürlich bezahlen«, sagt Violet. »Fünfunddreißig pro Stunde? Ist das fair?«

Fünfunddreißig pro Stunde ist mehr, als ich im Beautysalon verdiene. Mehr als ich als Erzieherin verdient habe. Ein paar Schichten pro Woche als Kindermädchen wären tausend Dollar mehr im Monat, mindestens. Und falls ich gute Arbeit leiste, wird aus den paar Schichten vielleicht mehr. Vielleicht eine Anstellung als im Haushalt lebende Nanny, wie ich gehofft hatte. Das würde bedeuten, dass ich ausziehen könnte.

Ich bin froh, dass ich mich um meine Mutter kümmern kann, das habe ich immer gern getan, aber in den letzten Jahren wurde es gefühlt immer enger, die Wohnung immer kleiner, so dass auch mein Leben kleiner, ich kleiner wurde. Ich will endlich anfangen, mein eigenes Leben zu führen, endlich auf eigenen Beinen stehen. Mit diesem Angebot könnte das gelingen.

Violet sieht mich hoffnungsvoll an, die Augenbrauen erwartungsvoll hochgezogen. Sie will, dass ich Ja sage. Ich will Ja sagen.

Ein Lächeln breitet sich auf meinem Gesicht aus. »Das Angebot nehme ich sehr gerne an«, sage ich. Ich kann mir nicht helfen, aber irgendwie fühlt es sich an wie Schicksal. Seit Harpers Bienenstich hat eins zum anderen geführt, sich alles wie von magischer Hand gefügt. Die letzten anderthalb Jahre waren hart, doch genau auf diesen Moment habe ich gewartet – die Chance für einen Neuanfang. Und es war nicht alles gelogen. Ich habe wirklich Erfahrung mit Kindern, als Babysitterin und Erzieherin, sowie etwas medizinisches Fachwissen.

Nein, ich bin keine Krankenschwester, aber ich kenne mich gut mit Erster Hilfe aus, was im Kindergarten Pflicht ist. Ich hatte schon öfter mit verletzten Kindern zu tun, Kindern mit verstauchten Handgelenken und Knöcheln, Kindern mit blutigen Knien nach einem Sturz, Kindern mit Fieber, Kindern mit Bauch-, Ohren- und Kopfschmerzen oder Erdnuss-Allergien. Bestimmt die Hälfte der Kindergartengruppe hatte zudem Adrenalin-Autoinjektoren im Rucksack dabei. Auch mehrere meiner Schützlinge hatten mit Krankheiten zu kämpfen. Riley, ein Vierjähriger in meinem ersten Jahr als Erzieherin, litt an Epilepsie; Cleo, in meinem dritten Jahr, hatte Diabetes. Es gehörte daher zu meinem Job dazu, mich regelmäßig mit den Eltern auszutauschen und die medizinischen Akten griffbereit zu haben, und ich wusste, was zu tun war, wenn Riley einen Anfall bekam oder Cleos Blutzuckermessgerät ausfiel. Das hier war insofern nicht viel anders. Ich würde mich über Harpers Krankheit informieren. Ich würde mich vorbereiten. Und Violet hatte selbst gesagt, dass Harper schon seit Längerem keinen Anfall mehr gehabt hatte.

»Wirklich?«, fragt Violet mit erhobener Stimme und klatscht glücklich in die Hände. »Im Ernst, du wärst unsere Rettung!«

»Ja, wirklich.« Ich nicke und grinse. »Ich mache das gern.«

Sie strahlt. »Großartig! Wäre Freitag zu früh für dich, um anzufangen? Vielleicht könntest du am Vormittag ein paar Stunden vorbeikommen, während Harper im Kindergarten ist. Dann können wir die Details besprechen.«

In meinem Magen flattert es. Das hier ist nicht nur rein hypothetisch, es passiert wirklich. »Klar. Passt zehn Uhr?«

»Perfekt«, sagt Violet enthusiastisch.

Ich erwidere ihr Lächeln, bis ich die Uhrzeit auf ihrer Apple Watch sehe. *Verdammt.* Es ist fast halb drei. Ich muss zurück zur Arbeit. Wenn ich nicht bald dort auftauche, wird Natasha mich umbringen. Und mich dann an ihre Cousins aus Jersey verfüttern.

»Ich muss langsam los«, sage ich widerwillig. »Ich muss noch in der Apotheke vorbeigehen, um mir ein neues Rezept ausstellen zu lassen.«

Violet nickt. »Wir sollten auch aufbrechen«, sagt sie. »Sofern ich Harper jemals von diesem Spielplatz loseisen kann. Und im Ernst, vielen Dank noch mal.«

»Gerne doch«, erwidere ich und versuche, gelassen zu klingen.

Aber innerlich bin ich überglücklich. Ich werde für die Lockharts arbeiten. Ich beiße mir auf die Innenseite meiner Wange, um nicht zu grinsen, und stehe auf. »Dann bis Freitag?«

»Freitag um zehn!«, sagt sie.

Ich schwebe auf Wolke sieben.

Ich schwebe noch immer, als ich nach Hause komme. Natasha hat mir böse Blicke zugeworfen, als ich später im Salon wieder neben ihr Platz nahm, aber das war mir egal. Sie wird darüber hinwegkommen, das war bisher immer so. Ich bringe ihr zur Wiedergutmachung einfach zwei Gebäckstücke mit, nicht nur eins. An einem anderen Tag hätte mich ihr Verhalten vielleicht gestört, aber nicht heute. Nichts kann meine Seifenblase zum Platzen bringen.

Meiner Mutter entgeht das natürlich nicht. Wie auch? Das Glück schwappt aus mir heraus wie aus einer überlaufenden Wanne, bei der man vergessen hat, den Wasserhahn zuzudrehen.

»Du summst«, bemerkt sie von ihrem Sessel aus. Ich tue so, als würde ich sie nicht hören. Aber sie hat recht: Ich summe. Ich stehe in unserer kleinen Küche neben dem Wohnzimmer und bereite unser Abendessen zu. Ich versuche, Violets Pappardelle Bolognese von neulich Abend nachzukochen.

Ich kippe die gekochten Nudeln in ein Sieb in der Spüle, und Dampf steigt auf. Ich lasse mir Zeit, die Soße unterzurühren, und überlege, was ich meiner Mutter sagen soll.

Ich komme mit zwei Portionen ins Wohnzimmer, den Parmesan-Streuer unter den Arm geklemmt, und reiche meiner Mutter erst ihren Teller, dann den Käse. Sie schüttet mehr darauf, als sie sollte, aber ich sage nichts dazu.

»Was hast du gesagt?«, frage ich.

»Du hast gesummt«, antwortet sie. »Hattest du einen guten Tag bei der Arbeit?«

Ich setze mich auf die Couch, auf den Platz, der ihr am nächsten ist, und stelle meinen Teller auf den Couchtisch.

»Ich habe mich heute wieder mit Violet getroffen. Und mit Harper. Im Park«, gebe ich zu. Ich schaue sie nicht an, halte die Augen auf den stumm geschalteten Fernseher gerichtet. Es läuft eine Wiederholung von *Seinfeld*, die Folge mit dem Hefezopf, wenn mich nicht alles täuscht. »Sie hat mir angeboten, als Nanny für sie zu arbeiten. Ein paar Stunden pro Woche.« Ich hatte nicht vor, es ihr zu sagen – sie wird sich Sorgen machen, das tut sie immer –, aber ich kann nicht anders. Ich freue mich so sehr darauf, Zeit mit Violet, Harper und Jay zu verbringen, dass ich es von den Dächern schreien möchte.

»Als Nanny?«, wiederholt meine Mutter.

Ich nicke. »Ja, ich habe ihr erzählt, dass ich früher Kindermädchen war. Es sind nur ein paar Stunden pro Woche.« Ich versuche, ungerührt zu klingen, aber vergeblich. Man merkt mir an, wie aufgekratzt ich bin. Ich schaue zu meiner Mutter. Ihre Lippen sind zu einem dünnen Strich zusammengepresst.

»Weiß sie es?«

Ich starre sie an und schüttle dann den Kopf. »Nein«, sage ich leise. »Ich habe es ihr nicht erzählt.« Und das werde ich auch nicht. Violet wird nie herausfinden, warum ich nicht mehr beim Mockingbird-Montessori-Kindergarten arbeite.

Meine Mutter erwidert meinen Blick. Sie blinzelt ein paarmal, dann nickt sie.

»Es wird schon klappen«, sage ich. »Es wird mir guttun. Ich vermisse es, mit Kindern zu arbeiten. Außerdem ist das Gehalt super. Damit komme ich meiner eigenen Wohnung einen Schritt näher«, füge ich hinzu. Sie weiß, wie sehr ich mir das wünsche.

Ihr Mund entspannt sich. Sie streckt die Hand aus und drückt meinen Oberschenkel. »Ich freue mich für dich«, erklärt sie. Dann schaut sie zum Fernseher und greift nach der Fernbedienung. Sie richtet sie auf den Bildschirm, zögert jedoch, ehe sie die Taste drückt. »Aber sei vorsichtig. Hörst du?« Sie sieht mich nicht an, als sie das sagt.

Ich nicke. Sie hat recht. Wir wissen beide, wie ich bin. Dann schaltet sie den Ton wieder ein. Kramer stürmt in Jerrys Wohnung, und wir beide lachen zusammen mit dem Publikum im Studio.

An diesem Abend, als ich ins Bett gehe, merke ich, dass ich immer noch meinen Lieblingssong von Taylor Swift summe, den über die *Player* und die *Hater*, die *Heartbreakers* und die *Fakers*, den Song, in dem sie einem verspricht, dass am Ende alles gut werden wird.

9

Am nächsten Morgen fülle ich gerade mein Fußbecken auf, als Laura den Beautysalon betritt. Als ich das Klingeln höre, schaue ich auf und winke. Sie winkt zurück und stürmt mit wehendem Haar auf meine Station zu.

Ich brauche sie nicht zu fragen, was ich heute für sie tun kann; sie kommt jede Woche vorbei und lässt sich abwechselnd Maniküren und Pediküren machen. Die Finger mit Acryl, die Zehen mit Gel, beides in der gleichen tiefroten Farbe. Wenn sie fertig ist, lässt sie sich von Kristen, unserer leitenden Kosmetikerin, die Augenbrauen wachsen.

»Da sieht aber jemand vergnügt aus«, sagt Laura und setzt sich in den übergroßen Leder-Pediküresessel, während sie die Füße ins Wasser taucht.

»Ich?«, frage ich und beiße mir auf die Unterlippe; seit mir Violet den Job angeboten hat, laufe ich mit einem Dauergrinsen herum.

»Sie hat jemanden kennengelernt«, sagt Natasha zu Laura und beugt sich zu meiner Station. Ihre Kundin ist am Telefon und sitzt mit Kopfhörern da. »Irgendein erfolgreicher Geschäftsmann.« Sie schnalzt mit ihrem Kaugummi und zwinkert mir zu.

»Ein Geschäftsmann?«, fragt Laura, deren Südstaatenakzent mit jeder Silbe stärker wird und mehr nach Dolly klingt. »Nicht übel!«

»Er ist Unternehmer«, sage ich und werde rot. »Wir kennen uns erst seit Kurzem.« Einen Moment lang überlege ich, ob ich den beiden ein Foto von Jay zeigen und sein LinkedIn-Profil aufrufen soll, aber damit würde ich zu weit gehen.

Ich erzähle Laura, dass er alleinerziehend ist, erzähle von dem Nachmittag, an dem wir uns zum ersten Mal begegnet sind, von dem Bienenstich in Harpers Fuß und wie ich geholfen habe, den Stachel herauszukratzen. Sie freut sich für mich, nickt und strahlt die ganze Zeit, während ich meine Geschichte zum Besten gebe.

Als ich mit ihren Nägeln fertig bin, reicht mir Laura einen Hundert-Dollar-Schein und lächelt mich verschwörerisch an. »Falls du etwas für dein nächstes Date brauchst.«

»Danke, Laura.« Ich lächle zurück und stecke ihn in die Tasche meines Kittels. Die Strickjacke, die Violet neulich getragen hat, hat mir gut gefallen; vielleicht kaufe ich mir auch so eine.

Als mein Stuhl leer ist, beschließe ich, mich kurz rauszuschleichen und zur Bäckerei um die Ecke zu gehen, um Gebäck für Natasha zu kaufen. Gerade als ich meine Handtasche aus dem Pausenraum hole, kommt Lena herein. Ich schenke ihr ein höfliches Lächeln und versuche, ihr auszuweichen, aber sie steht in der Tür und rührt sich nicht vom Fleck.

»Können wir reden? Es dauert auch nicht lange«, sagt sie. »In meinem Büro.« Sie deutet auf die Tür zu meiner Linken. Es ist ein winziger, quadratischer Raum mit einem Schreibtisch an der Wand, einem Computer und zwei Stühlen. Auf dem Schreibtisch stapelt sich immer lauter Papierkram – lose Rechnungen, Kassenbücher, Ordner.

Fuck. »Klar.« Ich seufze und gehe in ihr Büro. *Jetzt kommt's.*

Lena schiebt sich an mir vorbei und quetscht sich auf den Stuhl, der hinter dem Schreibtisch steht. Ihr Büro hat einen markanten Geruch, eine intensive, süßliche Mischung aus Aceton und Weihrauch. Sie schlägt ein Bein über das andere, sieht mir in die Augen. Eine der Sachen, die ich an Lena mag, ist, dass sie nicht um den heißen Brei herumredet. Was auch immer sie zu sagen hat, sie sagt es geradeheraus. Ich mache mich gefasst.

»Du bist in letzter Zeit öfter zu spät gekommen«, sagt sie. »Du machst lange Pausen. Am Montag hast du die Hälfte deiner Schicht verpasst.«

»Tut mir leid«, erwidere ich. »Das wird nicht wieder vorkommen.«

Sie schüttelt bedauernd den Kopf. »Das Risiko kann ich nicht eingehen. Tut mir leid. Als ich dich eingestellt habe, habe ich dir gesagt, dass meine Mitarbeiterinnen zuverlässig sein müssen.«

Ich starre sie an, während die Worte langsam einsickern. Von dem Weihrauchgeruch wird mir schwindlig. »Du feuerst mich?«

Lena nickt. »Ich wünsche dir alles Gute«, sagt sie und steht auf, wobei die Beine ihres Stuhls über den Boden schaben, als sie sich hochstemmt. Das Gespräch ist zu Ende.

Ich erhebe mich ebenfalls. Unbeholfen stehen wir uns gegenüber. Dann macht Lena einen Schritt auf mich zu und umarmt mich kurz. »Pass gut auf dich auf, Sloane.«

Leicht fassungslos verlasse ich ihr enges Büro. Auch wenn es nicht wirklich eine Überraschung ist, schmerzt es doch, wie abrupt Lena bereit war, mich wegen ein paar überzogenen Pausen und einer versäumten Schicht nach einem Jahr harter Arbeit zu entlassen. Meine Wange ist heiß, und ich fühle mich, als hätte mir jemand eine Ohrfeige verpasst.

Wie ein geprügelter Hund schleiche ich durch den Wellnessbereich, sammle mein Nagelset und ein paar persönliche Sachen ein und gehe zur Tür. Die anderen Nageltechnikerinnen starren mich an. Keine spricht mich an. Natasha sieht aus, als wollte sie aufstehen, als ich an ihrer Station vorbeigehe, aber sie tut es nicht und wendet sich wieder ihrer Kundin zu. Sie ist wahrscheinlich diejenige, die mich verpfiffen hat, die Lena von Allison erzählt hat. Dabei habe ich ihr in der Zeit, in der wir zusammengearbeitet haben, eine Million Gefallen getan; sie ist genauso undankbar wie Lena.

Ich trete auf den Bürgersteig, raus aus der Kühle der Klimaanlage und hinein in die Hitze des Nachmittags. Die Tür des Beautysalons knallt hinter mir zu. Einen Moment lang stehe ich einfach nur da. Dann lächle ich.

Von nun an muss ich nie mehr gekrümmt über schwieligen Frauenfüßen sitzen, mit einem falschen Lächeln, das so breit ist, dass ich befürchte, meine Lippen könnten aufplatzen. Keine Blasen an den Händen mehr vom Aceton, keine ausgetrockneten und rissigen Knöchel vom viel zu heißen Wasser. Und ich muss auch nicht mehr zu Frauen aufblicken, die auf mich herabschauen, im wörtlichen wie im übertragenen Sinne, und mich für ein bisschen Trinkgeld erniedrigen. Ich bin frei, endlich frei, meine Knechtschaft hat ein Ende. Am Ende des Blocks werfe ich mein Nagelset in einen Mülleimer und höre, wie es auf dem Metallboden landet.

Scheiß auf Lena. Scheiß auf Natasha. Scheiß auf den Job. Ich brauche ihn nicht. Ich brauche sie nicht. Denn ich bin ab sofort das Kindermädchen von Harper.

10

Am nächsten Morgen, einem Freitag, wache ich auf und fühle mich so leicht wie seit Jahren nicht mehr. Ich muss nie wieder in den Beautysalon gehen. Nie, nie wieder. Und was noch besser ist, ich bin mit Violet zum Walken verabredet. Sie hatte mir gestern Abend eine Nachricht geschickt und mich gefragt, ob wir uns auf dem Spielplatz treffen könnten statt bei ihr zu Hause, damit sie sich ein wenig die Beine vertreten kann, bevor sie Harper vom Kindergarten abholt. *Ja, natürlich!*, hatte ich ihr geantwortet. Ich wäre überallhin gekommen, um sie zu treffen. Beschwingt von dieser Aussicht, schwebe ich praktisch aus dem Bett und ziehe mich an, während Cartoon-Vögel fröhlich dazu zwitschern.

Die meisten meiner Trainingsklamotten sind alt und riechen muffig, aber ich finde hinten in meinem Schrank eine kaum getragene schwarze Jogginghose, die ich mit einem lockeren T-Shirt kombiniere, das an einer Seite zusammengeknotet ist. Ich ziehe meine New Balances an und wünschte, sie wären etwas weniger abgenutzt. Dann stopfe ich mein Haar unter ein Basecap und binde mir einen Kapuzenpullover um die Taille. Ich erwäge, meine Kontaktlinsen einzusetzen, aber nach einem Blick auf mein Handy – *Mist* – wird mir klar, dass ich keine Zeit mehr habe, und laufe zur Tür.

Fünfzehn Minuten später entdecke ich Violet am Eingang des Parks. Sie winkt, als sie mich sieht. Ich winke zurück und beschleunige mein Tempo.

Ihre dunklen Haare sind zu einem hohen, schwungvollen Pferdeschwanz gebunden, ein paar lose Strähnen hängen im Nacken, der Pony ist zur Seite gekämmt. Genau wie ich trägt sie Laufschuhe – auch wenn ihre neuer sind –, doch sie ist besser gekleidet, hat gerippte Leggings mit hoher Taille und einen dazu passenden, bauchfreien Sport-BH an, auf dem das Hufeisen-Logo prangt.

»Hi!«, sagt sie, als ich näher komme. »Danke noch mal, dass wir uns hier treffen. Ich habe das Gefühl, ich komme überhaupt nicht mehr dazu, Sport zu treiben, deshalb versuche ich, ihn einzubauen, wo ich kann. Jay hat mir letztes Weihnachten ein Peloton gekauft, aber ich benutze es eher als Kleiderständer.«

»Sport, was ist das?«, scherze ich, als würde ich das Wort zum ersten Mal hören. Violet lacht, was mir einen kleinen Push versetzt.

Ehrlich gesagt, würde mir ein bisschen Bewegung auch guttun. Ich bin weder übergewichtig noch besonders dünn, sondern durchschnittlich gebaut, ein bisschen pummelig um die Taille, ein bisschen wabbelig an den Oberschenkeln, im Gegensatz zu Violet, die rank und schlank ist und lange Beine hat. Es würde mir wahrscheinlich nicht schaden, ein paar Kilo abzunehmen, aber ich kann Fitnessstudios nicht ausstehen. Ich hasse die Mischung aus Schweißgeruch und Sagrotan, die stickige Luft, die Frauen mit ihren makellosen Nikes und ihren gebräunten, flachen Sixpacks. Ich muss mich nicht noch unansehnlicher fühlen, als ich es ohnehin schon tue, vielen Dank auch. Ehrlich gesagt hatte ich ebenfalls mit dem Gedanken gespielt, mir ein Peloton zu kaufen, doch als ich den exorbitanten Preis sah, war das Thema gegessen. Der Gedanke, ein Dreitausend-Dollar-Geschenk als Kleiderständer zu benutzen, ist so absurd, dass ich beinahe lache.

»Ich hatte eigentlich vor, wieder damit anzufangen«, sage ich. »Ich habe auf dem College Leichtathletik gemacht.« Das ist eine hübsche Ergänzung meiner wachsenden Liste an Lügen: Erstens, mein Name ist Caitlin; zweitens, ich bin Krankenschwester; drittens, meine Mutter hat Lupus; viertens, ich bin Läuferin. Klingt gut.

»Ich bin in der Highschool auch gelaufen!«, sagt Violet. »Cross-Country.«

Ich lächle zurück und tue so, als würde ich mich über den Zufall freuen. *Shit.* »Ich habe es geliebt, aber kurz vor dem Abschluss habe ich mir einen Bänderriss im Knie zugezogen. Seitdem ist längeres Laufen nicht mehr drin. Insofern ist Walken perfekt für mich.« Das Letzte, was ich will, ist, dass sie vorschlägt, wir könnten gemeinsam joggen gehen. Allein der Gedanke ist der reinste Horror.

»Super!«, sagt sie. »Ich dachte, wir könnten zum Wasser gehen und dann hoch zum Brooklyn Bridge Park. Was meinst du?«

Ich zucke mit den Schultern. »Klingt gut.«

Wir fangen an zu walken, schneller als ich erwartet hatte. Um mitzuhalten, mache ich zwischendurch einen halben Joggingschritt. Bald spüre ich Schweißperlen an meinem Haaransatz, und mein Atem wird schwerer.

»Meine Kondition ist schlechter als gedacht«, sage ich verlegen und gebe mein Bestes, um nicht zu keuchen. Violet lächelt mich aufmunternd an, wird aber nicht langsamer.

Nach ein paar Minuten legen wir ein gemütlicheres Tempo ein, machen Smalltalk beim Gehen und unterhalten uns hauptsächlich über Harper, ihren Wochenplan, ihre Vorlieben, Abneigungen und Essgewohnheiten, von denen Violet meint, dass ich sie kennen sollte – wie zum Beispiel, dass sie als einziges Obst Erdbeeren isst und Joghurt liebt, aber nur welchen mit Vanillegeschmack.

Ich schaffe es, hier und da eine beiläufige Frage über Jay einzuschieben, erfahre, dass er eine ältere Schwester und drei Nichten hat und schon immer in New York leben wollte. »Ich war mir nicht so sicher, ob wir Harper hier großziehen sollten«, sagt Violet, »aber er hat mich überredet. Jay kann jeden zu allem Möglichen überreden.« Sie lächelt und rollt voller Zuneigung mit den Augen.

Als wir den Park erreichen, steht die Sonne schon hoch am Himmel, ein gleißender, heller Ball. Es sind fast dreißig Grad, der Tag ist schwül und heiß, und das im April. Ich bin verschwitzt, mein T-Shirt ist feucht unter den Armen und am Rücken.

Violet sieht genauso frisch aus wie zu Beginn unserer Runde. Ihr Gesicht hat eine leicht rosa Färbung, aber ansonsten ist sie von der Hitze unberührt.

Langsam schlendern wir zu einer Bank am Ufer. Wir setzen uns nicht hin, sondern stellen uns hinter die Bank, um uns auf der Rückenlehne abzustützen und ein paar Dehnübungen zu machen, wobei wir die Fersen hinter uns hochziehen und uns dann in eine Tischposition vorbeugen. Ich bin nicht mehr völlig außer Atem, aber fast.

»Wie schaffst du es, dass es bei dir so mühelos wirkt?«, frage ich. »Ich sehe aus, als wäre ich gerade einen Marathon gerannt. Ich bin klatschnass!« Ich ziehe mein feuchtes T-Shirt vom Körper weg, um mir Luft zu verschaffen, in der Hoffnung, etwas abzukühlen.

»Das täuscht«, sagt Violet und lacht. »Ich kann mich kaum noch auf den Beinen halten. Eigentlich bin ich fix und fertig.«

»Du? Na klar.« Ich verziehe ungläubig das Gesicht.

Sie schüttelt den Kopf. »Das hier« – sie deutet auf sich selbst – »ist jede Menge Arbeit.«

»Du machst Witze.« Ich ziehe eine Augenbraue hoch; eine Fähigkeit, auf die ich stolz bin und die ich mir in einsamen Stunden als Kind vor dem Badezimmerspiegel aus Langeweile selbst beigebracht habe.

»Nein, echt nicht. Dafür habe ich heute Morgen eine Stunde mit dem Glätteisen gebraucht.« Sie zeigt auf ihren glänzenden Pferdeschwanz. »Wenn ich mit meinen Haaren nichts mache, sind sie verstrubbelt wie das Fell einer Ratte. Einer riesigen Kanalratte.«

»*Das* bezweifle ich allerdings sehr«, erwidere ich.

»Allein für meinen Pony brauche ich eine Viertelstunde. Und ohne Concealer könnte man den Inhalt eines kompletten Kleiderschranks in den Tränensäcken unter meinen Augen verstauen.« Sie stöhnt. »Nicht zu vergessen die Augenbrauen.«

»Die Augenbrauen?«, frage ich, aufrichtig neugierig. »Was machst du denn mit deinen *Augenbrauen*?« Ich betrachte sie. Sie sind dick und gut geformt, sehen jedoch natürlich aus. Ich habe mir bislang wenig Gedanken über meine Augenbrauen gemacht, außer dass ich sie ab und zu zupfe, wenn ich ein zu langes Haar bemerke. Meine Brauen sind nicht besonders dicht, nicht besonders auffällig, aber es ist mir nie in den Sinn gekommen, irgendetwas damit anzustellen.

»Trimmen, nachziehen, bürsten«, sagt sie. Als sie meine ungläubige Miene sieht, lacht sie. »Ich zeige es dir. Es macht tatsächlich einen großen Unterschied.«

Lächelnd rolle ich leicht mit den Augen. Das ist bloß etwas, was schöne Frauen sagen, um sich bei durchschnittlich aussehenden Menschen beliebt zu machen. Sie übertreibt, da bin ich mir sicher. Wahrscheinlich sieht sie schon morgens beim Aufwachen aus wie auf dem roten Teppich – die Haut taufrisch, die dunklen Augen leuchtend, Augenbrauen hin oder her. Die Venus von Milo braucht kein Make-up, und Violet auch nicht.

»Wirklich!«, sagt Violet. »Ich sehe aus wie ein Gremlin ohne Augenbrauen. Deshalb stelle ich mir jeden Morgen den Wecker auf halb sechs.«

Ich erschaudere. Alles vor sieben Uhr fühlt sich unmenschlich an. »Oh Gott, wozu die Mühe?« Dann füge ich schnell hinzu: »*Ich* mache mir offensichtlich nicht die Mühe.« Ich schnaube ein wenig selbstironisch und deute auf meine Brille und mein Basecap. »Ich meine, ich würde ja gern, nur leider ist die Schlummertaste stärker als ich. Aber wenn es dich so stresst, warum machst du es dann?«

Violet lacht. »Ich weiß auch nicht«, sagt sie schließlich nachdenklich. »Jay …« Sie hält inne und beginnt dann erneut. »Nicht nur Jay, eigentlich alle – nehmen wir zum Beispiel die anderen Mütter in Harpers Kindergarten. Sie geben mir das Gefühl … ach, ich weiß auch nicht, ich fühle mich so … *klein* dagegen«, sagt sie schließlich. Sie sieht mein Gesicht und lacht. »Ich rede Unsinn. Wahrscheinlich hast du keine Ahnung, wovon ich spreche.«

Aber mein Gesichtsausdruck kommt nicht daher, dass ich nicht wüsste, wovon sie redet. Sondern weil ich es weiß. Und zwar nur zu gut. Mockingbird, der Kindergarten, in dem ich als Erzieherin gearbeitet habe, war genauso – ein privater

Montessori-Kindergarten, für den der jährliche Beitrag fast fünfzigtausend pro Jahr betrug. Deshalb erkenne ich auch all die Markennamen, die Designertaschen und den Schmuck. Die Eltern – vor allem die Mütter – sahen aus, als kämen sie geradewegs vom Laufsteg, mit Chanel-Taschen und zehn Zentimeter hohen Louboutin-Stilettos, Cartier-Armbändern und dreikarätigen Diamantringen, perfekt frisiert und geföhnt, mit geglätteter Botox-Stirn und aufgespritzten Lippen. Sie eilten auf dem Weg ins Büro kurz im Kindergarten vorbei und hauchten ihren Kindern, die ebenfalls in Balenciaga oder Dolce & Gabbana gekleidet waren, ein Küsschen auf die Wange, ohne sie auch nur zu streifen, während sie sich über die Schulter hinweg verabschiedeten, das Handy bereits ans Ohr gedrückt. Natürlich gingen nicht alle einer Arbeit nach. Einige, wie Violet, deren Ehemänner mehr als genug verdienten oder deren Familien über ein Vermögen verfügten, über von Generationen angehäuften Reichtum, arbeiteten nicht. Stattdessen luden sie zu Wohltätigkeitsveranstaltungen und zu späten Mittagessen in Clover Hill ein, managten den Terminkalender und das Haushaltspersonal, kleideten ihre Haushälterinnen und Kindermädchen mit Burberry-Mänteln der letzten Saison ein, mit absichtlich abgewetzten Golden-Goose-Turnschuhen, die aussahen, als hätten sie sechzig und nicht sechshundert Dollar gekostet.

»Ich weiß, es ist Blödsinn«, sagt Violet, »aber sie geben mir das Gefühl, völlig unzulänglich zu sein. Das hier« – sie deutet wieder auf sich – »ist mein Versuch, mich anzupassen.«

Ich studiere sie, betrachte ihr Profil aus dem Augenwinkel. Es ist schon witzig, dass jemand, der aussieht wie Violet, mit hohen Wangen und vollen Lippen, dasselbe empfindet wie ich, wenn ich in den Spiegel schaue. Da stellt sich mir die Frage: *Wie sehen mich die Leute?*

»Ich finde, du siehst toll aus«, sage ich, denn das tut sie. Toll ist gar kein Ausdruck.

»Danke. Ich finde, ich sehe *alt aus*. Ich werde bald zweiunddreißig. Im Juni«, erklärt Violet und studiert mit ausdrucksloser Miene ihre Fingernägel. Ich kann nicht sagen, wie es ihr mit dem geht, was sie gerade gesagt hat, ob sie voller Vorfreude ist oder enttäuscht oder … irgendwas dazwischen.

»Juni? Mein Geburtstag ist auch im Juni!«, sage ich.

Sie wendet sich mir lebhafter wieder zu. »Echt? Wann?«

»Am sechzehnten Juni.«

»Noch ein Zwilling!«, sagt sie. »Ich habe am achtzehnten. Das heißt, wir sind Zwillinge.«

Ein Lächeln erhellt mein Gesicht. Ich weiß nicht, ob sie damit das Sternzeichen meint oder sich darauf bezieht, dass unsere Geburtstage so nah beieinander liegen, aber das ist mir egal. Es ist eine weitere Sache, die uns verbindet. Unsere Geburtstage sind nur zwei Tage auseinander. Und das ist nicht mal gelogen.

Vielleicht möchte sie ja mit mir feiern. Ich stelle mir vor, wie sie sagt: Eigentlich *wollten wir in ganz kleinem Rahmen feiern, nur wir drei, aber jetzt, wo ich weiß, dass du auch da Geburtstag hast, sollten wir etwas Besonderes unternehmen*. Eine Party bei ihnen zu Hause, ein Picknick im Park oder ein Abendessen in einem schicken Restaurant, wo man uns, wenn wir fast fertig sind, zwei Desserts bringen wird, auf denen man Kerzen platziert hat, deren Flammen tanzen. Jay und Harper werden uns ein Ständchen singen, auch wenn wir halbherzig versuchen, sie davon abzubringen, während wir uns über den Tisch hinweg anlächeln.

Ich werde in den kleinen Laden gehen, wo ich meine Kette gefunden habe, und noch eine kaufen. Ich werde sagen, ich hätte sie extra für sie anfertigen lassen, weil ihr meine so gut gefallen hat. *Das wäre doch nicht nötig gewesen*, wird sie sagen, während sie gespannt, mit geröteten Wangen, die Schachtel öffnet. Und wenn sie sieht, was drin ist, wird sie lächeln und die Kette noch an Ort und Stelle anprobieren, sie sich stolz um den Hals legen. *Wie sehe ich aus?*, wird sie fragen und sich zu Jay und Harper drehen. Die beiden werden ihr sagen, dass sie wunderschön aussieht, denn das tut sie natürlich.

Als ich aus meiner Tagträumerei erwache, merke ich, dass sie mich erwartungsvoll ansieht. Hat sie mich etwas gefragt? »Entschuldige, was?«, frage ich.

»Ich habe nur gefragt, wie alt du wirst.«

»Ich werde auch zweiunddreißig!« Das stimmt nicht. Lüge Nummer fünf.

»Wirklich?« Sie neigt den Kopf zur Seite, und ihre Augen weiten sich. »Wir sollten etwas zusammen machen!«

»Das wäre schön!«, stimme ich ihr begeistert zu.

Sie strahlt und sagt dann: »Sollen wir umdrehen?«

Ich nicke, und wir setzen unseren zügigen Spaziergang fort, denselben Weg zurück, den wir gekommen sind. Sie erzählt mir, wie sie es als Kind gehasst hat, in den Sommerferien Geburtstag zu haben, weil sie ihn nie in der Schule feiern konnte. Sie war eifersüchtig auf all die anderen Kinder, deren Eltern Cupcakes oder Geschenktüten mitbrachten und die in der Mitte der Klasse saßen, während die übrigen Schüler »Happy Birthday« sangen.

»Wie auch immer«, sagt Violet und winkt ab. »Ich habe genug über mich selbst geredet. Erzähl mir mehr von dir. Wo bist du zur Schule gegangen?«

Das ist es, was sie nicht versteht. Es langweilt mich nicht, wenn sie von sich erzählt. Ich glaube, ich werde nie müde sein, ihr zuzuhören. Aber ich lasse sie gewähren, überspringe die zwei Jahre, die ich auf dem Community College verbracht habe, bevor ich auf das Brooklyn College, eine staatliche Universität, wechselte, und mische die Wahrheit mit ein paar Lügen. Ich erzähle ihr, wie meine Mutter mich allein großgezogen hat, wie wir im Süden von Stadt zu Stadt gezogen sind, ehe wir uns in New York niederließen, als meine Tante krank wurde.

»Und du meintest, dein Vater kommt aus Philadelphia?«, fragt sie, als ich fertig bin.

Ich nicke. »Das hat er meiner Mutter erzählt.«

»Ich bin dort geboren«, sagt Violet. »Und auch meine Eltern sind dort geboren und aufgewachsen. Sie zogen nach Piedmont, in die Nähe von San Francisco, als ich sechs Jahre alt war.«

Ich spüre, wie mich etwas durchfährt. Ein Stromstoß, der jede Zelle erhellt. »Schon komisch«, bringe ich heraus.

»Die Welt ist klein.« Sie lächelt. »Wie ich schon sagte, Zwillinge.«

Vielleicht nicht Zwillinge, aber Schwestern. Ich habe mir immer eine Schwester gewünscht, mehr als alles andere. Und tatsächlich besteht ja die Möglichkeit, dass ich irgendwo eine habe. Darüber muss ich ständig nachdenken. Mein Vater hat vermutlich geheiratet und weitere Kinder bekommen. Und diese Kinder wären meine Geschwister. Wenn Violets Vater aus Philadelphia ist, vielleicht … Nein, ich bremse mich.

Ich erwidere ihr Lächeln. »Ich war einmal dort, auf einem Schulausflug.«

»Dann kennst du die Stadt vermutlich besser als ich. Ich

kann mich kaum noch daran erinnern.« Sie erzählt mir, wie es war, in der Nähe von San Francisco aufzuwachsen, wie sie und ihre Freunde mit der BART über die Bucht fuhren, und dass sie hofft, eines Tages wieder nach Kalifornien zu ziehen.

Ehe ich mich's versehe, sind wir zurück im Viertel, an der Ecke Fifth und Smith. Es ist fast halb zwölf. Wir sind etwas mehr als eine Stunde gelaufen, vier Kilometer, laut Violets Apple Watch. Mir ist heiß, und ich bin verschwitzt. Ohne mich selbst zu sehen, weiß ich, dass meine Wangen rot gefleckt sind und meine Haare gekräuselt.

»Wollen wir einen Kaffee trinken?«, fragt Violet.

Ich beiße mir auf die Lippe. Ich würde ja gern, wirklich, aber ich möchte nicht übereifrig sein. Ich weiß, dass ich schnell aufdringlich wirken kann. Insofern gilt es, abzuwarten, es langsam angehen zu lassen. Ich darf nicht vorpreschen, nichts tun, was sie verschrecken könnte.

»Ich würde wirklich gern, aber ich muss meine Mutter zum Arzt begleiten«, sage ich reumütig.

»Kein Problem! Dann sehen wir uns Dienstagnachmittag? Harper kommt um eins nach Hause; wenn du magst, könntest du ein bisschen früher vorbeikommen?«

»Natürlich!«, sage ich. »Klingt gut.«

»Okay, super. Ich wünsche dir ein schönes Wochenende.« Sie beginnt sich umzudrehen und hält dann inne. »Ach so!«, sagt sie. »Ich wollte dir noch zeigen, was ich meine. Bevor ich gehe.« Sie fängt an, in ihrer Bauchtasche zu kramen.

»Was du womit meinst?«

Triumphierend hält Violet etwas hoch, das wie ein Bleistift aussieht. »Was für einen Unterschied Augenbrauen machen können! Komm.«

»Jetzt gleich?«

Sie nickt. »Jetzt gleich.«

Zögernd mache ich einen Schritt auf sie zu. Sie zieht die Kappe von dem Stift und beugt sich vor, um sanft meine Brille etwas herunterzuschieben. Wir sind fast genau gleich groß. Ihr Atem kitzelt mein Gesicht, warm und minzig, und ich schließe die Augen und spüre die leichte Berührung des Augenbrauenstifts auf meiner Haut.

»Du fängst bei der dicksten Stelle an«, murmelt sie. »Fährst hoch zur Spitze, dann runter zu den Ausläufern und anschließend verblenden.« Violet macht mit der anderen Augenbraue weiter und wiederholt das Ganze. »Okay, fertig«, sagt sie schließlich und tritt zurück. Sie nimmt eine Puderdose aus ihrer Handtasche, öffnet sie und hält sie mir entgegen. »Und, gefällt es dir?«

Ich betrachte mich in dem kleinen Spiegel. Meine neuen Augenbrauen schießen erstaunt in die Höhe. Sie sehen voller aus, wie die von Violet, dunkler, gewölbter. Selbst hinter meiner Brille wirken meine Augen irgendwie strahlender, meine Wangenknochen ausgeprägter. Sie hat recht. Ich sehe wirklich anders aus.

»Wie hast du das *gemacht*?«, frage ich und starre immer noch erstaunt mein Spiegelbild an, drehe den Kopf nach links und rechts.

»Ich habe es dir gesagt.« Sie lächelt selbstzufrieden. »Mit dem hier. Hier, nimm ihn«, sagt Violet und reicht mir den Stift. »Ich habe noch drei zu Hause.«

»Wirklich?«

»Wirklich.« Ich nehme ihn entgegen, halte ihn in den Händen wie einen Schatz. »Danke.«

Sie lächelt. »Bis Dienstag!« Sie dreht sich um, winkt und läuft den Block hinunter.

Mein Lächeln weitet sich zu einem Grinsen. Ich kann es kaum erwarten. Auch ich trete den Heimweg an. Als ich kehrtmache, entdecke ich mich in einem spiegelnden Schaufenster. Und zum ersten Mal seit langer, langer Zeit gefällt mir, was ich dort sehe.

11

Als ich schließlich in unserer Wohnung ankomme, tun mir der Rücken und die Füße weh. Den Rest des Tages verbringe ich damit, Zutaten für ein Festmahl für meine Mom und mich in diversen Fachgeschäften einzukaufen: bei einem Metzger in Prospect Heights, einer Käsemanufaktur in Park Slope und einer französischen Bäckerei, die Allison mal erwähnt hat. Die Arme voller Einkäufe betrete ich das Gebäude und gehe durch das kleine Foyer zu unserer Wohnungstür, vorbei an der Wand mit den Aluminiumbriefkästen. Das Licht über unserer Tür ist kaputt, es geht flackernd an und aus wie in einem billigen Horrorfilm.

Ich stelle die Einkaufstüten auf den Boden, um aufzuschließen. Mein Schlüssel steckt im Schloss, als ich plötzlich meinen Namen hinter mir höre. Er hallt durch den Linoleumflur.

»Sloane Caraway?«, ertönt es schroff. Ich erstarre.

Langsam ziehe ich den Schlüssel aus dem Schloss und drehe mich um.

Es ist eine Frau in Polizeiuniform, mit einem Hut mit glänzender Krempe, einer Dienstmarke aus Messing und schwarzen Schnürstiefeln. Auf dem kleinen Metall-Namensschild an ihrer Brusttasche steht *Martinez, C.* Mir dreht sich der Magen um. Ich weiß, warum sie hier ist. Mir wird schlecht.

Sie muss mir gefolgt und mucksmäuschenstill zur Haustür reingeschlüpft sein, ehe sie ins Schloss fiel. »Ms. Caraway?«, sagt sie erneut.

Ich will schon den Kopf schütteln, überlege es mir aber anders. Ich möchte die Dinge nicht noch schlimmer machen, als sie ohnehin schon sind. »Ja«, sage ich vorsichtig. »Kann ich Ihnen helfen?«

Sie nickt, nimmt ihre Mütze ab, kommt einen Schritt näher und klemmt sie sich unter den Arm. Ihre dunklen Haare sind mittig gescheitelt und im Nacken zu einem tief sitzenden Dutt geknotet. Sie trägt kein Make-up, aber nicht, weil sie es nicht nötig hätte. Ihre Nase und ihre Stirn sind fettig, ihre olivfarbene Haut ist mit verblassten Akne-Flecken übersät, von denen einige vernarbt sind. Trotzdem ist sie nicht unattraktiv. Ihre Lippen sind voll, ihre Augen dunkelbraun, tiefliegend und mandelförmig, mit langen Wimpern. Sie ist jünger als ich, vielleicht Ende zwanzig, und hat Kurven, wie es sich für eine Frau gehört.

Sie räuspert sich. »Ich würde Ihnen gerne ein paar Fragen wegen neulich stellen.«

Neulich. *Neulich.* Ich hatte geahnt, was der Anlass war, doch als sie es nun laut ausspricht, wird mir mulmig, und ein metallischer Geschmack steigt in meiner Kehle auf. Ich fange an zu schwitzen.

»Bei Rose & Honey«, fährt sie fort. »Wie ich höre, kam es dort zu einer Begegnung mit Ms. McIntyre?« Sie sagt es, als ob es eine Frage wäre, aber wir wissen beide, dass es keine ist. Ich stelle mir vor, wie Allison den Beautysalon verlassen hat und direkt zur Polizeiwache gegangen ist, noch immer zitternd. *Ich will mit dem Revierleiter sprechen*, hatte sie bestimmt gefordert, die Arme vor der Brust verschränkt, mit dem Fuß auf den Boden trommelnd.

Im Foyer ist es still. Ich meine den Fernseher in unserer

Wohnung hinter der geschlossenen Tür zu hören, aber vielleicht bilde ich mir das auch nur ein. Die Beamtin starrt mich abwartend an. Ich frage mich, ob sie diejenige war, die mit Allison auf der Wache gesprochen hat. Schließlich sage ich: »Ich habe nichts Falsches getan.«

»Das hat niemand behauptet«, erwidert sie ruhig. »Wie ich schon sagte, ich bin nur hier, um Ihnen ein paar Fragen zu stellen. Wussten Sie, dass Ms. McIntyre einen Termin gebucht hatte?«

Ich schüttle den Kopf. »Nein, das wusste ich nicht. Ich wusste es erst, als ich sie sah.«

»Und was haben Sie getan, als Sie merkten, dass sie es war?«

»Nichts! Sie ist rausgestürmt. Ich hatte gar keine Gelegenheit, *irgendetwas* zu tun oder zu sagen …«

Die Beamtin mustert mich aufmerksam, dann nickt sie. »Ist Ihnen klar, dass die Verfügung besagt, dass kein Kontakt mit Ms. McIntyre stattfinden darf? Keinerlei Kommunikation.«

Ich presse die Lippen zusammen. Die Verfügung. Die einstweilige Verfügung. Ich spüre einen dumpfen, pochenden Schmerz in meiner Brust. »Ich weiß«, antworte ich leise. »Ich habe das nicht geplant.«

»Deshalb wird es auch nicht als Verstoß gewertet werden.« Ich kann nicht sagen, ob sie findet, das sollte es aber. Hat sie den Bericht gelesen? Ich weiß, wonach das aussieht. Ich, nachlässig angezogen mit einem zu großen Kapuzenpulli und einer verschmierten Brille, und Allison, picobello gekleidet, mit ihren feinen Gesichtszügen und Haaren rot leuchtend wie ein Sonnenuntergang. Ich bin nicht die Sympathieträgerin in dieser Geschichte.

Ich beiße mir fest auf die Unterlippe. »Warum sind Sie dann

hier?«, frage ich. Doch ich kenne die Antwort bereits. Weil Allison eine Szene gemacht und ihr jemand versprochen hat: *Wir werden mit ihr reden.*

»Ich wollte Sie nur an die Abmachung erinnern. Die Verfügung verlangt einen Abstand von hundert Metern. Es ist wichtig, dass Sie sich an diese Vorgaben halten.«

»*Das tue* ich.« Meine Stimme steigt um eine Oktave. Ich weiß, was in der Verfügung steht. Ich habe eine Kopie zu Hause in meiner Schublade. »*Sie* ist in den Beautysalon gekommen! *Sie* ist diejenige, die gegen die Verfügung verstoßen hat. Nicht ich.«

»Ich verstehe«, sagt sie. Sie sieht mich mitleidig an, und ich möchte schreien.

»Es ist nicht so, wie Sie denken.« Ich spüre, wie sich meine Stimmbänder anspannen. Ich weiß, ich klinge defensiv, beinahe erbärmlich, aber ich kann nicht anders. Ich will, dass sie weiß, dass sie sich irrt, dass es nicht das ist, wonach es aussieht. »Es war alles nur ein großes Missverständnis.«

Sie nickt langsam. »Das ist es immer. Einen schönen Abend noch, Ma'am.« Sie setzt ihre Mütze wieder auf und geht zur Tür. Ihr Gang ist steif, ohne Schwung. Sie sieht aus, als würde sie auf einem Drahtseil laufen. Ein falscher Schritt, und sie wird abstürzen. Ich frage mich, ob sie diesen Gang übt, indem sie sorgfältig einen Fuß vor den anderen setzt, den Rücken gerade durchgedrückt.

Ich stehe da und schaue ihr nach. Als sie weg ist, drehe ich mich um und stecke meinen Schlüssel wieder ins Schloss. Meine Hand zittert. Ich wische mir mit dem Ärmel meines Kapuzenpullis eine Träne aus dem Auge. Ich will nicht, dass meine Mom mich weinen sieht.

Ich atme einen Moment lang aus und betrete dann das Wohnzimmer. Meine Mutter sitzt in ihrem Sessel, die Beine ausgestreckt und an den Knöcheln überkreuzt. Auf dem Beistelltisch neben ihr steht ein Eistee.

»Wer war das? Ich habe Stimmen gehört«, sagt sie und wendet ihre Aufmerksamkeit vom Fernseher ab. Sie verlagert ihr Gewicht im Sessel.

»Gabby, von oben«, antworte ich. »Sie hat mir erzählt, dass sie mal wieder mit ihrem Freund Schluss gemacht hat. Sie hat ihn mit einer anderen erwischt.«

Meine Mutter verdreht die Augen und schaut wieder zum Fernseher. Sie kann Gabby nicht ausstehen.

Ich weiß, ich habe gesagt, ich würde meine Mutter nicht anlügen. Das entsprach nicht ganz der Wahrheit.

Am Montagmorgen, einen Tag bevor ich bei den Lockharts anfangen soll, schreibe ich Violet eine Nachricht, um ihr zu sagen, dass ich mich auf den nächsten Tag freue. Als sie nicht sofort antwortet, schicke ich ein Smiley-Emoji hinterher, aber es kommt immer noch keine Antwort. Nicht fünf Minuten später, nicht zehn, auch nach einer Stunde nicht.

Ohne meinen Job im Beautysalon habe ich nichts, was mich beschäftigt. Keine Ablenkung, außer dem dröhnenden Fernseher im Wohnzimmer. Bis zum Nachmittag habe ich tausendmal nach meinem Handy gegriffen, um zu sehen, ob ich eine Nachricht verpasst habe, doch das Display bleibt leer. Ich kann nicht aufhören, herumzuzappeln. Soll ich ihr noch mal schreiben, falls sie die ersten beiden Nachrichten verpasst hat? Immer wieder fange ich an zu tippen und lösche den Text dann. Mit jeder Stunde, die vergeht, werde ich unruhiger. Ich schalte mein Handy aus, lege es in meinen Nachttisch, verlasse das Zimmer und kehre nur Minuten später zurück, um es wieder einzuschalten. Keine neuen Nachrichten.

War es etwas, das ich gesagt habe? In Gedanken spiele ich unsere Gespräche immer und immer wieder durch. Als wir uns nach dem Spaziergang trennten, schien es ihr gut zu gehen. Sie lächelte und winkte, als sie den Gehweg hinunterlief. Vielleicht hat sie unsere gemeinsam verbrachte Zeit doch nicht so genossen. Vielleicht war sie verärgert darüber, dass ich ihre Einladung zum Kaffee ausgeschlagen hatte. Vielleicht fand sie, dass ich doch nicht die richtige Wahl für Harper bin.

Aber meine größte Angst – auch wenn mir klar ist, dass das unmöglich ist – besteht darin, dass sie herausgefunden hat, was an dem Nachmittag neulich bei Rose & Honey passiert ist. Oder noch schlimmer, was passiert ist, bevor ich den Job bekam, oder dass sie von der einstweiligen Verfügung weiß.

Um halb fünf halte ich es schließlich nicht mehr aus. Ich habe das Gefühl, den Verstand zu verlieren. Ich sage meiner Mutter, dass ich spazieren gehe, schlüpfe in meine Schuhe und schnappe mir meine Tasche. Als ich auf den Bürgersteig trete, muss ich meine Augen abschirmen. Die Sonne steht noch hoch am Himmel, die Tage werden bereits länger und wärmer, der Sommer naht. Ich bin mir nicht sicher, wo ich hinwill, aber draußen fühle ich mich schon wohler. Violet ist wahrscheinlich nur beschäftigt, sage ich mir, bis ich es fast selbst glaube.

Ich beschließe, zum Park zu gehen und ein paar Runden zu drehen, bleibe aber nicht stehen, als der Spielplatz in Sichtweite ist. Ich laufe weiter. Ich weiß bereits, wohin ich gehen werde, noch bevor ich dort ankomme. Ich kann nicht anders.

Als ich in die Straße der Lockharts einbiege, werden die Brownstone-Häuser größer, die Ulmen höher, das Laub dichter, der Bürgersteig breiter. Ich laufe auf der Seite gegenüber ihrem Haus. Als es in Sichtweite kommt, werde ich langsamer, ducke mich und bleibe dann stehen, halb versteckt hinter einem geparkten Auto und einem Baumstamm. Natürlich habe ich hier eigentlich nichts zu suchen, aber ich muss nachsehen, ob Violet zu Hause ist. Ich will auch gar nicht lange bleiben, nur einen kurzen Blick riskieren.

Ihre Vorhänge sind weit aufgeschoben. So kann ich direkt in ihr Wohnzimmer schauen. Die Sonne ist noch hell, das Innere des Hauses gut beleuchtet.

Zuerst kann ich niemanden entdecken. Ich sehe die Bücherregale, die Couch, das Gemälde darüber, ihren Couchtisch. Ist überhaupt jemand zu Hause?

Und dann, wie als Antwort auf meine Frage, betritt Violet den Raum. Ich atme scharf ein und ducke mich hinter den Baum. Als ich mich ein klein wenig vorlehne und hervorspähe, steht sie immer noch am Erkerfenster. Sie hat ein Handy am Ohr und spricht sichtlich erregt. Sie wirkt aufgebracht. Selbst von hier aus kann ich sehen, wie sich ihre Augenbrauen zusammenziehen und ihre Stirn in Falten legt. Sie beginnt auf und ab zu gehen und reibt sich mit der freien Hand die Schläfe.

Dann taucht Harper hinter ihr auf, rennt auf sie zu und wirft ihre Arme um Violets Taille. Violet blickt hinunter und streichelt ihr geistesabwesend über den Kopf. Harper schaut lächelnd hinauf, und Violet hält einen Finger in die Höhe. *Gib mir eine Minute*, besagt er. Harper nickt und geht in Richtung Treppe davon.

Jetzt hört sie zu, das Handy ans Ohr gedrückt, die Lippen

fest aufeinandergepresst. Haben sie gebebt? Das ist von hier aus schwer zu sagen. Dann streicht sie sich mit der Handfläche über die Wange. Sie weint, denke ich, und wischt sich die Tränen weg. Sie nickt einmal heftig, schließt die Augen. So steht sie da, wie zu Marmor erstarrt, bis sie schließlich erneut nickt und ihre Augen wieder öffnet.

Sie nimmt das Handy vom Ohr und schließt es, indem sie die beiden Hälften zusammenklappt. Einen Moment lang starrt sie nur darauf, mit hängenden Schultern und teilnahmslosem Gesicht.

Plötzlich, ohne Vorwarnung, reißt sie den Arm zurück und schleudert das Handy auf die Couch wie ein Pitcher, der auf einen Fanghandschuh zielt. Ihr Mund ist zu einem lautlosen Schrei geöffnet. Das Handy trifft das Rückenpolster und prallt ab, so dass ich es nicht mehr sehen kann. Hinter dem Baum stehend, zucke ich zusammen.

Violets Schultern heben und senken sich, als ob sie schwer atmen würde. Ich weiß, ich sollte gehen, aber ich stehe da wie angewurzelt. Mit wem hat sie geredet? Worum ging es in dem Gespräch? Hat sie mit einem Freund gestritten? Mit einem Familienmitglied?

Dann wendet sie den Kopf zur Treppe, als würde jemand sie ansprechen. Schnell setzt sie einen gefassten Gesichtsausdruck auf, der Ärger ist verschwunden. Sie geht zur Couch, um das Handy aufzuheben und einzustecken, dann geht sie auf die Treppe zu und verschwindet aus meinem Blickfeld.

Ich warte, um zu sehen, ob irgendjemand wieder auftaucht, aber das passiert nicht. Das Wohnzimmer bleibt leer. Keine Violet, keine Harper, kein Jay. Ich sage mir, dass ich aufbrechen sollte, doch aus einer Minute werden fünf, aus fünf zehn, und schließlich ist fast eine Stunde vergangen. Die ganze Zeit über halte ich mein Handy in der Hand, in der Hoffnung, dass Violet anruft, aber es klingelt nicht.

Es wird bereits dunkel, und der Himmel wechselt von Grau zu Tiefblau, als ich die zwölf Blocks nach Hause laufe, beunruhigt von dem, was ich gesehen habe.

Beim Essen reden meine Mom und ich nicht viel miteinander. Ich weiß, dass sie meine Stimmung bemerkt, aber sie fragt nicht nach. Stattdessen drückt sie mir beim Fernsehen ab und zu den Arm, wobei sie den Blick nicht vom Bildschirm nimmt. Sie ist für mich da, wenn ich sie brauche, vermittelt ihre Geste.

Nach dem Essen tausche ich mein Flanellhemd und meine Jeans gegen einen Schlafanzug und gehe ins Bett, ohne mir das Gesicht zu waschen oder die Zähne zu putzen. Ich weiß, ich sollte beides tun, aber ich bringe die Energie dazu nicht auf.

Ich liege im Bett, schalte meine Nachttischlampe aus und starre an die Decke. Was hat Violet so aufgeregt? Und warum hat sie mich nicht angerufen? Hängt beides miteinander zusammen? Niedergeschlagen drehe ich mich auf die Seite. Vielleicht ist meine schlimmste Befürchtung wahr geworden: Sie weiß darüber Bescheid, was ich getan habe. Sie ist wütend und weiß nicht, wie sie mich zur Rede stellen soll.

Die Dunkelheit in meinem Schlafzimmer ist schwer und erdrückend, lange Schatten ragen an den Wänden empor. Ich lausche dem Verkehr draußen, dem entfernten Hupen, den leisen Sirenen, den gedämpften Stimmen. Schließlich werden meine Augenlider schwer, und ich beginne wegzudösen, gebe mich dankbar dem Schlaf hin.

Da vibriert mein Handy. Meine Lider öffnen sich schlagartig. Ich richte mich auf und nehme es mit klopfendem Herzen vom

Nachttisch. Mit zusammengekniffenen Augen spähe ich auf das Display, das in meinem abgedunkelten Zimmer leuchtet. Es ist Violet. Ich halte den Atem an und öffne die Nachricht.

Hi, entschuldige die späte Antwort! Der Tag ist förmlich an mir vorbeigerauscht. Steht unsere Verabredung für morgen noch?

Die Angst, die ich den ganzen Tag verspürt habe, verschwindet augenblicklich. Ich fühle mich leichter, unbeschwerter. All die Sorgen waren umsonst. Mit fliegenden Fingern tippe ich zurück:

Keine Sorge! Ja, ich werde da sein! Um eins?

Ich sehe, wie sie sofort zu tippen beginnt, dann: *Sagen wir halb eins?*

Ich lächle das Handy an. *Bis dann!*

Ich will das Handy schon weglegen, zögere aber. Ein Bild taucht in meinem Kopf auf. Wie sie heute mit schmerzverzerrtem Gesicht aus dem Fenster geschaut, sich wütend die Tränen von der Wange gewischt hat. Ich will sie fragen, ob alles in Ordnung ist, aber dann müsste ich zugeben, dass ich heute Nachmittag vor ihrem Haus stand. Und das kann ich nicht, denn ich weiß, wie das aussehen würde. Schließlich lege ich mein Handy auf den Nachttisch zurück. Ich frage sie einfach morgen, beschließe ich, falls sie immer noch verärgert wirkt.

Ich ziehe die Decke zum Kinn hoch und mache die Augen zu. Dieses Mal habe ich keine Probleme einzuschlafen.

12

Um 12.25 Uhr des nächsten Tages steige ich die Treppe zur Haustür der Lockharts hinauf. Mein Herz klopft schneller. Ab heute bin ich die Nanny der Lockharts. Keine Nageltechnikerin mehr, sondern Kindermädchen. Es fühlt sich richtig an, als wäre ich genau da, wo ich sein sollte.

Die Eingangstür zu ihrem Brownstone ist einen Spalt geöffnet und lehnt am Rahmen. Von drinnen ertönt gedämpfte Musik. Ich klopfe an, aber als niemand antwortet, drücke ich die Tür auf und trete in den Eingangsbereich. Die Musik kommt aus der Küche. Sie dröhnt so laut, dass der Klang das ganze Haus erfüllt. Ich kenne das Lied. Langsam gehe ich in Richtung der Musik. »Violet?«, rufe ich.

Als ich die Küche betrete, sehe ich Violet auf der anderen Seite der Kücheninsel, wie sie wild tanzt. Sie hält eine große Pfeffermühle in der Hand, als wäre sie ein Mikrophon, und singt mit geschlossenen Augen hinein. Wäre es irgendjemand anders – wäre ich es –, würde es lächerlich aussehen. Mit schlackernden Gliedmaßen, wie bei diesen aufblasbaren Schlauchmännern, sich krümmend und zappelnd wie Elaine in *Seinfeld*. Aber Violet ist nicht irgendjemand. Sie besitzt eine magnetische Anziehungskraft. Ich könnte ihr den ganzen Tag beim Tanzen zusehen.

Einen Moment später öffnet sie die Augen. Sie sieht mich, wie ich im Türrahmen stehe, und unterbricht grinsend vorübergehend ihre Darbietung. Die Arme weit ausgebreitet, ruft sie:

»Welcome to New York!« Dann beginnt der Refrain und sie singt weiter, während sie mir in die Augen sieht, darüber, dass die Stadt auf mich gewartet hat. Und genau in diesem Moment, hier in ihrer Küche, fühlt es sich so an. Dieses New York, das New York mit Violet, ist anders als das, in dem ich die letzten fünfzehn Jahre gelebt habe. Es ist neu und besonders, und endlich gehöre ich hierher.

Während Violet singt, nimmt sie den zugehörigen Salzstreuer in die Hand und tanzt auf mich zu, streckt mir den Streuer entgegen. Ich hatte vor, sie zu fragen, ob alles in Ordnung ist, weil ich mir nach gestern Nachmittag Sorgen um sie gemacht habe, aber nun strahlt sie. Es scheint ihr mehr als nur gut zu gehen.

Ich lasse meine Tasche auf den Boden fallen und nehme ihr den Streuer ab. Ich zögere nur kurz, dann beginne ich ebenfalls zu singen. Wir kennen beide den Text auswendig. Wir tanzen herum, wackeln und wiegen uns im Takt, singen in unsere Mikrophone zu der Musik, die so laut ist, dass man keine von uns beiden hört.

Als das Lied zu Ende ist, ruft Violet Alexa zu, sie solle die Musik leiser stellen, lässt sich dann auf einen Küchenstuhl fallen, hebt die Haare im Nacken an und fächelt sich mit der anderen Hand Luft zu.

»Setz dich«, sagt sie, und ich nehme mit vom Tanzen klopfendem Herzen ihr gegenüber Platz. Wir atmen beide schwer, grinsen uns vergnügt an.

»An manchen Tagen muss man einfach tanzen«, sagt sie.

»Da stimme ich voll und ganz zu.« Tatsächlich war das etwas, was ich in meiner Zeit im Kindergarten öfter gemacht habe. Immer wenn die Stimmung schlecht war, habe ich die

Musik aufgedreht, woraufhin alle Kinder wie verrückt durch den Raum getanzt sind, bis sie kichernd auf dem Teppich zusammenbrachen. Das hat den ganzen Tag gerettet. Ich möchte Violet davon erzählen, aber ich tue es nicht. Ich kann es nicht.

»Harper sollte jeden Moment zu Hause sein. Eine der anderen Mütter hat sich bereit erklärt, sie heute nach Hause zu begleiten. Kaffee?«, fragt sie, und ich nicke.

Sie steht auf, kommt mit zwei Tassen zurück und stellt sie vor uns auf dem Tisch ab. »Diesen Song habe ich jeden Tag gehört, als wir hergezogen sind«, sagt sie. »Peinlich, was?«

»Finde ich nicht«, erwidere ich. »Aber ich bin auch großer Taylor-Swift-Fan.«

»Stimmt.« Sie lächelt. »Das hast du erzählt, als wir uns das erste Mal im Park getroffen haben. Da wusste ich, dass wir uns gut verstehen würden.«

Ich strahle, erfreut darüber, dass sie sich an unser erstes Gespräch erinnert.

Sie sieht mir direkt in die Augen. »Ich weiß, dass ich das schon mal erwähnt habe, aber ich habe mich seit unserem Umzug hierher schwergetan, neue Freunde zu finden. Es ist schön, in dir eine Freundin zu haben. Ich bin so froh, dass wir uns kennengelernt haben.«

Ich spüre ein Aufsteigen von Wärme in meiner Brust. Sie bezeichnet mich als ihre Freundin. Nicht als ihr Kindermädchen. Ihre Freundin.

»Ich auch«, sage ich. Sie hat keine Ahnung, wie froh ich bin. Ich beobachte sie, streiche mein Haar hinter ein Ohr, wie sie es getan hat, und setze mich ein wenig aufrechter hin.

»Du lebst ja schon länger hier und kennst bestimmt viele

Leute.« Violet pustet in ihren Kaffee, dann nimmt sie einen Schluck.

Ich presse meine Lippen aufeinander und nicke langsam. »Ja, schon.« Früher habe ich mehr Leute gekannt. Ich war mit vielen der anderen Erzieher im Kindergarten befreundet. An den Wochenenden gingen wir zusammen brunchen, oder jemand lud alle zum Sonntagsessen ein, aber seit ich gefeuert wurde, ist das nicht mehr der Fall. »Aber seit meine Mom krank ist, habe ich mich irgendwie zurückgezogen.«

Violet nickt. »Was ist mit Dating? Bist du Single? Oder vergeben?« Ich überlege, ob ich mir einen Freund ausdenken soll, entscheide jedoch, dass das zu riskant ist. Wenn wir uns wirklich näher anfreunden, was ich hoffe, wird sie ihn kennenlernen, zusammen essen gehen und Double-Dates verabreden wollen. Dann müsste ich mir jedes Mal Ausreden einfallen lassen, warum er nicht mit uns ausgehen kann, zum Beispiel, warum er – mal wieder – auf Geschäftsreise ist.

»Ich bin Single«, antworte ich.

»Single in New York – ein Traum«, sagt sie sehnsüchtig. »Zumindest war es das für mich früher. Na ja, zu Highschool-Zeiten, dank *Sex and the City*.«

»Oh Gott«, stöhne ich. »Du hast ja keine Ahnung, wie anstrengend das heutzutage ist.« Ich werfe ihr einen gequälten Blick zu. »Tinder hat alles ruiniert. Mein Liebesleben ist verflucht.«

Das ist eine Übertreibung. Eigentlich macht es die Sache interessanter. Ich habe auf mehreren Apps, darunter auch Tinder, ein Dating-Profil angelegt – mehrere sogar, um ehrlich zu sein, alle mit Bildern von anderen Frauen, die ich online gefunden habe; Frauen, von denen ich sicher bin, dass sie die Aufmerksamkeit jenes Typs Mann erregen, an dem ich interessiert wäre. Es ist eine meiner Lieblingsbeschäftigungen am Freitagabend, mich in Jogginghose mit einer Schüssel Eiscreme auf die Couch zu lümmeln, mich durch die Fotos der Männer zu wischen und mir ihre Profile durchzulesen, auf denen sie versuchen, witzig rüberzukommen (was gelegentlich gelingt). Denen, die ich besonders geistreich finde, schicke ich ein Like oder ein Herz und warte darauf, bis die nächste Nachricht mit einem Pling aufploppt. Es macht Spaß, mir von Männern Komplimente machen zu lassen, wie schön ich bin, und bis in die frühen Morgenstunden launige Nachrichten hin und her zu schreiben.

Gelegentlich verwende ich ein Profil mit meinem echten Foto und treffe mich mit jemandem zum Abendessen oder zum Kaffeetrinken, aber die Dates sind in der Regel unbeholfen und voller gestelzter Gespräche. Hin und wieder enden sie mit einer Knutschsession auf dem Gehweg oder mittelmäßigem Sex auf seinem Futonbett, doch es kommt fast nie zu einem zweiten Date. Sie fragen nicht danach, und selbst wenn sie es täten, würde ich wahrscheinlich Nein sagen.

Ich sage mir, dass sich das ändern wird, wenn ich erst mal einen besseren Job habe oder endlich in einer eigenen Wohnung lebe. Vielleicht habe ich dann eine Chance bei den Typen, die mit mir ausgehen wollen, wenn ich so tue, als wäre ich jemand anders.

»Ist es seltsam, wenn ich ein klitzekleines bisschen eifersüchtig bin?«, fragt Violet und lacht. »Jay und ich haben uns kennengelernt, kurz bevor Tinder aufkam. Ich habe mir immer gewünscht, ich hätte es wenigstens ein Mal ausprobieren können.«

»Ja«, antworte ich und nicke nachdrücklich. »Das ist sehr, sehr seltsam. Vor allem wenn man bedenkt, wie dein Mann aussieht. Kann es sein, dass du mal wieder zum Augenarzt musst?«

Violet vergräbt mit gespielter Scham den Kopf in den Händen und schüttelt ihr dunkles Haar. »Du hast ja recht«, sagt sie gedämpft. Sie richtet sich wieder auf und seufzt. »Wir haben einfach so jung geheiratet, dass ich manchmal das Gefühl habe, den ganzen Spaß verpasst zu haben.« Geistesabwesend streicht sie über ihren Pony und wickelt eine Strähne um ihren Finger. »Und jetzt bin ich Mutter und habe Dehnungsstreifen.«

Ich lächle. Ich bezweifle sehr, dass sie Dehnungsstreifen hat. »Du hast nichts verpasst«, sage ich. »Glaub mir. Es sei denn, du stehst auf perverse Anmachsprüche und darauf, dass deine Inbox unaufgefordert mit Bildern von männlichen Genitalien geflutet wird.«

»Dann ist das nicht nur ein Mythos?«

»Was, Dickpics?« Ich schüttle den Kopf. »Nein. Ganz und gar nicht. Ich kann es dir zeigen, wenn du willst …« Ich beginne, nach meiner Handtasche zu greifen.

»Nein!«, quietscht Violet und kichert. »Nein, ich glaube dir. Bitte nicht!«

Ich lache. »Okay, dann nicht. Aber was ist mit der Zeit vor Jay? Du hattest an der Highschool doch bestimmt eine Million Freunde.«

Violet ist eine Ballkönigin. Eine Cheerleaderin. Ich sehe sie bildlich vor mir: jünger, in tief sitzenden Jeans und einem Crop-Top, umringt von den anderen beliebten Kids, während die Jungs darum konkurrieren, wer ihr näherkommen, wer ihren Rucksack nach Hause tragen darf. Ich hingegen saß –

wie Taylor Swift es ausdrückt – auf der Tribüne, beobachtete Mädchen wie Violet und wünschte mir, mich würde jemand so ansehen, wie man sie ansah.

Violets Lächeln schwindet, aber es erlischt nicht, zumindest nicht ganz. »Nicht wirklich.« Sie zuckt mit den Schultern. »Ich war so ziemlich mein ganzes Leben – vor Jay, meine ich – in diesen einen Jungen verliebt. Ein paarmal bin ich auch mit anderen Jungs ausgegangen, weil ich dachte, ich könnte so über ihn hinwegkommen, aber das hat nicht funktioniert.« Sie stößt ein kleines Lachen aus, wie um zu zeigen, wie töricht sie war, daran zu glauben.

»Wie hieß er?« Ich nehme einen Schluck von meinem Kaffee und lehne mich auf meinem Stuhl zurück. Es gibt nichts, was ich nicht über Violet wissen möchte, aber am liebsten höre ich Geschichten aus ihrer Kindheit und wie sie als Teenager war.

Sie zögert und sagt dann: »Danny. Wir waren beste Freunde, als wir klein waren. Wir waren unzertrennlich, haben alles zusammen gemacht. Alle dachten, wir würden später mal heiraten. Das dachte ich auch.« Sie lächelt, amüsiert über ihr jüngeres Ich. »Er hatte ein großes Herz. Und er war schön. Ein schöner Junge, der zu einem schönen Mann heranwuchs. Wuschelige goldene Locken. Wunderschöne braune Augen.« Sie starrt in die Ferne, als würde sie sich erinnern. »Und er hat eine kleine Narbe, direkt über der Augenbraue.« Violet berührt die Stelle in ihrem eigenen Gesicht. »Wir waren sechzehn, als er mich zum ersten Mal geküsst hat. Und es war …« Violet verstummt. Ich beuge mich vor, mein Atem stockt. Sie sieht mich und lacht. Dann seufzt sie, und ihre Augen werden wieder sanft. »Es war, als hätte ich mein ganzes Leben auf diesen einen Moment gewartet.«

Ich kann es sehen, fühlen, als wäre es mein Herz gewesen,

das heftig klopfte, als seine Lippen meine berührten. Als die ganze Welt stillstand.

»Was ist dann passiert?«, frage ich, als sie nicht weiterspricht. Ich bin ganz aufgekratzt.

»Wir haben uns aus den Augen verloren, nachdem ich aufs College gegangen bin. Und dann habe ich Jay kennengelernt.« Sie zuckt mit den Schultern, als wäre das das Ende ihrer Liebesgeschichte. Oder der Anfang. Ich kann es nicht genau sagen. »Wie auch immer«, fährt sie fort und lächelt. »Was ich damit sagen will: Nein, ich hatte nicht eine Million Freunde in der Highschool.« Dann wirft sie einen Blick auf die Uhr an der Wand und runzelt die Stirn. »Harper sollte schon längst zu Hause sein. Ich frage mich, warum sie so lange brauchen. Der Kindergarten ist etwa zehn Blocks entfernt, aber normalerweise dauert es nicht länger als zwanzig Minuten. Der Mockingbird-Montessori-Kindergarten. Vielleicht kennst du ihn.«

Das Lächeln verschwindet von meinen Lippen. Plötzlich ist es, als würden die Küchenwände auf mich zuzukommen, als würde der Raum schrumpfen. Ich spüre, wie die Farbe aus meinem Gesicht weicht, während mich eine Welle der Übelkeit überrollt und meine Glieder taub werden. *Hat sie gerade gesagt …*

»Mockingbird?«, wiederhole ich schwach. Meine Stimme klingt dünn, verzerrt, als ob ich etwas im Mund hätte.

Violet dreht sich um. »Kennst du ihn?«

Ich kämpfe gegen das Gefühl an, mich gleich übergeben zu müssen. Wieso hatte ich nicht auf dem Schirm, dass Harper in den Mockingbird geht? Natürlich tut sie das, es ist der beste Kindergarten in ganz Brooklyn, und jeder, der etwas auf sich hält, schickt sein Kind dorthin.

Ich nicke. »Ich habe für eine Familie als Nanny gearbeitet, deren Kind dort hinging.« Das ist die Wahrheit, aber nicht die ganze Wahrheit. Trotzdem bereue ich die Worte, sobald sie meinen Mund verlassen haben. Es ist mehr, als ich ihr verraten wollte.

»Oh, wie witzig. Für welche Familie denn?« Sie neigt den Kopf zur Seite.

Ich zwinge mich zu einem Lächeln und versuche, gelassen zu wirken. »Ach, die sind inzwischen weggezogen. Nach Connecticut, glaube ich.« Ich antworte absichtlich nicht auf ihre Frage. »Das ist schon ewig her.«

Das ist natürlich gelogen. Es ist gerade mal anderthalb Jahre her, dass ich zuletzt für die Familie gearbeitet habe. Bevor ich ihre Nanny wurde, war Ellie McIntyre in meiner Morgengruppe im Mockingbird. Es war nicht ungewöhnlich, dass die Erzieher an den Wochenenden auf die Kinder aufpassten, um sich etwas dazuzuverdienen. Wir alle haben das gemacht. Die Familien waren wohlhabend und haben anständig gezahlt, mindestens fünfundzwanzig Dollar pro Stunde, für zwei Kinder sogar dreißig Dollar und mehr, was so viel war, wie wir in unserem Hauptberuf verdienten.

Ellies Mom ist Allison. Allison McIntyre. Sie ist der Grund, warum ich zuletzt nicht mehr als Nanny tätig war, warum ich keine Erzieherin mehr bin, warum ich an einem Ort arbeiten musste, wo sich niemand die Mühe machte, meine Referenzen zu überprüfen. Sie ist diejenige, die die einstweilige Verfügung erwirkt hat. Diejenige, die in den Beautysalon kam und so tat, als fürchte sie um ihr Leben. Dabei war es mein Leben, das in Trümmern lag.

Sie hatte zwei Kinder, die beide genauso rote Haare hatten

wie sie. Ellie, die vier war, als wir uns kennenlernten, und Benji, der sieben war. Ihr Mann war unter der Woche auf Reisen, so dass sie nachmittags Hilfe brauchte, wenn der Kindergarten aus und sie noch nicht mit der Arbeit fertig war. Zuerst bin ich nur ab und zu eingesprungen, wenn sie außer Haus war, mal ein Freitag- oder Samstagabend hier oder da, aber bald wurde es regelmäßiger, und ich übernahm den Montagnachmittag, wenn Allison nach Manhattan musste und erst nach sieben nach Hause kam, und schließlich arbeitete ich auch mittwochs und donnerstags. Zuletzt kam ich auch an den Wochenenden, so dass es fast war, als gehörte ich zur Familie. Bis es eines Tages vorbei war.

Ellie geht wahrscheinlich immer noch in den Mockingbird-Kindergarten. Sie ist älter als Harper, insofern sind sie sicher nicht in derselben Gruppe, aber womöglich spielen sie zusammen auf dem Hof. Violet und Allison sind sich bestimmt schon mal beim Bringen oder Abholen begegnet; vielleicht grüßen sie sich sogar oder unterhalten sich, während sie darauf warten, dass die Kinder herauskommen. Bei dem Gedanken dreht sich mir der Magen um.

Ich kann Violet ihren Namen nicht nennen, denn falls sie Allison zufällig von mir erzählen würde, wäre alles ruiniert. Allisons Augen würden einen harten Ausdruck annehmen, ihre Miene versteinern. Sie würde Violet Dinge über mich erzählen, die nicht wahr sind – zumindest nicht ganz. Und ja, mir ist die Ironie des Ganzen durchaus bewusst.

Dann fällt mir wieder ein, dass Violet denkt, mein Name sei Caitlin, und ausnahmsweise bin ich dankbar, dass ich eine Lügnerin bin, und nicht beschämt, wie sonst.

»Geht es dir gut?«, fragt Violet.

Ich zwinge mich zu einem Nicken; bringe kein Wort heraus.

In diesem Moment läutet es an der Tür. »Oh! Das muss Harp sein«, sagt Violet.

Sobald Violet die Küche verlässt, stütze ich meinen Kopf in die Hände. Ich bin sicher, dass die Erzieher, die Kinder und die Eltern nach meinem Ausscheiden noch über mich geredet haben. Es ist eine enge Gemeinschaft, was auch einer der Gründe war, warum ich dort so gerne gearbeitet habe: Wenn ein Kind oder eine Erzieherin krank war, und sei es nur eine Erkältung, unterschrieben alle eine selbstgebastelte Karte, um gute Besserung zu wünschen; bei einem familiären Notfall schickte eine Gruppe Mütter ihre Au-pairs mit Fertiggerichten vorbei. Am Tag der Erzieher gab es Blumen und an Geburtstagen aufwendig glasierte Törtchen. Aber es wurde auch getuschelt, wenn sich die Eltern eines Kindes scheiden ließen oder einer der Väter wegen Insiderhandels angeklagt wurde, insofern bin ich mir sicher, dass auch über mich geredet wurde. Wie laut, weiß ich nicht. Ich weiß nicht, inwiefern der Klatsch und Tratsch auch nach meiner Kündigung noch anhielt, ob er weiterhin die Runde machte, wenn die Eltern ihre Kinder zum Kindergarten brachten oder sie abholten.

Wenn ich mit jemandem in Kontakt geblieben wäre, hätte ich nachfragen können, aber dem ist nicht so. Ich habe mit keinem der anderen Erzieher mehr gesprochen, seit ich gegangen bin. Unser Team war klein, wir waren gerade mal zwölf, und nur eine hat sich nach meiner Entlassung bei mir gemeldet. Ihr Name war Rachel, eine der Erzieherinnen in der Gruppe der Fünfjährigen, mit der ich oft zu Mittag aß. Sie rief an, aber ich ging nicht ran. Es war mir zu peinlich. Ein paar Wochen später, als mich die Einsamkeit überkam, versuchte ich, sie zurückzurufen, doch diesmal war sie diejenige, die nicht ranging. Ich hinterließ eine Sprachnachricht, um sie zu fragen, ob sie mit mir zu Mittag essen wolle, und schickte ihr eine SMS, aber sie reagierte nicht darauf. In den darauffolgenden Monaten versuchte ich es bei einigen anderen Erzieherinnen, aber niemand rief zurück. Auch kein einziger Elternteil meldete sich bei mir, nicht einmal diejenigen, die mir am Ende des Kindergartenjahres Geschenkkörbe überreicht hatten, oder jene, die mich unter Tränen umarmten, als ihr Kind von meiner Gruppe in eine höhere Altersstufe wechselte. Es war, als hätte ich mich mit etwas Ansteckendem infiziert, und niemand wollte mir zu nahe kommen.

Im Zimmer nebenan werden Stimmen laut. Panik ergreift mich und schlingt sich um meine Kehle wie eine Würgeschlange. Was, wenn Violet die Mutter, die Harper nach Hause begleitet hat, hereinbittet? Was, wenn sie mich erkennt? Hektisch schaue ich mich um, wo ich mich verstecken könnte, vielleicht in einer Besenkammer oder hinter der Kücheninsel.

Gerade als ich mich von meinem Stuhl erheben will, höre ich, wie sich Violet verabschiedet und die Haustür schließt, während Harper aufgeregt drauflos plappert. Ich atme tief aus und schüttle den Kopf. *Reiß dich zusammen, Sloane.* Es ist jetzt schon über ein Jahr her. Bestimmt hat niemand mehr von mir gesprochen, als Harper im Mockingbird aufgenommen wurde. Und wenn doch, ist es auch egal. Für Violet bin ich Caitlin, nicht Sloane. Aber trotzdem werde ich von jetzt an immer erst kommen, nachdem Harper vom Kindergarten zurück ist, nie vorher.

Als Harper einen Moment später mit Violet im Schlepptau in die Küche stürmt, muss ich lächeln.

»Caitlin!«, ruft Harper. »Guck mal, was ich heute im Kindergarten gemacht habe!« Sie schwenkt ein rundes Stück Buntpapier über ihrem Kopf, dessen Ränder mit einer Zackenschere geschnitten wurden. »Das ist der Jupiter!«

»Wow«, sage ich und nehme ihn ihr ab. »Daran hast du bestimmt lange gebastelt!« *Lobe die Leistung, nicht das Kind!* Ein oft wiederholter Ausspruch der Leiterin von Mockingbird. Alte Gewohnheiten legt man eben nicht so schnell ab.

Harper und Violet strahlen mich beide an.

»Sollen wir heute mal in einen neuen Park gehen?«, frage ich. »Ich kenne einen guten in der Nähe von Hoyt.«

»Ja!«, ruft Harper. »Geht das, Mom?«

Violet nickt. »Auf jeden Fall! Möchtest du zuerst einen Snack?«

»Einen Muffin!«, antwortet Harper und wackelt aufgeregt mit dem ganzen Körper.

»Klar. Geh dir die Hände waschen, und ich hole dir einen.«

Harper zieht einen Schmollmund. »Ich will aber sofort!«

»Okay«, sagt Violet geduldig. »Sobald du dir die Hände gewaschen hast.«

Harper verzieht die Miene. »Ich hasse Händewaschen!«, schimpft sie, wirft sich zu Boden und beginnt, gegen die Couch zu treten.

»Harper«, sagt Violet streng, doch ich kann die Sorge in ihrem Gesicht sehen. Ich spüre, wie meine Hände feucht werden und sich mein Herzschlag beschleunigt. Ich habe schon eine Million Wutanfälle im Kindergarten erlebt, aber das hier ist etwas anderes. Was, wenn ihr Herz versagt?

Halb in Panik hocke ich mich neben Violet. »Hey, Harper«, sage ich. »Kannst du mir zeigen, wie das funktioniert? Ich weiß nicht mehr, wie man den Wasserhahn aufdreht und sich gleichzeitig die Hände wäscht. Muss ich den Hahn mit den Füßen aufdrehen? Oder mit dem Mund?«

Harper hört auf zu weinen, schnieft und sieht zu mir auf. »Nein«, sagt sie und schüttelt den Kopf.

»Oder soll ich mit der Nase daran drehen?«

Sie wischt sich mit ihrem Ärmel den Rotz aus dem Gesicht und kichert ein wenig. »Nein.«

»Zeigst du's mir?«

Sie nickt und steht auf. Violet schenkt mir ein dankbares Lächeln. Ich lächle zurück, aber ich bin aufgewühlt. Was, wenn ich nicht in der Lage gewesen wäre, sie zu beruhigen? Was, wenn sie in Ohnmacht gefallen wäre? Violet hätte erwartet, dass ich weiß, was zu tun ist. Sie vertraut mir.

Schuldgefühle nagen an mir, mit winzigen scharfen Zähnen. Natürlich vertraut sie mir. Weil ich ihr gesagt habe, dass ich Krankenschwester bin. Macht mich das zu einem schlechten Menschen? Die Antwort darauf will ich lieber nicht wissen.

Harper wartet auf mich, also stehe ich auf und folge ihr in die Küche. Es hätte etwas passieren können, aber es ist nichts passiert. Es ist nichts passiert.

»Na, komm«, sage ich zu Harper und nehme ihre Hand. »Muss ich mir eigentlich auch die Ohren einseifen?«

Lachend zieht sie mich hinter sich her zum Waschbecken.

13

In den darauffolgenden Wochen, als die Tage länger und heißer werden, Hosen durch Shorts und Pullover durch T-Shirts ersetzt werden, entwickeln Violet, Harper und ich eine Routine. Genau wie ich gehofft hatte, werden aus meinen drei Schichten pro Woche schnell vier, dann fünf, von Montag bis Freitag.

Jeden Tag treffe ich im Haus der Lockharts ein, kurz nachdem Harper vom Kindergarten nach Hause gekommen ist. Gegen eins gehen wir dann zu dritt in den Park. Auf dem Weg dorthin hält sie uns beide an der Hand und bittet uns, sie durch die Luft zu schwingen, bis wir befürchten, sie könne sich die Schultern ausrenken. Später wechseln wir uns darin ab, wer sie auf der Schaukel anschubst oder ihr quer über den Spielplatz hinterherjagt. Im Anschluss bringe ich Harper zum Ballettunterricht oder zum Turnen, während Violet nach Hause geht, um zu lernen.

Wenn Violet und ich zusammen sind, gehen uns nie die Gesprächsthemen aus. Wir plaudern über unseren Alltag, unser Leben und den neuesten Promi-Klatsch, etwa wer in der letzten Folge von *The Bachelor* nach Hause geschickt wurde. Sie hatte vor ein paar Wochen erwähnt, dass sie die Sendung schaut, also habe ich ebenfalls angefangen, sie mir abends auf dem Laptop anzusehen, wenn meine Mutter auf der Couch eingeschlafen ist. Ich habe auch begonnen, mir die *Vogue* zu kaufen, nachdem sie mir von einem Artikel erzählt hat, damit ich auf dem gleichen Stand bin wie sie.

Sie redet viel über Harper, über lustige Dinge, die sie gesagt oder getan hat, und über ihre neuesten Tricks, um sich vor dem Schlafengehen zu drücken. In letzter Zeit verlangt sie, dass man ihr mindestens zehn Minuten lang den Rücken krault. Ich lache, als Violet mir erzählt, wie Harper sie dazu genötigt hat, jedem ihrer Stofftiere eine Liebeserklärung zu machen, sie zu küssen und zuzudecken, ehe Violet den Raum verlassen darf. Manchmal verlangt Harper auch, dass sie ihren Plüschtieren ebenfalls den Rücken krault. Man merkt, wie sehr Violet es liebt, Mutter zu sein, wie sehr ihr die Mutterrolle liegt.

Sie spricht auch über Jay. Darüber, was er mag, worüber er sich maßlos aufregt, über die Orte, an denen sie zusammen waren. Bevor Harper geboren wurde, sind sie viel gereist, an so spannende Orte wie Shanghai und Bali, Patagonien und das australische Outback. Ich erzähle ihr ebenfalls von meinen Reisen, davon wie ich nach meinem College-Abschluss mit dem Rucksack durch Italien gereist bin. Das habe ich zwar nicht getan, aber es fühlt sich an, als wäre ich dort gewesen, wenn ich die Reise anhand von Filmen beschreibe, die ich gesehen habe, und Details aus Büchern erzähle, die ich gelesen habe. *Eat, Pray, Lie*, gewissermaßen.

In Wirklichkeit habe ich die Ostküste nie verlassen. Als ich aufwuchs, unternahm meine Mutter mit mir einwöchige Urlaubsreisen nach Daytona Beach, wo sie früher als Kellnerin arbeitete und meinen Vater kennenlernte. Wir luden das Auto voll mit Strandtüchern, Sandspielzeug und Kühlboxen mit Wurst und Erdnussbuttergläsern und mieteten uns in einem Motel am Meer ein, um die Sonne zu genießen, während ich in den Wellen planschte und sie mit einem Buch im Liegestuhl saß. Es war jedes Mal etwas Besonderes, aber es war nicht Europa.

Violets Lieblingsurlaub war die Reise, die sie und Jay nach Schottland gemacht hatten, kurz bevor sie mit Harper schwanger wurde. Sie spricht darüber mit einem Hauch von Nostalgie, und ich frage mich, ob sie jemals vermisst, wie es war, bevor sie Eltern wurden. Sie lacht, als sie erzählt, wie sie eine Bar am Stadtrand von Edinburgh betraten und dachten, alle würden eine andere Sprache sprechen, weil der Akzent der Einheimischen so stark war. Jay holte seine Google Translate App heraus, nur um seinen Fehler zu bemerken, als der Barkeeper eintippte: »Ich spreche Englisch, du Trottel!«

Ich hüte solche Details über Jay wie einen Schatz, den ich sorgfältig einwickle und in meinem Gedächtnis verstaue. Es fühlt sich an, als würde ich ihn wirklich gut kennen. Wo er geboren wurde, wo er aufgewachsen ist, was er auf dem College studiert hat. Ich weiß, wie er ihr einen Heiratsantrag gemacht hat und was sein Lieblingsessen ist. Ich frage mich, ob sie Jay auch von mir erzählt, ob er auch das Gefühl hat, mich zu kennen.

Zweimal erwähnt sie in unseren Gesprächen auch Danny erneut. Nur kurz und beiläufig, aber beide Male sieht Violet aus wie ein verliebtes Schulmädchen, die Wangen gerötet, das Gesicht angestrengt, um sich ein Lächeln zu verkneifen. Es ist unmöglich, sich nicht zu fragen, ob sie tief in der Nacht an ihn denkt, ob sie sich vorstellt, wie es wäre, wenn sie sich nie getrennt hätten.

Wenn Violet Besorgungen macht, bleibe ich mit Harper im Haus. Ich lese ihr auf der Couch vor, oder wir spielen Küche und machen Pfannkuchen, Sandwiches und Hot Dogs aus Play-Doh. Sie hört auch gerne Taylor Swift, nennt sie Twaylor und singt die Refrains ihrer Lieblingssongs mit. Drei Kinder in

Harpers Kindergartengruppe waren schon einmal bei einem Konzert von ihr, erzählt sie mir wehmütig, und als ich das nächste Mal vorbeikomme, bringe ich bunte Schnüre und Plastikperlen mit, und wir machen Swiftie-Freundschaftsarmbänder, ziehen sie über und tun so, als hätten wir Plätze in der ersten Reihe bei ihrer Eras-Tour. Anfangs hatte ich Angst, mit Harper allein zu sein, aus Sorge, was passieren könnte, wenn ich die Einzige in der Nähe wäre, aber inzwischen habe ich mich daran gewöhnt. Entscheidend ist, erinnere ich mich selbst, dass ich einen Notruf absetzen kann und dass ich die Herz-Lungen-Wiederbelebung beherrsche; sollte wirklich etwas passieren, würde ich mich um sie kümmern.

Aber die schönsten Momente sind die, wenn Violet mir schreibt und wir uns zum Kaffeetrinken verabreden und zum Yachthafen oder zur Brooklyn Bridge spazieren, während Harper noch in der Schule ist. Wir tracken dann unsere Schritte auf ihrer goldenen Apple Watch und stoßen mit unseren Cappuccinos an, wenn wir fünftausend Schritte geschafft haben. An manchen Vormittagen besuchen wir auch zusammen einen Yogakurs, und an besonders heißen Tagen legen wir uns im Park auf eine Decke, ziehen das Oberteil hoch, um unseren Rücken und Bauch zu bräunen, und halten uns eine kalte Dose La Croix an den Hals, um uns abzukühlen. An diesen Tagen bin ich nicht nur Harpers Kindermädchen, sondern auch Violets Freundin. Vielleicht sogar ihre beste Freundin. Zumindest habe ich das Gefühl, dass sie meine ist.

Wenn Violet und ich zusammen sind, möchte ich mich kneifen, weil ich kaum fassen kann, dass jemand wie sie mit jemandem wie mir befreundet sein will. Manchmal frage ich mich, was sie davon hat, ob sie sich durch mich besser fühlt oder einfach nur dankbar ist, eine Kinderbetreuung gefunden zu haben, aber dann lacht sie über einen meiner Witze, drückt meinen Arm, und ich weiß, dass unsere Freundschaft echt ist. Selbst nach all den Wochen freue ich mich immer noch, wenn sie mir eine Nachricht schreibt und ich ihren Namen lese, und bin voller Vorfreude, wenn ich an ihre Tür klopfe. Manche Menschen verlieren ihre Strahlkraft, wenn man sie näher kennenlernt. Ihre Neuheit verblasst, das Geheimnisvolle verliert sich. Man beginnt, die Risse in der Oberfläche zu sehen, ihre winzigen Unvollkommenheiten. Aber nicht Violet. Sie ist noch genauso interessant, noch genauso strahlend.

Ich weiß, ich muss vorsichtig sein. Auch wenn ich bei ihr ganz ich selbst bin, wird meine Liste an Lügen immer länger. Ich bin Caitlin, eine zweiunddreißigjährige angehende Krankenschwester mit einer kranken Mutter, ehemalige Läuferin, weit gereist. Ich habe keine Vorstrafen. Nun, da wir befreundet sind, wünschte ich, ich könnte reinen Tisch machen – das wünschte ich wirklich. Aber ich kann es nicht. Niemals. Wenn sie jemals herausfindet, dass ich über meine medizinische Erfahrung gelogen und die Sicherheit ihrer Tochter gefährdet habe – obwohl ich nie zulassen würde, dass Harper etwas passiert –, dann wäre alles vorbei. Und das kann ich nicht zulassen.

Denn hier kommt die Wahrheit: Manchmal tue ich so, als wären wir nicht nur Freundinnen, sondern Schwestern, seit sie mir erzählt hat, dass ihr Vater in Philadelphia geboren und aufgewachsen ist. Genau wie mein Vater. Wie ich festgestellt habe, haben wir das gleiche Grübchen am leicht spitzen Kinn, ein ähnlich herzförmiges Gesicht, rundliche Wangen. Unsere Nasen sind auch nicht so unterschiedlich – beide kräftig, ein bisschen kantig. Natürlich ist sie hübscher als ich, ihre Augen sind heller, ihre Haut glatter, ihr Haar glänzender, aber die Ähnlichkeiten sind da.

Wir könnten es wirklich sein. Schwestern, meine ich. Das war ein Spiel, das ich als Kind oft gespielt habe. Ich habe mir meinen Vater und seine Familie vorgestellt, meine imaginären Brüder und Schwestern. Sie dürften ein paar Jahre jünger sein als ich; mein Dad war Anfang zwanzig, als er meine Mom kennenlernte, insofern ist bestimmt etwas Zeit vergangen, ehe er geheiratet und eine Familie gegründet hat. Ich habe mir Namen für meine Geschwister ausgedacht und Bilder gemalt, wie sie wohl aussehen würden. Violet ist einunddreißig, zwei Jahre jünger als ich. Genug Zeit für meinen Dad, um jemand Neues kennenzulernen und ein Baby zu bekommen.

Ich habe meine Mom nie über ihn ausgefragt. Ich weiß nur das Wenige, was sie mir über ihn erzählt hat: dass er aus Philadelphia stammte und dass sein Vorname Joe war. Selbst wenn es in meiner Kindheit das Internet schon gegeben hätte, wäre das nicht viel gewesen.

Ich dachte, ich hätte das hinter mir gelassen. Ich dachte, ich hätte mich damit abgefunden, dass ich nie erfahren würde, ob ich Geschwister habe, aber offenbar nicht. Und warum sollte ich auch? Möchte nicht jeder wissen, wo er herkommt? Wohin er gehört? Hin und wieder denke ich darüber nach, einen DNA-Test machen zu lassen, in ein Röhrchen zu spucken und es ins Labor zu schicken. Aber ich bin nicht bereit dafür, dass die Antwort womöglich lauten könnte: Es gibt niemanden da draußen, zu dem ich gehöre.

Eines Abends, nachdem ich den Tag bei den Lockharts verbracht und Violets Gesicht mit meinem eigenen verglichen habe, kann ich nicht anders. Ich räuspere mich und befeuchte meine Lippen. »Wie lautet eigentlich der Nachname meines Vaters?«, frage ich ein wenig zu laut, ohne den Blick vom Fernseher abzuwenden. Aus dem Augenwinkel sehe ich, wie sich meine Mutter zu mir dreht.

Sie sagt nichts, sondern starrt mich nur an. Dann blickt sie wieder zum Fernseher. »Das weiß ich nicht mehr. Es ist so lange her, dass ich mich kaum erinnern kann.«

Ich antworte nicht. Das stimmt nicht, das merke ich daran, wie sich ihr Körper versteift hat. Sie will nicht über meinen Vater sprechen. Wozu auch?

»Warum?«, fragt sie.

»Ach, nur so«, sage ich schnell. »Ich war bloß neugierig.«

»Kümmer dich besser nicht um Vergangenes«, sagt sie. »Wir sind allein doch ganz gut zurechtgekommen, nicht wahr?«

»Ja«, antworte ich. Ich fühle ein Aufflackern von Schuldgefühlen. »Natürlich.« Alles andere wäre auch ein Schlag ins Gesicht für sie. Sie hat alles für mich aufgegeben. Dennoch will ich mehr als nur ein »ganz gut«. Ich will eine Schwester.

14

Es ist ein bewölkter Freitagmorgen, und Violet hat mich zum Kaffeetrinken zu sich eingeladen, nachdem sie Harper zum Kindergarten gebracht hat. Harper ist heute Nachmittag zum Spielen verabredet, das heißt, ich habe frei. Als ich meine Wohnung verlasse, ist der Himmel tiefgrau. Es ist kühl – so kühl wie seit Wochen nicht mehr, die letzten Reste des Frühlings, bevor der Sommer anbricht. Ich ziehe mir die Kapuze meines Sweatshirts über den Kopf und binde die Schnüre unter meinem Kinn fest. Ich lege einen Zahn zu, in der Hoffnung, dass mir wärmer wird.

Unterwegs mache ich einen Abstecher zu einem Café, von dem ich weiß, dass Violet es liebt. Ich bestelle für uns beide einen Brown Sugar Latte mit Hafermilch, ihr Lieblingsgetränk. Und inzwischen auch meins.

Ich spüre, wie ich langsam nervös werde, als ich mit dem Kaffee in der Hand die Treppe hinaufsteige und mich frage, ob Jay auch da sein wird. Jedes Mal, wenn ich bei ihnen zu Hause bin, denke ich darüber nach, ob er vielleicht zum Mittagessen vorbeischaut oder sich den Nachmittag freinimmt, früher nach Hause kommt. Aber das tut er nie. Er ist immer am Arbeiten, immer im Büro.

Gelegentlich richtet mir Violet Grüße von ihm aus, und dann bin ich wie elektrisiert. Als würde Strom durch mich hindurchströmen. *Unterhalten sie sich über mich?*, frage ich mich dann. *Erzählt sie ihm von unseren Gesprächen?*

Ich weiß auch nicht, weshalb mich das interessiert. Das heißt, das stimmt nicht. Nicht einmal ansatzweise. Es interessiert mich, weil ich ihn mag. Obwohl ich ihn seit jenem ersten Abendessen nicht mehr gesehen habe, habe ich nicht aufgehört, an ihn zu denken. Aber es ist nur eine Schwärmerei. Eine dumme, alberne Schwärmerei. Er ist der Mann meiner besten Freundin. Es ist nicht so, dass das irgendwo hinführen würde, denke ich augenrollend.

Ich drücke mit dem Ellbogen auf die Türklingel und trete von einem Fuß auf den anderen, damit mir warm bleibt. Ich drücke die Klingel erneut und dann ein drittes Mal. *Komm schon, Violet.*

Doch als die Tür aufgeht, erscheint nicht Violet, sondern Jay. Diesmal ist es wirklich Jay. Er sieht genauso überrascht aus, mich zu sehen, wie ich überrascht bin, ihn zu sehen. Er trägt eine gebügelte Khakihose, ist aber oberkörperfrei. Er hält ein kleines Handtuch in der Hand, sein Haar ist feucht, frisch gewaschen. Ich kann sein Shampoo riechen.

»Caitlin?«, sagt er stirnrunzelnd und neigt den Kopf leicht zur Seite.

Ich starre zurück und bin kurzzeitig sprachlos. Obwohl ich gehofft hatte, ihm zu begegnen, hatte ich nicht damit gerechnet. Ich blinzle ein paarmal und frage mich, ob ich halluziniere. Als er nicht verschwindet, beschließe ich, dass dem wohl nicht so ist.

»Hallo«, sage ich schließlich. »Guten Morgen.«

»Guten Morgen«, antwortet er. Er lächelt, mustert mich, und seine Überraschung verwandelt sich in Belustigung.

Ich werfe einen Blick auf mein Outfit. Die Jeans ist am Knie zerrissen, die Kapuze meines Oversize-Pullis eng um mein Gesicht gezogen wie bei dem kleinen Jungen aus *E. T.* – so viel zum Thema High Fashion und Haute Couture. Ich wünschte, ich könnte die Schnüre lockern, aber der verdammte Kaffee ist mir im Weg. Ich spüre, wie ich erröte. Immerhin habe ich meine Augenbrauen gemacht, Gott sei Dank.

»Was kann ich für dich tun?« fragt Jay.

»Nichts«, erwidere ich. »Das heißt, ich bin wegen Violet hier. Ist sie zu Hause? Wir waren zum Kaffee verabredet.« Wie zum Beweis halte ich die beiden Becher in die Höhe. »Hat sie nichts davon gesagt, dass ich vorbeikommen wollte?«

Er schüttelt den Kopf. »Sie bringt Harper zum Kindergarten. Ich war unter der Dusche, als sie losgegangen ist. Sie sollte aber jeden Moment zurück sein.« Er wirft einen Blick auf seine Uhr. »Normalerweise braucht sie nicht so lange.«

Ich wechsle wieder von einem Fuß auf den anderen. »Schon okay. Ich kann draußen warten.«

»Nein, nein«, erwidert er. »Komm ruhig rein. Ich habe gerade gefrühstückt«, sagt Jay und grinst mich an. Er öffnet die Tür weit und bedeutet mir, hereinzukommen.

Ich trete über die Schwelle in den Eingangsbereich und folge ihm dann in die Küche.

»Möchtest du was?«, fragt er über die Schulter. »Toast? Eier?«

»Alles gut.« Ich schüttle den Kopf. »Ich bin normalerweise nicht so der Frühstückstyp.« Obwohl ich das vielleicht wäre, wenn ich früh genug aufgestanden wäre, um mir etwas zu machen. »Der Kaffee reicht mir völlig.«

Auf dem Tresen stehen ein Teller mit einem halb aufgegessenen Stück Roggentoast und eine noch dampfende Tasse Kaffee. Ich setze mich auf einen Barhocker und stelle die beiden Pappbecher vor mir ab.

Das Haus ist geheizt, und so ziehe ich meinen Kapuzenpulli aus, obwohl das unförmige T-Shirt, das ich darunter trage, nicht sehr viel vorteilhafter ist. Ich wünschte, ich hätte mir heute Morgen fünf Minuten mehr Zeit genommen, um mich fertig zu machen.

Ich lege meine Handtasche auf den Barhocker neben mir, und als ich das dumpfe Geräusch höre, fällt mir wieder ein, was sich darin befindet. »Ach, übrigens!«, sage ich, greife hinein und ziehe die Ausgabe von *Und dann gabs keines mehr* heraus. »Hier.« Ich reiche Jay das Buch, der es entgegennimmt und es überrascht ansieht. »Du meintest, du würdest es gerne mal lesen«, füge ich hinzu. »Als wir uns damals im Park begegnet sind.«

Ich trage es nun schon seit fast zwei Monaten mit mir herum. Eigentlich wollte ich es ihm an dem Abend geben, an dem Violet mich zum Abendessen eingeladen hatte, doch er ging nach oben, um Harper ins Bett zu bringen, noch ehe ich die Gelegenheit dazu bekam. Seither habe ich mir immer wieder gesagt, dass ich es Violet für ihn mitgeben sollte, aber das habe ich nicht getan. Ich wollte es selbst tun. Es fühlt sich an, als wäre das ein besonderer Moment nur zwischen uns beiden.

Jay studiert den Umschlag und nickt langsam. Einen Moment lang denke ich, dass er sich vielleicht nicht mehr an unser Gespräch erinnert, und mir wird schlecht, meine Hände fangen an zu schwitzen. Aber dann sieht er mich an, und ein Lächeln breitet sich auf seinem Gesicht aus, seine goldgesprenkelten Augen leuchten. »Danke«, sagt er. »Wirklich, vielen Dank. Ich kann es kaum erwarten, es zu lesen.«

Ich lächle zurück. Der Knoten in meinem Magen löst sich, meine Glieder entspannen sich.

Wir lächeln uns immer noch an, als mein Telefon vibriert. Ich nehme es von der Theke. Es ist eine Nachricht von Violet.

Sorry, ich wurde im Kindergarten aufgehalten, bin jetzt auf dem Heimweg!

Ich spüre einen kurzen Anflug von Enttäuschung. Ich will noch nicht, dass sie zurückkommt. Ich habe so lange auf diesen Moment gewartet, darauf, Jay wiederzusehen. Wenn Violet das Haus betritt, wird das alles ändern. Die Spannung, die ich in der Luft wahrnehme, wird sich verflüchtigen. Er wird zur Arbeit gehen, und dann sind wieder nur Violet und ich übrig. Schamgefühle überkommen mich. Was ist nur los mit mir? Violet ist meine Freundin. Und Jay ist ihr Liebster, nicht meiner. Er war es nie und wird es nie sein. Ich schüttle die illoyalen Gedanken ab. *Reiß dich am Riemen, Sloane*, denke ich.

Schnell tippe ich zurück.

Kein Problem! Jay hat mich reingelassen. Bis gleich!

»Das war Violet. Sie sagt, sie ist unterwegs«, erkläre ich und sehe wieder zu Jay hoch.

Er nickt, wirft das Handtuch, mit dem er sich die Haare abgetrocknet hat, auf den Tresen und schnappt sich seinen Kaffee. »Und, wie geht es meiner Schutzheiligen?«, fragt er lächelnd. »Ich habe dich seit dem Abendessen nicht mehr gesehen. Ich weiß nicht, was ich ohne deine Hilfe getan hätte.«

Ich werde rot. »Mir geht's gut. Viel zu tun.«

»Als Lebensretterin für Bienenstiche hat man alle Hände voll zu tun, was? Da bleibt wohl keine Zeit für notleidende Väter?«

»Das ist richtig. Ich renne von Park zu Park, bewaffnet mit Eisbeuteln und Pinzetten. Batgirl hat eine entfernte Cousine: Beewoman.«

Er lacht. »Unsere eigene lokale Superheldin.« Dann verebbt sein Lächeln, und er sagt: »Violet und du, ihr habt zuletzt viel Zeit miteinander verbracht.« Ich bin mir nicht sicher, ob das eine Frage ist oder ob er nur das Offensichtliche feststellt, schließlich arbeite ich für sie. Violet bezahlt mich jede Woche in bar, mit frischen Scheinen in versiegelten weißen Umschlägen. Ich frage mich, ob er das Geld abhebt oder sie. »Und Harper sagt, du machst die besten Snacks.«

Ich lächle. »Sie ist ein Schatz.«

»Sie mag dich wirklich gern«, sagt Jay. »Genau wie Violet.«

Es freut mich riesig, das zu hören. »Ich mag sie auch. Violet ist inzwischen eine gute Freundin von mir.« Meine beste Freundin. Ich spreche es Jay gegenüber zwar nicht aus, aber es stimmt.

Es herrscht Schweigen, während er darüber nachdenkt, dann fragt er: »Hat sie dir irgendwas über uns erzählt?« Sein Tonfall hat abrupt gewechselt. Er sieht mich nicht an. Stattdessen öffnet er den Geschirrspüler und beginnt, das Besteck auszuräumen. Ich frage mich, ob ich ihn vielleicht falsch verstanden habe.

»Du meinst, über euch beide?«, frage ich sicherheitshalber stirnrunzelnd.

Jay richtet sich auf, schließt den Geschirrspüler und nickt. »Ja, hat sie irgendwas gesagt?«, wiederholt er.

Ich bin mir immer noch nicht sicher, worauf er hinauswill. »Inwiefern?«

Er mustert mich, sein Blick sucht meinen. Dann zuckt er mit den Achseln, schüttelt den Kopf und lächelt verlegen. »Ach, nichts. Vergiss es.«

»Ist alles in Ordnung?«, frage ich.

Er nickt, aber die Art, wie er den Mund verzieht, lässt mich daran zweifeln. Einen Moment lang ist es still in der Küche. Ich fühle mich unwohl, ein wenig verwirrt. Wovon spricht er? Gibt es etwas, das Violet mir verheimlicht?

Ich kaue auf meiner Unterlippe und sehe ihn an. Er erwidert meinen Blick nicht. Stattdessen starrt er auf die Uhr an der Mikrowelle, deren blaue Neonzahlen leuchten. Ich will ihn gerade fragen, ob er *sicher* ist, dass alles in Ordnung ist, doch er kommt mir zuvor.

»Ich sollte mich für die Arbeit fertig machen«, sagt er.

Ich will nicht, dass er geht, noch nicht. Ich unterhalte mich gern mit ihm. Ich wünschte, es wäre nicht so, aber so ist es nun mal. »Wie läuft's?«, platzt es aus mir heraus. Das ist alles, was mir einfällt. »Bei der Arbeit, meine ich.«

»Gut.« Jay zuckt mit den Schultern. »Aber man erwartet von mir, dass ich angezogen bin.« Er grinst mich an. »Ich bin mir nicht sicher, ob es für den Firmengründer angemessen ist, halbnackt im Büro zu erscheinen.«

»Das ist so eine altmodische Denke«, kontere ich den Witz. »Sind wir in den 1950er Jahren, oder was?«

»Du meinst also, es würde niemanden stören, wenn ich so hingehe?«, fragt er und schaut an sich herunter und dann wieder hoch zu mir.

»Mich nicht«, antworte ich und werde rot. Oh Gott, habe ich das gerade laut gesagt? »Das war nur ein Witz. Ich meine, ja, ein Hemd ist wahrscheinlich eine gute Idee«, füge ich schnell hinzu. Er wird denken, ich wäre geistesgestört. Ehrlich gesagt, *ich* halte mich für geistesgestört.

Jays Grinsen wird breiter, er ist sichtlich amüsiert.

Dann rettet mich glücklicherweise das imaginäre Läuten. Die Haustür wird geöffnet und fällt laut ins Schloss. Violet ist wieder da.

»Es tut mir so leid, Cait!«, ruft sie. »Eine der anderen Mütter hat mich aufgehalten und wollte einfach nicht …« Sie kommt in die Küche und bleibt abrupt stehen, als sie Jay sieht. »Oh«, sagt sie. »Ich wusste nicht, dass du noch da bist.«

Es ist mir plötzlich peinlich, hier mit ihrem oberkörperfreien Mann zu sitzen; meine Schwärmerei steht mir dick und fett auf die Stirn geschrieben. Ich spüre, wie mir erneut die Hitze in die Wangen schießt.

»Ich wollte gerade gehen«, sagt Jay. Die Kaffeetasse in der Hand, nimmt er seinen Teller von der Theke und stellt ihn in die Spüle.

»So?«, fragt Violet. Sie zieht eine Augenbraue hoch und zwinkert mir dann zu.

Jay verzieht das Gesicht, irgendwo zwischen einem Grinsen und einer Grimasse, ehe er sich auf den Weg ins Wohnzimmer macht.

»Warte, bevor du gehst, Jay, noch eine Sache …«, ruft Violet ihm nach. Er dreht sich um und hält unter dem hohen bogenförmigen Türrahmen inne. »Ich wollte Caitlin am Sonntag aufs Boot einladen. Du hast dir den Termin hoffentlich notiert?« Ohne seine Antwort abzuwarten, wendet sie sich an mich. »Wir fahren an meinem Geburtstag immer mit dem Boot raus«, sagt sie. »Und ich wollte fragen, ob du mitkommen möchtest.« Dann an Jay gewandt: »Caitlin hat zwei Tage vor mir Geburtstag, da dachte ich, es wäre schön, gemeinsam zu feiern.« Sie blickt von Jay zurück zu mir und lächelt. »Ich wollte dich eigentlich schon früher fragen, aber irgendwie kam immer irgendwas dazwischen. Möchtest du mit uns feiern?«

Ich bin wie elektrisiert. Ich denke an den Wandkalender in meinem Zimmer, auf dem unsere beiden Geburtstage mit Marker eingekreist sind. Ich hatte auf diese Einladung gewartet, gehofft, gebangt, während die Tage immer näher rückten.

»Ja!«, antworte ich. »Sehr gerne. Das klingt super. Nur wir vier?«

Violet nickt. »Wäre das okay für dich?«

»Natürlich«, sage ich. Ich strahle. Es ist mehr als okay. Es ist großartig, genau wie ich es mir vorgestellt hatte.

»Hast du reserviert?«, fragt Jay. Seine Stimme klingt seltsam angestrengt.

Sie nickt. »Letzte Woche. Wieso, musst du arbeiten? Ich habe Harper schon erzählt, dass …«

»Nein, das geht klar«, unterbricht er sie. »Passt.«

»Hervorragend!«, sagt Violet und grinst mich an. »Ich habe für zehn Uhr reserviert.«

Jay nickt. »Okay.« Dann: »Ich muss jetzt wirklich los. Ich habe um halb zehn ein Meeting.« Er nimmt *Und dann gabs keines mehr* von der Theke und hält es hoch. »Nochmals danke, Caitlin. Ich weiß das zu schätzen.«

»Gern geschehen«, sage ich und spüre, wie meine Wangen wieder warm werden. Ich schaue Violet nicht an. Ich hoffe, es macht ihr nichts aus, dass ich es ihm mitgebracht habe.

»Bye!«, ruft sie ihm nach, als er den Raum verlässt. Dann dreht sie sich zu mir um und lächelt. »Ich bin so froh, dass du am Sonntag mitkommen kannst.«

Mir wird warm ums Herz; ich freue mich, dass sie an meinen Geburtstag gedacht hat, und noch mehr freue ich mich, dass sie gemeinsam mit mir feiern will. »Ich auch.« Ich lächle zurück. »Wirklich, danke für die Einladung.«

»Gerne. Danke *dir*!«, sagt Violet und deutet auf die beiden Lattes auf dem Tresen. »Mein Lieblingskaffee.«

Wir tragen unsere Becher zur Couch. Als wir es uns gemütlich machen, kommt Jay die Treppe wieder herunter – nun vollständig bekleidet –, mit einer Ledertasche über der Schulter und einem Regenschirm in der Hand. Er lächelt, winkt zum Abschied, und ich erröte zum hundertsten Mal. Ein paar Minuten später fängt es an zu regnen, und Violet und ich sehen zu, wie der Regen vor dem Erkerfenster niedergeht. Als wir ausgetrunken haben, nimmt Violet einige Fotobücher aus dem Regal und zeigt mir Bilder von ihrer Hochzeit. Ich liebe es, mir die Fotos von ihr und Jay anzusehen, strahlend und festlich gekleidet.

Ich betrachte ihr Profil, während sie auf die Hochglanzseiten des Buches blickt, auf verschiedene Bilder zeigt und mir von den Gästen auf ihrer Hochzeit erzählt; davon, wie der Trauzeuge einen Toast ausbrachte, der Jays Mutter erröten ließ. Davon, wie sich Jay vor ihren Dates zurechtmachte. Ich versuche, mich zu konzentrieren, aber meine Gedanken schweifen ständig ab.

Was hat Jay gemeint, als er mich fragte, ob Violet etwas über sie beide erzählt hätte? Kriselte es in ihrer Ehe? Hatte es irgendetwas mit dem Telefonat zu tun, das ich vor ein paar Wochen durchs Fenster beobachtet hatte? War er am anderen Ende der Leitung gewesen? Ich hatte es erfolgreich verdrängt – die Wut auf Violets Gesicht, als sie ihr Handy auf die Couch schleuderte – und beschlossen, dass es nichts weiter gewesen ist; es schien ihr gut zu gehen. Wenn etwas zwischen ihr und Jay vorgefallen wäre, hätte sie es mir doch gesagt, oder? Violet hat mir in den letzten Wochen alles Mögliche anvertraut, etwa, dass sie sich Sorgen macht, dass sie in New York niemand einstellen wird, vor allem, weil sie die Anwaltsprüfung wiederholen muss und nicht weiß, ob sie sie besteht; dass sie sich unter den anderen Müttern an Harpers Schule fehl am Platz fühlt, dass sie befürchtet, Harper zu sehr zu verhätscheln. Ich kann nicht glauben, dass sie so etwas Großes wie eine Ehekrise nicht erwähnen würde. Sie vertraut mir; das weiß ich.

Als Violet das Buch schließlich zuklappt, räuspere ich mich und atme tief durch. »Ist alles in Ordnung?«, frage ich zaghaft.

Violet runzelt die Stirn. »Was meinst du?«

Ich schüttle den Kopf. »Ich meine, mit dir. Ich wollte nur wissen, ob es dir gut geht.« Ich will ihr nicht erzählen, was Jay gesagt hat. Ich will nicht, dass sie denkt, wir hätten hinter ihrem Rücken über sie geredet. Und ich will nicht, dass er denkt, er könne mir nicht vertrauen.

Sie lächelt. Ihr Gesicht strahlt, ihre Augen leuchten. »Ja, mir geht's bestens, danke. Willst du noch Kaffee? Ich kann uns eine Kanne machen.«

Ich nicke. Vielleicht haben sie sich kürzlich gestritten, sich aber wieder versöhnt. Vielleicht wollte er wissen, wie nahe wir uns stehen, ob sie mit mir über ihr Sexleben spricht. Wenn ich sie mir in diesem Moment anschaue, mit ihrem offenen Gesichtsausdruck, bin ich mir sicher: Wenn etwas nicht stimmen würde, hätte sie es mir erzählt. »Ich hätte gerne noch eine Tasse«, sage ich.

Als es Zeit für mich ist zu gehen, bringt mich Violet hinaus.

»Dann bis Sonntag? Ich schicke dir die Adresse«, sagt sie. Sie steht in der Tür und lehnt sich gegen den Rahmen. Sonntag, unsere große Geburtstagsrundfahrt.

Ich nicke, spüre wieder diese Euphorie und lächle. »Bis Sonntag«, sage ich. *Happy birthday to me.*

15

Am Samstagabend habe ich mir den Wecker für halb acht am nächsten Morgen gestellt. Wie sich zeigt, brauche ich ihn gar nicht, obwohl ich erst nach Mitternacht eingeschlafen bin; ich wache bei Sonnenaufgang auf, kurz vor sechs.

Ich war eigentlich früh ins Bett gegangen, um für den nächsten Tag fit zu sein, doch ich war zu aufgeregt, um einzuschlafen. So sehr ich es auch versuchte, ich konnte nicht aufhören, daran zu denken, dass ich mit Jay Zeit verbringen würde. Ich weiß, dass ich mir vorgenommen hatte, mich im Namen der Freundschaft zusammenzureißen, aber ich kann nicht leugnen, wie ich mich fühle, wenn ich in seiner Nähe bin, wie mein Herz flattert, wie meine Wangen sich röten. Es ist völlig harmlos, versichere ich mir immer wieder, wie meist, wenn man sich verknallt. Und wer wäre nicht in Jay verknallt? Ich bin auch nur ein Mensch.

Diesmal nehme ich mir Zeit, mich anzuziehen. Hinten im Schrank finde ich eine dunkle Jeans und ein luftiges Boho-Top aus meiner Zeit als Erzieherin. Dann wasche ich mir das Gesicht, setze meine Kontaktlinsen ein und krame in den Schubladen des Badezimmers, bis ich eine Flasche halb ausgetrocknete Grundierung und klumpiges Rouge finde. Ich tupfe die Grundierung auf ein paar Pickel am Kinn – etwas, von dem ich sicher war, es wäre mit über dreißig kein Thema mehr, aber weit gefehlt – und verteile ein wenig Rouge auf meinen Wangenknochen. Es ist dezent, hilft aber.

Bevor ich mein Zimmer verlasse, setze ich den Hut auf, den ich in dem Laden gekauft habe, und lege die Halskette um, für die Violet mir ein Kompliment gemacht hat. In meiner Handtasche ist eine kleine Schachtel mit der Halskette, die ich in demselben Geschäft besorgt habe. Sie ist nicht ganz identisch, da die, die ich trage, ja ein Familienerbstück sein soll, doch sie ähnelt ihr. Die Verkäuferin hat sie in goldenes Glitzerpapier eingewickelt und eine Schleife darum gebunden. Ich kann es kaum erwarten, sie ihr zu schenken.

In der Küche toaste ich etwas Brot und schenke mir eine Tasse Kaffee ein. Beides schmecke ich kaum. Ich stehe unter Strom. Ein ganzer Tag mit der Familie Lockhart. Ich fühle mich so glücklich, dass ich schreien könnte. Als ich fertig bin mit Frühstücken, trete ich in einen klaren Morgen, der Himmel ist strahlend blau und wolkenlos. Der Yachthafen ist nur knapp zwei Kilometer von meiner Wohnung entfernt, also beschließe ich, zu Fuß zu gehen, anstatt die U-Bahn zu nehmen.

Im Handumdrehen bin ich da, habe nur fünfzehn statt der laut Google Maps nötigen zwanzig Minuten gebraucht, und gehe den Steg entlang. Die Luft ist hier anders als in den Häuserschluchten – klarer, sauberer, salzig. Die Yachten und Segelboote, die den Weg säumen, sind überdimensioniert, ragen hoch auf und glänzen im Sonnenschein.

Es ist warm, aber nicht heiß, eine schwache Brise streicht über das Wasser, ein perfekter Frühsommermorgen, wie man ihn den ganzen Winter herbeigesehnt hat. Das Lächeln auf meinem Gesicht scheint nicht mehr wegzugehen.

Als ich mich dem Ende des Stegs nähere, höre ich Violet nach mir rufen. Ich lege eine Hand an die Stirn und blinzle in die Sonne.

»Caitlin, hi!« Violet steht auf dem Bug eines großen Segelboots und winkt. Neben ihr steht Harper, die ebenfalls den Arm über dem Kopf hin und her schwingt. Beide tragen Strohhüte und identische rote Plastiksonnenbrillen.

Ich winke zurück und grinse. Ich möchte das letzte Stück am liebsten rennen und sie fest in die Arme schließen.

Als ich am Boot ankomme, steht Jay an der Seite, Violet und Harper hinter ihm. Er reicht mir die Hand, und ich mache einen Schritt vom Steg hinunter. Durch die Gewichtsverlagerung beginnt das Boot zu schaukeln, und ich falle fast nach hinten. Jay packt mich an der Taille und zieht mich an sich, um mich zu stabilisieren. Plötzlich stehen wir uns dicht an dicht gegenüber, so nah, dass ich seine Brust an meiner spüre und sein Atem auf meinen Lippen kitzelt. Er riecht nach Pfefferminzkaugummi.

»Huch«, sagt er lächelnd, und alle lachen. Er lässt mich nicht sofort los, sondern wartet kurz. Als er seinen Griff schließlich löst, atme ich mit klopfendem Herzen aus.

»Willkommen an Bord«, sagt Violet, streckt den Arm aus und deutet auf das Boot. »Und herzlichen Glückwunsch zum Geburtstag!«

»Danke! Dir auch alles Gute zum Geburtstag! Es ist wunderschön hier«, sage ich und sehe mich um. »Ich war noch nie auf einem Boot. Seid ihr öfter hier draußen?«

»Wir haben diese Tradition in San Francisco begonnen«, erklärt Violet. »Jay hat mich im ersten Jahr, als wir hinzogen, mit einer Rundfahrt durch den Yachthafen bei Sonnenuntergang überrascht, und seitdem machen wir das jedes Jahr. Wir haben mit der Zeit ein bisschen aufgerüstet, nicht wahr, Babe?« Sie lacht leicht verlegen.

Jay schenkt ihr ein merkwürdiges Lächeln. Ich bin mir nicht sicher, ob es ihm nicht gefällt, dass sie die Aufmerksamkeit auf ihr Geld lenkt, oder ob es etwas anderes ist. Vielleicht habe ich mich getäuscht; vielleicht ist da wirklich etwas zwischen ihnen, von dem ich nichts weiß. Ich schaue zu Violet, aber sie wirkt unbekümmert, lächelt immer noch.

»Dann fahre ich uns mal raus«, sagt Jay und geht zum hinteren Teil des Bootes. Im Vorbeilaufen streift er mich, und ich rieche wieder die Minze. Mein Herz setzt einen Schlag aus.

»Darf ich dir ein Gläschen alkoholfreien Cider einschenken?«, fragt mich Violet und hält mir einen durchsichtigen Plastikbecher hin. Zu ihren Füßen steht eine Kühlbox mit einer eisgekühlten Flasche Champagner und einer Flasche Cider. Beide sind offen und halb voll.

»Gerne«, sage ich, und sie greift nach dem Getränk. Sie kippt die Flasche etwas zu schnell, so dass der Becher überläuft und der Schaum über den Rand perlt. Violet kreischt, und wir alle lachen.

»Hoppla!«, sagt sie und hält den Becher hoch, um nicht nass zu werden. »Ich wäre eine miserable Barkeeperin!« Als der Schaum sich aufgelöst hat, reicht sie mir den Becher. »Für das Geburtstagskind.« Ich nehme ihn entgegen und lächle.

»Prost!« Violet hebt ihren Becher. Harper und ich tun das Gleiche. »Prost!«, rufen wir alle drei und stoßen an. Jay, der hinterm Steuerrad sitzt, hebt ebenfalls sein Glas. Der Cider ist spritzig und süß, seine Bläschen prickeln in meinem Mund. Alles ist so perfekt, wie ich es mir vorgestellt habe.

»Bereit?«, ruft Jay hinter dem Steuerrad, und wir nicken.

Wir drei nehmen am Bug des Bootes Platz, Harper auf Violets Schoß, unsere Gesichter in Richtung Wind. Hinter uns entfaltet sich das Segel und bläht sich auf. Das Boot setzt sich in Bewegung, erst langsam, dann immer schneller, bis wir den Yachthafen verlassen und im offenen Wasser fahren.

»Ich liebe es, hier draußen zu sein«, sagt Violet und atmet tief ein. »Jays Kollege hat ein Boot, mit dem wir auch manchmal rausfahren. Das ist eine meiner Lieblingsbeschäftigungen im Sommer.« Sie nickt zu Jay hinüber. »Wenn du noch nie gesegelt bist, solltest du es dir von ihm beibringen lassen.«

»Segeln?« Ich blicke zu Jay. Er steht im hinteren Teil des Bootes und hält ein Seil in seiner behandschuhten Hand. Er trägt eine Wayfarer-Sonnenbrille mit Schildpattoptik, sein Haar ist vom Wind zerzaust. Er sieht so gut aus wie eh und je.

Sie nickt. »Es macht Spaß. Und es ist einfacher, als es aussieht.«

Ich zögere.

»Na los!« Sie lächelt ermutigend.

Vorsichtig stehe ich auf, während das Boot auf den kleinen Wellen schaukelt, und mache mich wackelig auf den Weg zu Jay. Ich werfe einen Blick zurück auf Violet, die sich bereits weggedreht hat. Sie weist Harper auf etwas hin – vielleicht ein anderes Boot –, woraufhin diese nickt.

Jay lächelt mich an, als ich näher komme. »Alles okay? Du wirst hoffentlich nicht seekrank.«

Ich schüttle den Kopf. »Violet meinte, du würdest mir zeigen, wie man so ein Boot lenkt.« Ich blicke auf die Seile in seiner Hand hinunter. »Buchstäblich, wie ich sehe. Ich bin noch nie gesegelt.«

»Ja, klar, kann ich gerne machen.« Sein Lächeln weitet sich zu einem Grinsen, seine weißen Zähne blitzen auf. Mein Interesse scheint ihn aufrichtig zu freuen.

Ich lächle. »Okay. Also.« Ich schaue zu den Segeln, Seilen und Flaschenzügen hoch. »Sieht kompliziert aus.«

Er lacht. »Ist es aber wirklich nicht. Fangen wir mit den Grundlagen an. Das ist die Pinne.« Er zeigt auf einen Holzstab, der hinter uns aus dem Heck ragt. »Damit steuert man.«

Ich nicke. »Verstanden.«

»Na dann los«, sagt er, als wolle er mich herausfordern.

Zögerlich strecke ich die Hand aus, umschließe die Pinne mit meinen Fingern und schaue dann wieder zu ihm.

»Solider Griff«, sagt er in neckendem Tonfall. Ich erröte, und Hitze durchflutet meinen ganzen Körper.

Er grinst erneut, beißt sich auf die Unterlippe. Gott, sieht er gut aus. Ich drücke meinen Handrücken an meinen glühenden Hals. Flirtet er etwa mit mir?

»Und die hier« – Jay zeigt, immer noch lächelnd, auf die Leinen – »nennt man Schoten. Jede Schot bedient ein bestimmtes Segel. Dieses Segel« – er zeigt auf das direkt vor uns – »ist das Großsegel. Das vordere Segel, in Richtung Bug, ist die Fock. Wenn du also das Großsegel bewegen willst, benutzt du die Großschot; wenn du die Fock bewegen willst, ziehst du die Fockschot. Soweit alles klar?«

Ich schlucke schwer. »Ja, klingt logisch«, presse ich hervor.

Er zeigt mir den Baum – die Querstange zum Mast –, auf den ich aufpassen soll, damit er mich nicht umwirft, sowie die Wanten und Stagen, die den Mast stützen und wie Drähte aussehen, und die Fallen, die ebenfalls wie Drähte aussehen.

»Kannst du mir folgen?«, fragt Jay.

»Mm-hm.« Ich nicke und gebe mein Bestes, um überzeugend zu klingen. In Wirklichkeit kann ich ihm längst nicht mehr folgen. Es fällt mir schwer, mich auf irgendetwas anderes zu konzentrieren als darauf, wie sein Arm immer wieder meinen streift.

»Prima. Das mit dem Segeln ist eigentlich ziemlich einfach. Vorab gilt es, ein paar Regeln zu beachten. Erstens, man darf nicht direkt gegen den Wind segeln. Wenn wir also dorthin wollen« – er zeigt direkt vor uns –, »müssen wir fünfundvierzig oder fünfzig Grad nach links oder rechts vom Wind segeln und dann in die andere Richtung zurück. Das nennt man Kreuzen. Wir machen das, indem wir die Segel bewegen, über die wir gerade gesprochen haben.«

»Das klingt *überhaupt* nicht einfach. Das klingt nach Matheunterricht.«

Jay lacht. »Ich verspreche dir, es ist ganz einfach, wenn du den Dreh erst mal raushast. Sieh nur, wie gut du mit der Pinne umgehen kannst.« Er zwinkert.

Ich werde wieder rot, und meine Knie verwandeln sich in Wackelpudding.

»Im Ernst«, sagt er. »Du wirst schon sehen. Bist du bereit, es auszuprobieren?« Er tritt einen Schritt zurück und bedeutet mir, seinen Platz einzunehmen.

»Was? Auf keinen Fall«, entgegne ich kopfschüttelnd und hebe die Hände mit den Handflächen zu ihm. »Ich würde nur das Boot versenken! *Titanic* Teil 2!«

Jay lächelt amüsiert. »Ich zeige dir, was du tun musst«, sagt er. »Man kann nur etwas lernen, indem man es tut. Und glücklicherweise gibt es im East River keine Eisberge. Na komm, nimm das Seil«, sagt er und hält es mir hin. »Rechte Hand über der linken.«

Widerstrebend komme ich seiner Aufforderung nach. Wobei, ehrlich gesagt, wenn er mich gebeten hätte, mir einen Ziegelstein an den Fuß zu binden und vom Boot zu springen, hätte ich das vermutlich auch gemacht. Aye, aye, Kapitän!

Das dicke, geflochtene Seil liegt straff in meinen Händen. »So?« Ich schaue über die Schulter zu ihm.

»Ein bisschen höher.« Jay kommt einen Schritt näher und greift um mich herum. Er legt seine Hände über meine, die das Seil halten, und schiebt sie nach oben. Mein Herzschlag beschleunigt sich angesichts seiner Berührung, angesichts seiner Nähe. »Okay, jetzt ziehen wir. Lehn dich zurück, nur ein wenig.«

Ich lehne mich zurück, an seine Brust. Sie ist warm und fest. Bilde ich mir das nur ein, oder kommt er mir noch näher?

»Gut«, sagt er. Sein Atem ist in meinem Haar, an meinem Ohr, an meinem Hals. Ich möchte die Augen schließen, tue es aber nicht. Stattdessen halte ich sie starr geradeaus gerichtet und rühre mich keinen Zentimeter.

Der Bug des Bootes beginnt sich zu drehen. »Oh«, sage ich und blicke hinter zu Jay, überrascht von der Drehung.

Er lacht. »Ziemlich cool, was?«

Ich nicke. Wir beginnen, an Geschwindigkeit zuzulegen. Ich halte das Seil fester. Er hat seine Arme noch immer um mich gelegt.

»Okay, jetzt lass los und zieh hier.« Er führt meine Hände zu anderen Seilen. »Pass auf den Baum auf! Oh, und Griff lockern, dann wieder anziehen. Genau so.«

Das Boot beginnt, sich in die andere Richtung zu drehen. Er macht einen Schritt zurück. »Siehst du, du kannst es!«, sagt er stolz.

Ich grinse ihn an. »Ich kann es?«

»Du kannst es! Das war's. Das heißt« – er lacht – »nicht ganz, aber es ist ein Anfang. Wir werden das Großsegel noch mal ausrichten, wenn der Wind sich ändert, doch bis dahin kannst du dich zurücklehnen und die Fahrt genießen.«

»Wo hast du das alles gelernt?«, frage ich ihn.

»Im Sommercamp. Als ich zehn war.«

Natürlich. In dem Sommercamp, wo ich früher war, gab es nur alte, rostige Kanus, die in einem warmen, sumpfigen See in South Carolina trieben. Aber das störte niemanden. Wir planschten in dem tiefschwarzen Wasser und versanken mit den Füßen im Schlamm, während wir versuchten, uns in die Boote hineinzuhieven, ohne dass sie umkippten. Es war nur ein schäbiges YMCA-Tagescamp; meine Mutter konnte es sich nicht leisten, mich in ein Ferienlager mit Hütten, Stockbetten und Lagerfeuern zu schicken. Segeln? Ja, klar.

Jay bemerkt meinen Gesichtsausdruck und lacht. »Was?«

»Ich dachte nur gerade an die Boote, die wir in dem Camp hatten, in dem ich früher war. Man sagte uns, es seien Kanus, aber sie sahen eher wie alte Sardinenbüchsen aus. Wir benutzten Äste, die wir am Ufer fanden, als Ruder.«

»Ich konnte mir das nur dank eines Stipendiums leisten, falls du dich dadurch besser fühlst«, sagt er. »Wir hatten in meiner Kindheit nicht viel Geld.«

»Wirklich?«, frage ich. Ich wende mich ihm überrascht zu. »Du siehst nicht aus wie …«, sage ich und verstumme.

»Was, ein armes Kind?« Er lächelt schief. »Ähm, danke. Aber das war ich. Meine Eltern haben beide nicht die Highschool abgeschlossen, also hatten sie immer ziemlich beschissene Jobs. Sie kamen zwar über die Runden, aber viel hatten wir nie.«

Wir verstummen beide. Er sieht mich nicht mehr an, sondern starrt vor sich hin. Ich räuspere mich und sage schließlich: »Ich bin auch ohne Geld aufgewachsen. Meine Mutter hat als

Reinigungskraft gearbeitet, doch sie hatte gesundheitliche Probleme. Sie meldete sich ständig krank und wurde am Ende immer wegen zu vieler Fehltage gefeuert. Wir sind oft umgezogen, weil wir die Miete nicht bezahlen konnten.«

So ehrlich war ich schon lange nicht mehr zu jemandem. Nicht mal zu Violet. Vielleicht weil er wie ich ist, ein armes Kind, das einfach bloß dazugehören will.

Als Jay mich diesmal anblickt, ist es, als sähe er mich zum ersten Mal. Langsam nickt er. »Es ist schwer, so aufzuwachsen. Ich habe es gehasst.«

»Ich auch. Deshalb habe ich es auch nie jemandem erzählt. Ich habe Ausreden erfunden, warum ich nie jemanden zu uns einladen konnte. Und da niemand zu Besuch kam, konnte ich behaupten, wir würden in einer Villa leben. Und mein Dad wäre ein großer Hollywoodstar. Ich dachte, dadurch würden die Leute mich mögen.« Ich zucke mit den Achseln.

Jay nickt. »Es ist schwer, das Leuten zu erklären. Wie es ist. Ich glaube nicht, dass Violet es jemals wirklich verstanden hat. Aber eigentlich ist das wenig überraschend, wenn man es recht bedenkt.«

»Wenn man was bedenkt?«, hake ich nach.

Er zuckt mit den Achseln. »Ihre Familie hatte schon immer Geld. Ihr Vater ist ein angesagter Anwalt – Violet hat für seine Kanzlei in San Francisco gearbeitet –, doch der Reichtum ist über Generationen gewachsen. Ihre Großmutter hat ihr einen Treuhandfonds hinterlassen, als sie starb.«

Ich runzle verwirrt die Stirn. Sie hat Geld nie erwähnt. Oder eine Stiftung. Aber es ergibt Sinn: das große Haus, die teure Kleidung, die Leichtigkeit, mit der sie sich bewegt. Trotzdem bin ich überrascht, dass es nie zur Sprache kam.

Er bemerkt den Ausdruck auf meinem Gesicht. »Normalerweise redet sie nicht darüber. Sie denkt, die Leute würden sie mit anderen Augen sehen, wenn sie wüssten, dass sie aus gutem Hause ist. Sogar in Brooklyn, wo jeder aus einer reichen Familie stammt. Ich glaube, es gefällt ihr, wenn die Leute denken, dass wir uns das alles selbst erarbeitet haben, aber ich weiß nicht, warum. Niemand hier ist von Neureichen beeindruckt.« In seiner Stimme schwingt Groll mit. »Es ist schon komisch, als ich aufwuchs, habe ich mir immer gewünscht, so viel Geld zu haben wie sie, und sie will es am liebsten verstecken.«

»Als Mitglied im Club der armen Kinder kapiert man das einfach nicht, oder?« Ich lache ein wenig. »Wenigstens kostet die Clubmitgliedschaft nichts.

Jay lacht ebenfalls. »Ich bin froh, dass du heute mitgekommen bist. Ich mag dich.«

Ich grinse ihn an. »Ich mag dich auch.« Und das meine ich ernst. Mehr als ich es ihm jemals sagen könnte.

»Oh!«, rufe ich überrascht. »Das … Dingens … hat sich bewegt. Das Richtungsding.«

»Gut beobachtet! Okay, nimm die Großschot da. Genau die. Und ein bisschen ziehen. Sehr schön! Du lernst schnell«, sagt er anerkennend.

Ich zucke bescheiden mit den Schultern, obwohl ich innerlich jubele. *Er mag mich.*

Jay setzt sich auf die Bank neben mir, verschränkt die Hände hinter dem Kopf, lehnt sich zurück, die Augen geschlossen, das Gesicht dem Wind zugewandt. Der Wind zerzaust sein Haar und lässt es zu Berge stehen. Er ist so gutaussehend, dass es fast wehtut. Ich schaue weg, wieder aufs Wasser, damit er meinen Blick nicht bemerkt, wenn er die Augen öffnet.

Die nächste Stunde verbringe ich mit ihm, während er mir zeigt, wie man beschleunigt und verlangsamt, die Richtung ändert und die Segel manövriert. Ich höre aufmerksam zu, will alles richtig machen. Er zeigt mir, wie ich meine Hände und meinen Körper richtig ausrichte und welche Techniken ich anwenden muss. Jedes Mal, wenn er mich berührt, fühle ich mich, als stünde ich in Flammen. Die Luft ist warm und feucht, die Gischt benetzt unsere Gesichter, befeuchtet unsere Haut. Einmal, nur ein einziges Mal, erlaube ich mir, mir vorzustellen, wie er seinen Mund auf meinen presst, den Geschmack von Salz auf seinen Lippen, das Gefühl seiner Zunge.

Schließlich blickt Jay auf seine Uhr. »Hast du Hunger?«, fragt er. »Wir könnten eine Pause machen.«

Eigentlich will ich keine Pause, nicht jetzt – es war so leicht, so zu tun, als wären nur Jay und ich auf diesem Boot –, aber ich nicke. »Klar, klingt gut.«

Er hält sich die Hände vor den Mund und schreit laut über den Wind hinweg: »Bereit zum Mittagessen?«

Vom Bug des Boots aus zeigt Violet uns einen Daumen nach oben.

Er wendet sich an mich. »Ich übernehme dann mal wieder und setze den Anker. Wir treffen uns in ein paar Minuten oben.«

Ich wende mich zum Gehen und drehe mich dann wieder zu ihm um. »Danke«, sage ich.

»Wofür?« Jay legt den Kopf schräg.

»Dafür, dass du mir das Segeln beigebracht hast. Dafür, dass ich mit dir das Boot steuern durfte.«

»Gern geschehen.« Ein verschmitztes Lächeln umspielt seine Lippen. »Vielleicht kannst du mir das nächste Mal ein paar

Dinge beibringen.« Er versucht, mich wieder verlegen zu machen. Was ihm gelingt.

»Hör auf damit«, sage ich und knuffe ihm sanft gegen die Schulter. Zwischen uns herrscht jetzt eine Vertrautheit, eine Nähe, die vorher nicht da war.

»Womit aufhören?« Er lacht, und ich spüre, wie es warm meine Glieder durchfährt.

Ich schüttle den Kopf und lache ebenfalls. »Du bist furchtbar.«

»Das war nur ein Witz«, sagt er. »Wirklich, es freut mich, dass es dir gefallen hat.«

Wir stehen da und lächeln uns an, bis ich schließlich mit dem Daumen zu Violet und Harper deute. »Also, ich geh dann mal rüber. Bis gleich.« *Cool, Sloane. Très cool.*

Ich drehe mich um und bewege mich vorsichtig wieder hinauf zum Bug, während das Boot auf den Wellen schaukelt, weshalb ich mich an der Reling festhalte.

»Wie war's?«, fragt Violet, als ich gegenüber von ihr Platz nehme.

»Hat echt Spaß gemacht«, antworte ich. »Genau wie du gesagt hast.«

Violet strahlt mich an. »Ich wusste, dass es dir gefallen würde.« Sie leert ihr Glas, als würde sie auf diesen Erfolg mit sich selbst anstoßen. Sie wirkt lockerer als sonst, viel entspannter. Als sie sieht, dass ich sie anstarre, schiebt sie ihre rote Plastiksonnenbrille hoch und zwinkert mir zu.

Sofort habe ich ein schlechtes Gewissen. Sie ist so eine tolle Freundin. Und wie revanchiere ich mich? Indem ich mit ihrem Mann flirte, mir wünsche, er wäre mein, mir vorstelle, er würde mich küssen. Etwas gezwungen erwidere ich ihr Lächeln. Natürlich würde ich nie irgendetwas in die Richtung *tun*, sage ich mir. Es ist bloß eine alberne Schwärmerei, wie damals zu Highschool-Zeiten, als ich eine lüsterne Obsession für Robert Pattinson hegte, die sich darauf beschränkte, Nacht für Nacht davon zu phantasieren, wie er seine Vampirzähne in mein zartes Teenagerfleisch versenkt.

Ein paar Minuten später gesellt sich Jay zu uns, der die Kühlbox und eine braune Einkaufstasche trägt. Er stellt sie zwischen uns ab und setzt sich neben mich, gegenüber von Harper und Violet. Sein Oberschenkel berührt meinen. Unsere Blicke treffen sich. *Nur eine Schwärmerei.* Aber ich weiß, dass dem nicht so ist.

»Nachschenken?«, fragt Violet und greift nach der Kühlbox. Jay und ich nicken beide und reichen ihr unsere Becher. Obwohl es nur alkoholfreier Cider ist, fühle ich mich irgendwie angeheitert, benommen und euphorisch, berauscht von diesem Tag, der salzigen Luft. Von Jay. Seinem Bein.

»Einmal für dich«, sagt sie und reicht mir meinen Becher, »und einmal für dich.« Den anderen Becher gibt sie Jay. Dann nimmt sie ihren eigenen und hebt ihn in meine Richtung. »Auf meinen Zwillingszwilling.«

Ich strahle und stoße mit ihr an. »Prost.«

Jay greift in die Papiertüte. »Wer hat Lust auf Sandwich?«, fragt er.

»Ich!« schreit Harper, reißt den Arm hoch und wedelt wild umher. »Ich habe solchen Hunger, ich könnte zehn Sandwiches essen!«

»Wie wär's, wenn du erst mal mit einem anfängst?«, sagt Jay gutmütig, während er in Papier eingewickelte Deli-Sandwiches, ein paar Tüten Chips und eine Schale Weintrauben auspackt und sie herumreicht. Wir essen gemütlich, während das Boot unter uns dümpelt und das Segel sich im Wind bläht.

»Irgendwie bin ich auf dem Boot immer besonders hungrig«, sagt Violet und öffnet eine zweite Tüte Chips. »Jay, isst du das noch?« Sie beäugt gierig sein Sandwich.

»Hier, du kannst meines haben«, sage ich schnell und reiche ihr das Sandwich, das ich nur zur Hälfte gegessen habe. Es freut mich, wenn ich Violet eine Freude machen kann.

»Du solltest dich lieber bei Caitlin bedanken, Jay«, sagt Violet und zwinkert mir zu. »Sonst hätte ich dich verhungern lassen.«

»Danke, Saint Cait. Meine Heldin. Wieder einmal.« Er schenkt mir dieses langsame Lächeln, bei dem es mich überall kribbelt und mir den Magen umdreht. Ich erröte und lächle zurück.

Als wir fertig sind und alles weggeräumt ist, klatscht Violet in die Hände. »Sollen wir die Geschenkübergabe machen?«, fragt sie.

»Ja!«, kreischt Harper und hüpft auf ihrem Platz auf und ab. »Mach meins zuerst auf! Meins, meins zuerst!«

Violet lacht, legt zärtlich eine Hand an Harpers Wange und küsst sie. »Okay, okay, mein Schatz, mach ich.«

Jay greift in eine große Tasche und reicht Harper zwei in Silberpapier eingepackte Geschenke. »Einmal bitte an Mom weitergeben«, weist er sie an.

Harper kommt der Aufforderung freudig nach und präsentiert sie Violet stolz. »Das da ist von mir!«, sagt sie und hält das größere der beiden hoch.

Violet zieht die Schleife ab und reißt das Papier auf. Darunter befindet sich eine große weiße Schachtel. Violet öffnet den

Deckel und holt den Inhalt heraus. Es ist ein hellrosa Bademantel, der so weich aussieht, dass man sein Gesicht darin vergraben möchte. »Ist der toll!«, sagt sie. Sie streicht mit der Hand über den weichen Stoff. »Danke, Harpie, er ist wunderschön!«

»Ich habe ihn selbst ausgesucht!«

»Das hat sie«, bestätigt Jay. »Wir haben den ganzen Nachmittag nach dem richtigen Geschenk gesucht, und sie hat sich für dieses entschieden.«

Violet zieht Harper in ihre Arme und bedeckt sie lauthals mit Küssen.

Harper quiekt und windet sich aus ihrer Umarmung. »Jetzt mach das von Dad auf!«

Violet wirft einen Blick auf Jay, dann greift sie nach dem zweiten Geschenk. Vorsichtig packt sie es aus, sorgfältiger als das von Harper. Sie dreht es in ihren Händen und betrachtet es. Es ist ein Buch, eine gebundene Ausgabe von Bill Bryson.

Sie schlägt das Cover auf, dann den Schmutztitel. Beide sind leer. Schnell klappt sie das Buch zu, schaut hoch und lächelt Jay an. »Danke, Jay. Bryson ist sein Lieblingsautor«, sagt sie an mich gewandt. »Hast du schon mal was von ihm gelesen?«

Ich schüttle den Kopf. Ich habe schon von ihm gehört – er ist ein Reiseschriftsteller, glaube ich –, aber ich habe noch nie etwas von ihm gelesen.

»Er ist der Beste«, sagt Jay. »*Frühstück mit Kängurus* ist mein Lieblingsbuch von ihm.«

»Deshalb waren wir in den Flitterwochen in Australien«, fügt Violet hinzu.

Jay rutscht umher und räuspert sich. »Na gut, sollen wir dann …?«, beginnt er, aber ich unterbreche ihn.

»Warte, ich habe auch noch eine Kleinigkeit für Violet«, sage ich und greife in meine Tasche. »Hier.«

Ich nehme die kleine, eingepackte Schachtel mit der Schleife heraus und reiche sie ihr. Mein Herzschlag beschleunigt sich, mein Magen fühlt sich an, als würde ich Achterbahn fahren. Was, wenn sie ihr nicht gefällt? Was, wenn sie sie albern findet? Oder hässlich? Vielleicht hat sie mir ja nur aus Höflichkeit ein Kompliment für meine Kette gemacht. Ich lächle sie an, meine Lippen angespannt.

Violet nimmt das Geschenk entgegen und lächelt zurück. Sie löst die Schleife und schiebt das Papier beiseite, dann hebt sie den Deckel der kleinen Schachtel an und legt die Halskette frei. Die kleine Perle glitzert im Sonnenlicht.

»Es ist eine Kette wie meine«, sage ich zaghaft. »Wie die meiner Großmutter.«

»Danke, Caitlin«, sagt sie leise und sieht zu mir auf. Der Wind hat ihr Haar zerzaust, das in wilden, lockeren Strähnen ihr Gesicht umrahmt. »Sie ist wunderschön.«

Ich lächle breit und bin erleichtert. Die Kette scheint ihr zu gefallen, aber mir fällt auf, dass sie sie nicht umlegt. Ich spüre einen Anflug von Enttäuschung, doch dann sehe ich, dass sie sich umdreht und in einer großen Leinentasche wühlt. Als sie sich mir wieder zuwendet, hält sie eine kleine Geschenktüte in der Hand, die mit goldenem Seidenpapier gefüllt ist. »Zwei Doofe, ein Gedanke«, sagt sie und zwinkert mir zu, als sie sie mir überreicht.

»Für mich?«, frage ich, eher rhetorisch. Ich bin völlig aus dem Häuschen. Violet nickt.

Erfreut greife ich in die Geschenktüte und stoße mit meinen Fingern auf ein kleines Päckchen, ein gefaltetes Quadrat aus

Seidenpapier. Ich nehme es heraus und falte es auseinander. Darin befindet sich ein goldener Anhänger, der an einer dünnen Goldkette hängt. Der Anhänger ist ein münzgroßes Quadrat, in das ein Kranz aus Sonnenstrahlen eingraviert ist. Er wirkt antik, wie ein Relikt der Vergangenheit, aber ich habe diese Kette schon einmal gesehen. Um Violets Hals.

»Ich habe auch eine.« Sie lächelt, greift in ihren Pullover und zieht die Kette heraus, damit ich sie sehen kann. »Zwillingszwillinge.« Mein Herz schwillt an. »Soll ich sie dir umlegen?«, fragt sie, und ich nicke, unfähig zu sprechen. Sie nimmt mir die Kette ab und rückt näher. Ich spüre ihren Atem in meinem Nacken, als sie den Verschluss einhakt, die Kette kühl und federleicht um meinen Hals. »Mal sehen«, sagt sie und lehnt sich zurück.

Stolz hebe ich mein Kinn und ziehe die Schultern zurück.

»Wunderschön«, sagt Violet, und sowohl Harper als auch Jay nicken.

»Jetzt wird es Zeit für Kuchen!«, verkündet Violet. Sie greift in eine andere Tüte und holt einen Miniaturkuchen mit Plastikdeckel heraus. Sie zieht ihn ab und steckt vorsichtig zwei Kerzen in den Zuckerguss. Dann zündet sie die Dochte an, und Jay und Harper stimmen ein Geburtstagslied für uns an, laut und schief.

Als ich Violet, Jay und Harper betrachte, wie sie mich erwartungsvoll mit wehenden Haaren und rosigen Wangen ansehen, habe ich das Gefühl, noch nie in meinem Leben so glücklich gewesen zu sein. Ich schließe die Augen und blase meine Kerze aus.

16

Es ist ein paar Wochen nach unserem Tag auf dem Boot, und ich liege in Violets Haus auf der Couch. Draußen legt sich die Luftfeuchtigkeit Anfang Juli wie eine dicke, erdrückende Decke über die Stadt. Die Klimaanlage ist auf höchster Stufe eingestellt, aber die Hitze steckt uns in den Gliedern.

Ich bin offiziell als Vollzeit-Kindermädchen für Harper tätig, fünf Tage pro Woche und gelegentlich samstags oder sonntags, manchmal auch beides. Ich habe das Gefühl, dass ich mehr bin als ein Kindermädchen. Ich habe das Gefühl, Teil ihrer Familie, ihres Alltags, ihres Lebens zu sein, als gehörte ich hierher, in dieses Haus, wo ich Violet gegenüberliege, mein Kopf auf einer Armlehne des Sofas ruhend, ihrer auf der anderen, während wir uns beide mit Zeitschriften Luft zufächeln. Während man das Flip-Flap der Seiten hört, kommt mir ein Text von Taylor Swift in den Sinn. Es fühlt sich genau wie der Titel ihres Songs an, wie Karma, honigsüß.

Harper schläft im Obergeschoss. Anstatt in den Park zu gehen, haben wir ein Bett aus Kissen auf dem Boden ihres Zimmers gebaut und ihr abwechselnd vorgelesen, wobei ihr kleiner Körper zwischen uns lag. Im Kindergarten war das Vorlesen meine Lieblingszeit des Tages, in der alle Kinder im Schneidersitz im Kreis um mich herum auf dem Teppich saßen, das kleine Kinn in die Hände gestützt. Dabei las ich in verteilten Rollen und hielt das Buch so, dass sie die Bilder sehen konnten. Während ich Harper vorlas, kuschelte sie sich eng an mich.

Als das Buch zu Ende war, war Harper eingeschlummert, die Augen geschlossen.

Auf Zehenspitzen gingen wir hinaus und sprachen kein Wort, als wir leise die Treppe hinunterstiegen. Im Wohnzimmer ließ sich Violet auf das eine Ende der Couch fallen und ich auf das andere.

Jetzt lehnt sie den Kopf zurück, die Augen fallen flatternd zu. »Ich weiß nicht, was ich in einem früheren Leben getan habe, um ein Kind zu verdienen, das in diesem Alter immer noch ein Nickerchen hält, aber offenbar war ich eine Heilige«, sagt sie.

»Bestimmt Mutter Teresa«, stimme ich zu.

»Oder Jeanne d'Arc?« Sie hebt den Kopf, schlägt die Augen auf.

»Vielleicht Eleanor Roosevelt. Sie hat sich unter anderem maßgeblich in der Frauenrechtsbewegung engagiert. Die Ärmste war zwar keine Schönheit, aber das hat sie nicht aufgehalten. Wir haben ihr viel zu verdanken.«

Violet lacht. »Na ja, vielleicht wäre es etwas hochgegriffen, mich mit ihr zu vergleichen …«

Sie wird von ihrem Handy unterbrochen, das laut auf dem Couchtisch vibriert. Wir beide drehen den Kopf in seine Richtung.

»Sorry«, sagt sie, greift danach und schaut stirnrunzelnd auf das Display. Als sie aufblickt, seufzt sie. »Jay hat einen USB-Stick vergessen, den er für eine Kundenpräsentation braucht. Er bittet mich, ihn ins Büro zu bringen.« Sie blickt erneut auf ihr Handy, dann wieder zu mir. »Macht es dir etwas aus, wenn ich kurz rausgehe? Ich werde nicht lange weg sein. Eine halbe, höchstens eine dreiviertel Stunde. Es sei denn, ich sterbe auf dem Rückweg an einem Hitzschlag.«

»Klar, kein Problem«, sage ich und zucke mit den Achseln. »Dafür bin ich ja hier!«

Violet strahlt mich an. »Du bist die Beste! Danke.«

Schnell rennt sie die Treppe hinauf. Ein paar Minuten später kommt sie zurück und hält den USB-Stick hoch. »Bin gleich wieder da. Ruf mich an, falls was ist.«

Sie schließt die Tür hinter sich. Es ist ein Klicken zu hören, dann ein Drehen im Schloss. Das Haus ist ruhig, der Kühlschrank brummt in der Küche. Ich schaue mich im Wohnzimmer um, mache eine Bestandsaufnahme, dann stehe ich auf.

Es ist selten, dass ich allein hier bin, ohne dass Harper in der Ecke malt oder mit einem Snack am Küchentisch sitzt. Es fühlt sich anders an, als hätte ich das Haus für mich allein.

Ziellos schlendere ich durch das Wohnzimmer, zuerst zu dem kleinen Beistelltisch am Fenster, nehme die darauf gestapelten Zeitschriften eine nach der anderen in die Hand, dann zum Bücherregal, fahre mit den Fingern über die Buchrücken. Populäre Thriller, Pulp-Krimis. Daneben auch ein paar Klassiker: *Stolz und Vorurteil*, *Fiesta*, *Jenseits von Eden* und *Der große Gatsby*. Ich lächle und ziehe das Buch aus dem Regal. Der Buchrücken ist steif, als ich es aufschlage, als wäre es schon lange nicht mehr zur Hand genommen worden. Es verströmt den typischen Geruch alter Bücher, nach Staub und Mottenkugeln, und ich halte es an die Nase und atme tief ein. Dann blättere ich auf die Titelseite.

In schwarzer Tinte, in großen, geschwungenen Buchstaben steht da:

Für meinen Gatsby.
Du bringst mein Herz zum Singen.
Auf viele, viele weitere Jahre. xx.

Ein Geschenk von Violet an Jay.

Ich stelle mir vor, wie sie es ihm überreicht, in Papier eingewickelt und verschnürt, zum Geburtstag oder zum Jahrestag vielleicht, wie sie es eines Morgens im Bett unter ihrem Kopfkissen hervorholt. Ich stelle mir beide in legeren Schlafoutfits vor, sie in einem seiner T-Shirts, das ihr viel zu groß ist, er nur in Boxershorts. Bestimmt hat er gelächelt, als er es öffnete, und zu ihr hochgeschaut, während sie ihm mit sehnsüchtigen Augen zusah, die Hände wie zum Gebet gefaltet.

Dann haben sie im Bett gelegen und sich gegenseitig Passagen daraus vorgelesen, er den Kopf auf ihren Bauch gebettet, während sie mit den Fingern durch sein Haar fuhr. Vielleicht haben sie das Bett den ganzen Tag nicht verlassen, außer um Kaffee zu machen und dem Lieferanten die Tür zu öffnen, haben Pizza im Bett gegessen, Eis aus der Packung gelöffelt.

Vorsichtig klappe ich das Buch zu. An der Stelle, an der es stand, klafft eine Lücke wie ein fehlender Zahn. Der Anblick beunruhigt mich ein wenig. Aber es ist nicht die Lücke im Regal, die mich beunruhigt.

Sondern die Frage, die Jay mir vor ein paar Wochen in der Küche gestellt hat. *Hat sie dir irgendwas über uns erzählt?* Kriselt es in ihrer Ehe? Es kommt mir zwar unwahrscheinlich vor, aber was könnte es sonst sein? Haben sie sich gestritten? Der Gedanke wurmt mich, dass es etwas gibt, was Violet mir verheimlicht. Ich wollte sie fragen, aber es fühlt sich an, als wäre das eine private Unterredung zwischen mir und Jay gewesen, als wäre es ein Vertrauensbruch, würde ich sie darauf ansprechen. So sitze ich zwischen den Stühlen und fühle mich, als würden beide an mir zerren. Am liebsten möchte ich mich zweiteilen und jedem von ihnen eine Hälfte geben.

Ich stelle das Buch zurück ins Regal und gehe in die Küche. Ich nehme eine Dose Seltzer aus dem Kühlschrank und öffne den Verschluss, der in der Stille laut knackt. Ich trinke einen Schluck und schaue mich um. Laut der Uhr an der Mikrowelle ist es Viertel nach zwei. Violet ist erst seit fünf Minuten weg. Ich gehe zurück ins Wohnzimmer. Ich weiß, ich sollte mich einfach wieder hinsetzen, aber ich tue es nicht.

Ich widerstehe der Versuchung, so lange ich kann. Dann stelle ich das Seltzer auf den Couchtisch und gehe langsam zum Fuß der Treppe. Dort schlüpfe ich aus meinen Sneakern und stelle sie nebeneinander auf die erste Stufe. Ich lege eine Hand auf das Geländer, ganz sanft, als sei es aus Glas.

Ich atme aus und steige dann mit leisen Schritten die mit Teppich verkleideten Stufen hinauf. Am oberen Ende der Treppe bleibe ich stehen. Zu meiner Linken ist eine geschlossene Tür. Harpers Kinderzimmer. Ich mache einen Schritt darauf zu. Ein gedämpftes Rauschen ist zu hören, das lauter wird, je näher ich komme. Ihre Soundmaschine ist voll aufgedreht. Violet hat sie eingeschaltet, kurz bevor wir rausgegangen sind. Wellen, denke ich, oder der Klang eines Herzschlags, beruhigend und gleichmäßig. Auf halber Strecke des Flurs befindet sich eine weitere geschlossene Tür, und am anderen Ende ist eine dritte Tür, die einen Spalt offen steht. Ich gehe auf sie zu. Als ich näher komme, sehe ich das Fußende eines Bettes: Violets und Jays Schlafzimmer. Vorsichtig stoße ich die Tür auf.

Der Boden knarrt, als ich eintrete, die karamellfarbenen Dielen geben unter meinem Gewicht leicht nach. Das Schlafzimmer ist hell und luftig, mit zwei großen Fenstern, die auf die Straße hinausgehen. In der Ecke steht ein Peloton-Fahrrad, eine kurze Hose hängt über dem Bildschirm. Das Bettgestell aus den 1950er- oder 60er-Jahren ist aus Holz, aber alles andere ist weiß. Die wallenden Vorhänge, die Leinenlaken, die Bettwäsche, die Kissen. Ich fahre mit der Hand über den weichen Bettbezug und atme tief ein. Es riecht nach Violet, nach blühenden Geranien, nach Flieder im Frühling.

Das Bett wird von zwei Nachttischen flankiert, auf denen jeweils eine goldene Lampe steht. Auf seiner Seite liegen ein paar gebundene Bücher, eine Schachtel Kleenex. Auf ihrer Seite eine kleine Schmuckschale, eine Handcreme. Ich gehe zu ihrer Seite des Bettes, die dem Fenster am nächsten ist, und setze mich, wobei die Matratze unter mir nachgibt. Vorsichtig lege ich mich hin, und mein Kopf sinkt in ihr Kissen, während ich meine Beine auf das Bett schwinge. Die Laken riechen, als wären sie gerade gewaschen worden, nach Waschmittel und Weichspüler. Ich schließe kurz die Augen und atme alles ein.

Ich öffne meine Augen und drehe mich auf die Seite, zu Jays Seite des Bettes. Ich starre auf sein Kissen und versuche, ihn mir neben mir vorzustellen, so nah, dass ich ihn berühren könnte. Ich erinnere mich daran, wie sich seine Brust auf dem Schiff an meinem Rücken angefühlt hat. Breit, fest. Ich habe ihn seitdem nur ein paarmal im Vorbeigehen gesehen, aber ich habe nicht vergessen, wie er mich geneckt hat, wie seine Hände auf meinen lagen, wie sich unsere Beine berührten.

Ich setze mich wieder auf, steige vom Bett herunter und gehe zu den Fenstern. Ich schiebe die Vorhänge beiseite und blicke hinaus. Ein paar Kids spielen auf dem Gehweg auf der anderen Straßenseite, zwei von ihnen werfen einen Ball hin und her, während die anderen auf einer Treppe sitzen und zusehen. Durch die Scheibe kann ich ihre gedämpften Schreie und ihr Gejohle hören.

Ich könnte stundenlang aus diesem Fenster schauen und beobachten, wie sich die Nachbarschaft unter mir entfaltet, ein winziger, wunderschöner Ausschnitt des Viertels. Es sieht ein bisschen aus, als wäre es eine Freilichtbühne, wie der Sonnenschein durch die Äste fällt und den Gehweg beleuchtet wie ein Scheinwerfer.

Das ist wahrscheinlich das Erste, was Violet macht, wenn sie morgens aufsteht. Sie streckt sich, die Arme über dem Kopf, dann geht sie zum Fenster und öffnet die Vorhänge, um das Morgenlicht hereinzulassen. Vielleicht stöhnt Jay und zieht sich die Bettdecke über den Kopf.

Was macht sie als Nächstes? Zieht sie sich an? Ich suche mit den Augen das Zimmer ab. An der Wand gegenüber dem Bett befinden sich zwei deckenhohe Türen, die beide geschlossen sind. Ich durchquere das Zimmer und öffne die rechte Tür, die mir am nächsten ist.

Es ist ein kleiner begehbarer Kleiderschrank, und ich mache einen Schritt hinein. Auf der linken Seite sind Jays Sachen, auf der rechten die von Violet. Seine Kleidung ist nach Kategorien geordnet – Jeans und Stoffhosen, daneben Hemden und Jacken –, ihre nach Farben. Unter den Bügeln befinden sich zwei kleine Schubladen. Ich ziehe die oberste Schublade heraus und entdecke Violets Unterwäsche. Dutzende von Spitzentangas, passende BHs und Bralettes. Ich betaste die Spitze. Ist es das, was Jay mag? Ich stelle mir Violet in schwarzer Unterwäsche vor. Natürlich gefällt ihm das. Ich spüre einen Stich der Eifersucht, dann überkommt mich eine Welle von Schuldgefühlen. Ich schließe die Schublade.

An der Rückwand der Schranktür ist ein Haken, an dem zwei Bademäntel hängen, ihrer aus lavendelfarbener Seide mit handgestickten Blütenknospen am Saum, seiner aus weißer Waffelbaumwolle. Ich nehme ihren Bademantel vom Haken und ziehe ihn über mein T-Shirt, binde mir den Gürtel um die Taille. Der Stoff ist kühl auf meiner Haut.

Auf Violets Seite des Schranks befindet sich ein Regal über der Kleiderstange, das mit Schuhkartons gefüllt ist. Ich ziehe einen der obersten Kartons herunter und werfe einen Blick hinein. Darin befindet sich ein Paar hautfarbener Riemchen-Stilettos, auf deren Sohle in großen Blockbuchstaben TOM FORD steht. Sie kosten wahrscheinlich so viel wie eine Monatsmiete. Ich mache den Deckel wieder zu, schiebe die Schachtel zurück ins Regal und greife dann nach dem nächsten Karton. Als ich ihn zu mir kippe, gibt es einen dumpfen Schlag, und etwas rutscht von der Rückseite der Schachtel nach vorn. Stirnrunzelnd öffne ich den Deckel. Darin liegt neben einem Paar Manolo-Blahnik-Pumps ein Telefon.

Es ist ein kleines graues Plastik-Klapphandy. Ich starre es verwirrt an. Dann taucht blitzartig ein Bild in meinem Kopf auf. Davon, wie Violet im Wohnzimmer telefonierte an dem Tag, als ich mich gegenüber von ihrem Haus hinter einer der hohen Eichen versteckte und sie durch das Fenster beobachtete. Violet hatte das Telefon zugeklappt, nachdem sie das Gespräch beendet hatte. *Sie klappte es zu.* Es war gar nicht ihr iPhone gewesen. Sondern dieses Telefon.

Behutsam nehme ich es in die Hand und öffne es. Das

Display des Handys ist dunkel. Es ist ausgeschaltet. Ich zögere, aber nur für eine Sekunde. Ich drücke den Einschaltknopf. Das Display leuchtet auf, während die Software hochfährt. Dann erscheint ein Sperrbildschirm. Es wird nach einem Passwort gefragt. Harpers Geburtstag? Ihrer? Ich fange an, die Zahlen einzutippen, dann schüttle ich den Kopf. Nein. Ich kann das nicht tun. Ich sollte es nicht tun. Dann tue ich es doch.

Ich kann nicht anders. Ich tippe Harpers Geburtstag ein und halte den Atem an. Aber nein, das ist es nicht. Ich versuche Violets. Auch falsch. Jays? Vierter Januar, gleich nach den Feiertagen. Violet hatte einmal erwähnt, wie schwer es war, sich so kurz nach Weihnachten erneut ein Geschenk für ihn einfallen zu lassen. Als sie das sagte, brachte ich den restlichen Tag damit zu, mir vorzustellen, was ich ihm kaufen würde, wäre ich sie: eine Uhr mit unseren Initialen auf der Rückseite, einen Fischerpullover aus Wolle, passend zu seiner Augenfarbe. Und dann stellte ich mir vor, wie er das Geschenk öffnet und seine Arme um mich schlingt, während er mir sagt, wie sehr es ihm gefällt. Null-vier-null-eins, tippe ich. Mein Magen verkrampft sich.

Nein, sein Geburtstag ist es auch nicht. Ich atme tief durch. Ich werde es weglegen, beschließe ich. Ich werde es zurück in die Schachtel legen, zurück in das Regal. Aber als ich meinen Finger zur Einschalttaste an der Seite bewege, vibriert das Telefon. Mein ganzer Körper spannt sich an. Es ist eine SMS-Benachrichtigung. Ich klappe das Handy auf.

Ich kann nur eine Vorschau sehen, nur die erste Zeile der Nachricht. Sie stammt von einem gespeicherten Kontakt. Kein Name, nur die Initialen: DS. Sie lautet:

Ich muss wissen, an welchem Tag du …

Ich blicke stirnrunzelnd auf das Telefon, starre es an, bis die Buchstaben verschwimmen. Wer ist DS? An welchem Tag Violet – *was*? Ich versuche, die Nachricht anzuklicken, aber das bringt mich zurück zum Sperrbildschirm. *Mist.*

Stammt die SMS von derselben Person, mit der ich sie neulich habe telefonieren sehen? *DS. DS.* Ich forme die Buchstaben mit dem Mund, flüstere sie in den Schrank. *DS. D* für … Danny? Hieß so nicht Violets Jugendschwarm? Der Junge, in den sie angeblich ihr ganzes Leben lang verliebt war? Sie sagte, sie hätte nichts mehr von ihm gehört, aber vielleicht waren sie kürzlich wieder in Kontakt getreten und wollten sich treffen. Hatten sie eine Affäre?

Sloane, hör auf!, sage ich mir. Ich schüttle den Kopf. *Das ist so typisch für dich: Du denkst dir Geschichten aus, lässt deiner Phantasie freien Lauf.* Wahrscheinlich gibt es für all das eine völlig logische Erklärung – auch wenn mir im Moment keine einfällt. Es gibt viele Leute mit dem Anfangsbuchstaben *D* und eine Million Gründe, warum ihr jemand eine SMS schreiben könnte, die nichts mit einem heimlichen Liebhaber zu tun haben muss. Oder?

Ich warte und hoffe auf eine weitere SMS. Eine Minute vergeht, dann noch eine. Das Telefon bleibt stumm. Schließlich schalte ich es aus und lege es dorthin zurück, wo ich es gefunden habe.

Das ergibt keinen Sinn. Wenn sie keine Affäre hat, warum versteckt Violet dann ein Prepaidhandy in einem Schuhkarton? Ich kann sie schlecht danach fragen. *Hey Vi, was ist eigentlich mit dem Telefon, das ich bei dir gefunden habe, als ich in deinen*

Sachen herumgeschnüffelt habe? Ich weiß, dass ich Geheimnisse vor ihr habe, aber ich hasse es, dass sie Geheimnisse vor mir hat. Ich verlasse den begehbaren Schrank mit einem unguten Gefühl.

Wieder im Schlafzimmer, horche ich auf Geräusche aus Harpers Zimmer. Im Haus ist es immer noch still. Ich werde gleich runtergehen, sage ich mir. Nur noch eine Minute. Ich schließe die Schranktür und öffne die andere, in der Hoffnung, dass ich vielleicht die Antworten finde, nach denen ich suche. Sie führt in ein großes Badezimmer, das aussieht, als sei es erst kürzlich renoviert worden, mit schwarz-weiß gefliesten Böden und weiß marmorierten Arbeitsflächen.

Es gibt zwei Waschbecken, beide mit eigenem Spiegel, darüber eine einzelne kugelförmige Lampe. Links vom Waschbecken befindet sich eine Toilette, daneben eine begehbare Dusche, keine Badewanne.

Die Ablagefläche ist unordentlicher, als ich erwartet hätte. Das Erste, worauf mein Blick fällt, ist eine Packung Haarfärbemittel, ein tiefes Braun, derselbe Farbton, den Violet trägt. Ich hebe sie hoch. Sie ist ungeöffnet, unbenutzt. Ich bin überrascht, dass sie sich die Haare selbst färbt. Die Frau auf der Packung strahlt mir entgegen, ihr Haar glänzt. Ich halte die Schachtel an meinen Kopf und schaue in den Spiegel. Neben dem Model sehen meine Haare besonders trist und strohig aus – weder richtig blond noch richtig braun. Sie haben nicht immer diese Farbe gehabt, aber es ist lange her, seit ich sie mir zuletzt gefärbt habe.

Bevor ich die Packung wieder hinstelle, präge ich mir die Farbe – dunkles Kastanienbraun – und die Marke – ein herkömmliches Drogerieprodukt – ein und setze meine Suche dann fort.

Ich weiß, ich habe hier nichts verloren, tief in mir drin weiß ich das, aber es ist, als wäre ich wieder fünf Jahre alt und jemand würde ein Marshmallow vor mir auf den Tisch legen und kurz vor dem Verlassen des Raums zu mir sagen: *Aber nicht essen!* Wie könnte ich der Versuchung widerstehen, wenn ich genau weiß, welch süßer Genuss mir sonst entgeht?

Ich scanne mit den Augen die Ablagefläche und sehe neben dem Waschbecken eine Tube Aknecreme und mehrere Flaschen Lotion stehen. Ich kann mir Violet beim besten Willen nicht mit Pickeln vorstellen. Ihre Haut ist so seidig und makellos, wie ein polierter Stein. Vielleicht, weil sie sie besser pflegt als ich meine. Ich betrachte mein Spiegelbild; das sanfte Licht ist nachsichtiger als in meinem eigenen Badezimmer mit seinen gelblich leuchtenden Neonlampen. Trotzdem ist mein Teint ungleichmäßig, an manchen Stellen trocken, an anderen fettig. Ich beuge mich näher zum Spiegel vor. Eine Spur von roten Pickelchen säumt mein Kinn, klein, aber sichtbar. Ich schraube die Tube mit der Aknecreme auf und drücke, tupfe mir etwas davon auf meinen Finger. Ich reibe sie in meine Haut ein, schraube die Tube wieder zu und stelle sie zurück auf die Ablage.

Rechts neben dem Waschbecken steht eine Schminktasche mit offenem Reißverschluss. Ich wühle darin herum und hole eine Tube Mascara, einen Rougepinsel und eine Puderdose heraus. Ich überlege, ob ich sie benutzen soll, entscheide mich aber dagegen und packe sie schnell wieder in die Tasche, bevor ich es mir anders überlege.

Der Boden knarrt wieder, als ich ins Schlafzimmer zurückgehe. Ein schmaler Sonnenstrahl erhellt eine Stelle neben dem Fenster, und ich gehe darauf zu, in den warmen Sonnenstrahl hinein. Ich lehne mich an den Fensterrahmen und halte Ausschau nach den Kids, die ich beim Ballspielen beobachtet habe. Dann sauge ich scharf Luft ein.

Statt der Teenager erblicke ich Violet, die die Straße heraufkommt, zurück zum Haus. *Shit.* Ich schaue mich im Zimmer um, ob irgendetwas nicht an seinem Platz ist. Auf ihrem Kissen ist eine Vertiefung, wo ich meinen Kopf hingelegt habe, und der Bettbezug hat Falten. Ich schüttle das Kissen auf und streiche mit der Hand die Decke glatt.

Als ich mich vergewissert habe, dass alles an Ort und Stelle ist, verlasse ich das Schlafzimmer, haste den Flur entlang zur Treppe, wobei ich versuche, nicht laut aufzutreten. Als ich nach dem Geländer greife, merke ich, dass ich immer noch Violets Bademantel trage. Meine Kehle schnürt sich zusammen. Ich drehe mich um, renne den Flur entlang zurück in ihr Schlafzimmer und schlüpfe aus dem Mantel. Ich reiße die Schranktür auf und versuche, den Bademantel an den Haken zu hängen, wo ich ihn gefunden habe, aber er will einfach nicht halten.

Ich habe keine Zeit zu verlieren, also lasse ich ihn fallen und eile hinaus, den Flur entlang und die Treppe hinunter, zwei Stufen auf einmal nehmend. Ich stehe auf der untersten Stufe, als die Haustür aufschwingt und Violet auftaucht. Ich atme tief ein und versuche, meine Atmung zu kontrollieren. »Hi«, sage ich und zwinge mich zu einem Lächeln.

»Oh, hi«, erwidert sie und sieht zu mir hoch. »Alles in Ordnung?«

Ich gehe die Stufe hinunter, nicke und bücke mich dann, um meine Schuhe wieder anzuziehen.

»Ich dachte, ich hätte Harper gehört, deshalb bin ich raufgegangen, um nach ihr zu sehen. Aber alles ist still. Wahrscheinlich kam das Geräusch von der Straße.«

»Danke fürs Nachschauen«, sagt Violet und lächelt. »Und fürs Dableiben. Das weiß ich zu schätzen.«

»Kein Problem.« Ich zucke nonchalant mit den Achseln.

»Ich hole mir ein Seltzer. Ich bin am Verdursten. Willst du auch eins?«, fragt sie. »Wir könnten uns einen Film ansehen. Harper dürfte mindestens bis drei schlafen.«

Ich schüttle den Kopf. »Ich hatte ganz vergessen, dass meine Mutter heute Nachmittag einen Arzttermin hat. Würde es dir etwas ausmachen, wenn ich etwas früher gehe?« Mein Herz klopft immer noch heftig.

»Natürlich nicht«, sagt sie. Violet bringt mich zur Tür und winkt mir zum Abschied zu.

Ich zwinge mich, zu winken und zu lächeln, und kämpfe innerlich gegen den Drang an, den Bürgersteig hinunterzurennen.

Ich schlage ein normales Tempo an, falls Violet mich noch beobachtet, und als ich am Ende des Blocks bin, hat sich meine Atmung wieder normalisiert. *Das ist keine große Sache*, sage ich mir. *Ich habe mich oben etwas umgesehen, einen Blick in ihren Kleiderschrank geworfen – was macht das schon? Noch dazu unter Freundinnen.* Ich atme die Anspannung aus, die ich mit mir herumtrage, lasse meine Schultern sacken. *Keine große Sache*, wiederhole ich.

Aber ich komme nicht umhin, über das Telefon in ihrem Schrank nachzudenken, darüber, was sie womöglich verheimlicht. *Wen* sie womöglich verheimlicht.

Und über die Haarfärbepackung neben dem Waschbecken.

Auf dem Heimweg mache ich kurz bei Duane Reade halt, dem Laden an der Ecke mit dem blinkenden Vierundzwanzig-Stunden-Schild davor.

An der Kasse blickt der gelangweilte Teenager mit den glasigen Augen kaum auf, als ich die Packung Haarfärbemittel – dunkles Kastanienbraun – vor ihm abstelle, zusammen mit einer Tube Aknecreme, einem Abdeckstift und einer Dose Rouge. Ihm bedeuten meine Einkäufe nichts, mir aber alles. Es ist ein Risiko, doch diesmal ist es anders, das weiß ich.

Auf dem Heimweg frage ich mich, wie ich als Brünette aussehen werde. Ich sage mir, dass ich noch nicht entschieden habe, ob ich es durchziehe oder nicht, aber das stimmt nicht. Ich weiß, dass ich es tun werde.

Nachahmung ist schließlich die aufrichtigste Form der Schmeichelei.

17

An diesem Abend schläft meine Mutter nach dem Essen mit ihrem Teller auf dem Schoß ein und schnarcht leise. Ihr Brustkorb hebt und senkt sich in langsamen, gleichmäßigen Zügen. Vorsichtig, um sie nicht zu wecken, nehme ich ihr den Teller ab und stelle ihn leise in die Spüle.

Ich will nicht, dass sie weiß, was ich vorhabe. Sie würde mich enttäuscht ansehen und den Kopf schütteln. Sie würde mir nicht glauben, dass es diesmal anders ist. Es macht zwar nicht den Anschein, aber es ist wirklich anders. Es ist nicht wie beim letzten Mal, mit der Packung roter Haarfarbe, die so intensiv war, dass sie unsere Handtücher verfärbte. Meine Beziehung zu Violet ist anders. Anders, anders, anders. Selbst nach der Entdeckung des Prepaidhandys habe ich das Gefühl, sie besser zu kennen als irgendjemand anderen, und das seit Langem. Sie würde mir zuraten, dass ich es tun soll; ganz bestimmt sogar.

Im Bad halte ich mir die Schachtel an den Kopf, so wie ich es bei Violet getan hatte. Sie sieht jetzt dunkler aus als heute Nachmittag, mindestens drei oder vier Nuancen dunkler als meine jetzige Farbe. Ich zögere, aber nur einen Moment lang. Dann öffne ich sie.

Eine halbe Stunde später steige ich unter die Dusche, um mir die Farbe aus dem Haar zu spülen. Sie läuft mir ins Gesicht und in den Abfluss, schwarz wie Tinte. Mein Herz schlägt aufgeregt. Ich habe es getan. Dampf steigt um mich herum auf, während ich mir vorstelle, wie ich aussehen werde. Als das Wasser zu meinen Füßen klar wird, drehe ich den Wasserhahn zu und wickle mir ein Handtuch wie einen Turban um den Kopf.

Schnell ziehe ich meinen Schlafanzug an und kehre dann ins Bad zurück, um meine neue Haarfarbe zu enthüllen. Das Ergebnis ist alles andere als überwältigend. Meine Haare hängen in nassen, strähnigen Büscheln herunter. Sie sind so dunkel, dass sie fast schwarz aussehen, vor allem im Kontrast zu meinem blassen Teint, nicht zu vergleichen mit Violets weicher, schokoladiger Haarfarbe, die warm und satt wirkt. Ich sehe ein bisschen aus wie Wednesday Addams, was natürlich nicht der Look ist, den ich angestrebt habe.

Die Haare sind zu lang, beschließe ich. Es würde besser aussehen, wenn sie kürzer wären, wie die von Violet. Und ich brauche einen Pony.

Entschlossen greife ich in die Schublade und nehme eine Schere heraus, kämme mich dann, bis die vorderen Haare meine Augen verdecken. Meine Hand ist ruhig, während ich schneide. Die Schere schließt sich leicht mit einem leisen metallischen Schnappen. Haare fallen in das Waschbecken.

Anschließend binde ich mein Haar zu zwei Zöpfen. Mit angehaltenem Atem schneide ich beim ersten etwa zehn Zentimeter ab. Dann beim zweiten. Meine Haare liegen in zwei großen Haufen im Waschbecken. Ich löse die Haargummis und zucke zusammen. Die rechte Seite ist etwa einen Zentimeter kürzer als die linke. Ich schneide ein wenig ab, dann noch ein bisschen mehr.

Schließlich lege ich die Schere weg. Ich starre mich im Spiegel an. Ich möchte weinen. Die Länge war, wie man sich vielleicht denken kann, *nicht* das Problem. Jetzt ist die Farbe falsch *und* die Länge ein Desaster. Der Pony ist ungerade und zu lang, aber ich habe Angst, ihn weiter abzuschneiden und es noch schlimmer zu machen.

Ich sollte meine Haare föhnen, doch ich tue es nicht. Das Färben hat länger gedauert als gedacht, und es ist schon spät, also bürste ich sie lediglich durch und binde sie im Nacken zu einem lockeren Pferdeschwanz. Plötzlich bin ich erschöpft. Vielleicht sieht es morgen früh besser aus, wenn es getrocknet ist. Oder auch nicht.

Niedergeschlagen steige ich ins Bett und schalte das Licht aus.

Sobald ich aufwache, gehe ich zum Spiegel. Ich erschaudere, als ich mich sehe. Mein Haar ist kraus und verfilzt vom Schlaf. Jetzt, wo es trocken ist, ist es noch offensichtlicher, dass ich die Farbe schlecht aufgetragen habe; mein Ansatz ist viel heller als die Spitzen, einige Stellen sind dunkler als andere. Es ist eine oder zwei Nuancen zu dunkel für meinen Hautton. Ich sehe blass aus wie ein Gespenst, meine Augen sind vom späten Zubettgehen lila umrandet, ich sehe aus wie ein müder Waschbär. Wie das Mädchen aus *The Ring*.

Seufzend bürste ich meine Haare zu einem hohen Dutt auf dem Scheitel. Der Pony hängt mir schlaff in die Augen. Wirklich reizend. Ich finde ein breites Stirnband in einer Schublade und setze es auf, um die Strähnen aus dem Gesicht zu schieben. Nun, da der Pony nicht mehr im Weg ist, trage ich ein wenig Make-up auf, benutze den Brauenstift, den mir Violet geschenkt hat, den Concealer und das Rouge von Duane Reade. Als ich fertig bin, sehe ich etwas besser aus, aber nicht gut. *Oh Mann.*

Ich gehe raus ins Wohnzimmer und halte an. Meine Mutter steht in der Küche und füllt den Kaffeefilter mit Kaffeepulver. Ich spüre, wie mir das Herz in die Hose rutscht. Ich fühle mich nicht bereit dafür, dass sie gleich meine Haare sieht, dass sie sieht, was ich getan habe. Ich überlege, ob ich zurück ins Bad huschen und warten soll, bis sie sich wieder in ihr Zimmer zurückgezogen hat, aber noch bevor ich das tun kann, bemerkt sie mich.

Ihr Blick streift mein Haar, dann trifft er den meinen. Sie verlässt die Küche und durchquert das Wohnzimmer, wo ich stehe. Sie seufzt, ihr Mund ist zu einem schmalen Strich verzogen. »Sloanie«, sagt sie und schüttelt den Kopf. Sie hat Bilder von Violet gesehen; sie weiß, was das hier ist.

Ich beiße mir auf die Unterlippe und kaue auf dem weichen Gewebe herum. Der Raum fühlt sich plötzlich stickig an, die Luft dick. »Es ist diesmal anders«, sage ich und schaue zu Boden. Und das ist es auch.

Das letzte Mal, als ich mir die Haare gefärbt habe, hat das alles ruiniert.

Denselben Fehler würde ich nicht noch einmal begehen. Ich könnte es nicht ertragen, wenn Violet mich so ansieht, wie Allison es getan hat, mit offenem Mund und aufgerissenen Augen, entsetzt von dem Anblick, der sich ihr bot. Entsetzt von mir.

Ich werde den Ausdruck auf Allisons Gesicht nie vergessen. Ich sehe ihn noch heute so deutlich vor mir, als wäre es gestern gewesen. Ich saß in ihrer Wohnung im Schneidersitz auf dem Boden ihres überdimensionierten begehbaren Kleiderschranks, mit dem Rücken zur Tür. Es roch nach Waschmittel, ein frischer, beruhigender Geruch, bei dem man sich wie zu Hause fühlte. Ich hatte mich sogar so wohl gefühlt, war so vertieft in den Moment gewesen, dass ich Allison nicht hatte kommen hören. Doch als ich mich umdrehte, stand sie in der Tür, die Hände am Türrahmen, als müsste sie sich abstützen.

»Was zum Teufel machst du da?«, fragte sie beinahe verwundert. Ihre Stimme klang komisch, irgendwie verwirrt.

Ich wusste keine gute Antwort darauf. Ich saß einfach da, trug ihr Kleid, ihre Schuhe, ihre Ohrringe, mein frisch gefärbtes Haar glänzte.

»Deine Haare …« Einen Moment lang sagte sie nichts weiter. Dann: »Das sind meine Sachen.«

»Ich wollte nur …«, setzte ich an, aber was sollte ich sagen? Ich wollte nur *was*? »Du bist früher zurückgekommen«, sagte ich schließlich. Meine Stimme war schwach, flehend. Ich konnte sehen, dass sie wütend war, auch wenn ich keine bösen Absichten hatte.

Ich bewunderte sie. Ich schaute zu ihr auf. Und ich wollte genauso sein wie sie. Warum konnte sie nicht erkennen, dass es ihr vielmehr schmeicheln sollte?

Ihr Blick wanderte von mir zum Rest des begehbaren Kleiderschranks. Alle Schubladen waren aufgezogen. Ich war auf der Suche nach einem Schal gewesen, etwas, das den Look vervollständigte, aber als ich einmal angefangen hatte zu suchen, konnte ich nicht mehr aufhören, und sank auf die Knie, während ich in den Fächern wühlte, auf der Suche nach, ich weiß nicht, wonach. In einer Schublade entdeckte ich einen Stapel alter Fotos. Sie stammten aus unterschiedlichen Zeiten, ein paar zeigten Allison im College, ihr junges, strahlendes Gesicht, ihre Arme lachend um Freunde gelegt, einige waren aus den ersten Jahren, als sie und ihr Mann zusammenkamen, andere aus den

Flitterwochen, mehrere Fotos zeigten sie beide nackt, andere nur sie in Unterwäsche. Nun lagen die Fotos um mich herum verstreut wie Konfetti. Ihr Blick landete auf einem Bild von ihr im Bett, nur mit einem schwarzen Höschen bekleidet. Ich spürte, wie sich mir der Magen umdrehte.

Sie sollte eigentlich erst am Montag wieder zu Hause sein. Genauer gesagt, die ganze Familie. Sie verbrachten ein langes Wochenende bei ihren Eltern in Boston und wollten am Abend zu einem Spiel der Red Sox gehen. Ich war dabei gewesen, als sie die Karten kaufte. *Was meinst du, wo ist es besser? Hier oder hier?*, fragte sie mich und zeigte auf die Plätze auf ihrem Computerbildschirm.

Ihr Blick kehrte zu mir zurück. Sämtliche Farbe war ihr aus dem Gesicht gewichen.

Ich dachte, ich würde in Ohnmacht fallen. Ich war so vertieft gewesen, dass ich nicht einmal gehört hatte, wie die Haustür geöffnet wurde. Habe ich das schon erwähnt?

Ich war vorbeigekommen, um nach ihrer Katze Nibbles zu sehen. Ich war nur da, um Futter nachzufüllen und mich zu vergewissern, dass der Wassernapf voll war. Allison bot mir hundert Dollar zusätzlich zu meinem Wochenlohn an, wenn ich vorbeikommen würde, aber ich winkte ab. Ich hätte nichts vor, erklärte ich, und würde doch gern meinen Freunden helfen. Ich dachte wirklich, wir wären *Freunde*.

Ich wollte gehen, sobald ich Nibbles gefüttert hatte. Ich musste nur vorher noch auf die Toilette. Normalerweise benutzte ich die im Flur, aber an diesem Tag fand ich mich wieder, wie ich Allisons Schlafzimmer betrat.

Als ich fertig war, stand ich vor ihrem Waschbecken, wusch mir die Hände und betrachtete mich in dem großen ovalen

Spiegel. Ich war fast nicht wiederzuerkennen mit meinem Haar, das feuerrot im Licht des Badezimmers glänzte.

Ich hatte sie erst am Tag zuvor gefärbt. Das hatte ich nicht geplant gehabt, wirklich nicht. Nichts davon war geplant. Ich weiß, das hört sich an, als würde ich versuchen, die Verantwortung von mir zu weisen, aber es ist die Wahrheit. Wir hatten im Kindergarten früher Schluss gemacht; es war der Freitag vor einem Feiertagswochenende – Labor Day, glaube ich, weshalb Allison und ihre Familie verreist waren –, also beschloss ich, in der Drogerie ein paar Dinge zu besorgen: Shampoo, Wattebäusche, eine Ersatzpinzette für die, die ich verlegt hatte.

Auf dem Weg zur Kasse fiel mir eine Packung mit Haarfärbemittel ins Auge, mit einer Frau mit roter Mähne auf der Vorderseite. Es war nicht das erste Mal, dass ich mich fragte, wie ich als Rotschopf aussehen würde; wenn man Allison betrachtete, war es schwer, sich nicht vorzustellen, wie es wäre, wenn man solche Haare hätte wie sie, wenn man so aussähe wie sie.

Beiläufig, beinahe ohne nachzudenken, legte ich die Packung in meinen Korb. Es war nicht genau derselbe Farbton wie der von Allison, aber nahe dran. Eine Stunde später trocknete ich mein feuchtes, frisch gefärbtes Haar mit dem Handtuch.

Als ich mich im Spiegel erblickte, war ich zufrieden. Natürlich war die Farbe bei mir nicht so schmeichelhaft wie bei ihr, aber es sah gut aus. Und wie dumm ich war: Ich dachte allen Ernstes, Allison würde sich darüber freuen. *Die Leute werden denken, wir wären Schwestern!*, stellte ich mir vor, würde sie sagen und mich anlächeln. Wie gesagt, sehr dumm von mir.

Als ich dann in Allisons Badezimmer stand, sah ich eine Wimperntusche auf der Ablage und dachte: *Ich frage mich, wie ich mit etwas Make-up aussehen würde*. Also öffnete ich sie. Eins führte zum anderen. Ich tupfte ihr Parfüm auf meine Handgelenke, bürstete mir das Haar mit ihrer Bürste und steckte mir ein Paar Creolen in meine Ohrläppchen. Ehe ich mich's versah, schlüpfte ich aus meiner Jeans und in eins ihrer Kleider.

Es machte Spaß, einen Moment lang so zu tun, als wäre ich sie, zu spüren, wie es war, ihre Kleider, ihre Schuhe, ihren Schmuck zu tragen. Ich hatte mir nichts weiter dabei gedacht, wirklich.

Das wollte ich ihr sagen, als sie in der Tür stand und mich anstarrte, aber ich brachte keinen Ton heraus. Nicht angesichts dessen, wie sie mich ansah. Dann sprach sie.

»Raus hier. Raus hier, verdammt nochmal.« Ihre Stimme klang erstickt.

Unbeholfen, zitternd stand ich vom Boden auf, meine Bewegungen ruckartig. Als ich mich auf den Weg zur Tür machte, immer noch in ihrem Kleid und ihren Stöckelschuhen, trat ich auf den Stoff an meinen Füßen. Ich taumelte vorwärts. Meine Arme schossen nach außen, als ich stolperte, und ich griff nach etwas, irgendetwas, um Halt zu finden. Nur durch Zufall griff ich nach dem marmornen Schmuckständer auf ihrer Kommode. Ich machte noch einen Schritt, ehe ich mein Gleichgewicht wiederfand, wippend auf den bleistiftdünnen Absätzen, den Arm in ihre Richtung ausgestreckt.

Sowohl Allison als auch ich starrten auf das schwere Gewicht in meiner Hand. Als sie wieder zu mir aufsah, stand ihr Angst ins Gesicht geschrieben. Mir klappte die Kinnlade herunter. Ich schüttelte den Kopf. Nein, das würde ich niemals tun. Aber dann, für eine kurze Millisekunde streifte mich der Gedanke: Wenn ich es tun würde, könnte sie niemandem von dem hier erzählen, von dem, was sie glaubte, was ich in ihrem Schrank getan hatte.

Nein, das würde ich nie tun. Ich lockerte meinen Griff, und der Ständer fiel mit einem schweren Schlag auf den weichen Teppich. Dann rannte ich los, und unsere Schultern berührten sich, als ich den Kleiderschrank verließ. Ich fragte mich, ob sie ihr Parfüm an mir riechen konnte, und befürchtete, mir würde schlecht werden.

Als ich nach Hause kam, ging ich direkt in mein Zimmer. Ich schloss die Tür ab – was ich fast nie tat – und reagierte nicht auf das Klopfen meiner Mutter. Als ich später an dem Abend endlich aufmachte, nahm mich meine Mutter in den Arm und drückte mich fest an sich. Ich erzählte ihr alles.

Der nächste Morgen fühlte sich heller, vielversprechender an. Es war ein Missverständnis gewesen, wiederholten meine Mutter und ich beim Frühstück. Sie griff über den kleinen Tisch in unserer Küche hinweg und tätschelte meine Hand. Nur ein Missverständnis. Obwohl es das nicht war, nicht ganz jedenfalls.

Als ich nach dem langen Wochenende zur Arbeit zurückkehrte, wartete die Leiterin des Kindergartens vor meinem Gruppenraum auf mich. Ihr sonst so fröhliches Gesicht war düster. Sie schaute auf mein gefärbtes Haar und dann wieder weg, als hätte sie etwas gesehen, das sie lieber nicht gesehen hätte. Nervös machte ich einen dummen Witz, irgendetwas von wegen, wie unwahrscheinlich es war, sich hier über den Weg zu laufen, doch sie lächelte nicht. Sie habe eine Vertretung für mich besorgt, sagte sie, und ob ich ihr bitte folgen könne. Wir gingen nebeneinander den Flur hinunter. Keine von uns sagte ein Wort.

Als wir uns setzten, versuchte ich mich zu erklären, doch sie hob die Hand und schüttelte den Kopf. Sie redete, aber ich hörte sie kaum. Während sie ihre Litanei herunterspulte, klinkte ich mich nur ab und zu ein. Sie habe keine andere Wahl, sagte sie irgendwann, dann etwas über inakzeptables Verhalten. Und dann, mit *sofortiger Wirkung*. Ich blickte von der Stelle auf, die ich auf ihrem Schreibtisch angestarrt hatte. Ihr Blick wich meinem aus. Ich würde die Gelegenheit haben, mich von meiner Gruppe zu verabschieden, dann würde man mich hinausbegleiten.

Als wir diesmal den Flur entlanggingen, lief ich hinter ihr statt neben ihr, mit beschämtem Gesicht, und versuchte, nicht zu weinen. Ich hatte sechs Jahre lang dort gearbeitet. Sechs Jahre, und mit einem einzigen Missverständnis war alles vorbei.

Als ich den Kindergarten verließ und mich durch die schweren Doppeltüren schob, dachte ich, damit wäre es vorbei, ich hätte das Schlimmste hinter mir. Ich würde mir einen neuen Job suchen, sagte ich mir. In einem anderen Kindergarten, in einem anderen Stadtbezirk. Da hatte ich mich natürlich getäuscht. Am nächsten Tag klopften zwei Polizeibeamte an unsere Wohnungstür und zeigten mich wegen Stalking und Bedrohung an.

Auf dem Revier sagte man mir, ich könne einen Anwalt meiner Wahl anrufen oder das Gericht würde mir einen zuweisen. Ich entschied mich für Letzteres, da ich mir keinen anderen leisten konnte, vor allem jetzt, da ich keinen Job mehr hatte. Das erste Mal traf ich mich mit meinem Anwalt in einem schäbigen Bürogebäude in Midtown. Er war jung, trug einen schlecht sitzenden Anzug – zu breite Schultern, auf dem Boden schleifende Hosenbeine – und hatte eine Umhängetasche über der Schulter, aus der der Inhalt herausquoll. Ich dachte, er könnte mir helfen. Ich dachte, das wäre seine Absicht.

»Ich bin nicht eingebrochen«, betonte ich, noch ehe er den Mund aufmachen konnte. »Sie hat mir einen Schlüssel gegeben, damit ich ihre Katze füttere. Wir waren Freundinnen. Ich würde ihr nie etwas antun.« Das war nicht gelogen gewesen. Wir waren wirklich Freundinnen. Manchmal, wenn die Kinder schon schliefen, entkorkte sie eine Flasche Wein und schenkte sich am Küchentisch ein Glas für sich ein, einen Tee für mich, und wir redeten, über ihren Tag, über meinen, unsere Familien, erzählten uns Geschichten darüber, wie wir aufgewachsen waren, manche wahr, manche nicht. Dann, wenn es Zeit wurde und schon spät war, brachte sie mich zur Tür, umarmte mich kurz und sagte mir, sie würde mich am nächsten Tag wiedersehen. Wir waren *Freundinnen.*

Mein Anwalt hörte müde zu und nickte, als ich es ihm erklärte, aber ich glaube nicht, dass er mich wirklich hörte. Seine Augen waren leer, ein halb erleuchtetes Neon-Motelschild, das hin und wieder aufflackerte. Er war sicher überarbeitet, übermüdet und unterbezahlt, weil er von Fällen wie meinem überrollt wurde. Als ich fertig war, holte er tief Luft und sagte mir, dass er mit Allisons Anwalt einen Deal ausgehandelt habe, dass ich ein Geständnis ablegen solle. Die Gegenseite bot an, die Anklage wegen Bedrohung fallen zu lassen, wenn ich mich des Stalkings schuldig bekennen würde. Es würde keine Gefängnisstrafe geben, aber natürlich eine Schutzanordnung. *Natürlich,* sagte er, als wäre es die einzig logische Konsequenz.

»Eine Schutzanordnung?«, wiederholte ich mit heiserer, dünner Stimme.

Er nickte. »Ihnen wäre jeder Kontakt mit Ms. McIntyre untersagt.«

Ich bat darum, auf die Toilette zu dürfen, ging mit quietschenden Schuhen den gesprenkelten Linoleumflur entlang und übergab mich in die Toilette. Mein Würgen hallte von den Wänden wider.

Sobald ich mich wieder hinsetzte, wiederholte er sich: Ich solle ein Geständnis ablegen. Arbeitgeber dürften beim Einstellungsverfahren nicht nach Vorstrafen fragen, sagte er. Es sei ein Best-Case-Szenario. Wenn die Sache vor Gericht käme, könnte ich wegen einer Straftat angeklagt werden. »Legen Sie ein Geständnis ab«, sagte er zum dritten Mal.

Ich starrte ihn mit offenem Mund an. Hatte er schon vergessen, womit ich mein Geld verdiente? Ich war Erzieherin. Jede seriöse Einrichtung würde eine Hintergrundprüfung durchführen. Dann würde ans Licht kommen, dass ich eines Vergehens schuldig war. Alles kam irgendwann ans Licht. Und niemand würde eine Erzieherin mit einer Stalking-Anklage einstellen, noch dazu, wenn es sich bei der Betroffenen um einen Elternteil handelte. Wenn ich das Angebot annahm, wäre das so, als würde ich mir selbst die Schlinge um den Hals legen oder zumindest zulassen, dass er sie für mich zuzog.

Aber letztlich habe ich genau das getan. Was hätte ich auch sonst tun sollen?

Das war der Grund, warum ich so lange arbeitslos gewesen war, warum ich in einem Nagelstudio statt in einem Kindergarten gelandet war. Wegen einer Packung Haarfärbemittel. Mehr oder weniger.

Ich weiß also, warum meine Mutter mich so anschaut, wie sie es tut. Ich würde mich auch so ansehen, wenn ich es nicht besser wüsste. Aber meine Freundschaft mit Violet ist anders.

»Es ist diesmal anders«, wiederhole ich. In meiner Stimme liegt ein flehender Ton.

Meine Mutter sagt nichts weiter. Sanft legt sie ihre Hand an meine Wange, nickt und geht zurück in die Küche.

Ich lasse die Schultern hängen. Ich wünschte, ich könnte es ihr begreiflich machen. Ich wünschte, ich könnte in Worte fassen, wie einsam ich war, bevor ich Violet traf. Allison und ihre Kinder waren wie meine Familie. Mockingbird war mein Zuhause. Ohne beides fühlte es sich an, als würde ich ertrinken.

Als ich Violet traf, tauchte ich erstmals wieder auf, bekam wieder Luft. Da war sie, wie eine Rettungsboje, die an der Oberfläche schwamm. Ich hielt mich fest und atmete ein, meine Lunge zum ersten Mal seit Monaten wieder voller Sauerstoff.

Doch das Beste an Violet ist, dass sie mich genauso braucht wie ich sie. Das hat sie mir gesagt. Immer und immer wieder. Vielleicht habe ich das Verhältnis zwischen Allison und mir falsch eingeschätzt, vielleicht habe ich Höflichkeit mit Freundschaft verwechselt, aber dieses Mal liege ich nicht falsch. Ich weiß, dass dem nicht so ist.

Ich richte mich auf und lächle vor mich hin. Dieses Mal ist es anders.

18

Um Viertel vor eins stehe ich auf der Treppe der Lockharts. Die Gewissheit, die ich heute Morgen noch hatte, dass Violet sich von meiner neuen Haarfarbe geschmeichelt fühlen würde, löst sich rasch auf. Was, wenn sie es schrecklich findet? Ich lege meine Hand auf den Türknauf – Violet hat mir schon vor Wochen gesagt, ich brauche nicht zu klopfen – und ziehe sie schnell wieder zurück.

Nervös trete ich von einem Fuß auf den anderen. Der Stoff unter meinen Achseln ist feucht. Das Oberteil klebt an meinem Kreuz. Die Sommerhitze erschwert mir das Atmen.

Obwohl Violet nicht Allison ist – daran habe ich mich auf dem Weg hierher immer wieder erinnert –, dreht sich mir nun, da ich vor ihrer Tür stehe, der Magen um bei dem Gedanken, dass sie mich so sehen könnte. Aber was soll ich tun? Weggehen? Sie anrufen und ihr sagen, dass ich krank bin? Selbst wenn ich das täte, bekomme ich meine normale Haarfarbe nicht wieder zurück, ohne sie zu bleichen, und das scheint mir eine noch dümmere Entscheidung zu sein als die, die ich gestern Abend getroffen habe. Das ist dann wohl ein Fall von: Wie man sich bettet, so liegt man. Ich wünschte nur, ich hätte gewusst, dass die Matratze so verdammt unbequem ist.

Scheiß drauf, denke ich. *Mach es kurz und schmerzlos.* Ich öffne die Tür und trete ein, die Luft ist herrlich kühl.

Violet läuft gerade die Treppe herunter, als ich hereinkomme. »Oh!«, sagt sie, als sie mich sieht. Sie bleibt auf der untersten Stufe stehen und starrt mich an. Ihre linke Hand umklammert das Geländer. Ein Schatten von – etwas – huscht über ihr Gesicht, das ich nicht zuordnen kann. Nicht wirklich Überraschung, aber ihre Augenbrauen heben sich, ihr Mund ist leicht geöffnet. Dann lächelt sie, grinst breit.

»Ich brauchte mal eine Abwechslung«, sage ich zaghaft zurücklächelnd und wiederhole damit das, was ich mir gestern Abend gesagt habe, als ich die Handschuhe angezogen und den Farbstoff in den Entwickler gemischt habe.

»Sieht gut aus!« Sie tritt ins Foyer und winkt mich ins Wohnzimmer. »Wer hätte gedacht, dass dir braune Haare so gut stehen!«

Eine Welle der Erleichterung überspült mich. Sie ist nicht sauer. Ich könnte heulen vor Glück.

Ich lasse mich auf die Couch sinken und ziehe die Knie hoch. »Es ist ein bisschen ungleichmäßig. Ich bin schrecklich im Haarefärben«, gebe ich zu. »Irgendwie klappt es nie so richtig. Aber deine Farbe ist einfach so schön, und ich dachte mir …« Ich breche unbeholfen ab. »Es steht mir natürlich nicht so gut wie dir«, sage ich schließlich.

»Nein, es passt zu dir, wirklich«, erwidert Violet. »Mach doch mal deinen Dutt auf.«

Ich zögere. Meine Haare in ihrer Farbe zu färben, ist eine Sache, ihren Schnitt zu imitieren eine andere.

»Komm schon«, drängt sie mich.

Wird schon schiefgehen. Ich löse meine Haare aus dem Dutt und nehme das Stirnband ab, so dass mir der Pony in die Augen fällt.

Sie mustert mich aufmerksam, die Hand vor dem Mund, die Stirn in Falten gelegt. Sie streckt die Hand aus. Ihre Finger fahren über meine Stirn, während sie den Pony gerade streicht.

»Es ist ein bisschen ungleichmäßig«, sage ich und halte eine zerfranste Strähne hoch.

»Es sieht … gut aus«, sagt sie wenig überzeugend. Sie presst die Lippen aufeinander. Ich ziehe skeptisch eine Augenbraue hoch.

Dann beginnt Violet zu lachen. Nicht auf gemeine, sondern auf gutmütige Art und Weise. Ich fange ebenfalls an zu lachen, bis uns Tränen übers Gesicht laufen.

»Oh Gott, ich kriege keine Luft mehr«, sagt sie mit erstickter Stimme und hält sich den Bauch.

»Es ist eine einzige Katastrophe«, sage ich schließlich und wische mir mit meinem Oberteil über die Wangen. »Alarmstufe Rot. Beziehungsweise Kastanienbraun.«

»Das stimmt«, pflichtet Violet mir bei, die immer noch kichert. »Ich ruf mal meinen Friseur an«, sagt sie. »Er ist der Beste. Ich werde fragen, ob er dich reinquetschen und die Frisur retten kann.«

»Jetzt gleich? Was ist mit Harper?« Ich sehe mich um und stelle fest, dass sie nicht da ist.

Sie nickt. »Ich wollte dir deswegen schon schreiben. Sie ist heute Nachmittag zum Spielen verabredet und kommt erst in ein paar Stunden zurück. He, das wird bestimmt lustig! Ich könnte auch eine Pause gebrauchen.« Sie deutet auf die Küche. Lehrbücher und Karteikarten liegen auf der Kücheninsel verstreut, ihr Laptop ist aufgeklappt. »Was meinst du? Soll ich ihn anrufen?«

Ich lächle und nicke glücklich. Ich hatte recht. Sie ist nicht sauer.

Eine Stunde später sitze ich auf einem Friseurstuhl, einen Nylonumhang um die Schultern gelegt, während Nolan, Violets Friseur, mit den Fingern durch mein Haar fährt.

»Also«, sagt er und richtet sich im Spiegel an mich. Er ist groß und schlaksig und hat ein schönes Gesicht mit strahlend brauner Haut und markanten Wangenknochen. Seine Finger bleiben in meinen verhedderten Haaren hängen. »Was machen wir heute?«

»Einmal wie bei mir bitte«, wirft Violet ein. »Schulterlang, mit Pony. Ich glaube, das würde ihr gut stehen. Wir haben eine ähnliche Gesichtsform, findest du nicht? Und eine kleine Farbkorrektur. In etwa so.« Sie schiebt ihren Kopf nah an mein Gesicht und hält eine Strähne ihres Haares an meins. »Weißt du noch, welchen Farbton du letzte Woche für mich gemischt hast?«

Nolan nickt. »Mit den warmen Untertönen. Das wird an ihr perfekt aussehen.«

Violet strahlt und klatscht leise in die Hände. Ich mag es, wie sie über mich reden, als wäre ich nicht da, wie Nolans Hände mir abwesend durchs Haar wuscheln, während er Violet zuhört.

Ich folge Nolan zu einem Waschbecken, wo er meinen Stuhl zurücklehnt und mich anweist, die Augen zu schließen. Ein leichter Wassernebel kitzelt mein Gesicht, als er mein Haar mit einer Sprühflasche befeuchtet. Seine Finger kneten meine Kopfhaut, während er das Shampoo einmassiert, es ausspült und dann einen Conditioner aufträgt. Als er fertig ist, wickelt er mein Haar in ein Handtuch und weist mir den Weg zu meinem Stuhl.

Violet bringt mir Zeitschriften, und wir plaudern, während

er mit einem Pinsel das Färbemittel Abschnitt für Abschnitt in mein Haar einarbeitet. Ich bleibe sitzen, während es einwirkt, und folge ihm dann zurück zum Waschbecken, wo er es ausspült. Als wir zum Stuhl zurückkehren, dreht er mich um, weg vom Spiegel. »Nicht gucken«, sagt er. »Nicht bevor ich fertig bin.« Er arbeitet hochkonzentriert, die Augenbrauen zusammengezogen, während sich die Schere öffnet und schließt und meine Haare stückchenweise zu Boden fallen.

Neben mir grinst Violet. »Es sieht schon richtig gut aus«, frohlockt sie, und ich grinse zurück.

Als Nolan den Stuhl schließlich herumwirbelt und ich mich im Spiegel sehe, lege ich die Hand vor den Mund und beuge mich zu meinem Spiegelbild vor. Ich bin verschwunden. Zumindest das Ich, das hier vor zwei Stunden reinkam. Bye-bye, *Sloanie, Sloanie, schafft es nie.* Er hat die Farbe korrigiert, so dass es nun ein intensives, sattes Braun ist, fast golden im Licht des Salons. Es ist so strahlend wie das von Violet, glänzend und glatt. Ich drehe meinen Kopf nach links, dann nach rechts. Die Haare sind kürzer, sie streifen nur noch meine Schultern, und ein Pony wie ihrer umrahmt mein Gesicht.

»Gefällt es dir?«, fragt Nolan. Er fährt mit den Fingern durch meine Haare, um die Wellen auszuschütteln. »Du siehst hinreißend aus.«

Ich nicke, sprachlos. Behutsam greife ich nach oben und berühre sie. Die Strähnen fühlen sich weich an, wie gesponnene Seide.

Violet beugt sich zu mir, so dass sich ihr Gesicht direkt neben meinem befindet. »Wir sehen aus wie Zwillinge!«, sagt sie aufgekratzt.

Sie hat recht, wir sehen uns wirklich ähnlich, jetzt, wo unsere

Haare die gleiche Farbe und Länge haben und uns der gleiche Pony in die Augen fällt. Freude steigt in mir auf. Ich hatte keine Ahnung, dass ich so aussehen könnte. So wie sie.

Durch die kürzeren Haare wirken meine Augen größer, die Wangenknochen höher. Selbst meine Haut sieht besser aus. Gestern Abend habe ich die Aknecreme benutzt und sie vor dem Schlafengehen dünn auf mein Gesicht aufgetragen; die Pickel an meinem Kinn sind bereits kleiner geworden. Ich kann nicht aufhören, mein Spiegelbild anzustarren. Oder zu lächeln. Ich frage mich, was Jay denken wird, wenn er mich sieht.

Nolan führt uns zum Eingang des Salons. Er umarmt uns beide zum Abschied. »Danke«, sage ich immer wieder zu ihm, und er drückt meine Hände, bevor er lächelnd geht.

Die Empfangsdame, jung, mit frischem Teint, fragt mich lächelnd, ob ich zufrieden bin. »Ja«, sage ich. »Absolut zufrieden.« Ich greife auf der Suche nach meinem Portemonnaie in meine Handtasche und mache mich innerlich auf die Rechnung gefasst.

»Nein, nein«, sagt Violet und schiebt meine Hand weg. »Ich lade dich ein.«

Ich sehe sie überrascht an. »Was, nein, das musst du nicht!«

»Ich weiß. Ich will es aber. Es war mein Vorschlag, also zahle ich.«

Als sie ihre Kreditkarte herausnimmt und sie der Frau hinter dem Tresen reicht, fällt noch etwas anderes heraus und landet auf dem Boden. Eine Visitenkarte. Violet scheint es nicht zu bemerken, also beuge ich mich hinunter und hebe sie auf. Als ich sehe, was darauf steht, stockt mir der Atem. Plötzlich fällt es mir schwer zu schlucken.

Ist das wirklich …? Ja, ist es. Ich habe kein Gefühl mehr in den Fingern. Es ist eine Visitenkarte von Rose & Honey. Warum war sie in Violets Portemonnaie? War sie schon mal dort? Bei dem Gedanken bekomme ich Herzklopfen, und mir ist, als müsste ich mich übergeben. Sie hat mich dort doch nicht etwa gesehen, oder?

Als ich hochblicke, immer noch in der Hocke, starren sowohl Violet als auch die Empfangsdame auf mich herab. »Geht's dir gut?«, fragt Violet. Ihre Stirn ist vor Sorge in Falten gelegt.

Mein Kopf wippt schwach auf und ab. »Ja, sorry. Hier.« Ich stehe auf und reiche ihr die Karte. »Die ist dir aus der Handtasche gefallen.« Die Worte bleiben mir im Hals stecken wie Fliegen an einer Fliegenfalle. Meine Stimme ist belegt und klingt wie das Quaken eines Frosches.

»Oh, danke«, sagt Violet und nimmt sie mir ab. Sie wirft einen Blick darauf und steckt sie dann zurück in ihr Portemonnaie.

»Warst du dort?«, höre ich mich mit der gleichen erstarrten Stimme fragen.

»Wo?« Sie runzelt die Stirn.

»In diesem Beautysalon. Von der Karte …« Ich bringe es nicht über mich, den Namen auszusprechen.

»Ach so, nein«, sagt sie und schüttelt den Kopf. »Noch nicht. Und du? Eine Mutter in Harpers Kindergarten hat ihn mir empfohlen.« Ihre Mimik ist offen, unschuldig.

Sie war nicht dort. Ich atme aus. Sie war noch nie dort. Aber jemand anders von Mockingbird war es. Vielleicht die gleiche Person, die Allison den Salon empfohlen hat. Vielleicht hat sie deshalb dort einen Termin gemacht. Aber wer? Ich hätte jede der Mütter wiedererkannt, wenn sie bei uns im Laden gewesen wäre, vor allem, wenn sie oft genug da war, um ihn weiterzuempfehlen.

»Bist du sicher, dass es dir gut geht?«, fragt Violet. »Du siehst ein bisschen grün um die Nase aus.«

»Ja klar, alles gut.« Ich schüttle den Kopf. »Das sind bestimmt nur die Dämpfe vom Haarefärben. Ich fühle mich ein bisschen high«, sage ich und versuche so zu klingen, als würde ich nicht kurz vor einem Nervenzusammenbruch stehen. »Und es ist lange her, seit ich zuletzt nachmittags bekifft war. Im College, um genau zu sein.« Ich erzwinge ein kleines Lachen.

Violet lacht ebenfalls und hakt sich bei mir unter. »Dann lass uns gehen. Vielleicht sollten wir ein bisschen shoppen! Ein neues Outfit besorgen, das zu deinen neuen Haaren passt.« Sie beginnt, mich zur Tür zu führen.

Ich lächle zurück. Ich würde ja gern, wirklich, aber der Anblick dieser Visitenkarte hat mich erschüttert, der Boden unter meinen Füßen bebt. Ich möchte die Hand ausstrecken, Halt suchen. Es ist dumm, was ich da tue. Ich hatte vergessen, wie klein dieses Viertel ist, wie häufig es vorkommt, dass man Leuten über den Weg läuft, die man kennt. An den Wochenenden habe ich oft zufällig die Eltern meiner Kindergartenkinder getroffen, auf dem Markt, auf den Terrassen der Restaurants, auf dem Bürgersteig. Jemand könnte uns zusammen sehen, jemand von Mockingbird. Daran hatte ich bis jetzt noch nicht gedacht. Wenn das geschähe, wäre meine Tarnung aufgeflogen. Das Leben, das ich mir aufgebaut habe, würde zerbröseln. Ich muss vorsichtiger sein. Ich sollte nach Hause gehen.

»Violet, ich …«, beginne ich, halte jedoch inne, als ich uns beide in einem Spiegel an der Wand des Friseursalons erblicke.

Die Ähnlichkeit ist unheimlich. Wir sehen uns so unglaublich ähnlich. Wie Zwillinge, genau wie Violet gesagt hat. Unsere fast identischen Halsketten fangen das Licht ein, glitzern in der Sonne. Vielleicht, denke ich, ist es gar nicht so abwegig, dass wir Schwestern sind. Es gab schon seltsamere Zufälle. Erst letzte Woche habe ich einen Artikel über Drillingsbrüder gelesen, die bei der Geburt getrennt wurden und später zufällig alle auf dasselbe College gingen.

»Weißt du was«, sagt Violet. »Ich habe eine noch bessere Idee. Lass uns zu mir nach Hause gehen. Ich habe ein paar Sachen, die dir bestimmt perfekt passen. Keine Widerrede, ich dulde kein Nein.«

Ich blicke vom Spiegel zu Violet, in ihr offenes, erwartungsvolles Gesicht, das mir so vertraut ist wie mein eigenes. Ich lächle zurück. Falls mich jemand von Mockingbird sieht, wird er mich nicht wiedererkennen. »Okay«, sage ich. »Lass uns gehen.«

Sloanie, Sloanie, schafft es nie gibt es nicht mehr.

VIOLET

19

Sloanes Gesichtsausdruck, als sie die Visitenkarte von Rose & Honey bemerkt, ist unbezahlbar. Sie sieht aus, als würde sie jeden Moment umkippen. Ich beiße mir auf die Innenseite meiner Lippe, um nicht zu schmunzeln. Ich dachte, es wäre ein netter Schachzug, so zu tun, als würde mir die Karte herunterfallen und scheinbar unbemerkt zu Boden flattern. Ich ignorierte sie absichtlich und wartete darauf, dass sie sich bückte und sie aufhob.

Sie sieht blass aus, als wäre ihr übel, als sie sie mir zurückgibt. Ihr Gesicht hat einen kränklichen Grünton.

»Geht's dir gut?«, frage ich in der Hoffnung, besorgt zu klingen. Und das bin ich tatsächlich, denn sie sieht aus, als würde sie sich gleich übergeben.

Sloane nickt wenig überzeugend, ihr Kopf wackelt. Ihr Gesicht ist nicht schwer zu lesen. Sie fragt sich, ob ich jemals an dem Ort war, an dem sie früher gearbeitet hat – und die Antwort ist: Ja, ich war dort.

»Ja klar, alles gut«, sagt sie. » Das sind bestimmt nur die Dämpfe vom Haarefärben. Ich fühle mich ein bisschen high.« Sie lacht ein wenig schriller als sonst. »Und es ist lange her, seit ich zuletzt nachmittags bekifft war. Im College, um genau zu sein.«

Ich lache, als hätte sie einen unglaublich cleveren Witz gemacht. »Dann lass uns gehen«, sage ich fröhlich. »Vielleicht sollten wir ein bisschen shoppen! Ein neues Outfit besorgen, das zu deinen neuen Haaren passt.« Ich hake mich bei ihr unter und ziehe sie in Richtung Eingangstür.

Sie lächelt mich schwach an. Sie ist verunsichert. Das ist gut so. Aber ich kann sie nicht nach Hause gehen lassen. Noch nicht. Ihr Makeover ist noch nicht fertig. Wenn ich mit ihr fertig bin, wird sie mir ähnlicher sehen als ich mir selbst.

»Violet, ich …«, hebt sie zum Protest an, hält aber inne, als sie unsere Spiegelbilder direkt nebeneinander an einer Wand erblickt. Zwillingszwillinge, unsere Gesichter sind beinahe austauschbar. Wir lächeln beide zufrieden. Aus unterschiedlichen Gründen, natürlich. »Weißt du was«, sage ich. »Ich habe eine noch bessere Idee. Lass uns zu mir nach Hause gehen. Ich habe ein paar Sachen, die dir bestimmt perfekt passen. Keine Widerrede, ich dulde kein Nein.«

Und das tue ich auch nicht. Eine halbe Stunde später stehen wir in meinem Schlafzimmer, wo sich Sloane in einem gehäkelten Carolina-Herrera-Tanktop im Ganzkörperspiegel bewundert, während ich am Türrahmen lehne. Mit ihrem neuen Haarschnitt ist es fast so, als würde ich mich selbst betrachten. Am liebsten möchte ich ein Tänzchen aufführen, in die Luft springen und die Hacken zusammenschlagen.

»Das kann ich nicht annehmen«, sagt Sloane, ohne den Blick vom Spiegel abzuwenden.

»Hm, wie wäre es, wenn wir tauschen?«, biete ich an. »Das Oberteil gegen dein Flanellhemd.« Ich deute auf das Hemd, das sie sich um die Taille gebunden hat, obwohl es heute fast dreißig Grad sind. Das Hemd hätte schon vor Jahren in den Müll gehört, es ist abgewetzt und verblasst, ausgefranst an den Ärmelbündchen, aber sie trägt es ständig und überall – und ich will es haben.

Sloane zieht die Augenbrauen hoch. »*Das* willst du haben?«, fragt sie ungläubig und hält einen Ärmel hoch. »Im Tausch gegen Carolina Herrera?«

Ich lache. Es *ist* ein absurder Handel, wenn man nicht weiß, warum ich es haben will. »Ich habe noch zwei andere in der Art. Aber kein Flanellhemd. Was soll ich sagen? Ich mag deinen Stil. Ist das also ein Ja?«

»*Offensichtlich.*« Sie bindet es los und reicht es mir.

Ich nehme es ihr ab und bin überrascht, wie einfach das hier ist, dann schaue ich mich in meinem Schrank um. »Gibt es noch etwas, das dir gefällt? Ich habe zu viele Klamotten. Viel zu viele. Ich wollte längst schon mal ausmisten.« Sloane sieht mich skeptisch an. »Na komm schon, vielleicht eine neue Jeans?«, sage ich neckend und zeige auf die klaffenden Löcher an ihren Knien.

»Was ist daran auszusetzen?«, witzelt Sloane. »Jeans von 2005 müssten inzwischen doch als Vintage gelten, oder? Ich dachte, Löcher wären in!«

»Na ja«, beschwichtige ich. »Löcher sind in, Höhlen nicht. Außerdem ist dir die Hose ein bisschen zu groß.« Ich neige den Kopf zur Seite. »Hast du abgenommen? Du siehst toll aus. Trotz der Hose.«

Sloane errötet, ohne zu wissen, dass sie das mir zu verdanken hat. Als wir uns kennenlernten, war sie ein wenig schwerer als ich, nicht viel, vielleicht fünf oder sechs Kilo. Um den Abstand zu verringern, fing ich an, mehr zu essen, aber ich lud sie auch zu so vielen Spaziergängen wie möglich ein, gab ein zügiges Tempo vor, bat sie, Harper im Park huckepack zu nehmen, führte sie ins Yoga ein. Es hat funktioniert. Mir ist aufgefallen, dass die meisten ihrer Hosen etwas lockerer sitzen, in der Taille und an den Oberschenkeln. Ihre ohnehin schon zu großen T-Shirts schlabberten noch mehr an ihr, so dass ich nicht genau sagen konnte, wie viel sie abgenommen hat – bis jetzt.

»Hier.« Ich greife in meinen Kleiderschrank und reiche ihr eine dunkle Jeans. »Probier die an. Und die hier …« Ich drehe mich um, nehme eine hochgeschlossene Trina-Turk-Bluse von der Stange und drücke sie ihr in die Hand.

Die nächste Stunde verbringt Sloane damit, in meine Kleidung hinein- und wieder herauszuschlüpfen. Ich klatsche jedes Mal erfreut, wenn ihr etwas passt, während sie für mich vor dem Spiegel posiert. Der Stapel von Blusen, Kleidern und Hosen, von denen ich möchte, dass sie jetzt ihr gehören, wächst beständig. Ich bin froh, sie loszuwerden; sie sind schön und teuer, sie sind das, was ich tragen sollte, was mir steht, aber nichts davon bin ich. Ich hasse alles daran. Am liebsten würde ich den ganzen Schrank anzünden, doch solange das nicht geht, ist die zweitbeste Option, alles Sloane zu vermachen.

Als sie schließlich geht, trägt sie ein völlig neues Outfit – eine eng anliegende, hoch taillierte Jeans und das Carolina-Hererra-Tanktop, das sie zuerst anprobiert hat. Außerdem nimmt sie eine prall gefüllte Tüte mit Kleidung mit. Auf mein Drängen hin liegen die Klamotten, in denen sie gekommen ist, zusammengefaltet auf meiner Kommode. Ich hatte angeboten, sie zusammen mit einer Tüte mit Sachen, aus denen Harper herausgewachsen ist, im Laufe der Woche zur Kleiderkammer zu bringen. Es war nichts Besonderes, ein abgetragenes T-Shirt und eine alte, zerschlissene Jeans, dennoch zögerte sie, als sie sie mir übergab. Dann ließ sie los. Wir hatten beide über ihr Zögern gelächelt, dann über ihr Loslassen. Was sie nicht weiß, ist, dass ich die Klamotten nicht spenden, sondern in meine Kommode legen werde.

Ich beobachte, wie sie den Gehweg hinunterläuft. Von hinten könnte man glatt denken, sie wäre ich. Als sie außer Sichtweite ist, schließe ich die Tür und schaue auf die Uhr. Halb fünf. Harper wird nicht vor sechs Uhr zu Hause sein. Und Jay ist auf Geschäftsreise; er kommt erst morgen zurück. Am liebsten wäre mir, er käme gar nicht mehr.

Ich gehe durch das Wohnzimmer in die Küche und schnappe mir einen Tritthocker, um das Fach über dem Kühlschrank zu erreichen, wo ich vorsichtig eine Flasche Grey Goose hinter ein paar Küchenrollen hervorhole. Ich gieße ihn über Eis, wobei die Eiswürfel im Glas knacken, und gebe einen Spritzer Zitrone dazu.

Dann trage ich den Drink zurück ins Wohnzimmer und mache es mir auf der Couch bequem. Der Wodka ist kalt und süffig. Ich lächle. Es ist fast schon lustig, wie Sloane und ich uns gegenseitig anlügen. Sie trinkt nicht? Oh Gott, ich auch nicht! Ihr Vater ist aus Philadelphia? Was für ein Zufall, meiner auch! Großer Taylor-Swift-Fan? Wer nicht?

Die ganze Zeit über dachte sie, sie hätte sich in unser Leben hineingelogen, aber in Wahrheit habe ich mich in *ihr* Leben hineingelogen.

Und so kam das: Vor einem Jahr, als ich Harper eines Morgens in den Mockingbird-Kindergarten brachte, hörte ich zufällig eine Gruppe von Müttern auf dem Hof tratschen. Wir waren beide noch neu im Kindergarten, Harper und ich, und etwas schüchtern beim Hinbringen, so dass ich den anderen Eltern unbeholfen zulächelte und sie meine Hand festhielt, als wir uns dem Hof näherten. Wir sahen aus, als gehörten wir dazu – ich in einem Midirock von Marni, Harper in einem ärmellosen Kleid von Pepa London, beides Geschenke von Jay –, aber dem war nicht so, noch nicht.

»Ich kann es immer noch nicht fassen«, sagte eine der Mütter vehement – und laut. »Sie war in meiner Wohnung. Trug meine Klamotten.« Umringt von einem kleinen Kreis von Müttern, die große Augen machten, stand da eine rothaarige Frau, ihre Stimme dröhnte über den schwarzen Asphalt. Sie hatte scharfe, schöne Gesichtszüge und eine Haut wie aus Porzellan. Sie hatte die Arme um sich geschlungen und umarmte sich fest.

Bei diesem letzten Satz, darüber, dass jemand ihre Kleidung getragen hatte, schaute sie hoch, und unsere Blicke trafen sich. Die anderen Frauen drehten sich ebenfalls um und sahen, wie ich sie anstarrte.

»Eine ehemalige Erzieherin«, sagte sie und hob ihre Stimme leicht an, wie um mich aufzufordern, mich an dem Gespräch zu beteiligen. Ich trat einen Schritt näher an den Kreis heran. Dann bedeutete ich Harper mit einer Handbewegung: *Geh spielen, Liebling.* Die Frauen traten beiseite und öffneten den Kreis für mich. »Ich bin Allison«, sagte die Rothaarige. Eine nach der anderen stellten sich auch die übrigen Mütter vor und reichten mir ihre Hand zu einem sanften Händedruck. »Violet«, sagte ich immer wieder und lächelte jede höflich an.

Sie wollten unbedingt jemand Neuem die Geschichte von der Erzieherin erzählen, die vor ein paar Monaten noch hier gearbeitet hatte und von Allison besessen war. Bis Allison sie eines Abends in ihrem begehbaren Kleiderschrank vorgefunden hatte, gekleidet in eines ihrer Abendkleider – ein Jason Wu, ist das zu fassen –, und die Haare genauso rot gefärbt. Allison erschauderte beim Erzählen. »Ich habe sie auf meine *Kinder* aufpassen lassen«, sagte sie kopfschüttelnd.

Die anderen Mütter brachten mit einem *Tsss* und unverständlichem Gemurmel ihr Entsetzen zum Ausdruck.

»Es war so beunruhigend. Ich glaube, sie wollte ich sein«, sagte Allison mit leiser, gedämpfter Stimme.

Ich verkniff mir ein Lachen angesichts der Melodramatik, mit der sie es vorbrachte. Es klang, als hätte sie überreagiert. Mich erinnerte das Ganze an die Zeit, als ich in der Highschool bei meinen Nachbarn babysittete. Wenn die Kinder schliefen, schlich ich mich heimlich ins Zimmer der Eltern, wo ich mit dem Make-up der Mutter herumexperimentierte und ihren teuren Schmuck, ihre Diamantohrringe und Smaragdringe anprobierte. Ich dachte, das wäre etwas, was jeder macht, wenn er allein in einem fremden Haus ist. Aber ich war damals vierzehn und keine Erzieherin in einem Kindergarten. Also verzog ich angewidert das Gesicht und ahmte die besorgten Laute der anderen Mütter nach.

An die Erzieherin verschwendete ich keinen Gedanken mehr – bis zu jenem Abend ein paar Monate später, an dem meine Welt explodierte und mich verzweifelt zurückließ, als ich um drei Uhr morgens im Bett lag und das Mondlicht durch unser Schlafzimmerfenster fiel. Jay war am Ende des Flurs in seinem Büro. Ich konnte sein Schnarchen durch die Wände hindurch hören. Ich hingegen tat kein Auge zu. Wie auch, bei all der Wut in mir?

Allisons Worte hallten in meinem Kopf nach. *Ich glaube, sie wollte ich* sein. Ich stellte mir die Erzieherin als eine jüngere Version von Allison vor, mit klarer, blasser Haut und schockierend rot gefärbten langen Haaren. Vielleicht hatte sie sich eines Abends gelangweilt und beschlossen, sich zu verkleiden; das mit dem Haar könnte ein Zufall gewesen sein. Aber vielleicht hatte Allison auch recht. Vielleicht hatte sie eine Grenze überschritten, bei der sich die Bewunderung in etwas anderes verwandelte. Etwas Düsteres. Das brachte mich auf eine Idee. Eine Idee so finster wie die Nacht.

Ich nahm mein Handy in die Hand und begann, im Archiv-Bereich der Website von Mockingbird die alten Newsletter zu durchforsten. Ich fand schnell, was ich suchte: einen Artikel, in dem eine neue Erzieherin angekündigt wurde, die Mitte des Jahres anfangen sollte. Ganz unten die Zeile: *Die ehemalige Erzieherin Sloane Caraway wird nicht zurückkehren.* Daraufhin habe ich Sloane Caraway gegoogelt und auf Anhieb ein Foto von ihr gefunden. Sie sah ganz anders aus als Allison: hellbraunes Haar, ein herzförmiges Gesicht, eine kräftige Nase, nicht unähnlich meiner eigenen. Nicht besonders hübsch, aber auch nicht unattraktiv.

Ich starrte ihr Gesicht auf meinem Handy an, das Licht des Displays erhellte den Raum. Sie sah so *gewöhnlich* aus. Ich wollte mehr wissen. Es dauerte nicht lange, bis ich herausfand, dass sie in einem Beautysalon im nächstgelegenen Bezirk arbeitete, wo ihr Bild auf der Website im Abschnitt *»Über uns«* zu sehen war. Von dort aus fand ich ihren Instagram- und ihren TikTok-Account. Als ich schließlich einschlief, scrollte ich im Traum immer noch durch ihre Bilder, und mein Handy lag auf meiner Brust, als ich am nächsten Morgen erwachte.

Nachdem ich Harper am Kindergarten abgesetzt hatte, machte ich mich auf den Weg in Richtung des Beautysalons. Je näher ich kam, desto langsamer wurde ich. Anstatt weiterzugehen, blieb ich stehen und schaute durch die große Glasfront. Hinter der Rezeption konnte ich eine Reihe von Pediküre-stühlen an der linken Wand sehen. Und da war sie, leibhaftig, beugte sich über die Füße von jemandem und lackierte sorgfältig jeden Nagel.

Schließlich blickte sie auf, so dass ihr ganzes Gesicht sichtbar wurde. Bei dem Gedanken an Allisons Behauptung hätte ich fast geschnaubt. Die beiden hätten sich nicht unähnlicher sehen können. Doch – stellte ich mit Freude fest – sie sah zwar Allison nicht ähnlich, mir aber schon. Sie hatte ein ähnliches Profil, den gleichen Teint, wenn auch mit leichter Akne. Mein Haar war dunkler als ihres, und sie war ein wenig kräftiger als ich und trug eine Brille, doch die Ähnlichkeit war da. Meine Idee, die von Wut getrieben war, könnte funktionieren.

Dann schüttelte ich den Kopf, drehte mich um und machte mich auf den Heimweg. *Nein, das ist verrückt*, dachte ich, *das würde nie funktionieren – oder vielleicht doch*?

Ich kehrte am nächsten Tag zum Beautysalon zurück, und auch am übernächsten. Am Tag danach folgte ich ihr nach Hause. Ich folgte ihr überallhin, bis ich ihre Routine kannte, wusste, wann sie Pause machte, in welchem kleinen Park sie sie verbrachte, auf welchem Stück Wiese sie sich hinlegte und ihre Bücher aufschlug.

Und dann habe ich Jay aus einer Laune heraus mit Harper in denselben Park geschickt und ihm gesagt, das wäre ihr neuer Lieblingspark, in der Hoffnung, dass Sloane dort sein würde, dass er ihr auffallen würde. Das war nicht weit hergeholt: Jay fällt jedem auf. Wenn ich Glück hatte, würde sie versuchen, mit ihm ins Gespräch zu kommen. Das tun Frauen oft, besonders seit er seinen Ehering nicht mehr trägt. Und Jay freut sich über jede Aufmerksamkeit; er ist nicht besonders wählerisch. Wenn Sloane ihn anspräche, würde er sich garantiert darauf einlassen, begierig darauf, sein Ego zu streicheln.

Wenn es nicht zu einer zufälligen Begegnung mit Jay käme, wollte ich in der nächsten Woche mit Harper in den Park gehen und einen Vorwand finden, mich ihr vorzustellen, indem ich beim Fangenspielen mit Harper versehentlich mit ihr zusammenstieß oder über einen ihrer Schuhe stolperte, die sie immer neben sich ins Gras stellte, aber ich hielt Jay für den besten Köder. Zumindest würde er ihr ins Auge fallen. Dann könnte ich sagen: *Vielleicht haben Sie meinen Mann neulich hier gesehen? Groß, mit dunklen Haaren?* Ihre Augen würden aufleuchten, und plötzlich wäre ich für sie interessant. Und das war alles, was ich brauchte.

Ich war Jay und Harper in den Park gefolgt, hatte mich auf eine Eckbank gesetzt, die Haare unter einem Schal verborgen, und eine große *Frühstück-bei-Tiffany*-Brille aufgesetzt, falls jemand in meine Richtung blicken sollte. Sloane war dort, wo sie immer war, im Gras, und las ein Buch. Als ich sah, wie sie sich umschaute und ihr Blick auf Jay fiel, musste ich grinsen. Als sie ihn nicht ansprach, gab ich Harper eine Handvoll M&Ms, damit sie Jay bat, am nächsten und am übernächsten Tag wieder mit ihr hinzugehen. Anstatt ihr Buch zu lesen, beobachtete Sloane die beiden, während ich sie beobachtete.

Ich war auch dabei, als Harper auf die Biene trat. Ich wusste nicht genau, was passiert war, nur dass sie plötzlich anfing zu schreien. Es hat mich sämtliche Willenskraft gekostet, nicht hinzurennen und sie in den Arm zu nehmen. Ich hätte es vielleicht sogar getan, wäre Sloane mir nicht zuvorgekommen. Sobald Harper aufhörte zu weinen, ging ich nach Hause. Ich wollte da sein, wenn sie zurückkehrten, um zu erfahren, was vorgefallen war.

»Ich wurde gestochen!«, verkündete Harper, sobald sie zur

Vordertür hereingekommen war. Sie hob ihren Fuß in die Luft, um es mir zu zeigen. Ich zog sie auf meinen Schoß, um die Schwellung sorgfältig zu begutachten, und küsste sie, bis Harper in Kichern ausbrach. »Möchtest du ein Pflaster, Baby?«, fragte ich. »Ich habe neue Minnie-Pflaster.«

»Eine Krankenschwester hat uns geholfen«, sagte Jay zu mir, als ich aufstand, Harper immer noch in meinen Armen.

»Eine Krankenschwester?« Ich sah ihn verwirrt an. Hatte Sloane ihm gesagt, sie sei Krankenschwester? Ich muss komisch geklungen haben, denn Jay warf mir einen seltsamen Blick zu. »Ich meine, wo hast du auf die Schnelle eine Krankenschwester aufgetrieben?«, sagte ich rasch. »Da hast du ja ziemlich Glück gehabt.«

Er zuckte mit den Achseln. »Sie heißt Caitlin und war sehr nett.«

Was für eine Lügnerin, dachte ich und erkannte, dass mein Plan tatsächlich aufgehen könnte. »Das nächste Mal, wenn wir in den Park gehen, werde ich nach ihr Ausschau halten«, sagte ich. »Dann kann ich mich für ihre Hilfe bedanken.« Und der Rest ist Geschichte, wie man so schön sagt.

Ich leere mein Glas und spüre, wie sich der Alkohol in mir ausbreitet. Ich lächle. Ich habe lange auf diesen Tag gewartet: Sloane in meinen Kleidern, mit meinem Make-up, meinem Haarschnitt und meiner Haarfarbe. Sloane, die sich in mich verwandelt. Ich überlege, ob ich mir zur Feier des Tages noch einen Drink einschenken soll, entscheide mich aber dagegen. Das Risiko ist zu hoch. Stattdessen bringe ich mein Glas in die Küche, wasche und trockne es ab und stelle es zurück in den Schrank. Ich, trinken? Niemals!

20

Am nächsten Nachmittag, als ich die Haustür öffne und Sloane auf der Treppe sehe, lächle ich breit. Es ist, als ob ich in einen Spiegel schaue.

Sie sieht ganz anders aus als noch vor ein paar Tagen. Sie trägt einige der neuen Kleider, die ich ihr gestern geschenkt habe, eine dunkle Jeans und ein cremefarbenes Top, und auch wieder Make-up. Aber es ist nicht nur der neue Haarschnitt, die Kleidung, die Wimperntusche und das Rouge. Sie steht aufrechter, Schultern zurück, Brust raus – eine Femme fatale mit neu gewonnenem Selbstbewusstsein.

Sloane hält inne, bevor sie eintritt, den Kopf leicht zur Seite geneigt, und mustert mich. Ich bin legerer gekleidet, als sie es gewohnt ist, trage eine Jogginghose und ein Sport-Tanktop, meine Haare sind ungewaschen und zu einem hohen Dutt gebunden, mein Pony ist hochgesteckt. Es ist keine vollständige Verwandlung – ich trage immer noch etwas Make-up und gut sitzende Markenkleidung –, aber es ist ein Anfang.

Denn: Ich möchte nicht nur, dass Sloane so aussieht wie ich. Ich will auch so aussehen wie sie.

»Na, wen haben wir denn da?«, sage ich. »Fast hätte ich dich nicht erkannt! In dem Top siehst du umwerfend aus. Jay wird wütend sein – das ist sein Lieblingstop!« Es ist ein Seidenhemd, das er mir geschenkt hat, kurz nachdem Harper geboren wurde. Sein Lieblingsstück, aber nie meins – viel zu unbequem und unpraktisch. Ich war froh, es loszuwerden.

Sloane errötet. »Das verdanke ich dir. Ich war gestern Morgen kurz davor, mir die Haare komplett abzurasieren, als ich in den Spiegel sah. Und das wäre ein noch größerer Fehler gewesen, da bin ich mir sicher. Ein Riesenfehler.«

Ich winke ab, als wäre es überhaupt kein Problem gewesen. In Wahrheit hatte ich Nolan fünfhundert Dollar zusätzlich zum Preis fürs Schneiden und Färben versprochen, wenn er zur Verfügung stünde, sobald ich anrief. Ich ließ die in der Drogerie gekaufte Packung Haarfärbemittel im Bad stehen, in der Hoffnung, dass sie sie finden und aktiv werden würde, was sie zu meiner Freude auch tat.

»Komm rein, komm rein.« Ich bitte Sloane ins Haus und bedeute ihr, mir in die Küche zu folgen. »Ich habe gerade eine frische Kanne Kaffee gemacht – möchtest du eine Tasse? Einen kleinen Muntermacher am Nachmittag? Ich weiß, Donnerstage sind lang.« Donnerstags holt Sloane Harper vom Turnen ab, bringt sie zum Schwimmen und geht dann mit ihr in den Park, damit ich etwas mehr Zeit zum »Lernen« habe. Normalerweise sitze ich derweil zu Hause, breite die bestellten Rechtsbücher aus und schalte einen Podcast ein. *Crime Junkie* oder *My Favorite Murder*, um mich inspirieren zu lassen. Heute habe ich sie unter dem Vorwand hergebeten, ich hätte vergessen, Harpers Badeanzug einzupacken. In Wahrheit gibt es etwas, das ich sie fragen muss. Etwas Wichtiges.

Sloane nickt und setzt sich an den Tresen; ihre Tasche stellt sie auf den Barhocker neben sich. »Sag mal«, beginnt sie. »War Harper schon mal auf Coney Island? Als Kind habe ich es geliebt. Ich würde sie gern mal mitnehmen!« Dann runzelt sie die Stirn. »Darf sie mit ihrem Herzen überhaupt Achterbahn fahren?«

Ich nicke. »Wir waren letztes Jahr mit ihr dort, und sie hatte einen Riesenspaß. Das mit der Achterbahn war überhaupt kein Problem!«

Das liegt daran, dass ihr Herz in Wahrheit vollkommen gesund ist. Es gab einen kurzen Schreckmoment, als sie ein Baby war – der Arzt dachte, er hätte einen unregelmäßigen Herzschlag gehört, aber das Echokardiogramm war unauffällig. Als Sloane Jay erzählte, sie wäre Krankenschwester, konnte ich einfach nicht anders. Das war die perfekte Ausrede, um ihr die Stelle als Kindermädchen anzubieten.

»Großartig!«, freut sich Sloane. »Vielleicht könnten wir noch mal zusammen hinfahren? Harpers Kindergarten hat doch den ganzen August über geschlossen, oder? Ist ihr letzter Tag vor den Sommerferien nicht Freitag in einer Woche? Wir könnten nächstes Wochenende fahren!«

Ich spüre, wie sich mein Herzschlag beschleunigt. Da ist er. Der Aufhänger, auf den ich gehofft hatte.

»Das klingt super!«, sage ich und stelle eine Tasse Kaffee vor ihr ab. »Aber …« *Sachte, Violet, lass dir Zeit. Geh es langsam an.* »Wir werden an dem Wochenende nicht da sein. Und an dem Wochenende danach auch nicht.«

»Ach so?« Sloanes Gesicht verzieht sich, ihre Mundwinkel zeigen nach unten. Sie sieht aus, als hätte sie einen Schlag in die Magengrube bekommen. Genau die Reaktion, die ich mir erhofft hatte. »Wo seid ihr denn?«, fragt sie niedergeschlagen.

»Im Norden, vor der Küste von Rhode Island. Auf einer kleinen Insel namens Block Island – winzig, nur etwa tausend Einwohner, aber wunderschön. Wir haben dort letzten Sommer ein Wochenende verbracht, als wir hergezogen sind, und ich wollte unbedingt wieder hin. Es wird unser letzter Urlaub sein, bevor Harper in die Vorschule kommt.« Ich seufze dramatisch. »Ich kann nicht glauben, dass ich bald eine *Fünfjährige* haben werde.«

Sloane ringt sich ein Lächeln ab. »Das klingt toll«, sagt sie. »Vielleicht können wir nach Coney Island fahren, wenn ihr zurück seid.«

»Nun, ich wollte dich fragen …« Ich setze eine Pause für den dramatischen Effekt. *Mach dich bereit.* »… ob du vielleicht nach Block Island mitkommen willst.«

»Mitkommen?«, echot Sloane. Ihre Augen weiten sich, werden rund wie Untertassen.

Ich nicke enthusiastisch. »Wir haben ein großes Haus gemietet, mit drei Schlafzimmern, so dass du dir nicht mit Harper ein Zimmer teilen musst.« Als sie nicht antwortet, füge ich hinzu: »Mit Meerblick! Und nur zwei Gehminuten vom Strand entfernt. Was meinst du? Wir könnten alle einen Urlaub gebrauchen!«

Ich halte den Atem an, warte und hoffe, dass ich nicht zu übereifrig klinge.

Sloane schluckt schwer. »Das würde ich gern, aber …« Sie rutscht unruhig auf ihrem Stuhl hin und her. Mir stockt der Atem. Wird sie Nein sagen? »Ich weiß nicht, ob ich mir das leisten kann.«

Ach so, darum geht es! Ich entspanne mich. Als ich erfuhr, dass sie gefeuert worden war, habe ich ihre Arbeitszeit erhöht, um sie so gut wie möglich in unsere Familie einzubinden. Das war auch meine Absicht gewesen, als ich Allison die Visitenkarte vom Rose & Honey gab und ihr sagte, ich hätte die *beste* Maniküre gefunden. »So ein süßer kleiner Laden, da musst du unbedingt mal hin«, hatte ich zu ihr gesagt. Ich hatte gehofft, dass es eine Szene geben würde – vielleicht mit Gekreische. Allison schien mir der Kreischtyp zu sein. Als ich später in der Woche im Beautysalon anrief und vorgab, einen Termin mit Sloane vereinbaren zu wollen, freute ich mich zu hören: »Es tut mir sehr leid, aber sie arbeitet nicht mehr bei uns.« Begeistert legte ich auf, denn nun war sie frei und konnte unsere Vollzeit-Nanny werden und uns später auf unserer Reise nach Block Island begleiten.

Als weitere Provokation hatte ich gestern beim Friseur die Visitenkarte fallen lassen, um sie daran zu erinnern: *So leicht kannst du enttarnt werden. Die Leute hier kennen dich. Sie wissen, dass du Sloane bist, nicht Caitlin. Solange du in Brooklyn bist, besteht die Chance, dass ich das ebenfalls herausfinde.* Aber ich hätte nicht gedacht, dass es so viel Überzeugungsarbeit kosten würde. Die Sommerhitze allein reichte aus, um einen aus der Stadt zu vertreiben, der Dampf stieg praktisch von den Bürgersteigen auf, und es war, als würde man in einem Backofen leben.

Ich schüttle den Kopf. »Oh, ich würde dich natürlich bezahlen«, sage ich und lächle entschuldigend. »Tut mir leid, da war ich nicht deutlich genug. Ich meine, du wärst unser Gast, aber ich bräuchte trotzdem deine Hilfe mit Harper. Zum normalen Stundenlohn. Jay wird arbeiten müssen, während wir dort sind, von daher wäre es toll, wenn uns jemand unter die Arme greift. Und …«

Sloane strahlt. »Dann ja!«, sagt sie, ohne das Ende meines Satzes abzuwarten. »Sehr gerne.« Sie grinst breit.

»Wirklich? Oh, das freut mich so!« Sie hat keine Ahnung, wie sehr. Mein Körper ist wie elektrisiert. Es ist so weit.

»Jay wird sich auch freuen«, sage ich, weil ich weiß, wie

glücklich sie das macht. »Der Vorschlag kam von ihm, ehrlich gesagt. Er weiß, wie sehr du mir in letzter Zeit geholfen hast, und als ich ihm sagte, wie sehr ich dich vermissen würde, wenn wir weg wären, meinte er, ich solle dich einladen. Dass es dumm wäre, es nicht zu tun.«

Sloanes Wangen röten sich bei der Nennung seines Namens. Sie ist verknallt. Sie hält sich sicher für diskret, doch es steht ihr ins Gesicht geschrieben. Das stört mich aber nicht. Im Gegenteil, das macht es einfacher. Ich will, dass sie ihn will. Das muss sie sogar. Deshalb habe ich ihr auch von Danny erzählt, um ihre Schuldgefühle zu lindern, indem ich den Vorhang zurückziehe und ihr die Risse in unserer Ehe zeige. Wenn man es überhaupt noch so nennen kann. Allein wenn ich das Wort in den Mund nehme, muss ich würgen.

Natürlich hatte Jay *nicht* vorgeschlagen, Sloane einzuladen. Er war von der ganzen Reise wenig angetan. Ihn zu überzeugen, mitzufahren, war einer der schwierigsten Aspekte meines Plans.

Ich hatte es letzte Woche angesprochen, als er mit Harper frühstückte und beide geistesabwesend ihr Müsli löffelten, wobei Jay auf sein Handy und Harper auf den Comic auf der Rückseite der Schachtel starrte. »Lass uns einen Ausflug machen«, sagte ich beiläufig. Er sah verwirrt zu mir auf. »Noch mal nach Block Island.« Ich schenkte ihm ein Lächeln.

Er hatte den Kopf zur Seite geneigt und mich misstrauisch beäugt. »Zusammen?«, fragte er. Ein paar Monate zuvor, kurz nachdem Sloane in unser Leben getreten war, hatte ich ihm gesagt, ich wolle an unserer Beziehung arbeiten. Er war einverstanden, aber skeptisch. Zu Recht. Wenn er wüsste, wie schwer es mir fiel, ihn auch nur anzusehen, wie der bloße

Gedanke an ihn mich innerlich zum Kochen brachte, wäre er entsetzt gewesen.

Ich nickte. Dann biss ich mir auf die Lippe, verzog das Gesicht und lächelte, in der Hoffnung, ein wenig nostalgisch zu wirken. »Ich glaube, Harper würde es gefallen«, sagte ich. »Wir hatten so viel Spaß das letzte Mal.« *Du zumindest, du Arschloch.* Jay hat immer Spaß. Er kann einfach nicht anders. Zumindest ist das die Ausrede, die er vorbringt. Dann sagte ich lauter: »Harpie, willst du mit mir und Daddy an den Strand fahren?«

Es war ein billiger Trick, und ich wusste es. Jay wusste es auch. Sein Mund verzog sich zu einer dünnen Linie, während Harper zu mir herumwirbelte, den Löffel in der Hand, mit einem Ausdruck größter Vorfreude im Gesicht.

»Komm schon, Jay, was sagst du dazu? Du hast Block Island doch auch geliebt.«

Wir hatten dort ein langes Wochenende verbracht, kurz nachdem wir nach New York gezogen waren. Harper war damals fast vier Jahre alt, Jay und ich blickten optimistisch in die Zukunft und hofften, dass wir die schwersten Zeiten, die Streitereien und Auseinandersetzungen in San Francisco hinter uns gelassen hatten. Wir verbrachten jeden Tag am Strand auf einer Decke, während Harper zu unseren Füßen im Sand buddelte, und wenn wir Hunger bekamen, schlenderten wir braun gebrannt und glücklich durch die kleine Stadt, auf der Suche nach Hummerbrötchen und handgemachtem Eis.

Es war Jays erstes Mal auf der Insel, was man von mir nicht behaupten konnte. Nicht im Entferntesten. Als ich aufwuchs, verbrachte ich jeden Sommer dort, im Ferienhaus meiner Großmutter, von der Woche nach Schulschluss im Juni bis zum letzten Wochenende im August. Auch sie hatte als junges Mädchen ihre Sommer dort verbracht, und nachdem sie in Rente gegangen und mein Großvater gestorben war, zog sie dauerhaft hin.

Anfangs fuhren wir gemeinsam als Familie nach Block Island, aber als ich älter wurde, flogen meine Eltern mit mir hin, blieben ungefähr eine Woche und flogen dann zurück nach San Francisco, was für mich in Ordnung war. *Reisende soll man nicht aufhalten*, wollte ich ihnen hinterherrufen, wenn sie ihre Koffer den Weg entlang zu ihrem Auto hinunterrollten. Ich war froh, sie gehen zu sehen, und froh zu bleiben. Ich liebte es, dort zu sein. Ich liebte es so sehr, dass ich in meinem letzten Jahr an der High School dort einzog und meine Sachen in der Kommode im Gästezimmer meiner Großmutter verstaute. Es fühlte sich mehr wie ein Zuhause an, als ich es je zuvor erlebt hatte.

Ich bewunderte meine Großmutter. Sie gehörte nicht zu den älteren Damen mit spießiger Dauerwelle und spießigen Ansichten. Im Gegensatz zu meinen Eltern war es ihr egal, wenn meine T-Shirts vom Eis am Stiel bekleckert waren, wenn ich mich nicht kämmte oder meine Haut von der Sonnencreme klebte. Ihre Hemden waren ebenfalls fleckig, ihre Haare ebenso wild. Sie trug abgeschnittene Jeansshorts und ging barfuß. Sie segelte, knackte Austern und lachte herzhaft. Wir waren von Anfang an gleichberechtigte Partner bei unseren Inselabenteuern. Bei ihr konnte ich ich selbst sein, und sie liebte mich, so wie ich war.

Wir begannen den Morgen auf der Veranda mit einem Kaffee, wobei meiner hauptsächlich aus Milch und Zucker bestand, blätterten in der Zeitung und fuhren dann mit dem Fahrrad in die Stadt, um Lebensmittel für das Abendessen zu besorgen. Tagsüber schwammen wir im Meer, suchten im Sand nach Muscheln und lasen auf Strandtüchern. Ich erzählte ihr alles, über mein Leben zu Hause, darüber, was ich werden wollte, wenn ich groß war, wie ich mich wirklich fühlte, wenn Caroline, die ich für meine beste Freundin hielt, mich nicht zu ihrer Geburtstagsparty einlud, obwohl ich so tat, als wäre es mir egal.

Sie war die erste Person, der ich es erzählte, als Danny mich küsste. Ich war in ihn verknallt, seit ich Block Island erstmals betreten hatte. Wir hatten uns mit sechs Jahren am Strand vor dem Haus meiner Großmutter kennengelernt.

»Willst du mir helfen, eine Sandburg zu bauen?«, hatte er gefragt. Er hatte leuchtend bernsteinfarbene Augen, einen dazu passenden Lockenschopf, ein paar Sommersprossen auf der Nase und schon damals diese tiefe, melodische Stimme, die alles, was er sagte, wie Musik klingen ließ. Ich musste zehn lange Jahre darauf warten, bis er mich endlich küsste. Zehn Jahre, in denen wir uns gegenseitig über die Insel gejagt, in seinem Boot geangelt und uns rausgeschlichen haben, um im Dunkeln zu schwimmen, in denen wir auf meinem Bett herumsprangen und aus voller Kehle Prince-Songs sangen: *I would / die for / you / yeah / darlin' if you want me to!* Er kannte mich besser als ich mich selbst. Mein wahres Ich, nicht das Ich, das ich meinen Eltern vorspielen musste, immer geschniegelt und gestriegelt, immer brav lächelnd.

Danny war einer der wenigen echten Einheimischen, dessen Familie das ganze Jahr auf der Insel lebte. Sein Vater war Arzt, seine Mutter Kellnerin im Restaurant seiner Tante. Sie waren zwar nicht reich, aber gut abgesichert, doch das reichte nicht aus, um meine Eltern davon abzuhalten, auf Danny herabzuschauen und mir zu sagen, ich könnte – und sollte – jemand Besseren finden. Aber niemand war besser als Danny; niemand hatte ein Herz wie er.

Dann, ein paar Wochen nach unserem ersten Kuss, kurz nach meinem sechzehnten Geburtstag, sagte er mir, wir könnten nicht mehr zusammen sein. Er hätte eine andere kennengelernt. Meine Großmutter trocknete meine Tränen. »Eines Tages wird alles einen Sinn ergeben«, flüsterte sie mir ins Ohr, und sie behielt recht. Sie hatte wie immer das große Ganze gesehen. Sie war stets für alle anderen da, ihre Hand immer ausgestreckt, um einem aufzuhelfen, um einen aus den Tiefen des trüben Wassers zu ziehen, in dem man trieb.

Ich war im ersten Studienjahr, als sie plötzlich an einem Herzinfarkt starb, nur wenige Wochen bevor ich zu Weihnachten zu ihr auf die Insel fliegen sollte. Meine Mutter rief mich um sechs Uhr morgens an einem Sonntag an, um mir die Nachricht zu überbringen. Es war das erste Mal seit Monaten, dass ich von meiner Mutter hörte. Ich war übernächtigt, verwirrt, die Mascara der letzten Nacht klebte noch an meinen Wimpern, und als ich es begriff, war ich am Boden zerstört. Ich hatte eine Rede für die Beerdigung geschrieben, las sie aber nicht vor; ich weinte so sehr, dass ich kein Wort herausbrachte. Jay und ich hatten gerade angefangen, uns zu daten, und er saß neben mir auf der Kirchenbank, den Arm um meine Schulter gelegt.

Als Jay und ich letzten Mai mit Harper nach Block Island fuhren, war ich zum ersten Mal seit meinem achtzehnten Lebensjahr wieder dort. Es versetzte mir einen Stich ins Herz, als wir die Fähre verließen. Es war, als käme ich nach Hause. Die Insel war belebter als früher – es gab mehr Touristen, neue Hotels und Häuser an der Küste –, aber sie roch noch genauso wie damals, nach handgemachten Salzwasser-Karamellbonbons, und besaß die gleiche traumhafte Anmutung, mit weichen, verschwommenen Umrissen.

Auf dem Weg zu unserem Mietwagen bat ich Jay, dort vorbeizufahren, wo der Bungalow meiner Großmutter gestanden hatte. Verwirrt runzelte ich die Stirn, als ich ihn nicht sah, nur um festzustellen, dass er abgerissen und an seiner Stelle ein modernes dreistöckiges Monstrum gebaut worden war. Ich war überrascht, aber vor allem war ich wütend. Was für ein Mensch reißt ein historisches Wahrzeichen ab? Ich wollte am liebsten mit einem Knüppel die Glasfronten einschlagen und die Bewohner an den Haaren herauszerren. *Dieses Land gehört euch nicht*, wollte ich schreien. Doch stattdessen saß ich ruhig auf dem Beifahrersitz und grub meine Nägel in meine Handflächen. Jay bemerkte nichts davon.

Ich hatte gedacht, dass ich jeden auf der Insel erkennen würde, dass jeder mich erkennen würde, aber größtenteils war ich anonym unterwegs, eine weitere Touristin, eine weitere New Yorkerin auf der Durchreise. In meinem Missoni-Bikini mit hochgeschnittenem Bikinihöschen zog ich zwar Blicke auf mich, aber nicht, weil jemand mich wiedererkannte. Es waren zu viele Jahre vergangen, meine einstige Beziehung zur Insel war längst verblasst.

An unserem letzten Nachmittag schlich ich mich hinaus, während Harper ein Nickerchen machte, um in den kleinen Boutiquen zu stöbern, und trank ein Glas Wein in einem Straßencafé, bevor ich nach Hause ging. Die Kellnerin war um die fünfzig, sechzig Jahre alt, hatte ergrautes Haar und ein offenes, freundliches Gesicht. »Violet?«, fragte sie und musterte mich. »Rebeccas Enkelin?«

Ich nickte und erkannte dann, dass es Dannys Tante war, die jüngste Schwester seiner Mutter. Wir umarmten uns, und sie sagte mir, wie leid es ihr wegen meiner Großmutter tue. »Warte nur, bis Danny hört, dass ich dich gesehen habe«, sagte sie. »Er hatte schon immer eine Schwäche für dich.« Ich hatte seit der Beerdigung meiner Großmutter vor über zehn Jahren nicht mehr mit ihm gesprochen und mit diesem Teil meines Lebens, meiner selbst, abgeschlossen. Diese Violet hatte ich weggepackt, sie unter Kleidern versteckt, die nicht meinem Stil entsprachen, in einem Leben, das ich kaum wiedererkannte. Ich dachte, ich müsste es tun. Ich dachte, nur so würden andere mich lieben. Lediglich in Harper schien etwas von dem Menschen auf, der ich auf der Insel gewesen war: ihre Leichtigkeit, ihr Kichern, ihre wilden Locken ein Überbleibsel meines alten Ichs.

Und nun musste ich dorthin zurückkehren. Es war der einzig logische Ort. Also setzte ich ein freundliches Gesicht auf und lächelte Jay an. »Komm schon«, hatte ich gesagt. »Erinnerst du dich an die Hummerbrötchen?«

»Ich werde darüber nachdenken«, hatte Jay geantwortet. Schließlich stimmte er zu, nachdem ich noch einmal fragte, diesmal im Dunkeln, unter der Bettdecke, während seine Hand zwischen meinen Beinen lag. Ich biss mir so fest auf die Innenseite meiner Wange, dass es blutete, aber ich wollte, dass er sich daran erinnerte, wie es einmal gewesen war, wie es, eventuell, wieder sein könnte, wenn er Ja sagte. Während er mich berührte, machte ich die Augen zu und stellte mir vor, woanders – irgendwo – zu sein.

Zu Sloane sage ich jetzt: »Harper wird sich riesig freuen, wenn ich es ihr erzähle. Sie liebt dich nämlich.«

Sloane lächelt breit, sichtlich geschmeichelt. »Zufälligerweise geht es mir genauso.« Ich glaube ihr. Zuerst hatte ich Bedenken, Harper mit Sloane allein zu lassen, kümmerte mich um die Wäsche, während sie nebenan spielten, erfand Ausreden, um mit ihnen in den Park zu gehen. Aber je mehr ich sie zusammen beobachtete, desto deutlicher wurde, wie sehr Sloane es genoss, Zeit mit Harper zu verbringen, wie gut sie mit ihr umgehen konnte. Das zeigte sich an kleinen Dingen, daran, dass sie in die Hocke ging, um mit Harper auf gleicher Höhe zu sein, wenn sie sich unterhielten. Oder daran, dass sie alberne Lieder erfand, wenn Harper kurz davor war, einen Wutanfall zu bekommen, oder dass die Snacks, die sie zubereitete, wie Tiere aussahen – Brezelschmetterlinge und Erdnussbuttertoasts in Form einer Katze mit geschnittenen Erdbeeren als Ohren. All das macht sie mir sympathisch. Denn komischerweise hasse ich sie nicht. Dabei sollte man das meinen, wenn man bedenkt, was ich vorhabe. Aber dem ist nicht so. In gewisser Weise bin ich ihr sogar dankbar. Sie ist ein Mittel zum Zweck. Die Antwort auf ein Problem. Und sie bringt mich zum Lachen.

»Dann ist es abgemacht!«, sage ich. »Du kommst mit. Das Einzige, was ich von dir brauche, ist dein Führerschein. Für die Fahrkarte.«

Sloanes Gesicht verändert sich schlagartig, sie wird blass. »Mein Führerschein?«, quietscht sie. Einen Moment lang bin ich verwirrt, aber dann wird es mir klar. Darauf steht ihr richtiger Name. Sie will nicht, dass ich ihn sehe.

Ich nicke. »Ja, das ist eine neue Sicherheitsanforderung für die Fähre. Und ich trage dich in die Reservierung des Mietwagens ein, falls du Harper irgendwo hinbringen willst.«

Sloanes Kehle bewegt sich, als würde sie schwer schlucken.

»Klar«, sagt sie langsam. »Kein Problem.« Sie öffnet ihr Portemonnaie und beginnt darin zu wühlen. Als sie wieder aufschaut, runzelt sie gespielt überrascht die Stirn. »Hier ist er nicht drin. Ich muss ihn zu Hause vergessen haben. Kann ich ihn morgen vorbeibringen?«

»Natürlich«, antworte ich. Ich kann es kaum erwarten zu hören, welche Lüge sie sich diesmal ausdenkt.

Nachdem Sloane gegangen ist, um Harper abzuholen, nehme ich meinen Laptop mit zum Küchentresen und schenke mir ein Glas Wein ein. Als ich mich auf einen Barhocker setze, meldet sich mein Posteingang. Es ist das Reisebüro, das ich engagiert habe. Aufgeregt klicke ich die E-Mail an.

Gute Nachrichten, steht da. *Rufen Sie mich an.*

Grinsend nehme ich mein Handy in die Hand.

In den Wochen zuvor hatte ich stundenlang mit verschiedenen Reisebüros telefoniert, um sicherzustellen, dass wir in einem Haus neben einer anderen jungen Familie mit Kindern untergebracht werden. Viele der Vermietungsfirmen wollten mir keine Informationen über die anderen Gäste geben, aber schließlich fand ich Gina, die überaus hilfsbereit war, sobald sie von der Provision erfuhr, die ich ihr für jede passende Unterkunft zahlen würde, die sie für mich fand. Ich habe schon vor langer Zeit gelernt, dass Geld fast alles möglich macht.

»Ich habe das perfekte Haus gefunden«, sagt Gina, als sie rangeht. »Nebenan wohnt die ganze Zeit über eine Familie mit zwei Kindern im Alter von vier und sechs. Und es hat drei Schlafzimmer, genau wie du wolltest. Direkt gegenüber vom Strand. Es hat sich gerade erst ergeben, weil jemand in letzter Minute abgesagt hat. Allerdings ist es ein bisschen teurer …«

»Lass uns buchen«, sage ich. Der Preis ist mir egal.

Am anderen Ende der Leitung ist das Klicken einer Tastatur zu hören. »Erledigt!«, verkündet Gina.

Ich lege auf und nehme einen langen, feierlichen Schluck von meinem Wein. Es ist so weit.

21

Als ich am nächsten Morgen Harper zum Kindergarten gebracht habe, bekomme ich eine Nachricht von Sloane:

Wann soll ich den Führerschein vorbeibringen?

Jetzt?, schreibe ich zurück. *Falls du Zeit hast.* Je eher ich ihn bekomme, desto besser.

Eine halbe Stunde später mache ich ihr die Tür auf. Sie sieht nicht gut aus. Ihr Haar glänzt noch, und ihre Haut ist klar, aber ihre Augen sind blutunterlaufen, lila umrandet und verquollen, als ob sie nicht geschlafen hätte. Wahrscheinlich hat sie kein Auge zugetan, weil sie sich Sorgen macht, wie sie mir erklären soll, dass der Name auf dem Führerschein nicht der ist, den sie mir genannt hat, oder weil sie Angst hat, ich könnte ihn wiedererkennen.

»Komm rein«, sage ich. »Willst du einen Kaffee?« Es ist unübersehbar, dass sie einen braucht.

Doch sie schüttelt den Kopf, greift in ihre Gesäßtasche und reicht mir ihren Führerschein. »Hier«, sagt sie und drückt ihn mir in die Hand.

»Danke.« Ich werfe einen Blick darauf. Als ich das Foto sehe, vergesse ich die Namensdiskrepanz. Das Bild ist absurd schlecht. Ihr Mund ist halb geöffnet, die Lippen sind geschürzt, die Zähne sichtbar. Sie hat ihr Haar zu einem Dutt auf dem Kopf zusammengebunden, aber er hängt zur Seite herunter, und sie hat vorne ein paar Strähnen vergessen. Sie sieht blass aus, leichenblass, wahrscheinlich ein Effekt der harten Beleuchtung bei der Zulassungsstelle; ein Auge wirkt deutlich kleiner als das andere. Alles in allem ist es wohl das schlechteste Führerscheinfoto, das ich je gesehen habe.

Ich kann mir ein Lachen nicht ganz verkneifen. »Wow!«, sage ich. »Einfach nur wow!«

»Was?«, fragt Sloane. Sie klingt, als stünde sie kurz davor, in Panik auszubrechen.

Ich halte den Führerschein in ihre Richtung und tippe mit dem Finger auf das Foto. Sie zuckt zusammen. »Oh Gott. Ich hatte ganz vergessen, wie grottig das Foto ist. Ich habe mir abgewöhnt, es anzuschauen, damit ich nicht vor Scham tot umfalle. Ich sehe aus wie eine Statistin aus *The Walking Dead.*« Sie rollt die Augen nach hinten und streckt die Zunge heraus.

Ich schnaube. Wie gesagt, sie bringt mich zum Lachen. Dann schaue ich wieder den Führerschein an. »Oh«, sage ich und tue so, als wäre mir gerade etwas aufgefallen. »Dein Name, da steht, du heißt …« Ich blicke verwundert zu ihr hoch.

»Ah ja, richtig.« Sloane gibt ein Geräusch von sich, das wohl ein Kichern sein soll. »Ich war ein seltsames Kind.«

Ich neige den Kopf zur Seite, weil ich nicht weiß, worauf sie hinauswill.

Sie verdreht die Augen. »Aus irgendeinem Grund habe ich als Kind allen gesagt, sie sollen mich Caitlin nennen. Ich fand den Namen wohl schön. Und irgendwie hat sich das bis heute gehalten.« Sie lächelt nervös und reibt sich den Nacken. »Wie gesagt, ich war seltsam.« Ihr Mundwinkel zuckt, und sie knabbert an der Innenseite ihrer Lippe. Das sind ihre Ticks: das Reiben im Nacken, das Zucken am Mund.

Nervös wartet sie auf meine Reaktion, ob es mir etwas ausmacht, ob mir ihr richtiger Name etwas sagt.

Ich zögere einen Moment, ehe ich antworte, aus Angst, ich könnte sonst anfangen zu lachen. Das ist die beste Ausrede, die ihr dazu eingefallen ist? Ganz schön schwach. Ehrlich gesagt, bin ich enttäuscht; ich hatte mehr von ihr erwartet. Schließlich bringe ich heraus: »Na ja, ich habe fast die gesamte erste Klasse über so getan, als wäre ich eine Katze, was mich nicht unbedingt beliebt gemacht hat. Du warst also nicht die einzige Verrückte.« Habe ich nicht. Meine Mutter hätte mich einweisen lassen, wäre dem so gewesen.

Ich sehe, wie Sloanes Schultern vor Erleichterung herabsinken. Sie grinst mich wieder an.

Dann richte ich meinen Blick nach unten auf die Arbeitsplatte. Ich fange an, meine Hände auf dem glatten Marmor vor und zurück zu bewegen, in der Hoffnung, so auszusehen, als wäre mir etwas unangenehm. »Da ist noch etwas. Können wir kurz reden?«, sage ich.

Es gibt einen weiteren Gefallen, um den ich sie bitten muss. Einen großen Gefallen.

»Klar«, sagt Sloane langsam und mustert verwirrt mein Gesicht, unsicher, was auf sie zukommt.

Ich schenke ihr ein Lächeln. »Möchtest du dich setzen?« Ich deute auf die Couch.

Wir gehen ins Wohnzimmer und nehmen einander gegenüber Platz. Um uns herum ist es still im Haus. Ich warte einen Moment, lasse die Spannung zwischen uns wachsen.

»Was ist los?«, fragt Sloane schließlich, ihre Stimme eine Oktave höher als sonst. Sie wischt sich nervös die Handflächen an ihren Hosenbeinen ab.

»Nun.« Ich räuspere mich, atme tief ein. »Ich wollte dich fragen – falls mir etwas zustößt, *uns*, meine ich, Jay und mir, also wir haben uns gefragt, ob du die Vormundschaft für Harper übernehmen würdest.« Ich schaue ihr in die Augen, ohne zu blinzeln.

Einen langen Moment starrt sie mich ausdruckslos an. »Vormundschaft?« Sloane schüttelt den Kopf. »Ihr wollt, dass ich die Vormundschaft für Harper übernehme?«

»Ich weiß«, sage ich und lache entschuldigend. »Es ist eine große Bitte. Enorm groß sogar. Aber Jays Eltern sind Ende siebzig. In ein paar Jahren werden sie nicht mehr in der Lage sein, sich um sie zu kümmern.« Außerdem waren sie kaum in der Lage, sich um ihre eigenen Kinder zu kümmern. Man muss sich bloß anschauen, was aus Jay geworden ist.

»Aber …« Sloane starrt mich immer noch an. »Was ist mit deiner Familie?«

»Wir stehen uns nicht besonders nahe«, sage ich leichthin und zucke mit den Achseln. Das ist eine glatte Untertreibung; wir haben nicht mehr miteinander gesprochen, seit ich San Francisco verlassen habe. Und ich habe nicht vor, je wieder ein Wort mit ihnen zu wechseln.

Das Verhältnis zu meinen Eltern war schon immer angespannt. Als ich klein war, wurde ich zu Kindermädchen und Nachhilfelehrern abgeschoben, vom Klavier- zum Ballettunterricht gefahren und an den Wochenenden zum Reiten. Ich aß mit der Haushälterin zu Abend und wünschte mir sehnlichst ein Geschwisterkind, mit dem ich essen könnte, während meine Eltern bis spät arbeiteten, mein Vater als Partner in seiner Anwaltskanzlei, meine Mutter als angesehene Kunsthändlerin. Meine Eltern machten sich nie die Mühe, mir einen Gutenachtkuss zu geben, wenn sie nach Hause kamen, und brachten mich nie ins Bett. Wenn sie mich ausnahmsweise umarmten, fühlte es sich steif und kalt an. Ich war lediglich ein Accessoire in ihrem umtriebigen Leben, ein Sammlerstück von Christie's, ein Porta-Volta-Stuhl, den sie bewunderten, aber nicht anrührten. In der Öffentlichkeit pflegten wir einen herzlichen Umgang, weil man das von mir verlangte – jede vermeintliche Respektlosigkeit wurde mit einer heftigen Ohrfeige quittiert –, aber im Privaten waren wir sehr distanziert. Die Erwartungshaltung war klar: Ich spielte die Rolle der perfekten Tochter, immer brav gekämmt und in gebügelter Privatschuluniform, während sie ihre Rolle spielten, beide gut gekleidet, gut frisiert, ein strahlendes Lächeln auf den Lippen. Mein Vater gutaussehend, meine Mutter schön, beide gesellschaftsfähig.

Alles drehte sich um Äußerlichkeiten, unser Leben war reine Show. Es war bestenfalls erstickend. Ich fühlte mich wie eine Plastikpuppe, die sie ab und zu aus der Verpackung nahmen und dann wieder ins Regal stellten. Sie kannten mich nicht und wollten mich auch nicht kennen.

Ich hielt es so lange aus, wie ich konnte, während mich der Groll von innen auffraß. Ich war gerade siebzehn geworden und befand mich am Ende meines zweiten Highschool-Jahres, als es mir schließlich zu viel wurde.

Ich war früher von der Schule nach Hause gekommen – wegen Kopfschmerzen, glaube ich –, bog in die Einfahrt ein, saß in meinem Auto und las eine SMS, die ich gerade bekommen hatte. Als ich aussteigen wollte, sah ich, wie unsere Haustür aufging. Eine Frau mit blondem Dutt trat heraus. Ich hatte sie noch nie gesehen.

Da erschien mein Vater hinter ihr. Er packte sie an der Taille, woraufhin sie sich umdrehte und kokett zu ihm hochlächelte. Dann drückte er ihr einen festen Kuss auf die Lippen, und seine Hand glitt über die Kurven ihrer Hüfte. Mein Magen drehte sich um. Mir wurde übel.

An diesem Abend stand ich nervös im Türrahmen des Badezimmers meiner Eltern und knibbelte an meinen Nägeln, während sich meine Mutter vor dem Spiegel abschminkte. Mein Vater war mit Kunden beim Abendessen. »Hör auf damit«, sagte sie, ohne sich umzudrehen. Sie hasste es, wenn ich an meinen Nägeln zupfte.

Ich stemmte meine Hände in die Seiten und räusperte mich. »Ich habe Dad gesehen«, begann ich zögerlich. »Heute Nachmittag. Mit …«

»Ich weiß«, sagte sie, ohne mich ausreden zu lassen. Sie sah mich nicht an und starrte stattdessen in den Spiegel, während sie Augencreme auftrug und sanft einklopfte. Dann begegnete sie meinem Blick. »Ich weiß«, sagte sie erneut, diesmal nachdrücklicher, und ich verstand. Das war etwas, das sie tolerierte. Doch dann begann ihr Mund zu beben, ganz leicht nur. Sie blickte wieder in den Spiegel. Sie tolerierte es, wünschte aber, sie müsste es nicht. Das Gespräch war damit beendet.

Ich hasste sie genauso sehr wie ihn. Ich hasste ihn für seine Untreue und sie dafür, dass sie es hinnahm. Ich hasste sie beide für ihre Lügen. Ihre Ehe war, wie alles andere auch, ein einziger Schwindel. Ich konnte es keine Sekunde länger ertragen. Ich wollte nichts mehr mit ihrem verlogenen Leben zu tun haben. Als ich darum bat, am Ende des Sommers ausziehen und bei meiner Großmutter wohnen zu dürfen, anstatt nach Hause zu fliegen, zuckten sie bloß mit den Achseln. Es war, als hätte man

Salz in eine offene Wunde gestreut. Obwohl ich diejenige war, die weggehen wollte, traf es mich, dass es die beiden so wenig kümmerte, dass sie Ja sagten, ohne zu zögern. In diesem Jahr riefen sie mich kaum an. Nur zu Thanksgiving, Weihnachten, meinem Geburtstag, aber ansonsten: Funkstille.

Nachdem sie mich am College abgesetzt hatten, hörte ich nichts mehr von ihnen, bis meine Mutter anrief, um mir zu sagen, dass meine Großmutter gestorben war. Vielleicht war das einer der Gründe, warum ich mich in Jay verliebt habe. Ich hatte bis dahin in einer Wüste der Lieblosigkeit gelebt; nach einem Leben voller Unaufrichtigkeit fühlte sich sein Verlangen echt an. Was für eine Närrin ich doch gewesen war. Klar, sein Verlangen war echt gewesen, aber ansonsten fast nichts.

Dann, vier Monate nach der Beerdigung, als ich in den Frühjahrsferien zu Hause war, baten mich meine Eltern, in die Kanzlei meines Vaters zu kommen. Das Telefon auf laut gestellt, teilte mir ein Anwalt mit, dass meine Großmutter mir einen achtstelligen Betrag als Treuhandvermögen vermacht hatte, den ich erhalten würde, sobald ich fünfundzwanzig war. Man konnte die Wut und den Groll in den Gesichtern meiner Eltern daran ablesen, wie ihre Kiefer zuckten. Das Einzige, was mir etwas bedeutete – das Haus auf Block Island –, gehörte hingegen meiner Mutter.

Als ich das herausfand, hatten sie es bereits verkauft und das Geld für ein Upgrade ihrer Mitgliedschaft im Country Club verwendet. Ich war außer mir. Sie wussten, wie viel mir das Haus bedeutete. Damit wollten sie mich für die Liebe meiner Großmutter bestrafen. Das brachte das Fass zum Überlaufen. Ich sagte ihnen, dass ich sie hasse, schrie es wieder und wieder, bis ich heiser war, und schlug die Tür auf dem

Weg nach draußen so fest zu, dass ich dachte, sie würde entzweibrechen.

Aber sie waren die einzige Familie, die ich noch hatte. Als mein Vater mich nach drei Jahren ohne Kontakt anrief, ließ ich deshalb von meinem Zorn ab. Er hatte herausgefunden, dass ich mich für ein Jurastudium beworben hatte, und bot mir an, ein Empfehlungsschreiben seiner Kanzlei zu verfassen, in der ich während der High School ein Praktikum absolviert hatte. Ich nahm an.

Danach hatten wir sporadisch Kontakt, schrieben uns kurze Nachrichten oder telefonierten, dann hörten wir uns immer öfter und verbrachten wieder gemeinsame Ferien als Familie. In meinem dritten Jahr des Jurastudiums nahm ich einen Praktikumsplatz in seiner Firma an und nach meinem Abschluss eine Vollzeitstelle. In den Monaten vor meinem fünfundzwanzigsten Geburtstag verstärkten sie ihre Bemühungen: Mein Vater zog mich bei hochkarätigen Fällen hinzu, meine Mutter lud mich zum Abendessen ein. Er bot an, mich zum Partner in seiner Kanzlei zu machen; sie offerierte mir einen Vorstandsposten in einer Stiftung, der sie angehörte.

Es war unschwer zu erkennen, welches Spiel sie trieben. Nun, da Geld in Aussicht war, war ich plötzlich interessant für sie. Aber ich spielte mit, weil sie mir endlich das boten, was ich mir immer gewünscht hatte: ihre Aufmerksamkeit, ihre Liebe. Es mochte an gewisse Bedingungen geknüpft sein, war jedoch immerhin besser als gar nichts.

Ich dachte – törichterweise –, unsere gemeinsame Zeit wäre ein Anfang, eine Chance für eine echte Beziehung. Also ließ ich sie an mich heran, genoss die Nähe. Doch als ich dann, nachdem Harper geboren war, Jays Jobangebot und den Umzug nach New York erwähnte, zerbrach die Illusion, zersplitterte in winzige Stücke. Jay und ich waren zu diesem Zeitpunkt seit fünf Jahren verheiratet, eine College-Liebe, genau wie ich Sloane erzählt hatte, aber sie hatten sich nie für ihn erwärmt. Sie flehten mich an, nicht zu gehen, versuchten alles, um mich umzustimmen, zuerst mit herzerwärmenden Schmeicheleien, dann mit bitteren, leeren Drohungen.

Da erkannte ich, was wirklich hinter ihrer Verzweiflung steckte. Sie waren besorgt, dass ihre Quelle versiegen würde, dass Jay ihnen das wegnehmen würde, wovon sie glaubten, es gehöre ihnen. Nicht *mich*, sondern mein Geld. Ich war am Boden zerstört.

Als wir umzogen, änderte ich meine Nummer und löschte meine Profile in den sozialen Medien. Ich gab ihnen nicht unsere neue Adresse. Seitdem hatten wir keinen Kontakt mehr.

Aber das ist natürlich mehr, als Sloane zu wissen braucht.

Ich lächle sie schüchtern an. »Die Wahrheit ist, dass du in den letzten Monaten immer mehr Teil unserer Familie geworden bist.« Ich schaue weg. Dann sehe ich sie wieder an und füge hinzu: »Es fühlt sich an, als wären *wir* Familie.« Seit Wochen habe ich darauf gewartet, diesen Satz einsetzen zu können, habe den richtigen Moment abgewartet.

Sloane starrt mich mit großen Augen an. »Mir geht es genauso«, sagt sie heiser.

Das dachte ich mir. Also spiele ich eine weitere Karte aus. »Das klingt jetzt vielleicht verrückt«, sage ich und beuge mich vor, »aber hast du jemals darüber nachgedacht, dass wir vielleicht wirklich verwandt sein könnten?«

»Verwandt?« Sloane beugt sich ebenfalls vor. Sie klingt beinahe atemlos.

Ich nicke. »Schwestern, meine ich. Das Einzige, was du über deinen Vater weißt, ist, dass er aus Philadelphia stammt. Und mein Vater kommt ebenfalls aus Philadelphia. Und wir sehen uns so ähnlich, jetzt, wo wir die gleiche Frisur haben.« Dann lache ich ein wenig und schüttle den Kopf. »Ich meine, die Chancen stehen wahrscheinlich eins zu einer Million, aber irgendwie fühlt es sich richtig an, dass du die Vormundschaft übernimmst.« Ich lecke mir über die Lippen. »Falls du allerdings das Gefühl hast, dass das eine zu große Verantwortung ist, verstehe ich das vollkommen.«

Sloane sieht mich an, ihre Augen leuchten. Ich weiß, ich habe den richtigen Nerv getroffen, als ich sagte, dass wir Schwestern sind. Ich glaube nicht, dass mein Vater jemals einen Fuß nach Philadelphia gesetzt hat, geschweige denn nach Daytona, wo sie gezeugt wurde. Dann nickt Sloane. »Natürlich mache ich das.«

»Bist du sicher?«

»Vollkommen«, antwortet sie.

Ich greife über die Couch hinweg und lege meine Hand auf ihre. »Danke«, sage ich. »Vielen Dank.«

Dann stehe ich auf und nehme ein zusammengeheftetes Papierbündel und einen Stift aus meiner Handtasche. Ich lege den Stapel auf den Couchtisch und ziehe die Kappe vom Stift.

»Hier.« Ich tippe mit dem Finger auf eine leere Zeile. »Hier musst du unterschreiben.«

Ich halte den Atem an, als Sloane den Stift in die Hand nimmt. Sie setzt ihn auf das Papier. Die dunkelblaue Tinte dringt durch das Blatt und tränkt das Papier. Erfreut stelle ich fest, dass sie instinktiv mit ihrem richtigen Namen unterschrieben hat. Ihr richtiger Name steht auch im gesamten Dokument, aber ich war zu Recht davon ausgegangen, dass sie es sich nicht anschauen würde, so sehr wie sie von dieser Phantasie eingenommen ist, die ich ihr gerade verkauft habe.

Ich habe das Formular – ein Zusatz zu unserem Testament – gestern Abend von einer juristischen Website heruntergeladen und heute Morgen Jays Unterschrift gefälscht, indem ich das Papier über einen alten, unterschriebenen Scheck gelegt und die Umrisse seines Namens nachgezeichnet habe. Es ist enorm wichtig für meinen Plan, ebenso wie das andere juristische Dokument, das ich mit auf die Insel nehmen werde. Dieses musste ich jedoch nicht herunterladen – oder Jays Unterschrift fälschen. Mein Anwalt hat es vorbereitet und mir gestern per Kurier zugestellt. Ich habe es bereits in meinem Koffer versteckt.

Später, wenn Sloane weg ist, werde ich mich in Jays E-Mail-Account einloggen und das frisch unterzeichnete Dokument von seinem Konto aus an unseren Anwalt schicken, wobei ich mich selbst in CC setzen werde. Dann werde ich die E-Mail-Adresse unseres Anwalts blockieren, so dass Jay keine Empfangsbestätigung erhält, wenn er zurückschreibt, und nichts mitbekommt. Wer ist jetzt hier der verdammte Idiot, Jay?

Sloane beendet die Unterschrift und steckt die Kappe wieder auf den Stift.

»Wirklich, danke«, sage ich noch einmal mit so viel Ernsthaftigkeit, wie ich aufbringen kann. Ich lege die Papiere wieder auf einen ordentlichen Stapel. Dann: »Oh, bevor ich es vergesse!« Ich stehe auf, gehe zum Schrank im Flur und komme mit einer großen Geschenktüte von Bloomingdale's zurück, aus der oben rosa Seidenpapier herausschaut. »Hier.« Ich reiche sie Sloane und grinse.

»Was ist das?«, fragt sie.

Ich zucke schüchtern mit den Schultern. »Mach auf.«

Vorsichtig greift Sloane hinein, zieht ein weiches Bündel heraus und wickelt es vorsichtig aus. Es ist ein weißes, hauchdünnes, kimonoartiges Hemd, weich und teuer aussehend, mit feinen Nähten und einem geflochtenen Band um die Taille. Sie sieht mich erstaunt an.

»Das ist ein Strandüberwurf«, sage ich. »Mach weiter auf!«

Sie greift erneut hinein und holt ein weiteres eingewickeltes Stück heraus, diesmal einen eleganten schwarzen Badeanzug. Es ist ein Einteiler, aber sexy, mit tiefem Ausschnitt. »Da ist noch mehr!« Ich zwinkere.

Als sie fertig ist, hat sie insgesamt drei Badeanzüge, einen weiteren Überwurf, eine bunt gemusterte Leinenhose, Shorts, ein Baumwollhemd und zwei Sonnenbrillen ausgepackt. Letzten Sonntag habe ich den Nachmittag mit Harper bei Bloomingdale's verbracht, um eine neue Sommergarderobe für Sloane auszusuchen. Ich wollte sicherstellen, dass sie wie Mrs. Lockhart gekleidet ist. Ich habe schließlich einen unverkennbaren Look. Sorgfältig kultiviert, um zu gefallen – meinem Mann, um genau zu sein. Apropos Jay, er wird Sloane in diesen Kleidern lieben.

Genau wie meine Eltern hat Jay immer klargemacht, was eine Frau seiner Meinung nach tragen sollte, wie viel sie wiegen sollte, welche Kleidung er bevorzugt. Natürlich unterschieden sich seine Vorlieben von ihren, aber auch hier galt, wie bei meinen Eltern, je mehr Nullen auf dem Preisschild, desto besser. Am Anfang fand ich es toll, wenn er mit mir einkaufen ging und mich lüstern angrinste, während ich in einem von ihm ausgesuchten Outfit herumwirbelte. »Jetzt probier das mal an«, sagte er, und ich kam seiner Bitte gern nach. Einmal leckte er mich in einer Umkleidekabine, nachdem er mir hineingefolgt war und die Tür hinter sich abgeschlossen hatte. Ich kam heftig und schnell, meine linke Hand griff in sein Haar, die rechte hielt ich mir vor den Mund, während ich stöhnte. Er wusste immer genau, wie er mich berühren musste, was ich mochte. Ich füllte meinen Schrank mit Kleidung, die ihm gefiel, achtete auf einen flachen Bauch, einen straffen Körper, freute mich zu wissen, dass er es kaum erwarten konnte, mir auszuziehen, was ich anzog. Das war, bevor ich wusste, dass er gerne alles und jeden auszog.

»Violet, das ist ...«, beginnt Sloane.

»Für die Reise!«, sage ich achselzuckend. »Als Dankeschön, dass du mitkommst.«

»Ich sollte diejenige sein, die sich bei dir bedankt!«, erwidert sie. Nein, dazu besteht kein Grund. Wirklich nicht.

Ich sage ihr, sie solle sich den Rest des Tages freinehmen, um zu packen, dann bringe ich sie zur Tür und umarme sie kurz, ehe sie nach draußen tritt.

»Es wäre gut, wenn du am Sonntag um neun Uhr hier wärst«, sage ich. »Wir fahren um halb zehn los.«

Als Sloane weg ist, schaue ich auf die Uhr. Es ist erst zehn, das heißt, ich habe noch fast drei Stunden, bis ich Harper abholen muss. Genug Zeit, um Sloanes Führerschein zur Zulassungsstelle zu bringen.

Bevor ich gehe, ziehe ich mir die alten Klamotten an, die Sloane mir überlassen hat, und schrubbe mir das Make-up aus dem Gesicht. Ich binde mein Haar zu einem unordentlichen Dutt zusammen, nehme eine Brille mit Plastikrahmen aus einer Einkaufstüte, die ich hinten in meinem Schrank versteckt hatte, und setze sie auf.

In dem schäbigen, schlecht beleuchteten Wartezimmer der Zulassungsstelle sitze ich fast anderthalb Stunden, bevor meine Nummer aufgerufen wird. »Ich wollte ein neues Foto machen lassen«, sage ich und schiebe Sloanes Führerschein unter der Plastik-Trennwand hindurch. Die Frau auf der anderen Seite des Schalters würdigt mich und den Führerschein kaum eines Blickes, bevor sie mich zu einer anderen Warteschlange schickt, wo ein einsilbiger Angestellter mich anweist, direkt in die Kamera zu schauen. Wir sehen uns zwar ähnlich, aber ich möchte, dass das Foto auf ihrem Führerschein von mir ist. Das macht die Sache einfacher und glaubwürdiger.

Ich habe Sloanes Anschrift auf ein von mir eingerichtetes Postfach auf Block Island geändert, damit ich den Brief in Empfang nehmen kann, wenn er ankommt, und zahle zusätzliche fünfunddreißig Dollar für eine Express-Bearbeitung. Bis Ende nächster Woche sollte er da sein. Lächelnd verlasse ich das Gebäude und habe gerade noch genug Zeit, meine eigene Jeans wieder anzuziehen und erneut Make-up aufzutragen, bevor ich Harper vom Kindergarten abhole.

Jetzt muss ich nur noch packen.

22

Normalerweise stehe ich vor Harper auf, aber heute Morgen, am Tag unserer Abreise, habe ich mir absichtlich keinen Wecker gestellt. Heute ist mein erster offizieller Tag als Sloane. Ich gebe Violet an Sloane ab, trete aus meinem Leben heraus und lasse sie in mein Leben treten. So wie ich sie kenne, und inzwischen meine ich sie gut zu kennen, wird sie das Angebot annehmen und mit Freude in ihre neue Rolle schlüpfen – in meine Rolle. Wir werden beide die Fähre als jemand anderes verlassen. Nur weiß Sloane das noch nicht.

Ich wache auf, als ich Harpers Schritte höre, die den Flur zwischen ihrem und unserem Zimmer entlangrennt. Müde setze ich mich auf, als sie aufs Bett springt, dass die Matratze bebt. Ich bin den Plan immer und immer wieder durchgegangen, so dass ich erst einschlief, als die Sonne aufging. Jetzt bin ich groggy, meine Augen brennen.

»Daddy sagt, es ist Zeit aufzustehen!«, verkündet Harper und zieht meine Decke zurück. »Wir fahren heute an den Strand, hast du das vergessen?«

»Ich habe es nicht vergessen, Baby.« Ich lächle sie an, die Augen immer noch geschlossen, und wuschele ihr durchs Haar. Als Kind verspürte ich die gleiche Aufregung, wenn ich mit gepackten Koffern auf dem Weg zum Flughafen war. Es war das beste Gefühl der Welt. »Hast du alles eingepackt? Was ist mit Büchern? Willst du deinen CD-Player mitnehmen?«

»Oh ja!«, antwortet Harper. Meine Eltern haben ihr vor

unserem Umzug einen Old-School-Discman gekauft, zusammen mit einem Dutzend CDs mit Disney-Musik und Kinderhörbüchern. Harper liebt ihn, liegt stundenlang auf dem Boden und hört zu, wechselt die CDs und legt sie vorsichtig in ihre Hüllen zurück. Sie springt vom Bett und rennt durch den Flur zurück in ihr Zimmer. »Ich pack ihn gleich in meinen Rucksack!«, schreit sie.

Ich schleppe mich aus dem Bett und schlurfe ins Bad. Meine übliche Morgendusche lasse ich aus und binde mir stattdessen die Haare zu einem unordentlichen Dutt zusammen. Ich putze mir die Zähne, verzichte aber auf Make-up. Dann ziehe ich mir schnell eine schwarze Yogahose und ein locker sitzendes T-Shirt sowie ein Paar abgegriffene Converse an, die ich letzte Woche in einem Secondhandladen gekauft habe. Schließlich binde ich mir Sloanes Flanellhemd um die Taille, das sie gegen mein Carolina-Herrera-Tanktop eingetauscht hat.

Als ich fertig bin, stelle ich mich vor den Ganzkörperspiegel. Ich lächle. Ich sehe jünger aus als sonst, mehr Kindermädchen als Mutter, so wie Sloane, als wir uns im Park zum ersten Mal begegnet sind. Es ist keine drastische Veränderung – ich bin immer noch ich –, aber es ist ein Anfang.

»Mom!«, schreit Harper aus ihrem Zimmer. »Mom, ich kann meine Schuhe nicht finden!«

Ich werfe einen Blick auf meinen Kleiderschrank. Ich habe meinen Koffer gestern Abend – fast – fertig gepackt. Ich muss nur noch ein paar Dinge verstauen, aber ich will damit bis kurz vor unserer Abreise warten.

»Ich komme!«, rufe ich.

Ich bin noch in Harpers Zimmer und helfe ihr, ihren Kleiderschrank zu durchforsten, als es an der Tür klingelt. Sloane ist hier. Ich schaue auf die Uhr. *Pünktlich.*

»Kannst du aufmachen?«, rufe ich zu Jay hinunter. Einen Moment später höre ich die Tür auf und zu gehen, Sloanes Stimme im Foyer.

»Ich werde Caitlin begrüßen«, sage ich zu Harper. »Such du weiter nach deinen Schuhen, Baby, okay?«

Ich poltere laut die Treppe hinunter, aber Sloane bemerkt mich kaum. Sie lehnt an der geschlossenen Haustür und starrt Jay mit geröteten Wangen an, der einen Witz gemacht hat, irgendwas von wegen, wie viele Koffer sich am Fuß der Treppe stapeln. Sloane trägt eine meiner Jeans, ein hochtailliertes Modell, das ihre Hüften schmal aussehen lässt, und das elfenbeinfarbene Leibchen, von dem ich ihr erzählt habe, dass es Jays Lieblingsoberteil ist. Ihre Haare glänzen, ihre Augen leuchten.

Es ist das erste Mal, dass Jay sie seit ihrer Typverwandlung samt neuem Haarschnitt und Kleidungsstil sieht. An der Art, wie er sie mustert, wie sein Blick auf ihr verweilt, erkennt man, dass er die Verwandlung zu schätzen weiß. Wahrscheinlich stellt er sie sich vor, wie sie über die Bettkante gebeugt daliegt, den Hintern emporgereckt – seine Lieblingsstellung.

»Morgen, Caitlin!«, begrüße ich sie laut und bleibe ein paar Schritte vor dem Fuß der Treppe stehen. Sowohl Jay als auch Sloane drehen sich abrupt zu mir um.

Sloane blinzelt mich einen Moment lang an, als ob sie mich nicht erkennen würde. Dann lächelt sie. »Morgen«, sagt sie strahlend. »Kann ich dir mit irgendwas helfen?«

Ich gestikuliere wild. »Mit allem!«, erwidere ich und lache. »Aber vor allem: Kannst du mir helfen, Harpers Schuhe zu finden? Ich habe schon *überall* gesucht.«

»Ich habe sie gerade gesehen …« Jay blickt sich um und zeigt dann auf ein Schuhpaar von Harper nahe der Couch. »Da sind sie.«

Ich schaue über das Geländer und schüttle den Kopf, als ich ihre weißen Schnürschuhe entdecke. »Nein, nicht die, ihre *roten* Schuhe. Die Jelly-Schuhe. Sie weigert sich, aus ihrem Zimmer zu kommen, bevor sie sie nicht hat.«

»Ich kümmere mich darum«, erklärt Sloane und stellt ihre Taschen neben dem restlichen Gepäck ab.

Ich falte meine Hände wie zum Gebet. »Danke dir. Ich muss nur noch kurz ein paar Sachen einpacken. Und könntest du sicherstellen, dass Harper noch mal aufs Klo geht, bevor wir losfahren?«

Sie nickt, und ich renne die Treppe wieder hoch.

»Fünfzehn Minuten«, ruft Jay mir hinterher. »Das Auto wird in fünfzehn Minuten hier sein. Wir verpassen die Fähre, wenn wir nicht spätestens um halb zehn losfahren.«

»Mm-hm«, mache ich, um zu signalisieren, dass ich ihn gehört habe. Als ob mich irgendetwas davon abhalten könnte, diese Fähre zu besteigen.

Ich gehe zurück ins Schlafzimmer und schließe die Tür hinter mir. Im Schrank befinden sich ein paar Dinge, die ich brauche. Erstens das Prepaidhandy, das ich in einem Schuhkarton verstaut habe, ein billiges Nokia, das ich vor ein paar Monaten in einem staubigen Elektronikgeschäft in der Innenstadt gekauft und bar bezahlt habe. Und zweitens, die Waffe. Bevor der Kontakt abbrach, hatte meine Mutter darauf bestanden, sie mir mitzugeben, als ich nach New York zog. In ihrer nach außen hin liberalen, kunstbegeisterten Fassade gab es Risse, durch die oft ihre insgeheim erzkonservativen

Ansichten durchschienen. Alarmiert führte sie Kriminalitätsstatistiken an und berichtete von einem Anstieg bei Einbrüchen im gesamten Stadtgebiet. Ich verdrehte die Augen – San Francisco hat eine der am schnellsten steigenden Kriminalitätsraten im ganzen Land –, nahm die Waffe aber an mich. Wir bewahren sie in einem Schließfach auf einem hohen Regal in unserem Schrank auf; der Schlüssel liegt separat auf einem anderen Regal, an das Harper nicht herankommt. Die Waffe ist sowohl auf Jays als auch auf meinen Namen registriert.

Als ich die Waffe verstaut habe, nehme ich das Handy mit ins Bad und schließe die Tür ab. Ich drehe beide Wasserhähne auf, setze mich auf den geschlossenen Toilettendeckel und drücke dann auf die einzige Nummer, die ich eingespeichert habe.

Er geht nach dem ersten Klingeln ran. Seine Stimme ist tief, beruhigend wie ein Balsam. Das war sie schon immer.

»Hi«, sage ich leise. Ich informiere ihn, dass wir gepackt haben und fast abfahrbereit sind und dass ich es kaum erwarten kann, ihn wiederzusehen. »Bald«, sage ich und frage ihn, ob er bereit ist. Er bejaht, und ich lächle, auch wenn er mich nicht sehen kann.

Zehn Minuten später öffne ich meine Schlafzimmertür, als Sloane und Harper aus dem Bad kommen, Harper in den roten Jelly-Schuhen, die ich unter einem Haufen Stofftiere versteckt habe, damit Sloane etwas zu tun hat, während ich packe. »Seid ihr fertig?«, frage ich.

Sie nicken beide. »Du?«, fragt Sloane, ihre Stimme etwas höher als sonst. Sie will nicht zu direkt sein, aber sie kann sich nicht vorstellen, dass ich vorhabe, das Haus so zu verlassen, als wäre ich gerade aus dem Bett gekommen. Ganz anders als die Violet, die sie zu kennen glaubt.

Ich hatte nicht gelogen, als ich ihr bei einem unserer ersten gemeinsamen Spaziergänge erzählte, wie viel Zeit ich auf mein Aussehen verwende. Und zwar gefühlt schon mein Leben lang. Ich war ein schlaksiges Kind mit großen Ohren, großen Zähnen, großer Nase. Irgendwann wuchs ich in meine Gesichtszüge hinein, aber in diesen langen, schmerzhaft unsicheren Jahren stand meine Mutter jeden Tag mit mir vor dem Spiegel, einen Lockenstab in der einen Hand, eine Augenbrauenbürste in der anderen. »Es ist wichtig, dass du dir Mühe gibst«, ermahnte sie mich, während sie meine Haare glättete und stylte und dabei an ihnen zog, bis mir Tränen in die Augen stiegen.

Die unterschwellige Botschaft – wenn du dich nicht um dein Aussehen kümmerst, wird sich niemand für dich interessieren – ist mir im Laufe meines Lebens millionenfach begegnet. Jetzt hoffe ich, dass es sich als wahr erweist. Ich fühle mich jetzt schon leichter.

»Ja, fertig!«, sage ich. »Los geht's!«

Sloane schafft es, ihre Überraschung zu verbergen, und lächelt freundlich. Zu dritt gehen wir die Treppe hinunter, erst Sloane, dann Harper, dann ich. Die Haustür ist offen, alle Koffer bis auf meinen stehen bereits auf dem Gehweg. Ich halte den Griff meiner Tasche fest umklammert.

Jay steht neben einem schwarzen Auto und starrt auf sein Handy. »Kommt schon«, ruft er und öffnet die Hintertür. »Alle einsteigen!« Harper und Sloane gehen auf das Auto zu.

»Wartet!«, rufe ich, und alle drehen sich um. »Lasst uns ein Foto machen! Ist das in Ordnung?«, frage ich den Fahrer.

»Jetzt?«, erwidert Jay. Er schaut auf seine Uhr, dann wieder zu mir. »Wir sollten wirklich los.«

Ich nicke. »Es geht auch ganz schnell. Direkt vor der Treppe ist gut. Na kommt schon«, sage ich und bedeute ihnen, sich neben mich zu stellen.

Jay seufzt, aber er nimmt Harper hoch und trägt sie zurück zur Treppe. Sloane rührt sich nicht und wartet beim Auto.

»Was machst du da?« frage ich. »Ich meinte auch dich, Dummerchen! Komm rauf! Können wir dein Handy benutzen?«

Sloane gibt ihr Handy dem Fahrer und eilt die Treppe hinauf, um sich neben mich zu stellen.

»Cheese!« sage ich, als der Fahrer das Telefon hochhält.

Als das Foto geknipst ist, quetschen wir uns alle ins Auto. Harper sitzt zwischen mir und Sloane, die Kopfhörer ans iPad angeschlossen. Vornübergebeugt, ist ihr Blick auf die Zeichentrickserie auf dem Bildschirm gerichtet. Sloane und ich grinsen uns über ihren Kopf hinweg an. Wir sind beide aufgeregt, aber nur eine von uns hat wirklich Grund dazu.

Vier Stunden später setzt uns das Auto an einer sonnigen Anlegestelle ab, an der es von anderen Reisenden nur so wimmelt. Wir laden die Koffer aus dem Kofferraum und beginnen, sie zum Boot zu schleppen.

»Lächeln, ihr zwei!« sage ich zu Sloane und Harper. Ich halte mein Handy hoch. Sloane geht neben Harper in die Hocke und legt einen Arm um ihre kleinen Schultern. Ich will so viele Bilder wie möglich von Harper und Sloane, von Jay, Sloane und Harper. Ich will, dass es Beweisfotos von ihnen als Familie gibt.

Die Überfahrt mit der Fähre dauert nur knapp eine Stunde. Während Jay in der Kabine ist und so tut, als würde er arbeiten, verbringen Sloane, Harper und ich die Zeit auf dem Oberdeck, zählen Möwen und halten Ausschau nach Walen. Es ist heiß und kühl zugleich, die Sonne knallt auf uns herab, der Wind weht und streicht über die kalte, salzige Meeresoberfläche. Wenn eine größere Wolke über unseren Kopf hinwegzieht, zittern wir alle und rücken zusammen, um uns zu wärmen.

Ich mache reihenweise Fotos, meist von Harper und Sloane, ein paar Selfies von uns dreien, und winke ab, als Sloane mir anbietet, Harper und mich zu fotografieren.

»Ich sehe furchtbar aus«, erkläre ich und verdecke mein Gesicht mit den Händen. »Völlig verquollen. Ernsthaft, bitte keine Fotos von mir machen!«

Kurze Zeit später legt die Fähre an, und alle strömen von Bord, die Rampe hinunter. Unten bleibe ich stehen und atme die von Meeresgischt erfüllte Luft ein. Früher hat meine Großmutter immer hier auf uns gewartet, mit weit geöffneten Armen. Ich schließe die Augen und stelle sie mir vor, breit lächelnd, ihre Hand auf dem großen Schlapphut, damit er nicht vom Wind weggeweht wird. Es ist heiß hier, genauso heiß wie in der Stadt, doch es fühlt sich anders an. Dort möchte man sich vor lauter Hitze verkriechen, aber auf der Insel möchte man sich ausziehen, langsam das Hemd aufknöpfen, die Shorts über die Hüften streifen, den Slip zu Boden gleiten lassen. Es ist eine sinnliche Wärme, die alle entspannt und alles lockert.

Wir warten mit dem Gepäck, während Jay den Mietwagen holt. Als er anhält, bestehe ich darauf, dass Sloane vorne neben ihm sitzt. »So hast du den besten Blick auf die Insel!«, sage ich zu ihr und klettere auf die Rückbank. Harper sieht erschöpft aus, ihre Augen sind glasig. Ich ziehe sie dicht an mich heran und lasse ihren Kopf an meinem Körper ruhen.

Das Auto fährt langsam die Kiesauffahrt hinunter, von der Bootswerft auf die asphaltierte Straße, die Fenster sind heruntergelassen, die Luft ist herrlich warm und salzig. Ich bin zu Hause.

Bald erreichen wir die Hauptstraße des Ortes, einen belebten Häuserblock mit Eisdielen, Souvenirläden und Restaurants, die auf Schildern Hummerbrötchen und frittierte Muscheln anpreisen. Auf den Wegen flanieren Menschen mit Sonnenbrillen, Sommerkleidern und breitkrempigen Hüten und lecken an ihrem Eis oder schlürfen Limonade mit Crushed Ice. Beinahe fühlt es sich so an, als wäre man an einem Filmset gelandet. Am Ende des Blocks weise ich Jay an, auf eine einspurige Straße abzubiegen, die direkt am Meer entlangführt. Links ist das Wasser, rechts reihen sich Strandhäuser mit Holzveranden aneinander, auf denen nasse Badeanzüge und Handtücher zum Trocknen über den Geländern hängen.

Je weiter wir fahren, desto weiter liegen die Häuser auseinander, getrennt durch buschige Seegrasflächen und hohes federartiges Pampasgras, das sich im Wind wiegt. Ich bemerke, dass Harper eingeschlafen ist, der Kopf vornübergekippt, der Mund leicht geöffnet, ihr Körper schwer. Sloanes Blick begegnet meinem im Rückspiegel, und wir lächeln uns an.

Ein paar Minuten später fahren wir auf das Ende eines langen Blocks zu. Ich schaue auf die Karte auf meinem Handy. »Es ist das nächste Haus«, sage ich zu Jay. »Das mit den Fensterläden.«

Jay biegt langsam in die Kiesauffahrt ein und stellt den Motor ab. Vorsichtig schnalle ich Harper ab und hebe sie auf meine Hüfte, ihr Kopf an meiner Schulter. Sie verlagert ihr Gewicht und schmiegt dann ihr Gesicht an meinen Hals.

Jay, Sloane und ich bleiben in der Einfahrt stehen und schauen hinauf zum Haus. Es ist ein zweistöckiges Cottage mit blauer Fassade, einem ausgebleichten Reetdach und weißen

Fensterläden, nicht unähnlich denen meiner Großmutter. Es gibt eine überdachte Veranda mit zwei einander zugewandten Adirondack-Stühlen. Gegenüber führt ein Weg zum weißen Sandstrand und zum Meer.

Wir gehen schweigend hintereinander den gepflasterten Weg zur Veranda hinauf. An der Eingangstür ist ein Zahlenschloss angebracht, genau wie Gina es mir beschrieben hat. Ich nenne Jay den Code, und er lässt uns rein.

Gina hat nicht zu viel versprochen. Das Innere des Hauses ist ebenso malerisch wie das Äußere. Es ist groß und luftig, mit weiß getünchten Holzböden und einer Schiffswandverkleidung, Rattanmöbeln, pastellblauen Polstern mit maritimen Streifen. Die Deko ist im klassischen Strandhaus-Stil gehalten: gerahmte Bilder von Rettungsschwimmertürmen aus Holz und alten VW-Bussen, die am Strand geparkt sind; an der Wand neben der Eingangstür hängt ein verrosteter Anker; auf dem Couchtisch liegen Muscheln und Seesterne in einer Glasschale. In den Bücherregalen steht klassische Urlaubslektüre: Sommerromanzen und Krimis, deren Einbände abgegriffen und verblichen sind. Die Küche im hinteren Teil des Hauses hat einen bezaubernden Vintage-Charme mit schwarz-weiß gefliesten Böden im Retro-Stil, einem Old-School-Herd mit passendem Kühlschrank und petrolfarbenen Schränken. Sie verfügt über einen runden Tisch mit vier Stühlen und eine Hintertür, die aussieht, als würde sie auf eine Terrasse führen. Fast erwarte ich, dass jeden Moment meine Großmutter mit einer Kanne Eistee in der Hand hereinspaziert.

Ich nicke in Richtung Treppe, um Jay und Sloane zu bedeuten, dass ich Harper in ihr Zimmer bringe, und setze bedächtig einen Schritt vor den anderen. Oben angekommen, liegt links von mir ein großes Schlafzimmer mit Strandblick, gegenüber ein kleines Schlafzimmer und rechts von mir, am Ende des Flurs, ein weiteres großes Schlafzimmer. Ich bringe Harper in das kleine Schlafzimmer mit dem Doppelbett und lege sie sanft auf die Decke. Sie rollt sich auf den Bauch, seufzt und schläft wieder ein.

Ich schließe die Tür hinter mir und steige die Treppe hinunter. Ich gehe gerade zurück ins Wohnzimmer, als Jay und Sloane, die Hände voll mit Koffern, durch die Vordertür kommen. »Sollen die rauf?«, fragt Jay.

»Lass sie erst mal hier.« Ich zeige auf eine Ecke des Wohnzimmers. »Wir können sie hochbringen, wenn Harper wieder wach ist. Sie ist total erledigt.« Ich lasse mich aufs Wohnzimmersofa plumpsen. »Ich auch, ehrlich gesagt. Eigentlich wollte ich zum Laden, um ein paar Sachen einzukaufen, aber« – ich blicke zu Jay – »könntest du stattdessen fahren?« Ich schenke ihm ein hoffnungsvolles Lächeln.

Jay zuckt mit den Schultern. »Klar.«

»Danke.« Ich lächle ihn an. »Vielleicht ein paar Hot Dogs zum Abendessen? Milch, Eier. Toastbrot für morgen.«

»Sonst noch was?«

Ich schüttle den Kopf. »Nein, aber hey, warum nimmst du nicht Caitlin mit?«, sage ich. »Du könntest mit ihr eine Tour über die Insel machen! In der Garage sollten Beach Cruiser stehen. Du könntest mit ihr zu der kleinen Eisdiele radeln! Oh, oder zu dem Café neben dem Kajakverleih!«

»Äh, schon okay …«, beginnt Sloane zu protestieren. Sie blickt nervös von mir zu Jay. »Das muss er nicht …«

»Jay hat doch nichts dagegen, oder, Jay?«, werfe ich ein und fahre fort, noch ehe er antworten kann: »Die Insel lässt sich in weniger als zwei Stunden mit dem Fahrrad umrunden. Und auf dem Rückweg könntet ihr beim Markt haltmachen. Du kannst doch Fahrrad fahren, oder, Cait?«

Sloane nickt.

»Dann ist es abgemacht!«, verkünde ich. »Ich werde mit Harper zum Strand gehen, sobald sie aufwacht, und wir können Abendessen machen, wenn ihr zurückkommt.«

»Bist du sicher?«, fragt Sloane. »Ich kann auch bei Harper bleiben, wenn du willst.«

»Absolut«, erwidere ich. »Wirklich, ich bin erschöpft. Und so kann ich in Ruhe auspacken. Viel Spaß euch beiden, genießt die Insel!«

Ich tue so, als würde ich den Blick, den Jay mir zuwirft, nicht bemerken. Er ist verwirrt über meine Begeisterung, weiß nicht recht, was er davon halten soll. Nach einer Weile dreht er sich um und lächelt Sloane an. »In Ordnung, dann mal los«, sagt er und hält ihr die Haustür auf. Sie lächelt zurück und errötet leicht. Sie ist ganz vernarrt in ihn, das arme Ding.

Als sich die Tür hinter ihnen schließt, lächle ich. Es ist wichtig, dass man sie vom ersten Tag an zusammen sieht. Mr. und Mrs. Lockhart.

23

Als ich allein bin, nehme ich meinen Koffer und schleppe ihn die Treppe hinauf, den Flur hinunter zum Schlafzimmer mit Strandblick. Es ist wunderschön, hell und hat zwei große Fenster, die aufs Meer blicken, wo der Sand auf die schäumende Brandung trifft. An der Wand zu meiner Rechten steht ein Kingsize-Bett, das von zwei Türen flankiert wird; eine führt zu einem großen begehbaren Kleiderschrank, die andere zu einem Badezimmer. An der linken Wand befindet sich eine moderne Kommode, zu deren beiden Seiten Sessel stehen.

Ich werfe meinen Koffer auf das Bett. Das Wichtigste zuerst. Gina, die Maklerin, hat mir versichert, dass sich irgendwo im Haus ein Safe befindet. Ich entdecke ihn in einem Wäscheschrank im Badezimmer; als Code verwende ich den Geburtstag meiner Großmutter, das gleiche Passwort wie für mein Prepaidhandy. In den Safe lege ich drei Dinge: die Waffe, das Telefon und die Mappe, die mir mein Anwalt letzte Woche geschickt hat, mit den Scheidungspapieren darin.

Nachdem ich den Safe wieder verschlossen habe, packe ich nur eine Sache aus – ein rotes Kleid von Hervé Léger, das ich letzte Woche gekauft habe – und hänge es in den begehbaren Kleiderschrank. Den Rest – zwei bescheidene einteilige Badeanzüge, Shorts, ein paar T-Shirts – lasse ich in meinem Koffer. Ich möchte alles in ein paar Tagen problemlos in Sloanes Zimmer räumen können.

Ich gehe wieder runter und bringe das restliche Gepäck nach oben: Jays in unser Zimmer, Sloanes in ihres. Als ich das von Harper vor ihrer Tür abstelle, höre ich drinnen ein Rascheln.

»Mom?«, ruft Harper, ihre Stimme klein und schlaftrunken.

Ich schiebe die Tür vorsichtig auf. »Hast du gut geschlafen, mein Schatz?«, frage ich. »Du bist im Auto eingenickt.«

Harper sitzt in der Mitte des Bettes, mit müden Augen und abstehenden Haaren. »Sind wir am Strand?«, fragt sie.

Ich nicke. »Willst du ein bisschen im Sand spielen?«

Dreißig Minuten später liegen wir auf einer Stranddecke, unsere Haut glänzt von der Sonnencreme. Harper buddelt mit einer kleinen Plastikschaufel ein Loch neben der Decke, um nach Strandkrabben zu suchen. Ich lehne mich zurück und verschränke die Arme hinter dem Kopf. *Vielleicht*, denke ich hoffnungsvoll, *wird Jay auf dem Rückweg von einem Auto angefahren*.

Wir sind bereits etwa eine Stunde am Strand, als ich Jay und Sloane auf ihren Fahrrädern kommen sehe. »Guck mal!«, sage ich zu Harper. »Da sind Daddy und Caitlin!« Ich hebe die Hand und winke. Harper winkt ebenfalls.

Sowohl Jay als auch Sloane winken zurück. Ich sehe, wie Jay etwas zu Sloane sagt, dann steigen beide von ihren Fahrrädern. Er nimmt eine Papiertüte aus dem Korb seines Fahrrads und geht in Richtung Haus, während Sloane den Weg zum Strand hinuntergeht.

Sloane kommt mit einem breiten Lächeln auf uns zu. Sie sieht aufgedreht aus, ihre Augen funkeln, ihre Wangen sind gerötet. Sie haben sich gut amüsiert, genau wie ich es mir dachte. Mit seinem unbekümmerten Lächeln, mit der Art, wie er einen ansieht, gibt Jay einem das Gefühl, man befände sich auf dem höchsten Punkt einer Achterbahn, die gleich hinuntersausen wird. Eine Mischung aus Hochgefühl und Vorfreude, Magenkribbeln und Herzklopfen.

So habe ich mich auch gefühlt, als ich ihn zum ersten Mal traf. Er saß in meinem ersten Studienjahr am Tisch neben mir und lächelte mich an, als er sich auf den Stuhl sinken ließ. Es war erst meine zweite Woche auf dem Campus. »Ist der Platz besetzt?«, hatte er gefragt.

»Jetzt schon«, sagte ich.

Er begleitete mich zurück zu meinem Wohnheim, wo wir auf meinem Bett saßen und redeten, während sich unsere Schenkel berührten. Ich konnte in seiner Nähe kaum atmen. Er sah so gut aus, dass es wehtat. Und er war lustig und brachte mich zum Lachen. Aber vor allem war es die Art, wie er mir in die Augen sah, wie alles andere um uns herum verschwand. Zwei Wochen später fragte er mich, ob ich seine Freundin sein wolle, und dann, als wir unseren Abschluss gemacht hatten, ob ich seine Frau werden wolle. Beide Male sagte ich Ja, noch bevor er die Frage zu Ende gestellt hatte. Ich wusste, dass ich nie genug davon kriegen würde, wie er mich ansah; es war mir nie in den Sinn gekommen, dass er vielleicht genug davon bekommen könnte, mich anzusehen.

»Jay wirft schon mal den Grill an«, teilt mir Sloane mit, als sie näher kommt. »Er meinte, wir sollen in einer Stunde hochkommen.«

»Hat es dir gefallen?«, frage ich. Ich bedeute ihr, dass sie sich zu mir auf die Stranddecke setzen soll.

Sie nickt, als sie sich setzt und die Beine im Sand ausstreckt. »Es ist wunderschön hier.« Sie lehnt den Kopf zurück und atmet tief ein. »Alles wirkt hier so friedlich, als könnte sich nichts

Schlimmes ereignen, weißt du?«, sagt sie und sieht lächelnd zu mir herüber.

Ich nicke. Ich weiß, was sie meint. Nur dass hier wirklich schlimme Dinge passieren. Menschen ertrinken, sterben an einer Überdosis oder durch Trunkenheit am Steuer. Dutzende Tote jeden Sommer, unvorsichtige Touristen mit zu viel Geld und zu wenig Rücksicht auf sich und andere.

Schlimme Dinge passieren, aber sie werden schnell bereinigt, durch Geld und Macht aus dem Weg geräumt. Nichts wird allzu genau untersucht. Es handelt sich angeblich stets um Unfälle oder natürliche Todesursachen, die Unterschrift des Gerichtsmediziners auf dem Totenschein ebenso nachlässig und schlampig wie er selbst. Gerüchten zufolge schaute er gerne weg, unterschrieb den Papierkram, ohne Fragen zu stellen – solange es sich für ihn lohnte.

Wie damals, als eine Praktikantin aus dem Ferienhaus eines Senators verschwand, puff, einfach so. Jeder hatte sie in diesem Sommer zusammen gesehen, hatte bemerkt, wie schön sie war, wie jung sie wirkte – vor allem im Vergleich zu seiner Frau. Ihre plötzliche Abwesenheit wurde weggeredet, ganz zu schweigen von den Schreien, die wir alle in der Nacht vor ihrem Verschwinden gehört hatten, und von der Putzkolonne, die am nächsten Morgen in sein Haus kam. Es war etwas, von dem nur die Einheimischen wussten, unser Geheimnis, das wir bewahren mussten. Niemand wollte mehr als wir, dass die Schönheit der Insel ungetrübt blieb, nicht einmal diejenigen, die die Schecks ausstellten.

Nichts – niemand – ist perfekt, nicht einmal die Dinge, die man am meisten liebt. Als ich aufwuchs, konnte ich mir nicht erklären, wie ein so sonniger Ort so finster sein konnte, aber jetzt kommt mir das gelegen. Tatsächlich ist das einer der Gründe, weshalb wir hier sind.

Ich drücke Sloanes Hand. »Danke fürs Kommen, Cait.«

Sie erwidert die Geste. »Danke, dass du mich eingeladen hast.«

Als wir zurück zum Haus kommen, sonnengerötet und salzverkrustet, steht Jay auf der hinteren, zur Küche gehörenden Terrasse vor einem rauchenden Grill. »Wer will einen Hotdog?«, ruft er, als er uns sieht. »Harper?«

»Ja!«, schreit Harper. »Aber nur mit Ketchup. Ich mag keinen Senf«, sagt sie zu Sloane, die aufmerksam nickt, als hätte sie gerade eine unglaublich wichtige Information erhalten. Ich spüre einen Anflug von Zuneigung, sowohl für Harper als auch für Sloane. Dann einen Anflug von Wut auf Jay. Er vergisst ständig, dass Harper Senf hasst, und bietet ihn ihr immer an, egal wie oft sie ihn daran erinnert.

Wir essen an dem kleinen Tisch in der Küchenecke, noch in unseren Badeanzügen, die Handtücher um die Hüften geschlungen. Jay genehmigt sich ein Bier, während wir anderen kalte Limonade aus Plastik-Weingläsern trinken. Sloane kann ihren Blick kaum von Jay abwenden. Sie lacht laut auf, wenn er spricht, und hängt förmlich an seinen Lippen. Er scheint die Aufmerksamkeit zu genießen – natürlich tut er das, das hat er immer schon – und schaut mich ab und zu an, um meine Reaktion zu sehen. Ich tue so, als würde ich es nicht bemerken, lache mit und setze ein fröhliches Lächeln auf.

Um sieben, nachdem wir unsere Hot Dogs gegessen haben – ich hatte drei – und unsere Gläser leer sind, blicke ich zu Harper. »Okay. Zeit für ein Bad, kleine Bohne. Jay, bist du bereit?«

Harper zieht einen Schmollmund. »Ich will, dass du mich badest, nicht Dad!« *Braves Mädchen.* Ich hatte ihr vorhin gesagt, ich hätte eine Idee, wie wir ihr Bad heute Abend besonders lustig gestalten könnten.

Ich werfe Jay einen hilflosen Blick zu, der ausdrückt: *Was sollen wir jetzt machen?* Er hebt kapitulierend die Hände. »Dann mache ich den Abwasch, schon in Ordnung.«

»Ich helfe dir«, sagt Sloane schnell. Sie wirft einen Blick zu Jay, dann schaut sie weg. Im Stillen beglückwünsche ich mich selbst. Köder ausgeworfen und geschluckt. Der Fisch hat angebissen.

»Großartig!« sage ich. »Danke.« Je mehr Zeit sie allein verbringen, desto besser. »Na dann los, Harp.« Und an Jay und Sloane gewandt: »Ich gehe wahrscheinlich direkt im Anschluss ins Bett. Ich bin immer noch groggy von der Anreise. Sehen wir uns morgen früh?«

Beide nicken.

Während ich mit Harper im oberen Badezimmer bin und Harper in der Wanne planscht, höre ich das Klirren von Geschirr, das gespült wird, und das Öffnen und Schließen des Kühlschranks. Wenn ich raten müsste, schrubbt Jay vermutlich die Teller, während Sloane abtrocknet und die Küche aufräumt. Man hört das Crescendo ihrer Stimmen, Lachen, ab und zu einen spielerischen Aufschrei. Wahrscheinlich wirft er mit Seifenblasen nach ihr, während sie wegspringt, ihn grinsend mit einem Geschirrtuch schlägt. Ich stelle mir vor, wie es zwischen ihnen knistert, wenn er ihr etwas gibt und ihre Hände sich berühren. Bei Jay liegt immer Spannung in der Luft, das Knistern der Hitze, das Versprechen auf mehr.

Ich lese Harper im Bett vor, als sich die Tür langsam öffnet und Jay den Kopf hereinstreckt. »Nacht, Harp«, sagt er leise, als er sieht, dass sie noch wach ist.

Er durchquert das Zimmer und drückt ihr einen Kuss auf den Scheitel. Sie schlingt ihre kleinen Arme um seinen Hals. »Gute Nacht, Dad«, sagt sie. »Hab dich lieb.« Das versetzt mir einen Stich ins Herz. Sie wird ihn vermissen, wenn er nicht mehr da ist. Aber ich werde es wiedergutmachen. Ich werde sie für zwei lieben.

Als er den Raum verlässt, höre ich seine Schritte auf der Treppe. Ich habe Sloane noch nicht hochkommen hören. Vielleicht landen sie zusammen auf der Couch, schauen sich einen Film an und teilen sich eine Decke; ich frage mich, wessen Hose wohl zuerst aufgeht. Aber als ich auf den Flur trete und Harpers Tür hinter mir schließe, kommt Sloane die Treppe herauf.

Sie lächelt mich an. »Schläft sie?«, flüstert sie und deutet auf Harpers Zimmer.

»Tief und fest.« Ich nicke. »Wir müssen nicht leise sein. Wenn sie einmal weggedöst ist, weckt sie nichts so leicht auf.«

Nicht einmal Schreie oder das Geräusch von zerbrechendem Glas, das Heulen von Sirenen. Wie sie in jener Nacht, die jetzt etwa ein Jahr zurückliegt, durchgeschlafen hat, werde ich nie erfahren. Aber ich bin so dankbar dafür, dass ich den Boden küssen möchte.

»Wir sehen uns dann morgen früh«, sagt Sloane. »Ich bin erledigt.« Sie winkt kurz, als sie ihr Zimmer betritt, und schließt dann die Tür hinter sich.

Eine halbe Stunde später kommt Jay in unser Schlafzimmer. Ich verlangsame meinen Atem und tue so, als ob ich schlafe. Er zieht sich aus und legt sich neben mich, die Matratze sinkt unter seinem Gewicht ein.

»Violet«, flüstert er in die Dunkelheit. »Violet?« Er rückt näher, und ich spüre, wie er sich an meinen Rücken drückt, sein Körper ist warm, begierig. Ich bleibe still. Er drückt fester, atmet in mein Ohr, in mein Haar; dann, als ich nicht reagiere, gibt er auf und dreht sich um.

Selbst wenn ich gewollt hätte, was ich nicht tue – lieber würde ich mit einem Kaktus schlafen –, hätte ich ihn abgewiesen. Der Stachel der Zurückweisung war schon immer besonders schmerzhaft für Jay; er wird etwas brauchen, um diesen Schmerz zu lindern. Jemanden, um genau zu sein.

Zu seinem Glück muss er nicht lange suchen.

24

Am nächsten Morgen wache ich auf, weil die Sonne durchs Fenster scheint und das ganze Zimmer so hell ist, dass ich die Augen zukneifen muss. Jay schläft noch, sein Mund ist leicht geöffnet. Langsam, um ihn nicht zu wecken, nehme ich mein Handy vom Nachttisch und schiele auf die Uhrzeit. Es ist kurz vor sieben. Ich steige aus dem Bett, nehme ein paar Sachen aus meinem Koffer – einen gestreiften Badeanzug mit dicken Trägern, ein verblasstes Tanktop, eine abgeschnittene Shorts und ein Basecap – und ziehe mich leise im Badezimmer an. Ich wasche mein Gesicht nicht und trage auch kein Make-up auf.

Als ich das Bad verlasse, werfe ich einen kurzen Blick in den Spiegel. Es überrascht mich, wie ich mich fühle, wenn ich mich so sehe, ungeschminkt, pur. Es ist wie ein tiefer Seufzer der Erleichterung, als hätte ich endlich ausgeatmet, nachdem ich zu lange die Luft angehalten habe, und mein ganzer Körper entspannt sich. Ich fühle mich wieder wie das Mädchen, das ich einst auf dieser Insel war. Das liegt nicht an dem, was ich trage, dem zu großen Hemd und dem bequemen Badeanzug, sondern daran, dass ich mich zum ersten Mal seit Ewigkeiten nicht für jemand anderen anziehe. Es ist mir egal, was andere denken, wenn sie mich sehen. Ich bin aus Jays Käfig ausgebrochen. Ich bin frei.

Ich dachte, so würde ich mich auf dem College fühlen, endlich allein, die Erwartungen meiner Eltern und meine Uniform der Privatschule erfolgreich abgestreift. Aber noch bevor ich mich selbst fand, fand ich Jay. Ich dachte, er wäre das Gegenmittel zu der braven, puritanischen Tochter, die ich zu Hause sein sollte, die Befreiung, nach der ich mich sehnte, eine authentische Lieb-mich-so-wie-ich-bin-Liebe. Doch ich habe mich getäuscht. Anstatt die Person zu werden, die ich sein wollte, wurde ich die, die *er* haben wollte. Das Mädchen von der Insel wurde erneut begraben, so wie damals im Haus meiner Eltern. Aber jetzt ist sie wieder da, sie ist hier. Ich lächle mich selbst an. *Willkommen zurück, Violet. Schön, dich wiederzusehen.*

Unten packe ich eine Strandtasche: einen Stapel Handtücher und eine Decke, Wasser und ein paar Dosen Limonade, Snacks, Sonnencreme. In der Garage finde ich ein paar Liegestühle und einen Sonnenschirm, die ich auf der Veranda zwischenparke.

Kurz vor acht höre ich, wie Harpers Tür aufgeht. Ich schiebe zwei Toastscheiben in den Toaster und begrüße sie, als sie die Treppe herunterkommt. Sie blinzelt sich noch den Schlaf aus den Augen und gähnt.

»Hallo, mein Schatz«, sage ich leise. »Die anderen schlafen noch. Zieh deinen Badeanzug an, dann gehen wir schon mal an den Strand!«

Sie nickt, als ich sie wieder die Treppe hinaufführe. Ich schaffe es, sie ohne großen Widerstand anzuziehen, obwohl ihre Glieder noch schwer vom Schlaf sind.

Als wir wieder nach unten kommen, ist der Toast fast verbrannt. Ich schmiere schnell Butter darauf und hoffe, dass Harper es nicht bemerkt. Doch das tut sie. »Der ist zu schwarz«, sagt sie und rümpft die Nase.

Ich rolle mit den Augen. »Okay, ich esse ihn. Wie wär's mit dem hier?« Ich halte die andere Scheibe hoch, die etwas weniger durchgeröstet ist.

»Nein! Der ist auch verbrannt!«, schimpft sie und funkelt mich mit vom Schlafen wild zerstrubbelten Haaren an. Harper ist kein Morgenmensch.

Normalerweise würde ich dagegenhalten und betonen, dass man Essen nicht wegwirft, aber ich möchte früh an den Strand, und wenn ich nicht nachgebe, gibt es Geplärre und Geschrei. Also stecke ich zwei frische Scheiben in den Toaster.

Während Harper ihren perfekt gebräunten Toast isst, durchstöbere ich die Küchenschubladen, bis ich ein Stück Schmierpapier und einen Stift finde. Schnell schreibe ich einen Zettel für Sloane und klebe ihn an den Kühlschrank: *Sind am Strand. Komm dazu, wenn du so weit bist!*

»Okay, lass uns gehen«, sage ich zu Harper. Es ist wichtig, dass wir am Strand sind, bevor Sloane aufwacht.

Wir sind seit etwa einer Stunde am Strand und haben unsere Liegestühle und den Sonnenschirm aufgebaut, als ich eine Frau und zwei Kinder entdecke, die von dem Haus neben unserem den grasbewachsenen Weg zum Strand hinuntergehen. Dank eines großzügigen Trinkgelds an Gina, meine außergewöhnliche Reiseberaterin, kenne ich bereits ihren Namen und die ihrer beiden Kinder. Sie sind vor zwei Tagen angekommen. Sie sind der Grund, warum ich so viel für das Ferienhaus hingeblättert habe.

Ich beobachte, wie die Frau eine große Decke ausbreitet, einen Strandstuhl ausklappt und einen Haufen Sandspielzeug aus einer Tasche schüttet. »Na komm«, sage ich zu Harper, »lass uns neue Freunde finden.«

Ich nehme sie an die Hand, und gemeinsam machen wir uns auf den Weg zu ihrem Strandplatz.

»Hi!«, rufe ich, als wir näher kommen.

Die Frau blickt von einem abgegriffenen Taschenbuch auf, ihr Gesicht liegt im Schatten eines Strohhutes.

»Wir sind Nachbarn«, sage ich. Ich zeige nach oben zu unserem Haus. »Wir sind gestern angekommen. Ich habe Ihre Kinder gesehen und dachte, es wäre schön, wenn Harper ein paar Spielkameraden hätte. Harper, magst du Hallo sagen?«

»Hallo«, sagt Harper schüchtern.

Die Frau lächelt und erhebt sich. Sie ist eine jung aussehende Mutter, hellblondes Haar, sommersprossige, blasse Haut, groß und schlank mit einer leicht knabenhaften Figur, ein etwas vogelartiges Gesicht, aber niedlich. Sie trägt ein zu großes, verblichenes blaues Chambray-Shirt offen über einem String-Bikini, die Ärmel bis zum Ellbogen hochgerollt. Ihre Hüftknochen ragen kantig unter den Bikinischnüren hervor.

»Hallo«, sagt sie. »Wir können uns gern duzen. Ich bin Anne-Marie. Und das sind Rooney und Claire.« Sie zeigt auf die beiden Kinder unten am Wasser, erst auf den Jungen, dann auf das Mädchen.

Ich knie mich neben Harper. »Harper, möchtest du mit den beiden spielen?«

Sie nickt und hüpft fröhlich davon. Lächelnd blicke ich ihr hinterher, das Herz schlägt mir bis zum Hals. Das ist mein Mädchen, mein geselliges Golden-Retriever-Kind.

»Wie alt ist sie?«, fragt Anne-Marie.

»Sie wird Ende des Monats fünf«, antworte ich. »Übrigens, ich bin Caitlin. Das Kindermädchen von Harper.« Ich reiche ihr die Hand, und sie nimmt sie, ihre Handfläche ist kühl, die Finger schlank.

»Freut mich«, sagt sie. »Du meintest, ihr wärt gestern angekommen? Von wo?«

»New York. Und ihr?«

»Aus Charlotte in North Carolina. Wir sind seit Freitag hier. Ihr habt Glück; ihr habt den Sturm und den sintflutartigen Regen knapp verpasst. Die ersten beiden Tage, die wir hier waren, hat es nur geschüttet. Die Kinder sind fast durchgedreht! Aber dann, einfach so« – sie schnippt mit den Fingern – »hat es aufgehört. Ich hatte schon Angst, wir würden die ganze Zeit drinnen festsitzen oder, noch schlimmer, nach Hause fliegen müssen! Allein die Vorstellung, mit den beiden zurückzufliegen …« Sie schüttelt nachdrücklich den Kopf. »Sagen wir einfach, ich brauche einen starken Drink, wenn ich nur daran denke!«

Anne-Marie, so stelle ich fest, gehört zu den Leuten, die ohne Punkt und Komma reden, als sie nahtlos dazu übergeht, mir von ihrer Anfahrt zu berichten, davon, wie Rooney auf dem Flug schlecht wurde und damit Claire ansteckte, und dass ihr Mann keine Hilfe war, weil er vor dem Start zwei Valium und ein Glas Wein gegen seine Flugangst genommen hatte und am Fenster eingeschlafen war. »Ich bekam ihn kaum aus dem Flugzeug raus«, sagt sie. »Derweil waren beide Kinder und ich mit Kotze bedeckt.« Anne-Marie verdreht die Augen, als sie das sagt, so nach dem Motto: *Du weißt schon, Ehemänner.* Natürlich weiß ich Bescheid. Meiner ist zufällig noch schlimmer als ihrer, auch wenn Fitz – ich erfahre schnell seinen Namen – ziemlich anstrengend zu sein scheint.

Nachdem sie endlich mal kurz Luft holt, zeigt Anne-Marie hinter mich. »Oh«, sagt sie und schirmt ihre Augen gegen die Sonne ab. »Ist das Harpers Mutter?« Ich drehe mich um und sehe Sloane, die auf unseren Sonnenschirm zugeht. Erfreut bemerke ich, dass sie den Überwurf trägt, den ich ihr gekauft habe, und eine schicke, lässige, übergroße Dior-Brille. Eine New Yorker Mom im Urlaub.

Ich nicke. »Violet Lockhart. Du wirst sie mögen. Ich sollte Harper holen, aber komm doch heute Nachmittag mit den Kindern vorbei, dann stelle ich sie dir vor!«

»Das fänden wir toll!«, sagt Anne-Marie enthusiastisch.

»Komm schon, Harp!«, rufe ich. »Lass uns einen Snack essen gehen!« Und dann, an Anne-Marie gewandt: »War schön, dich kennenzulernen!«

Harper kommt bei der Aussicht auf etwas zu essen natürlich sofort angelaufen, und wir winken beide, als wir zu unseren Sachen zurückkehren.

»Morgen!« rufe ich Sloane zu, als wir uns nähern. Sie hat sich unter dem Schirm auf einen Liegestuhl gelegt, die Beine vor sich ausgestreckt.

»Morgen!«, sagt Sloane. Sie strahlt zu uns hoch.

Ich nehme auf der Liege neben ihr Platz und beginne, meine Tasche nach einem Müsliriegel für Harper zu durchwühlen. »Sorry«, sage ich entschuldigend. »Wir haben nur kurz unsere Nachbarn begrüßt. Sie wohnen im Haus nebenan.« Ich zeige auf ein blassrosa Haus mit dem gleichen grauen Reetdach wie unseres. »Sie haben zwei Kinder in Harpers Alter.«

»Rooney und Claire!«, verkündet Harper. »Claire ist älter als ich. Und Rooney ist ein Junge. Aber in meinem Kindergarten gibt es ein Kind namens Rooney, das ein Mädchen ist.«

Sloane erstarrt bei der Erwähnung von Mockingbird, ihr Kiefer verkrampft sich leicht. Wahrscheinlich kennt sie sie; Rooneys Mom hat mir erzählt, dass ihre Tochter in den Kindergarten geht, seit sie achtzehn Monate alt ist. Dann entspannen sich Sloanes Gesichtszüge, und sie lächelt Harper breit an. »Was für ein toller Zufall!«

»Nicht wahr?«, erwidere ich. »Ich habe sie für später eingeladen, damit die Kinder noch ein bisschen spielen können. Und du kannst die Mutter kennenlernen. Sie ist ein Ereignis für sich. Eine echte Quasselstrippe. Ich bin kaum zu Wort gekommen.«

Sloane lacht. »Na, ich freue mich jedenfalls, dass Harper jetzt Spielkameraden hat.«

Ich nicke. »Aber weißt du, was lustig ist?«, sage ich. »Sie dachte, *ich* wäre das Kindermädchen.«

Sloane neigt den Kopf zur Seite und schnaubt leise. »Das ist wirklich lustig«, sagt sie. »Wie kommt sie denn auf *so was*?«

»Ich glaube, sie hat Jay und dich gestern im Supermarkt gesehen und angenommen, dass ihr zusammen seid.«

Sloane errötet augenblicklich. »Und was hat sie gesagt, als du ihr erzählt hast, dass es *dein* Mann ist?«, fragt sie.

»Ich habe sie nicht korrigiert. Wie gesagt, ich bin kaum zu Wort gekommen!« Ich vergrabe mein Gesicht in den Händen, als wäre ich peinlich berührt. »Und ich wollte sie nicht in Verlegenheit bringen, also habe ich einfach mitgespielt und behauptet, ich würde Caitlin heißen.«

»*Was?*« Sloane lacht. »Sie denkt also, du bist das Kindermädchen und ich bin Harpers Mutter?«

Ich lache ebenfalls, als wäre es eine entzückende Verwechslung. »Ja! Ich dachte mir, wir kriegen sie wahrscheinlich eh nicht oft zu Gesicht, was macht das dann schon für einen Unterschied?«

»Du hast gerade gesagt, dass sie vielleicht später vorbeikommen«, erwidert Sloane.

»Ich weiß, ich weiß! Mein Fehler! Mach einfach mit, okay? Versprochen? Sonst komme ich rüber wie eine Irre, wenn ich das im Nachhinein aufkläre.«

Sloane zuckt mit den Schultern. »Okay, gut, aber es *ist* irre, das ist dir bewusst, oder?«, fragt sie spitz und zieht eine Augenbraue hoch.

Ich lache erneut. »Ich weiß! Können wir bitte über etwas anderes reden? Wie hast du heute Nacht geschlafen?«

Sie nickt. »Wie ein Stein. Du hättest mich heute früh wecken sollen!«

Ich winke ab. »Wir sind doch im Urlaub«, sage ich. »Und wenn du heute Morgen trotz Harpers Nervenzusammenbruch wegen ihres Toasts weitergeschlafen hast, hätte ich dich wahrscheinlich sowieso nicht wachgekriegt.«

»Er war verbrannt!«, sagt Harper entrüstet.

Sloane lächelt gutmütig. »Na ja, normalerweise schlafe ich nicht so tief. Es war herrlich. Auch wenn ich heute Morgen mit einem üblen Sonnenbrand aufgewacht bin.« Sie zieht den Ausschnitt ihres Shirts zur Seite, um eine gerötete Schulter zu zeigen.

»Autsch!«, kommentiere ich. »Wir besorgen uns später Aloe im Laden. Hier, lass uns heute nicht noch mal denselben Fehler machen.« Ich reiche ihr Sonnenschutz zum Aufsprühen. »Wenn du meinen Rücken einsprühst, übernehme ich deinen. Harper, lass mich dich auch noch mal einsprühen.«

Als wir alle ausreichend eingeölt sind, lehnen wir uns im Liegestuhl zurück, das Gesicht vom Hut beschattet.

Nach ein paar Minuten fragt Sloane scheinbar beiläufig: »Und Jay …?«

»Arbeitet.« Ich beende ihren Satz, ohne die Augen zu öffnen. »Er meinte, er würde versuchen, später zu uns zu stoßen.«

Natürlich habe ich nicht mit Jay gesprochen, bevor ich gegangen bin, aber ich nehme an, dass er irgendwann rauskommen und froh sein wird, eine Ausrede zu haben, um sein Hemd auszuziehen. So hat Sloane auch etwas, worauf sie sich freuen kann. Die Hoffnung in ihrer Stimme war nicht zu überhören.

Und kurz vor Mittag kommt er tatsächlich. Ich spiele mit Harper gerade in der Brandung und renne hin und her, während die Wellen an Land schwappen und sie jedes Mal quietscht, wenn das Wasser sie erwischt und an ihre Knöchel klatscht. Ich sehe ihn, wie er über die Düne läuft und den sandigen Hang hinunter zu unserem Sonnenschirm geht. In der einen Hand trägt er eine große braune Tasche, mit der anderen winkt er.

Harper fängt an zu kreischen, als sie ihn entdeckt, rennt auf ihn zu und springt in seine Arme. Er wirbelt sie herum, während Harper immer noch kreischt. Ich ringe mir ein Lächeln ab.

»Ich habe Sandwiches mitgebracht«, sagt Jay und hält die Tüte hoch. »Ich hoffe, ihr habt alle Hunger.« In dieser Rolle gefällt er sich: der Ehrenmann, der gute Vater. Jay rettet den Tag! Was für ein verdammter Heuchler. Ich lächle ihn breit an, während ich mir das größte raussuche.

Als wir mit dem Essen fertig sind, ruft Harper aufgeregt: »Können wir schwimmen gehen, Dad?«

Er schenkt ihr ein reumütiges Lächeln. »Ich muss zurück an die Arbeit, Harp«, sagt er. »Tut mir leid, Baby.«

Harpers Unterlippe schiebt sich vor, sie zittert. »Du bist doch gerade erst gekommen!«

Mein Magen verhärtet sich. *Genau, Jay, du bist gerade erst gekommen. Und wir beide wissen, was du da oben im Büro machst; es gibt keinen Grund, warum du nicht zehn Minuten für deine Tochter erübrigen kannst.* Es macht mich fertig, diese Zurückweisung zu sehen, diesen Schmerz in ihrem süßen Gesicht. Er verdient es, gevierteilt zu werden …

Jay seufzt. »Ich werde versuchen, heute ein bisschen früher Feierabend zu machen, okay?«

Sie starrt ihn an. »Ich will *jetzt* reingehen!«

»Ich werde mit dir reingehen, Harper«, bietet Sloane an.

»Ich will aber mit Dad gehen!«

»Bist du sicher? Ich kann dir beibringen, wie man eine Meerjungfrau fängt.« Sloane zuckt lässig mit den Schultern. »Ich meine, nur falls du daran interessiert bist.«

Ich verberge ein Lächeln. Das muss man ihr lassen: Sie kann gut mit Kindern umgehen.

Harper sieht Sloane nicht an und tritt stattdessen in den Sand vor ihr. »Meerjungfrauen gibt es nicht«, sagt sie, klingt aber nicht ganz überzeugt.

»Woher willst du das wissen?«, fragt Sloane.

Harpers Mundwinkel zucken. Sloane steht auf und bietet Harper ihre Hand an. Sie nimmt sie. »Hast du wirklich eine gesehen?«, fragt Harper.

Sloane blickt zu mir, dann zu Jay, der lautlos *Danke* mit dem Mund formt, und man sieht, wie sehr sie sich darüber freut. »Nur ein einziges Mal«, sagt sie zu Harper. »Na komm, gehen wir!« Sie laufen Hand in Hand zum Wasser hinunter. Harper kreischt, als sie in die Wellen springt.

»Danke für die Sandwiches«, sage ich zu Jay. »Wo hast du die her?«

»Aus dem Feinkostladen mit angeschlossenem Supermarkt, direkt an der Hauptstraße. Ich habe auch ein paar Lebensmittel eingekauft. Heute gibt es Burger zum Abendessen. Und Eis am Stiel.«

»Super«, sage ich. Ich hatte um Eiscreme gebeten, aber es ist typisch für Jay, dass er es besser weiß. Ich werde später noch mal im Markt vorbeigehen. Ich kenne den Laden gut; im Sommer bin ich jeden Tag mit ein paar Freunden reingegangen, barfuß, mit Sand an den Sohlen. Wir haben an der geöffneten Kühlschranktür herumgelungert, bis Mr. Menna uns anschrie, wir sollten uns endlich entscheiden. Meist kauften wir kalte Flaschen Snapple und Tüten mit süß-sauren Gummitieren, um sie mit an den Strand zu nehmen und auf unseren Handtüchern zu essen. Geld war nicht nötig. Wenn man Einheimischer war, konnte man überall auf der Insel anschreiben lassen, und die Rechnung wurde irgendwie, irgendwann beglichen. Mr. Menna muss um die siebzig gewesen sein, als ich Teenager war; ich frage mich, ob er immer noch da ist, weißhaarig und faltig.

»Hat dort ein alter Mann gearbeitet?«, frage ich Jay.

Er zuckt mit den Schultern. »Weiß nicht.«

Ich nicke knapp. Natürlich tut er das nicht. Um Jays Aufmerksamkeit zu erregen, muss man schon ein bestimmter Typ sein. Und ein alternder männlicher Ladenbesitzer gehört nicht dazu.

»Also, nochmals vielen Dank für das Mittagessen«, sage ich und zwinge mich zu einem Lächeln. »Wir kommen in ein paar Stunden rauf.«

Jay geht, und ich lehne mich in meinem Stuhl zurück und beobachte Sloane und Harper, die in den Wellen planschen.

Der Nachmittag zieht sich in die Länge, gleißend hell und heiß. Wir hören Sloanes Taylor-Swift-Mix über einen Bluetooth-Lautsprecher und singen alle mit. Harpers Lieblingssong »Bad Blood« läuft mehrfach, und jedes Mal lächle ich in mich hinein. Wie passend. Ich knipse eine Million Fotos von Harper in ihrem kleinen Zweiteiler, in dem sie noch immer einen speckigen Babybauch hat, mit ihren sich von der Luftfeuchtigkeit wild wellenden Haaren und ihrer sandgefleckten Haut. Sie hockt am Rand des Wassers und sucht nach Muscheln und kommt jedes Mal angerannt, wenn sie eine schöne gefunden hat. Sie posiert für mich, sobald sie sieht, dass ich mein Handy hochhalte, und grinst, die Hand in die Hüfte gestemmt, als wäre sie fünfzehn und nicht fast fünf. Nicht alles am Muttersein ist einfach, aber das hier ist magisch.

Gegen fünf, als die Hitze der Sonne langsam nachlässt, rufe ich Harper zu: »Bereit, nach Hause zu gehen?«

»Nein, noch nicht!«, sagt Harper und schaut von dem Loch auf, das sie gräbt.

»Dad hat Eis am Stiel gekauft«, flöte ich. »Du kannst eins haben, während ich das Abendessen zubereite.«

Harper rappelt sich auf. »Ich liebe Eis am Stiel!«

Ich lache. »Ich weiß. Was ist mit dir, Cait, willst du ein Eis am Stiel?« Ich wende mich an Sloane. »Und Jay hat gesagt, er hat uns Burger zum Abendessen besorgt.«

»Klingt gut«, sagt sie, steht auf und streckt die Arme über den Kopf. Der Sonnenbrand auf ihren Schultern beginnt bereits, sich von rosa zu braun zu verfärben, ihre Haut ist glitschig von all der Sonnencreme.

Wir klappen die Stühle zusammen, spannen den Schirm zu und machen uns auf den Weg zurück zum Haus, die Düne hinauf, durch die hohen, schilfartigen Gräser.

Wir haben uns gerade zu dritt in der Küche niedergelassen – Harper sitzt am kleinen Tisch und wartet auf ihr Eis, ihre Beine baumeln vom Stuhl –, als es an der Haustür klopft.

»Hallo?« Eine Frauenstimme dringt herein.

Ich mache einen Schritt ins Wohnzimmer und sehe Anne-Marie und ihre beiden Kinder auf der Veranda.

»Es sind unsere Nachbarn!«, sage ich und trete zurück in die Küche. »Kommt, ich stelle euch vor.« Ich fordere Sloane und Harper auf, mir zu folgen. »Denk dran«, sage ich auf dem Weg zur Tür und zwinkere. »Du bist ich.«

Sloane rollt gutmütig mit den Augen. »Stimmt«, sagt sie. »Ich erinnere mich.«

Ich öffne die Fliegengittertür. »Hi! Kommt rein, kommt rein!«

»Passt es gerade bei euch?«, fragt Anne-Marie.

»Ja, klar«, erwidere ich. »Wir hatten gehofft, dass du vorbeikommst. Violet«, wende ich mich an Sloane, »das ist Anne-Marie. Anne-Marie, Violet. Sie wohnen im Haus nebenan.«

»Hallo«, sagt Anne-Marie und streckt Sloane die Hand entgegen. »Schön, dich kennenzulernen!«

»Möchtest du Rooney und Claire dein Zimmer zeigen?«, frage ich Harper.

»Was ist mit dem Eis am Stiel?«, fragt Harper und runzelt die Stirn.

Ich lächle Anne-Marie entschuldigend an. »Wir wollten gerade Eis essen. Es ist genug für alle da. Wenn das für dich okay ist …«

Sie winkt ab. »Aber natürlich. Da haben die beiden bestimmt nichts dagegen, nicht wahr?«

Ihre beiden Kinder nicken schüchtern.

Ich führe alle in die Küche, hole die Schachtel heraus und verteile das Eis am Stiel. »Esst es aber bitte auf der Veranda«, sage ich und öffne die Tür, woraufhin die drei Kinder fröhlich nach draußen stürmen.

»Kann ich dir etwas anbieten? Eistee, Wasser, Bier? Ein Eis am Stiel?«, frage ich Anne-Marie.

»Ein Eis klingt gut«, sagt sie. Ich reiche ihr und Sloane je ein Eis, dann nehme ich mir selbst eins.

»Wo hast du sie gefunden?«, fragt Anne-Marie an Sloane gewandt und nickt zu mir hinüber, während sie ihr Eis auspackt. »Ich kann von Glück sagen, wenn mein Kindermädchen ihr Handy lange genug weglegt, um die Kinder von der Schule abzuholen! Kein Witz, ungefähr zweimal im Monat vergisst sie einen von beiden.«

Sloane grinst mich an. Ich lächle brav zurück. »Das war wohl eine glückliche Fügung, nehme ich an«, sagt sie. »Von woher kommt ihr denn?« *Clever, Sloane, wie du unauffällig das Thema wechselst.*

»Aus Charlotte«, antwortet Anne-Marie. »Wart ihr schon mal dort?« Sie wartet unsere Antwort gar nicht erst ab, sondern redet direkt weiter. »Ich komme ursprünglich aus Vermont, aber mein Mann ist dort geboren und aufgewachsen. Wir haben uns bei einer Sales-Konferenz kennengelernt, und dann führte eins zum anderen. Er wollte seine Kinder unbedingt in der Nähe seiner Eltern großziehen, und da meine Eltern ihren Ruhestand in Boca genießen, dachte ich mir, *ach was soll's*, und jetzt leben wir schon seit fast zehn Jahren da! Es ist eine hübsche Stadt, die wie verrückt wächst.«

Ich werfe Sloane einen Blick zu, die ein Lächeln unterdrückt.

Anne-Marie fährt unbeirrt fort. »Charlotte ist natürlich nicht so groß wie New York. Caitlin meinte, du kommst von da?«, sagt sie zu Sloane.

Bevor Sloane antworten kann, ertönt das Geräusch von

Schritten auf der Treppe. Wir drehen uns alle um und sehen, wie Jay die Stufen zum Wohnzimmer hinabsteigt.

Das Lächeln gefriert mir auf dem Gesicht. Ich war nicht davon ausgegangen, dass er herunterkommen würde. Das war dumm von mir. Ich hätte vorschlagen sollen, dass wir alle unser Eis auf der Veranda mit den Kindern essen. *Schöner Schlamassel.*

»Anne-Marie«, sage ich schnell, »das ist Jay. Der Vater von Harper. Jay, das ist Anne-Marie, und die beiden neben Harper auf der Veranda sind ihre Kinder Claire und Rooney. Sie wohnen in dem Ferienhaus nebenan.«

»Hi«, sagt Jay, durchquert das Wohnzimmer und kommt in die Küche, um Anne-Marie die Hand zu schütteln. »Ich wollte nur etwas zu trinken zu holen.« Er schenkt ihr sein breites Filmstarlächeln. »Freut mich, deine Bekanntschaft zu machen.«

Anne-Marie streicht sich mit der Hand eine Haarsträhne hinters Ohr. »Ich freue mich auch«, sagt sie und lächelt zurück.

Dann neigt Jay den Kopf zur Seite. »Habe ich dich nicht heute Morgen gesehen? Beim Joggen?«

»Oh, das kann sein«, sagt Anne-Marie. »Ich versuche, vor dem Frühstück acht Kilometer zu laufen.«

»Jeden Tag?«, hakt Jay nach. Er klingt beeindruckt.

Anne-Marie nickt und errötet leicht. »Ich versuche es. An manchen Tagen sind es weniger. Manchmal schaffe ich aber auch zehn, wenn ich früh genug anfange. Vor ein paar Jahren bin ich den Boston-Marathon gelaufen. Ich war dort auf dem College. Ich trainiere für einen weiteren im nächsten Frühjahr.«

»Wow!«, staunt Sloane, während Jay anerkennend nickt.

»Das ist eine gute Ausrede, um das Haus verlassen zu können«, sagt sie. »Fitz, mein Mann«, erklärt sie uns, »lässt die Kinder Cartoons schauen, sobald sie aufwachen – es sind schließlich

Ferien, argumentiert er –, und wenn es Zeit wird, den Fernseher auszuschalten, verwandeln sie sich in kleine Monster. Also überlasse ich es ihm, sich darum zu kümmern. Das hat er sich schließlich eingebrockt. Geht jemand von euch laufen?«

Sloane und ich schütteln beide den Kopf, aber Jay macht ein bejahendes Geräusch. »Wenn ich die Zeit dazu habe«, sagt er. »Ich liebe Laufen. Eigentlich hatte ich gehofft, ein wenig joggen gehen zu können, während wir hier sind.« Ich versuche, nicht die Augen zu verdrehen. Seit wir nach New York gezogen sind, habe ich ihn nicht ein einziges Mal seine Laufschuhe anziehen sehen. Aber Jay, berechenbar wie eh und je, lässt sich die Chance nicht entgehen, jemandem das Gefühl zu geben, gesehen zu werden. Und Anne-Marie hat ihm die perfekte Vorlage geliefert.

»Du kannst dich mir anschließen!«, sagt Anne-Marie.

Jay nickt nachdenklich. »Vielleicht mache ich das. Wann gehst du los?«

»Gegen sieben«, antwortet sie. »Bevor es zu warm wird. Und bevor diese Rabauken Hunger auf Frühstück haben. Fitz könnte nicht mal ein Rührei machen, wenn sein Leben davon abhinge.« Sie rollt mit den Augen. »Aber apropos Hunger und Fitz – wir sollten zurückgehen. Er wird bald vom Golfen kommen und sich fragen, wo das Abendessen bleibt.«

»Und ich sollte wieder nach oben gehen«, sagt Jay und lächelt. »Ich muss noch ein wenig arbeiten.« Er holt eine Dose Seltzer aus dem Kühlschrank. »Hat mich gefreut, dich kennenzulernen, Anne-Marie. Vielleicht sehen wir uns ja morgen früh.«

Er lächelt, winkt, und wir drei sehen zu, wie er wieder die Treppe hinaufgeht. Ich stoße einen Seufzer der Erleichterung aus und bin froh, dass Jay nichts gesagt hat, was mich verraten hätte.

»Mein Mann hat mich noch nicht ein *einziges Mal* zum Laufen begleitet.« Anne-Marie lacht leise. »Kannst du ihm sagen, er soll mal mit Fitz reden?« Sie richtet die Frage an Sloane. Dann stößt sie die Fliegengittertür zur Veranda hinterm Haus auf. »Kinder! Zeit zu gehen!«

Wir begleiten sie zur Eingangstür. Harper und Claire kichern miteinander, haben sich bereits angefreundet.

»Danke für das Eis. Habt ihr euch auch bedankt?«, fragt Anne-Marie an ihre Kinder gewandt, als sie aus dem Haus gehen. Dann zu uns: »Morgen wieder am Strand?«

»Abgemacht!«, antworte ich.

»Bis morgen!«, ruft Sloane, als sie das Ende des Weges erreichen.

Ich schiebe die Tür hinter ihnen zu. »Dieser Fitz scheint wirklich ein guter Fang zu sein«, sagt Sloane, als die Tür geschlossen ist.

Ich schnaube. »Ehemann des Jahres.« Na ja, auf dem zweiten Platz hinter Jay, natürlich.

Als ich an diesem Abend ins Bett gehe, habe ich ein Lächeln im Gesicht. Das Treffen mit Anne-Marie hätte nicht besser laufen können. Sie wird als Zeugin für mich fungieren, auch wenn sie noch nichts davon weiß. Ein weiteres Kästchen auf der Liste abgehakt, ein weiterer Schritt nach vorn.

Schon bald wird das alles ein Ende haben.

25

Die nächsten Tage verschwimmen ineinander, der strahlend blaue Himmel geht fließend von einem Nachmittag zum nächsten über. Den Großteil des Tages verbringen wir am Strand, stellen jeden Morgen unseren Sonnenschirm und unsere Liegestühle auf, breiten eine Decke aus und legen Schaufeln und Eimer für Harper zum Spielen bereit.

Wir cremen uns und Harper immer wieder mit Sonnencreme ein, helfen uns gegenseitig, den Rücken einzureiben, bis unsere Haut glänzt. Abwechselnd gehen wir mit Harper ins Meer, um in der Brandung zu planschen. Taylor Swift läuft in Dauerschleife, während wir Zeitschriften tauschen, uns gegenseitig Artikel vorlesen und über Gott und die Welt reden. Wenn Harper »Mom!« schreit, schauen wir beide auf und winken.

Anne-Marie und ihre Kinder kommen ab und zu vorbei, um im Sand zu buddeln und Trinkpäckchen und Snacks zu teilen. Anne-Marie erzählt uns Geschichten über die Familien auf der Insel, beschwert sich über ihren Mann und beäugt – ebenso wie Sloane – Jay, wenn dieser mit Harper schwimmen geht.

Die meiste Zeit verkriecht sich Jay oben in seinem provisorischen Büro in der riesigen Waschküche, aber zum Mittag- und Abendessen gesellt er sich zu uns und taucht gelegentlich am Strand auf, unter dem Vorwand, Harper Hallo zu sagen, doch stattdessen flirtet er, vorhersehbar wie immer, mit Sloane. Zudem hat er das Angebot von Anne-Marie angenommen, gemeinsam laufen zu gehen; jeden Morgen verschwindet er für eine Stunde und kommt schweißgebadet zurück, mit an Brust und Rücken klebendem T-Shirt. Seine Haut ist bereits gebräunt und hat einen goldenen Farbton angenommen. Falls das überhaupt möglich ist, wirkt er noch attraktiver, wie eine Frucht, die in der Sonne glänzt. Bald wird er reif zum Pflücken sein.

Abends bringt er Harper ins Bett, während Sloane und ich abwaschen. Wenn die Küche sauber ist, ziehen wir unsere Schlafanzüge an und schauen *Bridgerton*. Jay kommt dann normalerweise runter, um sich ein Bier zu holen, und verschwindet im Anschluss wieder die Treppe hoch in sein Büro.

Derweil fülle ich unseren Kühlschrank mit Eiscreme und Eis am Stiel und genehmige mir beim Abendessen besonders große Portionen und Nachschlag. Es dauert nicht lange, bis ich zunehme, meine Wangen ein bisschen runder werden, mein Bauch ein bisschen weicher. Ich wasche mir auch abends nicht mehr das Gesicht und freue mich morgens, wenn sich neue Pickelchen an meinem Kinn und meinem Kiefer zeigen. Ich zupfe mir nicht länger die Augenbrauen und föhne mir nicht mehr die Haare. Mit jedem Tag sehe ich weniger aus wie mein altes Ich. Eines Morgens ertappe ich Jay dabei, wie er mich anstarrt, als ich einen Badeanzug anziehe, aber er sagt kein Wort. Das muss er auch nicht.

Auch meine Beziehung zu Sloane hat hier im Urlaub eine Veränderung durchgemacht. Eine subtile, fast nicht wahrnehmbare Veränderung. In New York standen wir uns nahe; es war zwar nicht echt, nicht alles zumindest, doch ich hatte wirklich angefangen, ihre Gesellschaft zu genießen. Sie ist witzig, selbstironisch, nachdenklich. Eine Lügnerin, ja, aber vor allem sehnt sie sich verzweifelt danach, dass die Leute sie mögen. Und sie wollte, dass ich sie mochte, dachte, ich sei etwas Besonderes. Das gab mir das Gefühl, etwas Besonderes zu sein, etwas, was ich schon lange nicht mehr empfunden hatte. Ich war einsam gewesen in New York. Was ich ihr am ersten Abend unseres Kennenlernens erzählte, entsprach der Wahrheit: Ich hatte seit dem Umzug nicht viele Freunde gefunden, verbrachte die meiste Zeit mit Harper oder allein. Als wir nach Block Island fuhren, freute ich mich darauf, sie jeden Tag zu sehen, und war froh, dass sie mitkommen wollte.

Aber jetzt sieht sie Jay so an, wie sie mich früher angesehen hat. Sie strahlt, wenn er den Raum betritt, und ihre Augen fangen an zu leuchten. Was sie will, ist seine Begierde, nicht meine Freundschaft. Ich kann es ihr nicht verübeln, vor allem, weil ich sie sanft in seine Richtung gestupst habe. Auch wenn es für meinen Plan notwendig ist, hinterlässt es einen bitteren Geschmack in meiner Kehle und ein nagendes Gefühl in meinem Magen.

Es ist Donnerstagabend, unser sechster Abend hier. Sloane und ich haben gerade die Küche fertig geputzt, als Jay wieder herunterkommt, nachdem er Harper ins Bett gebracht hat. Normalerweise bleibt er oben und behauptet, er müsse noch ein oder zwei Stunden arbeiten. Aber heute Abend hat er drei Bier zum Essen getrunken. Ich merke, dass er unruhig ist und wahrscheinlich ein viertes oder fünftes aufmachen wird, weil er es leid ist, allein zu sein. Wenn er ins Bett fällt, möchte ich deshalb schon schlafen oder zumindest so tun, als ob.

Ich gähne laut und räkele mich. »Ich gehe dann mal nach oben. Können wir *Bridgerton* auf ein anderes Mal verschieben?«, frage ich Sloane und tue so, als würde ich ein zweites Gähnen unterdrücken. »Ich bin müde. Ich glaube, ich werde ein Bad nehmen und ins Bett gehen.«

»Natürlich«, sagt sie. Sie blinzelt zu Jay hinüber. Ich merke, dass sie aufgeregt ist angesichts seiner Anwesenheit, angesichts der Möglichkeiten, die sich bieten.

»Okay, gute Nacht!« Ich winke in die Runde und steige die Treppe hinauf. Einen Moment später beginnen sie zu scherzen, Sloane kichert.

Ich bin gerade dabei, mir eine Jogginghose anzuziehen, als ich das Quietschen der Haustür höre, die sich öffnet und schließt. Ich strecke den Kopf in den Flur, um zu sehen, ob ich von unten etwas höre, aber das Haus ist still. Sind sie zusammen weggegangen?

Ich durchquere das Schlafzimmer und schiebe langsam das Fenster auf. Vom Meer her dringt ein lautes Rauschen, aber ihre Stimmen sind dennoch zu hören. Sie stehen auf der Veranda. Ich versuche angestrengt zu lauschen, schnappe aber nur hier und da ein Wort auf. Ich muss näher ran.

Leise öffne ich die Schlafzimmertür und schleiche mich auf Zehenspitzen in den Flur. Im Erdgeschoss ist es dunkel, die Lichter sind aus. Ich halte den Atem an und steige die Treppe hinunter. Von der letzten Stufe aus habe ich einen freien Blick auf das Fenster, das auf die Veranda hinausgeht. Ich schleiche darauf zu. Es ist offen, so dass ich sie gut hören kann. Ich stehe verborgen im Schatten des abgedunkelten Zimmers, aber selbst wenn dem nicht so wäre, würden sie mich nicht bemerken, so abgelenkt wie sie sind; sie sitzen in den Adirondack-Stühlen, mit dem Rücken zu mir.

»Da drüben«, sagt Jay. »Siehst du, da unten, im Gras?« Er

beugt sich zu Sloane, den Arm ausgestreckt, damit sie sehen kann, wohin er schaut.

Dann, nach einer Pause, ruft Sloane: »Oh! Ich glaube, ich habe eins gesehen! Und – noch eins! Da sind tausende!«

Obwohl ich nichts sehen kann, weiß ich, dass sie über die Glühwürmchen sprechen, die das dunkle Ufer erhellen, die wie Neonpunkte aufblinken und wieder verschwinden, wie Konfetti, das im Dunkeln leuchtet. Er zeigt sie ihr, so wie ich sie ihm bei unserem letzten Besuch gezeigt habe. Als ich klein war, gingen meine Großmutter und ich nach dem Abendessen an den Strand, rannten durch den Sand, um sie zu jagen, und kreischten, wenn wir eines gefangen hatten, während ihre zarten Flügel unsere Handflächen kitzelten.

Jay lacht. »Ist es das erste Mal, dass du welche siehst?«

»Nein«, sagt Sloane. »Aber es ist schon ewig her. Ich habe keine mehr gesehen, seit ich ein Kind war. Meine Mutter und ich haben früher in Florida gelebt, da gab es Millionen davon.«

Sie sitzen einen Moment lang still da, doch ich kann die Anspannung von hier aus spüren. Ich erinnere mich an dieses Gefühl, wenn man allein mit jemandem ist, die Luft schwer vor Erwartung. Bestimmt hat sie Herzklopfen.

»Ich bin froh, dass du auf die Reise mitgekommen bist«, sagt Jay. Er hat seine Stimme gesenkt, und Sloane dreht sich zu ihm um.

»Ich auch«, sagt sie.

Dann, langsam, ganz langsam, neigt sich sein Kopf zu ihr. Wie magnetisch angezogen, beugt sie sich ebenfalls vor, Millimeter für Millimeter. Ich halte den Atem an.

Dann, als sich ihre Lippen fast berühren, zieht Sloane sich zurück und schüttelt den Kopf. »Ich kann nicht …«, sagt sie, aber ich kann in ihrer Stimme hören, wie sehr sie es will. »Das kann ich Violet nicht antun.« Ich beiße mir auf die Innenseite meiner Wange und schreie innerlich: *Tu es!* Die Stimme in meinem Kopf ist scharf und schrill.

Jay zieht sich zurück. Er mustert sie, dann schüttelt er den Kopf. »Du weißt es nicht«, sagt er. »Oder?«

»Was?«, fragt Sloane.

»Wir werden uns trennen. Violet und ich. Ich ziehe aus, sobald wir wieder in der Stadt sind.« Ich atme scharf ein. Wir haben natürlich über Scheidung gesprochen, doch er hat zugestimmt, dass wir an unserer Beziehung arbeiten wollen. Deshalb glaubt er auch, dass er auf dieser Reise in meinem Bett willkommen ist. Aber wenig überraschend, lässt er diesen Teil aus.

Sloane ist zuerst still. Schließlich fragt sie: »Warum?«

Das ist eine sehr gute Frage, Sloane. Warum, Jay? Wirst du ihr sagen, warum wir über Scheidung geredet – na ja, geschrien – haben? Sag es ihr, na los, möchte ich ihm durch das offene Fenster zuzischen, mein Atem heiß an seinem Ohr.

Jay seufzt. Er lehnt seinen Kopf nach hinten gegen die Stuhllehne. »Es gibt eine Million Gründe. Aber vor allem hat sie sich verändert. Wir beide haben uns verändert. Und wir haben uns häufig gestritten. Es fühlt sich an, als würden wir nicht mehr dasselbe wollen. Sie ist nicht glücklich hier. In New York, meine ich. Ich glaube, sie nimmt es mir übel, dass sie San Francisco wegen mir verlassen hat.«

Ich grabe meine Fingernägel in meine Handflächen, um nicht zu schreien. Es ist nicht so, dass er falschliegt, aber er hat auch nicht recht. Er ist weit davon entfernt, recht zu haben. Es stimmt, wir haben gestritten, seit Jahren, doch dieser Abend –

dieser Abend, an dem Tacheles geredet wurde und das Wort Scheidung fiel – war anders als unsere früheren Streitereien. Eine Grenze war erreicht.

»Du bist nicht mehr die Frau, die ich geheiratet habe«, hatte er achselzuckend als Erklärung angegeben. Als wäre ich ein alter Lappen, einst neu und strahlend weiß, jetzt enttäuschend verblasst und befleckt.

Daraufhin warf ich mein Weinglas nach ihm, überwältigt von Wut und empört über diese Nonchalance, über die Gleichgültigkeit, mit der er das alles hinzunehmen schien. Cabernet und Glas explodierten an der Wand rechts neben seinem Kopf.

Nein, ich war nicht mehr die Frau, die er geheiratet hatte. Die Frau, die er geheiratet hatte, war eine akribisch kuratierte Version meiner selbst, eine in einen Käfig aus Erwartungen eingesperrte Vierundzwanzigjährige mit rundem Arsch und engem Kleid, in Spitzen-BHs und Tangas, die ihm auf den Toiletten von Bars einen blies, betrunken und hemmungslos. Jetzt war ich die Mutter seines Kindes. Aber das sollte mich doch nicht abwerten, oder?

Ich war nicht naiv; ich wusste, dass sich die Dinge zwischen uns verändern würden, wenn ich Harper bekam. Ich wusste, dass *ich* anders sein würde. Ich dachte, Jay wüsste das auch. Ich dachte, er würde verstehen, dass sich unser Leben und unsere Beziehung ändern würden. Ich dachte, er wollte das auch. Ich wollte es.

Aber er war unglücklich. »Du hast gar keine Lust mehr, irgendwas zu unternehmen«, sagte er. »Du hast gar keine Lust mehr auf *mich*. Immer bist du müde.«

Natürlich war ich müde. Ich hatte ein Baby, das mich dreimal pro Nacht und jeden Morgen um halb sechs – oder früher –

weckte. Ein Baby, das ich überallhin mitnahm, das jede Sekunde des Tages etwas von mir wollte. Ich war geschwollen, aufgedunsen, sowohl vor als auch nach der Geburt; mein Gesicht war bleich vom Schlafmangel, die Nerven lagen blank vom vielen Weinen – ihrem und meinem. Es war nicht so, dass ich nicht ausgehen wollte, dass ich ihn nicht wollte, sondern dass ich es nicht konnte. Ich wurde von Harper völlig absorbiert, von ihrem milchig-süßen Geruch, ihrer samtweichen Haut, ihrer Wärme und ihrem Gewicht, davon, wie sehr sie mich brauchte.

Und ich wollte wissen: Wenn wir ausgingen, wer würde dann mitten in der Nacht mit ihr aufstehen? Wer würde ihr morgens ein Fläschchen machen, wenn wir zu viel getrunken hatten, verkatert waren oder zu erledigt, um aufzustehen? Er bestimmt nicht. Niemals. Wo war das Opfer, das er brachte? Ich hatte meinen Körper aufgegeben, ja, freiwillig, natürlich, aber was hatte er aufgegeben? Nichts. Nicht das Geringste.

Aber ich habe es versucht. Als Harper anfing, vier statt drei Stunden zu schlafen, als ich sie von der Brust entwöhnte, begab ich mich wieder in meinen Käfig. In seinen Käfig. Ich zog mich an und lächelte. Ich lutschte wieder seinen Schwanz. Und ich stimmte zu, umzuziehen, unser Leben zu entwurzeln. Ich verließ meinen Job und meine Freunde. Für ihn. Für uns. Weil er versprach, dass alles anders werden würde. Dass es besser werden würde. Aber stattdessen hat er mir das Herz aus der Brust gerissen und es mit einem Vorschlaghammer zertrümmert.

Als er mir dann sagte, ich sei nicht mehr die Frau, die er geheiratet habe, als sei das etwas, das er nicht länger ertragen könne, warf ich ein Glas nach ihm und begann zu schreien. Der Abend zog sich stundenlang hin, es wurde bis tief in die

Nacht hinein gebrüllt, und zuletzt war da nur noch ein verschwommenes Bild aus roten und blauen Lichtern. Als die Nacht vorbei war und die Sonne aufging, wusste ich, dass nichts mehr so sein würde wie zuvor. Wie auch, nach allem, was vorgefallen war?

»Ich hatte ja keine Ahnung«, sagt Sloane mit gedämpfter Stimme zu Jay.

Jay fährt fort. »Wir haben uns darauf geeinigt, während des Scheidungsverfahrens weiter zusammenzuwohnen, aber wir schlafen in getrennten Schlafzimmern und führen getrennte Leben. Wir reden nur miteinander, wenn Harper dabei ist oder wenn es um sie geht. Noch bis vor kurzem – etwa bis zu der Zeit, als sie dich kennenlernte, wenn ich so darüber nachdenke – hat sie mich nicht einmal angesehen. In letzter Zeit ist es allerdings besser geworden; sie ist so nett zu mir wie seit Langem nicht mehr.«

Das ist es, was Sloane seiner Meinung nach hören will, was nötig ist, um sie zu überzeugen, mit ihm zu schlafen. Wenn er nur hören könnte, wie das klingt, wenn er nur ein bisschen schlauer wäre, könnte er vielleicht zwei und zwei zusammenzählen. Aber es wäre ja auch nicht fair, wenn er gutes Aussehen *und* Grips in sich vereinen würde, nicht wahr?

»Glaubst du, sie möchte, dass ihr wieder zusammenkommt?«, fragt Sloane. Ich lache beinahe laut auf. Auch wenn ich so tue, als würde ich das wollen, würde ich lieber an meiner Zunge ersticken.

Jay nickt bedächtig. »Vielleicht? Aber es ist vorbei. Zumindest für mich. Ich glaube, sie weiß das. Das habe ich ihr klargemacht.« *Siehst du?*, versucht er ihr zu vermitteln, *ich bin ein aufrichtiger Typ. Einer von den Guten. Bist du schon feucht?*

Sloane sagt eine Zeitlang nichts und fragt schließlich: »Warum bist du dann mit uns hierhergefahren?«

Jay seufzt. »Harper zuliebe. Violet meinte, sie wolle so viel Normalität wie möglich aufrechterhalten. Ich habe Nein gesagt, aber sie hat mich angefleht. Sie wollte, dass Harper eine letzte glückliche Erinnerung an ihre gemeinsame Familie hat.«

»Ich kann nicht glauben, dass sie mir nichts davon erzählt hat«, sagt Sloane leise. Ich muss mich näher ans Fenster lehnen, um es zu hören. »Ich wünschte, ich hätte es gewusst.«

Ist sie verärgert, dass ich ihr nicht die Wahrheit über mich und Jay gesagt habe? Dass ich gelogen habe? Ich unterdrücke ein Schnauben. Komm schon, Sloane, ernsthaft?

»Du bist eine gute Freundin«, sagt Jay. Er streckt die Hand aus und streicht Sloane eine Haarsträhne hinters Ohr. Mir dreht sich der Magen um. Ich kann nicht glauben, dass dieser Scheiß früher bei mir gezogen hat.

Sie schweigen beide. Eine Minute vergeht, dann zwei.

Schließlich richtet sich Sloane auf dem Stuhl auf. »Ich sollte ins Bett gehen«, sagt sie.

Ich sehe, wie Jay nickt. »Ich auch.«

Vorsichtig schleiche ich die Treppe wieder nach oben. Mein Blut brennt heiß in meinen Adern, ich koche vor Wut. Jays Lügen bohren sich unter meine Haut wie eine Zecke, die sich festbeißt, sich mit meinem Blut vollsaugt und mich krank macht. Er hat Sloane nur einen Bruchteil der Wahrheit erzählt, ein winziges, mikroskopisch kleines Stück; der Rest war Blödsinn.

Kurz nachdem ich meine Tür geschlossen habe, höre ich, wie auch die Tür zu Sloanes Zimmer zugeht. Kurz frage ich mich, ob Jay ihr nach oben, in ihr Schlafzimmer, gefolgt ist, aber eine Minute später dreht sich die Türklinke zu unserem Schlafzimmer. Ich presse die Augen zu und spüre, wie sich die Matratze bewegt, als er sich neben mich ins Bett legt.

Es ist so weit. Ich wollte mir noch ein paar Tage Zeit lassen, aber ich kann nicht länger warten.

Es heißt doch immer, man muss das Eisen schmieden, solange es heiß ist, nicht wahr?

26

Am nächsten Morgen sind wir alle in der Küche. Sloane kam kurz nach mir herunter und schenkte mir ein kleines, zaghaftes Lächeln. Ich wartete darauf, dass sie mich nach der Scheidung fragen würde, nach dem, was Jay ihr gestern Abend auf der Veranda erzählt hat, aber das tat sie nicht.

Falls sie nachfragen sollte, würde ich bestätigen, was er gesagt hat – dass wir uns viel gestritten und daher beschlossen haben, uns zu trennen –, und ihr erklären, dass es mir peinlich war, darüber zu reden, dass ich selbst erst noch damit zurechtkommen muss. An diesem Punkt spielt es keine Rolle mehr, ob sie es weiß oder nicht; vielleicht war es sogar genau das, was sie hören musste, die Erlaubnis, die sie brauchte, um die sie aber nie bitten würde.

Jay ist gerade von seinem Morgenlauf mit Anne-Marie zurückgekommen, verschwitzt, in Trainingsshorts und einem alten, verblichenen T-Shirt unserer Alma Mater. Der Geruch seines Schweißes ist salzig, herb. Ich stehe am Herd und mache Rühreier, Sloane steht am Toaster. Harper sitzt bereits am Tisch und tut so, als würde sie zwei ihrer Barbies füttern. Sie führt eine leere Gabel erst zum Mund der einen, dann an den der anderen.

Sloane und Jay versuchen, jeden Blickkontakt zu vermeiden, aber ich bemerke, wie sich Sloanes Gesicht rötet, als sie sich zufällig streifen. Schnell dreht sie sich um und macht sich daran, Toastbrot zu schmieren, wobei sie so tut, als würde sie sich voll und ganz auf diese Aufgabe konzentrieren. Es ist klar, dass ihr Gespräch gestern Abend die Dinge zwischen ihnen verändert hat.

Als das Rührei fertig ist, setze ich mich zu Harper an den Tisch, gebe etwas davon auf ihren Teller und stelle die Schüssel dann in die Mitte des Tisches. »Willst du auch was?«, frage ich Sloane.

»Hm?«, sagt sie nach einem Moment und sieht mich überrascht an.

»Ich habe gefragt, ob du etwas von dem Rührei möchtest.«

»Oh, gern«, sagt sie. Sie zieht einen Stuhl heran und setzt sich mir gegenüber. »Danke.«

Jay ist an der Kaffeemaschine fertig, schnappt sich einen Bagel aus einer braunen Papiertüte und geht zur Treppe. Im Vorbeigehen streicht er Harpers Pony glatt. »Ich wünsch dir einen schönen Tag, Baby«, sagt er.

»Oh, bevor du gehst …«, sage ich. Jay hält inne, dreht sich um. »Ich habe für heute Abend um halb sechs einen Tisch reserviert. Für uns alle vier.« Ich sehe Harper und Sloane an. »Im Hummerlokal. Murph's. Und« – ich wende mich wieder an Jay – »sag nicht, dass du arbeiten musst. Du kannst bestimmt mal einen Tag früher Schluss machen.«

Jay hebt kapitulierend die Hände, der ach so großmütige Ritter. »Okay«, sagt er. »Abendessen um halb sechs.«

Ich möchte, dass die Leute sie zusammen sehen. Mit Harper, als Familie. Das ist nicht unbedingt notwendig, aber es verleiht meiner Geschichte Glaubwürdigkeit. Das Murph's ist der perfekte Ort dafür.

Als Jay die Küche verlassen hat, wende ich mich mit einem breiten Grinsen an Sloane und Harper. »Also, was meint ihr, sollen wir shoppen gehen? Und dir ein neues Kleid für heute Abend kaufen, Harp?«

Harpers Gesicht leuchtet auf. »Au ja, können wir ein grünes kaufen? Das Kleid von Tiana ist grün. Aus *Küss den Frosch*«, sagt sie sachlich, als müssten wir alle Bescheid wissen, was ich natürlich auch tue, wenn man bedenkt, wie oft sie den Disneyfilm schon gesehen hat. Er hat damit *Vaiana* als Lieblingsfilm abgelöst.

»Grün geht in Ordnung«, erwidere ich, worauf sie fröhlich in die kleinen Hände klatscht. »Und für dich habe ich auch ein Kleid, Cait«, sage ich und blicke zu Sloane. »Mir ist es ein bisschen zu kurz, aber ich denke, dir dürfte es perfekt passen.«

Das rote Hervé Léger. Ich habe es vor unserer Abreise gekauft, am selben Tag, an dem ich lauter neue Klamotten für sie besorgt habe. »Ich brauche ein Kleid«, hatte ich zu der Verkäuferin gesagt. »Etwas, das jedem Mann den Kopf verdreht.« Sie hatte genickt und mir im Handumdrehen dieses Kleid präsentiert; offenbar verstand sie genau, wonach ich suchte. Zu Hause machte ich die Etiketten ab und trug es ein paar Stunden lang, um es einzuweihen.

»Danke«, sagt Sloane. Sie weicht meinem Blick aus. Fühlt sie sich schuldig, weil sie sich gestern fast geküsst hätten? Das muss sie nicht. Ich habe sie praktisch in Jays Arme geschubst. Ich habe sie in jemanden verwandelt, von dem ich wusste, dass er seine Finger nicht von ihr lassen könnte.

»Prima«, sage ich. »Ich ziehe mich nur schnell um. Treffen wir uns in zehn Minuten unten? Kannst du derweil Harper fertigmachen?« Sie nickt. Ich beuge mich vor, um Harper zu küssen. »Vergiss nicht, dir die Zähne zu putzen, Liebes, okay?«

Oben ziehe ich ein College-T-Shirt und abgeschnittene

Shorts an, dazu Converse-Turnschuhe. Es wird das erste Mal sein, dass wir drei zusammen in die Stadt fahren, und ich will, dass man mit einem Blick erkennt, wer wer ist. Ich, das junge Kindermädchen; Sloane, die zurechtgemachte Mutter aus Brooklyn. Nachdem ich meine Haare zu einem Pferdeschwanz gebunden habe, nehme ich die Brille mit dem Plastikrand, die ich für das Führerschein-Passfoto gekauft habe, aus meinem Kulturbeutel und setze sie auf. Das ist ein weiterer Unterschied zwischen der Violet, die ich vorher war, und der, die ich jetzt bin.

Als wir zu dritt die Auffahrt zum Auto hinuntergehen, werfe ich Sloane die Autoschlüssel zu. »Möchtest du fahren?« frage ich. »Ich musste meine Kontaktlinsen rausnehmen, und das Rezept ist leider ein wenig veraltet.«

»Klar.« Sie nickt, schnappt sich die Schlüssel und dreht sich zu mir um. »Ich wusste gar nicht, dass du eine Brille trägst.«

Ich nicke. »Meist habe ich Kontaktlinsen drin, aber in letzter Zeit machen sie mir zu schaffen. Ich dachte, ich gönne meinen Augen mal eine Pause.«

»Ah«, sagt Sloane und neigt den Kopf zur Seite. Ich merke, dass sie nicht sicher ist, ob sie mir glauben soll. Sie ist misstrauischer geworden, seit sie denkt, ich hätte sie wegen Jay angelogen.

Vom Beifahrersitz aus lotse ich Sloane auf die kleine Hauptstraße der Insel. Es ist ein wolkenloser, ruhiger Tag, der Himmel ist unglaublich blau, die Luft wunderbar warm. Es ist mehr los als bei unserer Ankunft, was gut ist. Das heißt, es sind mehr Leute unterwegs, die uns zusammen sehen, Sloane in meiner Rolle, ich in Sloanes.

Die Straße ist gesäumt von Edelboutiquen, in deren Schaufenstern gut gekleidete Schaufensterpuppen mit Oversize-Lederhandtaschen, langen Halsketten und Armreifen geschmückt sind, sowie von Einrichtungsgeschäften mit Inseldekor, Straßencafés und Eisdielen mit handgemachtem Eis. Wir schlendern die Straße hinauf, halten Harper zwischen uns an beiden Händen, gehen in die Läden hinein und wieder hinaus, ohne etwas zu kaufen, bis wir einen Kinderladen erreichen, in dem die Schaufensterpuppen klein statt groß und erwachsen sind.

»Lasst uns hier mal reinschauen!«, schlage ich vor und öffne die Tür, damit Harper und Sloane hineingehen können.

Harpers Augen leuchten auf, als sie die Regale mit den bunten Kleidungsstücken sieht. Sie sprintet zu einer Reihe von Pailletten-T-Shirts. »Guck dir das mal an! Und das hier! Oh, und das!«, sagt sie und stöbert weiter.

Am Ende entscheidet sich Harper für ein grünes Kleid mit einem regenbogenfarbenen Tüllrock, der sich beim Drehen aufbauscht. Sie bittet darum, es direkt beim Verlassen des Ladens tragen zu dürfen, aber ich kann sie überreden, wieder ihre Shorts und ihr T-Shirt anzuziehen, indem ich ihr für nachher ein Eis verspreche.

Als wir mit dem Kleid in der Hand zur Kasse gehen, sieht Harper eine Auslage mit Stirnbändern. Sie rennt hin und dreht sich dann strahlend vor Freude zu uns um.

»Kann ich auch so eins bekommen?«, fragt Harper und schaut von mir zu Sloane. »Bitte, bitte, bitte?«

Das ist meine größte Schwäche als Elternteil: Ich kann nicht Nein sagen. Ich liebe es, wie Harper quietscht, wenn sie glücklich ist, wie die kleine Lücke zwischen ihren beiden Vorderzähnen hervorlugt, wenn sie lächelt. Ich liebe es, sie glücklich zu machen. Jay meint, ich sollte strenger sein, aber das kann ich nicht, nicht wenn sie ihre Hände so zusammenschlägt und ihre Augen leuchten.

»Klar, meine Süße«, sage ich. Und an Sloane gewandt: »Es könnte etwas dauern, bis sie sich eins ausgesucht hat. Wie wäre es, wenn ich uns schon mal einen Tisch in dem Lokal gegenüber besetze, während du bei Harper bleibst?« Ich greife in meine Handtasche, hole eine Kreditkarte aus dem Portemonnaie und reiche sie Sloane. »Wir treffen uns drüben, wenn ihr fertig seid. Hättest du was dagegen?«

»Nein.« Sloane schüttelt den Kopf. »Klingt gut.« Mir gefällt der Gedanke, dass Sloane und Harper allein gesehen werden, eine Mutter mit ihrer Tochter beim Einkaufsbummel.

Ich überquere die Straße und gehe zu dem kleinen Café mit Terrasse. Die Kellnerin weist mir einen Platz im Freien in der hintersten Ecke zu, abseits vom Gehweg, aber mit freiem Blick auf den Laden auf der anderen Straßenseite.

Zehn Minuten später kommen Sloane und Harper heraus, und ich winke ihnen zu. Sie halten sich an den Händen, während sie die Straße überqueren, die Einkaufstasche in Sloanes Ellenbeuge. Sie sehen wirklich aus, als könnten sie Mutter und Tochter sein, mit ihren dunklen Haaren und herzförmigen Gesichtern.

»Und, wie lief's?«, frage ich, als sie Platz nehmen; Harper und Sloane sitzen nebeneinander, mir gegenüber. »Hast du dir ein Stirnband ausgesucht?«

Harper nickt. »Es ist grün, passend zu meinem Kleid. Die Verkäuferin hat es für mich als Geschenk eingepackt.«

»Ich kann es kaum erwarten, es zu sehen.« Ich lächle sie an. »Dann lasst uns bestellen. Ich bin am Verhungern!«

Ich erzähle Sloane vom Murph's, dem Hummerlokal, in

dem ich für heute Abend reserviert habe, das am besten bewertete Restaurant der Insel. Es ist der ideale Ort, um gesehen zu werden, ein Favorit bei Einheimischen und Touristen gleichermaßen, wo ich mit meiner Großmutter zu besonderen Anlässen hinging. In dem roten Kleid, das ich ihr gekauft habe, wird Sloane sicher die Blicke auf sich ziehen; man wird Jay und sie zweifellos bemerken.

Am Ende des Mittagessens, als der Kellner die Rechnung auf den Tisch legt, lächle ich Sloane an. »Du hast noch meine Karte, glaube ich.«

»Ach so, ja, hier«, sagt sie, greift in ihre Handtasche und schiebt meine Kreditkarte über den Tisch.

Ich nehme sie nicht. »Warum behältst du sie nicht?«, sage ich. »Für den Fall, dass du noch etwas für Harper kaufen musst, während du hier bist.«

»Bist du sicher?«, fragt sie.

Ich nicke. »So ist es einfacher. Man weiß schließlich nie, wann man diesen Zwerg mit Eiscreme verwöhnen muss.« Ich kneife Harper in die Wange, die meine Hand wegschubst.

Sloane lächelt und zuckt mit den Achseln. »Okay.«

»Dann geht das Mittagessen wohl auf dich.« Ich zwinkere ihr zu.

»Mit Vergnügen.« Sie steckt die Karte in die lederne Geldmappe und hält sie hoch, um dem Kellner ein Zeichen zu geben, der daraufhin kommt und die Mappe entgegennimmt. Als sie sich wieder zu uns umdreht, erstarrt sie und blickt zur anderen Straßenseite. Ihre Augen weiten sich, ihr Atem verlangsamt sich.

Ich folge ihrem Blick. Sloane beobachtet eine Frau, die, die Arme voll mit Einkaufstüten, aus dem Kinderladen kommt, in dem wir gerade waren. Die Frau hat langes blondes Haar und trägt ein teuer aussehendes Kleid, das ihre üppige Brust zur Geltung bringt, sowie goldene Riemchensandalen. Sie scheint Mitte fünfzig oder Anfang sechzig zu sein und ist mit Schmuck behängt. Sie wirkt alles andere als fehl am Platz – die Insel ist voller reicher Frauen auf Wochenend-Shoppingtour –, aber Sloane lässt sie nicht aus den Augen.

Sloane ist sichtlich angespannt, als die Frau vom Bordstein tritt und beginnt, die Straße in unsere Richtung zu überqueren. Als die Frau unsere Straßenseite erreicht, schaut sie sich auf der Terrasse des Restaurants um und lächelt breit, als sie Sloane sieht. Ich erwarte, dass sie gleich zu unserem Tisch kommt, aber sie winkt nur mit einer Hand und geht weiter die Straße hinunter.

»Wer war das?«, frage ich und schaue zu Sloane. Wie groß ist die Wahrscheinlichkeit, dass Sloane jemanden kennt, der hier Urlaub macht? Das sind nicht gerade die Kreise, in denen sie sich normalerweise bewegt. Aber es wäre ein Problem, wenn sie tatsächlich jemanden kennen würde. Der ganze Plan hängt von ihrer Anonymität ab, und von meiner.

»Niemand«, sagt Sloane schnell. »Nur eine Frau, mit der wir beim Einkaufen geplaudert haben. Sie war auf der Suche nach einem Geschenk für ihre Enkelin und hat Harper um ihre Meinung gebeten.«

Ich studiere sie. Es klingt wie eine weitere Lüge. Ich achte auf ihre Ticks, darauf, ob ihr Mund zuckt, ob sie sich den Nacken reibt, aber ihre Hände liegen in ihrem Schoß, auf ihrem Gesicht liegt ein angespanntes Lächeln. Sagt sie die Wahrheit? Wenn sie die Frau nicht kannte, warum hat sie dann so erschrocken ausgesehen?

Ich beschließe, es dabei zu belassen. Wahrscheinlich hat sie die Frau im Laden wegen irgendetwas angelogen und war besorgt, dass ich es herausfinden würde. Ich erwidere ihr Lächeln und schaue dann zu Harper.

»Sollen wir das Eis holen, das ich dir versprochen habe?«, frage ich.

Während wir mit unseren Eiswaffeln durch die Innenstadt schlendern, halte ich Ausschau nach der Frau, aber ich sehe sie nicht. Sloane scheint sie vergessen zu haben; sie schleckt fröhlich zusammen mit Harper ein Eis und hat einen entspannten Gesichtsausdruck. Es tut mir ein bisschen leid, dass für Sloane der Urlaub fast vorbei ist.

27

Als wir zum Haus zurückkommen, bitte ich Sloane, Harper für ein Nickerchen nach oben zu bringen und sie danach für das Abendessen herzurichten.

»Ich bin fix und alle«, sage ich und lasse mich auf die Couch fallen. »Ich werde mich auch ein bisschen hinlegen, wenn das okay ist.« Ich schließe die Augen, in der Hoffnung, erschöpft zu wirken. »Das Kleid für dich ist in meinem Schrank, Cait. Schuhe auch, falls du welche brauchst.«

»Kein Problem«, sagt Sloane und nimmt Harper an die Hand. »Na komm, Harp.«

Ich höre ihre Schritte auf der Treppe, dann über mir im Flur; einen Moment später schließt sich Harpers Zimmertür. Eine Stunde danach geht sie wieder auf. Sie huschen im oberen Stockwerk hin und her, gehen ins Bad, in mein Zimmer, in Sloanes Zimmer und wieder raus. Zuerst ertönt das Geräusch der laufenden Dusche, dann der Föhn.

Schließlich höre ich oben auf der Treppe ein Kichern. »Wir sind so weit!«, ruft Sloane.

Sie steigen Hand in Hand herunter, Harper in ihrem neuen Kleid mit Tüllrock und einem perfekten französischen Zopf, Sloane in dem Kleid, das ich letzte Woche gekauft habe, rot, hüftbetont, mit tiefem Ausschnitt. Ihr Haar ist geföhnt und glänzt, ihre Haut goldgebräunt von der Sonne, ihre Wangen sind gerötet. Sie sehen beide wunderschön aus.

Harper lässt Sloanes Hand los, springt auf die Couch und

schlingt ihre Arme um meinen Hals. Ich drücke sie und schiebe sie dann ein Stück zurück, um ihren Zopf zu befühlen, ihr Haar ist seidig weich. »Ich liebe deine Frisur, Süße. Und dein Kleid!« Dann blicke ich hoch zu Sloane. »Das Kleid steht dir ausgezeichnet!« Und was noch wichtiger ist: Jay wird das genauso sehen. Könnte durchaus sein, dass dieser Mistkerl auf die Idee kommt, sie unter dem Esstisch zu befummeln.

Sloane lächelt, dann runzelt sie die Stirn, als sie sieht, dass ich nicht umgezogen bin. »Was ist mit dir …?«

»Mir geht's nicht so besonders«, sage ich und ziehe die Knie näher zur Brust, einen Arm um den Bauch geschlungen.

»Was ist los?« Sloane sieht besorgt aus. »Brauchst du einen Arzt?«

»Nein, nein. Nur das typische Monatsproblem«, sage ich und verdrehe die Augen. »Manchmal kriege ich heftige Krämpfe, die aus dem Nichts auftauchen. Alles, was ich brauche, sind ein, zwei Ibuprofen und ein Heizkissen. Kein Hummer für mich heute.« Ich schaue enttäuscht drein.

Auch Sloane verzieht das Gesicht. »Dann verschieben wir das Abendessen auf einen anderen Tag, wenn es dir besser geht.«

»Nein, nein, geht ihr nur«, sage ich und richte mich auf der Couch auf. »Es ist schwer, dort überhaupt eine Reservierung zu kriegen. Geht ihr ruhig.«

»Das ist echt okay, wir können …«, beginnt Sloane, aber ich unterbreche sie.

»Nein, wirklich.« Ich lächle. »Harper wäre enttäuscht, wenn wir absagen. Ist es okay, wenn heute ausnahmsweise Caitlin und Daddy mit dir zum Essen gehen, Harpie?«

Harper nickt.

Ich blicke wieder zu Sloane. Sie hat einen seltsamen Gesichtsausdruck, eine Art halbes Lächeln, und mir wird klar, dass sie froh ist, dass ich nicht mitkomme. Sie freut sich, Jay für sich allein zu haben, besonders jetzt, wo sie weiß, dass wir nicht mehr zusammen sind. *Schön für dich, Sloane. Genieße es.*

In diesem Moment kommt Jay die Treppe herunter. Er trägt eine Hose und ein Hemd mit hochgekrempelten Ärmeln und hält ein Bier in der Hand. Er ist frisch geduscht, die Haare sind feucht, das Gesicht ist glatt rasiert. Sloane wird schon bei seinem Anblick rot. Ich weiß noch, wie ich ihn einst so angesehen habe. Jetzt würde ich ihm am liebsten ein Fleischermesser in den Hals rammen.

Harper springt von der Couch auf. »Guck mal, Dad, mein neues Kleid!« Sie wirbelt herum, so dass der Rock sich aufplustert.

»Wow!«, erwidert er. »Du siehst toll aus!« Dann nimmt er sie hoch und hebt sie auf seine Hüfte. »Bereit?«

Harper nickt.

Er schaut zu mir, dann zu Sloane, wobei sein Blick einen Moment länger auf ihr verharrt, auf ihrem Körper in dem engen Kleid, dann sieht er wieder zu mir. »Sollen wir gehen?« Er bemerkt nicht einmal, dass ich nicht umgezogen bin.

»Ihr könnt gehen«, sage ich. »Ich fühle mich nicht gut und werde zu Hause bleiben und mich ausruhen.«

Jay nickt langsam.

»Wir können dir etwas mitbringen«, bietet Sloane an. »Nachtisch oder so?«

Ich schüttle den Kopf. »Ich werde früh ins Bett gehen, damit ich hoffentlich schon schlafe, wenn ihr nach Hause kommt.

Morgen bin ich wieder fit, versprochen. Gib Mom einen Gutenachtkuss, Baby.«

Harper drückt mir einen Kuss auf die Wange, dann rennt sie zurück zu Jay, und die drei gehen zusammen den Weg zur Einfahrt hinunter. Ich stehe auf und beobachte sie von der Haustür. Sie sehen wie eine perfekte Familie aus. Ehe Sloane ins Auto steigt, hält sie inne und dreht sich um. Ich hebe die Hand und winke. »Viel Spaß«, rufe ich. Sie winkt zurück, ein kleines, zaghaftes Lächeln auf den Lippen.

Ich gehe wieder hinein und schließe die Tür hinter mir. Im Haus ist es ungewohnt ruhig. Ich kann das Rauschen des Meeres hören, das Ticken der Uhr in der Küche.

Vom Fenster an der Vorderseite beobachte ich, wie das Auto aus der Einfahrt fährt und sich die Straße in Richtung Stadt hinunterbewegt. Als ich es nicht mehr sehen kann, gehe ich die Treppe hinauf ins Schlafzimmer, dann ins Bad, wo ich den vierstelligen Code für den Safe eingebe. Es piept zweimal, und das Schloss geht auf.

Ich greife hinein und hole das Prepaidhandy heraus. Ich schalte es ein, das kleine Display leuchtet auf. Dann rufe ich ihn an.

Er geht beim zweiten Klingeln ran. »Hi, Danny«, sage ich.

Danny Shepherd, mein erster Schwarm, mein erster Kuss, mein erster Freund. Der Junge, der mir das Herz brach, als er mir sagte, dass er nicht dasselbe für mich empfand, dass er für kein Mädchen etwas empfand. Meine Großmutter war nicht überrascht. Rückblickend hätte ich es vielleicht auch nicht sein sollen, schließlich liebte er Prince mehr als ich. Als er sich kurz nach unserer Trennung bei seinen Eltern outete, schmissen sie ihn raus. Da er nicht wusste, wohin er sonst gehen sollte, tauchte er vor der Tür meiner Großmutter auf, und sie bat ihn herein.

»Er braucht uns«, sagte sie zu mir, und ein Blick auf ihn sagte mir, dass sie recht hatte. Ich saß neben ihm auf der Couch, als er uns erzählte, wie sein Vater ihm mit vor der Brust verschränkten Armen beim Packen zugesehen und kein Wort gesagt hatte, als Danny ging.

In der ersten Nacht schlief er in meinem Bett. Ich wachte nachts um zwei davon auf, dass er weinte, doch die Bettseite neben mir war leer. Ich fand ihn im Badezimmer auf dem Kachelboden, mit einem billigen Rasiermesser in der Hand, das Handgelenk nach oben gestreckt. Ich nahm es ihm behutsam ab, führte ihn zurück in mein Zimmer und hielt seine Hand, bis er einschlief. Meine Großmutter sagte ihm, er könne so lange bleiben, wie er wolle. Als er uns einen Monat später verließ, um zu seinem Cousin zu ziehen, war er zu einem Teil der Familie, zu einem Bruder geworden. Als wir uns zum Abschied umarmten, flüsterten wir uns zu: *I would / die for / you* – das Lied, das wir als Kinder gesungen hatten, mit unseren Fäusten als imaginäre Mikros.

Nachdem Jay und ich die Insel besucht hatten und mir klar wurde, dass unsere Ehe vorbei war, rief ich ihn an. Seine Tante hatte mir seine Nummer gegeben. Ich wollte eine vertraute Stimme hören, jemanden, der nicht sagen würde: *Ich habe es dir ja gesagt.* Jemanden, der mich kannte, bevor ich Jays Frau wurde. Als Danny ranging, musste ich fast weinen.

Wir telefonierten über zwei Stunden. Ich erzählte ihm von Jay, davon, wie wir aus San Francisco weggezogen waren. Er erzählte mir, dass er auf der Insel geblieben war, wie er sich mit seinen Eltern versöhnt hatte, wie er beschlossen hatte, in die

Fußstapfen seines Vaters zu treten, der Arzt war, und wie er angefangen hatte, als Sanitäter zu arbeiten, als ich ans College gegangen war. Es gefiel ihm so gut, dass er es nie bereut hat; heute leitet er die Einsatzabteilung im Rettungsdienst. Er hatte darüber nachgedacht, die Insel zu verlassen, aber da waren seine Eltern schon älter, die Gesundheit seiner Mutter verschlechterte sich, und es schien nicht der richtige Zeitpunkt zu sein. Er war nie verheiratet, hatte gerade mit seinem langjährigen Partner Schluss gemacht.

Ich wusste es nicht, doch er hatte uns im Mai gesehen, als ich mit Jay und Harper zurück auf die Insel gekommen war, und zwar beim Abendessen, als wir uns zu dritt eine Pizza in einer Sitzecke eines beliebten Restaurants teilten. Fast hätte er mich gegrüßt, aber wir sahen so beschäftigt aus, mit dem Essen, mit uns selbst, dass er nicht stören wollte. Ich war dünner als in seiner Erinnerung, meine Wangenknochen und Schlüsselbeine stachen kantig hervor, meine Kleidung war teuer, an meinem Handgelenk trug ich ein Armband, das so viel kostete wie sein Auto. Eine verzerrte Version des Mädchens, das er aus seiner Kindheit kannte.

Er saß jedenfalls an der Bar, mit dem Rücken zu uns, ein Glas in der Hand. Dort saß er auch, als er Jay keine halbe Stunde später zusammen mit der Kellnerin sah. Sie waren in dem schummrigen Gang, der zu den Toiletten führte. Jay stand vorgebeugt, sein Mund an ihrem Ohr, ihre Körper dicht beieinander. Sie kicherte, ein hübsches junges Ding, schlank und langbeinig, und Danny verstand, was er da sah, mit welcher Art Mann ich verheiratet war, warum ich so viel Gewicht verloren hatte. Es brach ihm das Herz. Er stellte sein halb getrunkenes Bier auf die Theke und ging.

Seitdem hatte er auf meinen Anruf gewartet, darauf, dass ich die Wahrheit erkenne. Als ich das tat, am Morgen nach jener Nacht, jener Nacht mit den Polizisten und dem Blut, dieser beschissenen Nacht, sagte er, er habe gewusst, dass der Tag kommen würde.

Seitdem haben wir fast jeden Tag miteinander gesprochen. Er ist der Einzige, der alles weiß. Als ich Sloane zum ersten Mal sah, wählte ich seine Nummer und erzählte ihm von meiner Idee.

Anfangs gefiel ihm diese Phantasie durchaus, aber als er merkte, dass ich es ernst meinte, versuchte er, es mir auszureden. Ein paar Tage, nachdem ich Sloane in unser Leben eingeladen hatte, rief er mich auf dem Prepaidhandy an und sagte, er könne das nicht durchziehen. Er könne mir nicht helfen, könne nicht mitmachen. »Bitte«, flehte ich ihn mit brüchiger Stimme an, »ich kann so nicht weiterleben. Ich brauche dich.« Doch er legte auf.

Aus Wut hatte ich das Telefon quer durch den Raum geworfen. Ich war wieder allein. Und stand vor dem Untergang. Aber dann rief er ein paar Stunden später zurück. »Okay«, flüsterte er. »Ich werde es tun. Du und deine Großmutter, ihr habt mich in jenem Sommer gerettet. Jetzt werde ich dich retten.« *Darlin', if you want me to.*

Ich lächelte durch meine Tränen hindurch. »Danke«, flüsterte ich zurück. »Ich danke dir.«

Nun sage ich zu ihm am Telefon: »Morgen. Ich werde es morgen Nachmittag tun. Bist du bereit?«

Nachdem er die Frage bejaht hat, sage ich ihm, dass ich ihn liebe, und beende das Gespräch. Ich lege das Handy zurück in den Safe und verschließe ihn wieder.

Gegen acht schalte ich alle Lichter aus und schließe die Schlafzimmertür. Ich will, dass das Haus dunkel ist, wenn sie kommen, damit sie denken, ich wäre schon im Bett und würde schlafen.

Um 20.50 Uhr sehe ich das Aufleuchten der Scheinwerfer, höre das Knirschen der Räder in der Kiesauffahrt. Ich schleiche zum Fenster, hocke mich hin und ziehe langsam die unterste Lamelle der Jalousie hoch. Die Scheinwerfer gehen aus, aber niemand steigt aus dem Wagen.

Ich warte. Immer noch keine Bewegung. Es ist dunkel im Auto, so dass ich nicht hineinsehen kann. Eine Minute vergeht, dann zwei, dann fünf. Was machen sie da drinnen?

Schließlich schwingt sowohl die Fahrertür als auch die Beifahrertür auf; Jay steigt hinter dem Lenkrad aus, Sloane auf der anderen Seite. Jay öffnet die Tür zur Rückbank und bückt sich. Als er sich wieder aufrichtet, liegt Harper in seinen Armen, so wie er sie als Baby gehalten hat. Meine Kehle schnürt sich zu. Ich erinnere mich noch genau an die Anfangszeit, Harper, winzig klein, fest in Musselin eingewickelt, an Jays Brust geschmiegt, während er sie mit sanften Augen ansah und mit dem Finger zärtlich über ihre flaumige Wange strich. Ich fühlte mich so glücklich. Ich dachte, ich hätte alles, was man sich wünschen kann.

Sloane folgt Jay zum Haus. Gedämpft höre ich, wie sich die Haustür öffnet, dann Schritte auf der Treppe. Ich lausche, ob sich Sloanes Schlafzimmertür öffnet und schließt, aber das tut sie nicht.

Ich steige aus dem Bett, durchquere leise das Zimmer und öffne die Tür einen Spaltbreit. Sie geht lautlos auf. Ich halte den Atem an und spähe durch den Schlitz.

Blassgelbes Mondlicht strömt durch ein kleines Fenster in den Flur. Sloane steht vor Harpers Zimmer, mit dem Rücken zu mir, und wartet. Wartet auf Jay. Ich halte den Atem an, während ich sie beobachte.

Einen Moment später kommt Jay aus Harpers Zimmer und zieht die Tür langsam hinter sich zu. Er dreht sich um, macht einen Schritt auf Sloane zu. Zuerst stehen sie nur da, unbeweglich. Dann neigt sie ihr Gesicht nach oben. Jay senkt seine Lippen auf ihre, seine Hand legt sich in ihren Nacken und er zieht sie zu sich heran. Sie küssen sich erst zaghaft, dann fester, drängender, pressen sich aneinander, Jay drückt sie gegen die Wand. Er ist ein guter Küsser, gut mit seiner Zunge, gut mit seinen Händen.

»Glaubst du, sie will, dass ihr wieder zusammenkommt?«, hatte Sloane Jay gefragt. *Niemals*, hatte ich schreien wollen. Er ekelt mich an. Und dennoch. Als ich ihn jetzt so mit ihr sehe, steigt mir die Magensäure in der Kehle hoch.

Ich trete von der Tür zurück. Das reicht. Ich hatte angefangen, mich schlecht zu fühlen wegen dem, was ich vorhabe, wegen der Waffe im Safe, aber jetzt nicht mehr.

Wieder im Bett, liege ich auf der Seite, die der Tür abgewandt ist, und starre die Wand an. Ein paar Minuten später öffnet sich die Schlafzimmertür, die Scharniere quietschen, als sie weit aufschwingt. Dann höre ich, wie die Schnalle von Jays Gürtel geöffnet wird, seine Hose auf den Boden fällt.

Er will mich; er presst sich gegen meinen Rücken, reibt rhythmisch mit der Hüfte. Er ist schon hart von Sloane, von ihrem Vorspiel auf dem Flur. Das Gefühl seines Körpers an meinem macht mich krank. Ich weiche von ihm zurück. Als er wieder nach mir greift, schlüpfe ich unter der Decke hervor, schnappe mir mein Kissen, gehe ins Bad und schließe die Tür ab.

Er verdient alles, was auf ihn zukommt. Und was Sloane betrifft, nun ja, sie ist auch nicht mehr ganz so unschuldig, nicht wahr?

28

Am nächsten Morgen stehe ich früh auf. Ich habe kaum geschlafen. Jay schnarcht noch, als ich das Zimmer verlasse. Es kostet mich all meine Willenskraft, ihm nicht ein Kissen aufs Gesicht zu drücken.

Unten mache ich mir eine Tasse Kaffee und warte darauf, dass Harper aufsteht. Unsere Strandsachen sind fertig gepackt. Wir haben einen großen Tag vor uns.

Ich nehme meinen Becher mit auf die Veranda und gehe die Auffahrt hinunter Richtung Wasser. Es ist ein warmer Morgen, so drückend und warm wie nie zuvor. Es weht nur eine schwache Brise, die hohen Gräser wiegen sich sanft. Ich blinzle zum Strand. Anne-Marie und ihre Kinder haben ihr Lager bereits unten am Meer aufgeschlagen.

Um halb neun gehe ich wieder nach oben und wecke Harper. Sloanes Tür ist noch geschlossen. Das arme Ding ist bestimmt müde von ihrem großen Abend in der Stadt, dem heftigen Geküsse im Flur.

Umso besser. Ich muss sowieso mit Anne-Marie reden. Und dabei möchte ich allein sein.

Als Harper angezogen ist und gegessen hat, machen wir uns auf den Weg zum Meer. Ich klappe unseren Sonnenschirm und die Stühle auf und bedeute Harper dann, mir zu folgen. »Magst du ein bisschen mit Rooney und Claire spielen?«

Wir gehen an der Brandung entlang, bis wir ihre Liegestühle erreichen, auf den im Sand ausgebreiteten Handtüchern liegt

Strandspielzeug. Anne-Marie winkt von ihrem Platz unter dem Sonnenschirm.

»Morgen!«, ruft sie.

»Wo ist Fitz?«, frage ich und lasse mich in den Liegestuhl neben ihr fallen. Fitz ist sowohl Anne-Maries liebstes als auch unliebsamstes Gesprächsthema. Es ist klar, dass sie ihn für einen Trottel hält, der seinen Hintern nicht von seinem Ellbogen unterscheiden kann. Sie schätzt an ihm seine Gehaltsschecks, aber sonst nicht viel. Bei diesem Thema ist sie wie eine Aufziehpuppe. Sobald man den Schlüssel umdreht, quasselt sie stundenlang und legt nur gelegentlich eine Atempause ein.

Anne-Marie stöhnt. »Golfen. Schon wieder. Wir sind fast zehn Tage hier, und er verbringt neun davon mit einem Golfschläger in der Hand. Ich versteh das nicht«, sagt sie. »Golf? Im Ernst? Das ist doch *so* langweilig. Klar, es ist auch sein Urlaub, aber mal ehrlich, letztes Jahr waren wir auf Barbados und …« Und schon geht's wieder los.

Ich höre nur halb zu, mein Blick ist auf Harper gerichtet, die mit Rooney und Claire im nassen Sand kniet. Ich könnte ihr stundenlang zuschauen. Die Sommersprossen auf ihrer Nase betrachten, ihre Augenlider küssen, ihren ausufernden Geschichten zuhören, ihrem Lachen. Sie ist das Beste, was mir je passiert ist. Der Sinn meines Lebens, all meine guten Seiten destilliert in ihrem kleinen, perfekten Körper.

Als ich mich wieder auf Anne-Marie fokussiere, sieht sie mich erwartungsvoll an. »Bitte, was?«, frage ich.

»Ich sagte, Jay scheint nicht so ein Typ zu sein«, wiederholt sie und blickt wieder zu unserem Haus hinauf. »Der Typ Mann, der den ganzen Tag Golf spielt. Er scheint toll zu sein. Ein wirklich engagierter Vater.«

»Oh.« Ich lächle höflich. »Ja, er ist toll. Und nett. Ausgesprochen nett.« Ich stoße ein nervöses Lachen aus. »Manchmal ein bisschen zu nett, wenn du weißt, was ich meine?« Ich lache unbehaglich, als wollte ich keine große Sache daraus machen, auch wenn klar ist, was ich damit andeuten will.

Anne-Maries Augen weiten sich. »Jay? Du meinst …?«

»Ach, ich weiß auch nicht«, sage ich hastig. »Gut möglich, dass ich die Situation falsch eingeschätzt habe. Wahrscheinlich war es keine Absicht, als seine Hand …« Ich schüttle den Kopf. »Es war nichts, wirklich. Ich hätte nichts sagen sollen. Erwähn es bitte niemandem gegenüber, okay?«

Sie nickt, natürlich wird sie es für sich behalten – als ob Anne-Marie jemals irgendetwas für sich behalten hätte –, aber ich kann sehen, wie sich die Zahnräder drehen. Wenn sie von dem Mord erfährt, wird ihr das Blut in den Adern gefrieren, und sie wird sich an unser Gespräch erinnern. Es wird sie nicht überraschen. Männer, die zum Fremdgehen fähig sind, sind zu allem fähig.

»Oh!«, sage ich. »Das hätte ich fast vergessen. Violet hat mich gebeten, dich zu fragen, ob es okay wäre, wenn Harper heute bei dir übernachtet. Sie würde sich sehr darüber freuen. Dann könnten wir uns später revanchieren und deine Kinder bei uns übernachten lassen.«

»Auf jeden Fall!«, antwortet Anne-Marie. »Je mehr, desto geselliger! Claire und Rooney sind zehnmal leichter zu handhaben, wenn Harper dabei ist.«

»Wunderbar!«, erwidere ich. »Ich würde ihr zu Hause etwas zum Mittagessen machen, und vielleicht kann Violet sie dann später bei euch vorbeibringen?«

»Sie kann auch gerne bei uns mitessen. Es sollen heute über

dreißig Grad werden, deshalb wollte ich sowieso früher los, um die Hitze zu meiden. Ich habe noch einen zusätzlichen gegrillten Käse, den ich ihr machen kann.«

»Perfekt.« Ich lächle.

Als Harper und ich uns auf den Rückweg zu unserem Sonnenschirm machen, sehe ich Sloane, die bereits in einem Liegestuhl sitzt. Sie hebt die Hand und winkt zaghaft, als wir uns nähern.

»Hey«, ruft sie. Als wir sie erreichen, schaut sie mir in die Augen und mustert mein Gesicht. Ob ich es weiß?

Ich starre einen Moment lang zurück, genieße es, sie schwitzen zu sehen, und entspanne dann mein Gesicht. *Ob ich was weiß, Sloane?* Ich lächle breit. »Hi! Wie war das Essen gestern Abend?«

Sloane erwidert das Lächeln mit Unbehagen. »Wirklich schön«, sagt sie vorsichtig. »Ich glaube, Harper hat sich gut amüsiert, nicht wahr, Harp?« Sie sieht zu Harper, die zustimmend nickt. »Und der Hummer war köstlich. Ich habe noch nie welchen gegessen.«

»Echt?«, frage ich erstaunt. »So gut, nicht wahr? Das ist mein Lieblingshummerrestaurant. Und hast du den Schokoladenkuchen mit flüssigem Kern probiert?« Ich seufze wehmütig. »Der beste, den ich je gegessen habe.«

Sloane nickt. »Wir haben uns einen geteilt. Jay war besorgt, Harper könnte sonst von dem vielen Zucker die ganze Nacht wachliegen.«

Oh, wow, was für ein Vorzeigevater! Soll ich Beifall klatschen? Die Messlatte für Männer liegt unfassbar niedrig. Ich lächle gepresst. Allerdings ist das nicht der wahre Grund, warum er sich einen teilen wollte. Es ist schon witzig, dass Sloane glaubt, Jay gut zu kennen, wo sie doch in Wahrheit nichts über ihn weiß, außer die Lügen, die wir ihr aufgetischt haben.

»Geht es dir besser?«, fragt Sloane und wechselt schnell das Thema. Wahrscheinlich ist es ihr unangenehm, über das Date mit meinem Mann zu sprechen. Ein Date, das mit einem Kuss endete. Na ja, mehr als einem.

»Sehr viel besser«, antworte ich. »Danke. Ich habe eine Ibuprofen achthundert genommen, die hat mich ausgeknockt. Ich habe geschlafen wie ein Toter. Ich habe nicht mal gehört, wie ihr reingekommen seid.«

Die Erleichterung auf Sloanes Gesicht ist unübersehbar. Ich frage mich, ob sie wachgelegen und sich Sorgen darüber gemacht hat, dass ich sie zusammen im Flur gehört habe, dass ich im Bett gelegen und gelauscht habe. Dann spannt sich ihr Gesicht wieder an. Sie kaut auf ihrer Unterlippe, die Stirn leicht gerunzelt.

Jetzt kommt es. Gleich konfrontiert sie mich mit Jay, mit unserer Scheidung. Ich schaue zu Harper, die ein paar Meter entfernt ein Loch in den Sand gräbt.

Sloane räuspert sich. »Du hast mir gesagt, du trinkst nicht.« Sie sagt es vorsichtig, als würde sie auf Zehenspitzen über einen knarrenden Boden gehen und hoffen, kein Geräusch zu verursachen.

Ich sehe sie erstaunt an. Was hat Jay ihr erzählt? Hat er ihr von der Nacht erzählt, in der alles endete? Von dem zerbrochenen Weinglas? Von den Polizisten, die vor unserer Tür standen?

Ich zwinge meinen Mund zu einem gleichmütigen Lächeln. *Bleib cool.* »Tue ich auch nicht.«

Sloane hält inne, dann sagt sie zögernd: »Aber Jay hat gesagt …«, beginnt sie. Sie ist sich nicht sicher, wie sie den Satz beenden soll, ohne dass es wie eine Anschuldigung klingt.

»Was genau hat er gesagt?« Ich ziehe ironisch eine Augenbraue hoch. *Sei nicht so defensiv, Violet.*

Sloane zuckt mit den Achseln. »Nur, dass du manchmal trinkst. Und ich war verwirrt, weil du mir gesagt hast, du würdest keinen Alkohol anrühren.«

Ich lecke mir über die Lippen, atme durch die Nase aus. Blinzle ein paarmal, halte inne, denke nach. »Nun«, sage ich. »Früher habe ich getrunken. Jetzt nicht mehr. Es ist schon ein paar Monate her, dass ich aufgehört habe. Als wir umgezogen sind, war ich anfangs einsam, die Tage waren lang. Ich fing an, mir schon um fünf Uhr nachmittags ein Glas Wein einzuschenken. Dann wurde aus fünf Uhr vier. Dann halb vier. Und ehe ich mich's versah, schenkte ich mir mittags einen Drink ein und trank ununterbrochen, bis ich Harper ins Bett brachte.«

Dieser Teil ist nicht komplett gelogen. Es ist wahr, dass ich mehr getrunken habe, als ich hätte trinken sollen. Das hätte jeder getan, wenn sein Mann das getan hätte, was meiner getan hat.

Ich seufze. »Jedenfalls habe ich irgendwann gemerkt, dass ich etwas ändern muss.« Ich erzähle ihr nicht, warum ich es reduziert habe, warum ich die Wodkaflasche verstecke, warum ich mir nur ab und zu ein oder zwei Gläser gönne. Es geht sie nichts an, was in jener Nacht passiert ist. »Also habe ich aufgehört«, fahre ich fort. »Eines Abends habe ich alle Flaschen in den Abfluss gekippt, wie man es aus Filmen kennt.« Ich lächle Sloane an. »Ich habe Jay nichts davon erzählt, weil ich dann hätte zugeben müssen, dass ich ein Problem habe. Und wer will das schon? Aber« – sage ich achselzuckend – »es überrascht mich nicht, dass er nichts davon bemerkt hat. Er war zu … beschäftigt.«

Ich schaue nicht weg, als ich das sage, und halte Sloanes Blick. *Du nennst* mich *eine Lügnerin, Sloane? Das ist echt zum Schreien komisch.*

Sloane blinzelt, wird rot und richtet ihren Blick auf den Sand zu ihren Füßen.

Dann sagt sie unvermittelt: »Weißt du was, ich habe ein bisschen Hunger. Ich habe nichts gegessen, bevor ich runtergekommen bin. Ich werde zurück ins Haus gehen und mir etwas holen. Willst du auch was?«

Ich lächle und schüttle den Kopf. »Nein, danke.«

Ich beobachte Sloane beim Gehen. Sie läuft etwas steifer als sonst, hält die Schultern höher, den Rücken gerader.

Jetzt weiß ich es mit Sicherheit. Unsere Freundschaft, oder was auch immer Sloane und ich hatten, ist vorbei, löst sich auf wie die Rauchfahne einer ausgeblasenen Kerze, eine dünne graue Spur in der Luft, dann nichts mehr. Sie hat sich für Jay entschieden. Das ist gut. Das ist eine Erleichterung. Das macht mein Vorhaben leichter.

Als ich eine halbe Stunde später sehe, wie Anne-Marie und ihre Kinder zu ihrem Haus zurücklaufen, packe ich unsere Sachen ein und sage Harper, dass wir ebenfalls reingehen werden. Das Adrenalin pumpt durch meinen Körper, alle Sinne sind geschärft. Der Tag scheint heißer, klarer als sonst, die blassen Grashalme am Strand heben sich stärker gegen den strahlend blauen Himmel ab. Es fühlt sich an, als wären wir in einem Backofen, die Temperatur steigt mit jeder Minute.

Als wir am Haus ankommen, öffne ich die Haustür und

bleibe stehen. Ich halte meine Hand hinter mich, um Harper daran zu hindern, reinzugehen.

Von der Tür aus habe ich eine gute Sicht in die Küche. Sloane und Jay lehnen zusammen an der Spüle. Sie steht mit dem Rücken zu mir, während sie Jay ihr Gesicht entgegenneigt. Ich kann nicht sehen, ob sie sich küssen, aber sie sind sich nahe genug, dass es sein könnte. Sie haben uns nicht gehört, sind zu sehr in das vertieft, was auch immer sie gerade tun oder besprechen.

Dann lasse ich die Tür zufallen. Sloane und Jay springen auseinander. Sloane schaut uns schuldbewusst entgegen, als wäre sie auf frischer Tat ertappt worden, mit der Hand in der Keksdose.

»Hi!«, ruft Sloane, ein bisschen zu laut. »Ich hätte nicht gedacht, dass ihr so schnell zurück sein würdet!« Ihre Wangen sind feuerrot. Jay sagt, wenig überraschend, nichts.

Ich warte einen Moment, bevor ich ein angestrengtes Lächeln aufsetze. Dann nehme ich Harpers Hand. »Wir gehen uns das Salzwasser abspülen«, sage ich. »Komm, Harp.«

Oben angekommen, packen Harper und ich eine Tasche. Auch wenn es nur für eine Nacht sein soll, werden es wahrscheinlich sehr viele mehr sein, also stopfe ich ein paar zusätzliche T-Shirts, Unterhosen und Shorts in ihren Rucksack. »Damit du ein bisschen Auswahl hast«, sage ich zu ihr und wuschele durch ihr Haar.

Harper hüpft im Zimmer herum und freut sich auf ihre erste Übernachtung bei einer Freundin.

»Was meinst du, was Claire wohl für einen Schlafanzug hat?«, frage ich, während ich ihren *Frozen*-Pyjama ganz oben in die Tasche lege.

»Vielleicht einen von Elsa, so wie ich«, antwortet Harper. »Dann gehen wir im Partnerlook. Aber vielleicht hat sie auch Ana. Oder ihrer ist gar nicht von *Frozen*. Sondern von *Encanto*. Meinst du, sie hat *Encanto* gesehen?«

Ich nicke und lache. Ich würde mein Leben darauf verwetten, dass jede Fünfjährige auf diesem Planeten den Film gesehen hat.

Dann, bevor ich ihre Zimmertür öffne, beuge ich mich zu ihr hinunter und lege meinen Arm um ihre schmale Taille. »Wenn ich dich von Claire abhole, lass uns ein Spiel spielen, okay?«

Harper nickt. »Okay. Welches Spiel?«

»Wir werden so tun, als wäre ich Caitlin. Und jedes Mal, wenn du mich Caitlin nennst, bekommst du ein M&M. Abgemacht?«

Sie nickt erneut.

Ich ziehe sie zu mir und umarme sie fest. »Mom ist stolz auf dich. Ich wette, du bist so gut darin, dass du eine ganze Tüte bekommst!«

Dann gehen wir gemeinsam die Treppe hinunter, zurück ins Wohnzimmer. Sloane ist immer noch in der Küche und sitzt am Tisch. Sie kaut an einem Fingernagel, runzelt die Stirn. Sie blickt erschrocken hoch, als sie uns hört, dann steht sie auf, der Stuhl kippt fast um.

»Hi«, sagt sie. Sie ist nervös. Sie glaubt, ich hätte gesehen, wie Jay und sie sich geküsst haben, oder ist zumindest besorgt, ich könnte es gesehen haben. Das schlechte Gewissen steht ihr ins Gesicht geschrieben.

»Bringst du Harper nach nebenan?«, frage ich. »Sie wird die Nacht bei Anne-Marie und den Kindern verbringen.«

»Wir machen eine Pyjamaparty!«, verkündet Harper. Sie trägt ihren Rucksack über den Schultern. Er ist fast so groß wie sie selbst und bis zum Rand vollgestopft.

Sloane sieht überrascht aus. »Klar. Ist alles in Ordnung?«, fragt sie vorsichtig.

Für mich schon. Für dich, Sloane, nicht so sehr. »Absolut«, sage ich. Ich versuche, meine Stimme ruhig zu halten. Mein Herz beginnt zu klopfen. *Es ist so weit.* »Du kannst sie also hinbringen?«

Sie nickt. »Jetzt?«

»Ja. Du bist bereit, stimmt's, Harp?«

Harper nickt fröhlich. Ich bücke mich, um sie zu küssen, doch sie ist schon zur Tür hinaus und geht den steinernen Weg hinunter. Mein Herz taumelt. Ich möchte ihr hinterherlaufen, sie in die Arme nehmen und ein letztes Mal festhalten, sie so lange drücken, bis sie sich kichernd aus meinen Armen windet. *Mo-om, hör auf!* Aber ich tue es nicht. Bald wird es nur noch sie und mich geben, wir beide zusammen.

»Bis bald«, rufe ich ihnen nach. Ich hebe die Hand und winke.

Sloane dreht sich um. »Bis bald«, echot sie.

29

Ich schließe die Tür und eile die Treppe hoch, immer zwei Stufen auf einmal nehmend. Von unserem Schlafzimmerfenster aus beobachte ich, wie Sloane und Harper den Weg zu Anne-Maries Haus antreten. Es sind fünf Minuten Fußweg dorthin, zehn Minuten hin und zurück, etwas länger natürlich, falls sie noch zum Plaudern reingeht.

Wie auch immer, ich habe jedenfalls nicht viel Zeit.

Ich schiebe meinen Koffer durch den Flur in Sloanes Zimmer. Sloane hat kaum ausgepackt, ihre Kleidung quillt aus dem übergroßen Rollkoffer in der Ecke. Ich stopfe alles wieder hinein und rolle ihn in mein Schlafzimmer.

Dann gehe ich zum Schrank, nehme Jays leere Reisetasche und fange an, seine Sachen aus den Schubladen der Kommode zu holen und so viel wie möglich einzupacken. Währenddessen habe ich das Fenster im Auge und halte nach Sloane Ausschau.

Im Bad schnappe ich mir seine Zahnbürste und seinen elektrischen Rasierer. Als ich rauskomme, schaue ich erneut aus dem Fenster. Mein Herz setzt einen Schlag aus. Sloane beginnt gerade den Weg von Anne-Marie hinunterzugehen, zurück zur Straße, die zu unserem Haus führt.

Jetzt geht's los.

»Jay!«, rufe ich. »Jay!« Als ich ihn nicht höre, rufe ich ein drittes Mal. »Jay!«

Schließlich kommt ein schwaches »Was?« aus dem Büro in der Waschküche. Ich antworte nicht.

Dann höre ich, wie sich eine Tür am Ende des Flurs öffnet, und einen Moment später steht er im Türrahmen. »Was …?«, fragt er und bricht ab. Er schaut sich im Zimmer um, sieht seine halb gepackte Tasche, die offenen Schubladen, die Stapel seiner Kleidung. »Was machst du da?«, will er wissen und sieht mich verwirrt an.

»Ich habe es mir anders überlegt«, sage ich. Ich werfe seine Boardshorts in die Tasche, ohne mir die Mühe zu machen, sie zu falten, dann einen Stapel seiner Hemden. »Ich will, dass du gehst.«

»Machst du Witze?«, erwidert er. Sein Gesicht verfinstert sich. »Du hast mich angefleht, hierher mitzukommen.«

»Tja, jetzt will ich dich eben nicht mehr hier haben.« Ich halte kurz inne und verschränke die Arme vor der Brust. »Nimm deine Sachen und geh.«

»Warum? Was zum Teufel habe ich getan?«

»Ich habe dich mit Caitlin gesehen«, erwidere ich.

Jay schüttelt den Kopf, hebt abwehrend die Hände. »Violet«, sagt er und senkt die Stimme, »sie hat mich angemacht und ich …«

Ich muss fast lachen. Er hat diesen Satz schon mal verwendet.

Das erste Mal habe ich ihn nach der Weihnachtsfeier seiner Firma gehört, als wir noch in San Francisco lebten. Ich war im ersten oder zweiten Monat mit Harper schwanger, man sah zwar noch nichts, aber mir war ständig übel, und ich musste mich morgens oft übergeben. Da Jay den Job aber gerade erst bekommen hatte, wollte ich ihn unterstützen, also zog ich ein Kleid an, setzte ein Lächeln auf und begleitete ihn ins Restaurant.

Nach der Hälfte des Abends bemerkte ich, dass eine Frau ihn anstarrte, eine junge Verkäuferin, mit der er zusammenarbeitete, karamellfarbene Locken, hübsch. Jay tat so, als würde er es nicht bemerken, aber ich beobachtete, wie seine Augen immer wieder zu ihr wanderten, wie er sich auf die Lippe biss, um sie nicht anzulächeln.

Als er sich entschuldigte, folgte ich ihm mit dem Blick, sah, wie er zur Bar ging, wo sie mit einem Glas Wein stand. Dann waren beide verschwunden. Nicht für lange, höchstens fünf Minuten, aber irgendetwas war da gelaufen. Vielleicht ein Blowjob, vielleicht hatte er nur seine Hand unter ihrem Rock, die andere auf ihrer Brust. Als er zurückkam, war er nervös, legte den Arm um meine Taille, zappelte herum.

Als ich ihn zu Hause zur Rede stellte, sagte er mir, ich sei paranoid. Das läge an den Schwangerschaftshormonen. »Ich habe gesehen, wie sie dich angestarrt hat«, beharrte ich.

»Du hast recht«, sagte er und hob die Hände. »Sie hat mit mir geflirtet, aber ich …«

Aber ich – immer dieses *Aber ich* – nie war er schuld. Damals glaubte ich ihm. Weil ich ihn liebte, weil ich wollte, dass es wahr ist. Weil ich hormongesteuert war. Weil ich dumm war. Aber das bin ich nicht mehr.

Jetzt hebe ich die Hand, um ihn zum Schweigen zu bringen. »Das ist mir scheißegal. Ich freue mich sogar für euch beide. Es ist genau das, worauf ich gehofft habe.«

Jay funkelt mich an. »Du bist vollkommen irre. Weißt du das?«

Ich erwidere seinen Blick. Er ist so gutaussehend. Früher habe ich dieses Gesicht geliebt. Jetzt hasse ich es.

»Vielleicht bin ich das«, sage ich. Wahrscheinlich hat er

recht. Aber sind das nicht alle Mütter, wenn es um ihre Kinder geht? Es gibt nichts, was wir nicht tun würden. »Und jetzt verpiss dich.« Ich schließe den Reißverschluss seiner Tasche und schiebe sie zu ihm rüber.

Eine Minute rührt er sich nicht, dann nimmt er sie. »Du bist so ein Miststück.« Er mustert mich lange, seine Lippen verächtlich verzogen. »Wer könnte mir das verdenken?«, sagt er.

Da ist sie: seine andere Lieblingsausrede. Würde ich anders – *besser* – aussehen, hätte ich mich mehr angestrengt, dann hätte er nicht getan, was er getan hat. Es ist erbärmlich.

»*Raus.*«

Sein Kiefer zuckt. »Wo ist Harper?«

»Übernachtet bei den Nachbarn. Sie wird dir nicht verzeihen, wenn du sie zwingst, früher zu gehen. Flieg einfach zurück. Ich bringe sie am Sonntag nach Hause.«

»Wir sehen uns vor Gericht«, sagt er. Auf dem Weg nach draußen schlägt er die Tür zu, die im Rahmen klappert.

Nein, werden wir nicht, denke ich.

Seine Schritte donnern schwer auf der Treppe. Ich höre, wie die Haustür auffliegt, das Fliegengitter knallt, das Auto anspringt und die Reifen quietschen, als er Gas gibt.

Dann ist es wieder still. Er ist verschwunden. Es gibt nur noch das Geräusch meines Atems und das Ticken der Uhr an der Wand, rhythmisch wie ein Metronom. Ich gehe zurück ins Bad und gebe zum letzten Mal den Code für den Safe ein.

Ich nehme zwei Dinge heraus: die Waffe und die Scheidungspapiere, die mein Anwalt vor unserer Abreise aufgesetzt hat.

Da mein Treuhandfonds vor unserer Heirat eingerichtet wurde, gilt er nicht als eheliches Vermögen; wenn wir uns scheiden lassen, hat Jay keinen Anspruch darauf. Ich würde ihm wahrscheinlich Unterhalt für die Einkünfte schulden, die ich damit verdiene, aber der Trust selbst wäre weiter auf meinen Namen eingetragen. Das Geld würde nur dann ihm gehören, wenn mir etwas zustößt; er ist der Hauptbegünstigte unserer Lebensversicherung – solange wir zum Zeitpunkt meines Todes verheiratet sind. Lassen wir uns jedoch scheiden, geht alles auf Harper über. Es ist daher in Jays ureigenstem Interesse, dass wir zusammenbleiben. Es dürfte insofern jedem klar sein: Diese Scheidungspapiere würden ihn sehr, sehr wütend machen.

Ich stelle mir die Überraschung vor, die er empfinden wird, wenn er davon erfährt; vielleicht wird sie meiner eigenen gleichen, als ich erfuhr, dass unsere Ehe, wie die meiner Eltern, von Anfang an eine Farce war.

Ich war untröstlich, als wir nach New York zogen, und trauerte darum, meine Eltern zurückzulassen. Sicher, ich war diejenige gewesen, die mit ihnen gebrochen hatte, aber es tat trotzdem weh; ein tiefer, pochender Schmerz, der mich ins Mark traf. Ich fühlte mich wie ein Waisenkind.

Ich redete mir ein, dass es keine Rolle spielte, weil ich Jay hatte. Er hatte sich in mich verliebt, bevor er von dem Geld wusste. Ihm lag etwas an mir. Und als ich ihm schließlich die Summe nannte, nachdem er mir einen Antrag gemacht hatte, nach drei Jahren Beziehung, küsste er mich und sagte, das ändere nichts. Dass er sein eigenes Geld verdienen wolle. Er bräuchte vielleicht eine Anfangsinvestition, aber dann würde er seinen Weg gehen.

Er klang so ehrlich. Ich glaubte ihm. Selbst als er ständig den Job wechselte, immer nach ein paar Monaten kündigte und von einer Firma zur nächsten weiterzog. Ich hatte Freude daran, ihn zu unterstützen, seine Start-ups zu finanzieren, Schecks mit lauter Nullen auszustellen; ich dachte, er wäre ein brillanter Unternehmer.

Und dann fand ich heraus, dass er die ganze Zeit von dem Geld gewusst hatte. Er hatte eines Abends mit seiner Schwester telefoniert, kurz nachdem wir in das Brownstone eingezogen waren, und hatte ein paar Whiskeys intus. Ihr Vater lag im Krankenhaus; sie waren sich nicht sicher, ob er die Nacht überstehen würde. Ich war oben bei Harper, er unten im Wohnzimmer, aber seine Stimme war deutlich zu hören, und ich konnte seine Seite des Gesprächs gut verstehen. Seine Schwester muss das Testament ihres Vaters erwähnt haben, denn Jay schnaubte. »Sei dir da mal nicht so sicher«, sagte er, »Violets Mutter hat nur eine Ferienhütte bekommen, als ihre Großmutter starb. Und das, nachdem sie sich an einen Richter gewandt hatten.«

Ich war wie erstarrt. *Was?* Woher wusste er, dass sie sich an einen Richter gewandt hatten? Nicht einmal ich hatte davon gewusst, woher wusste er es dann?

Verdruckst gab er später zu, dass er gehört hatte, wie meine Eltern bei der Beerdigung in gedämpftem, wütendem Ton über die Aufteilung des Vermögens meiner Großmutter diskutiert hatten. »Violet kriegt alles?«, hatte mein Vater gesagt. Dann: »Das Haus ist nicht mal ein Zehntel davon wert.« Und: »Ja, wir werden es anfechten, mal sehen, ob es vor Gericht Bestand hat.« Das hatte es natürlich.

Meine Beine gaben nach, und ich setzte mich auf unser Bett. Jay hatte das mit dem Geld von Anfang an gewusst. Er schwor, es mache keinen Unterschied, ging vor dem Bett auf die Knie und schaute mir in die Augen. Aber für mich machte es einen Unterschied. Wie auch nicht? Wie sollte ich nicht alles in Frage stellen?

New York sollte unser Neuanfang sein. Jays großer Durchbruch. Ich wollte es so sehr. Für uns, für ihn. Und jetzt waren wir eh schon hier, meine Familie ohnehin verloren. Also beschloss ich, ihm einen Vertrauensvorschuss zu geben. Ihm die Chance zu geben, sich endlich zu beweisen. »Diesmal klappt's, versprochen«, sagte er.

Während er immer noch vor mir kniete, nickte ich. »Okay, ich glaube dir«, sagte ich zum zehntausendsten Mal.

Was ebenfalls wenig überraschen dürfte: Bei seinem neuen Job handelte es sich nicht um die versprochene Business-Gelegenheit. Es wurde schnell klar, dass »Online-Gaming-Start-up« ein Euphemismus für eine unausgegorene Glücksspiel-Website war; er hatte sich einer Gruppe mittelgroßer Investoren angeschlossen, die dachten, sie könnten vom jüngsten Online-Boom profitieren, obwohl keiner von ihnen über irgendwelche Fachkenntnisse in diesem Bereich verfügte. Die Stunden, die Jay in seinem Büro war, verbrachte er in virtuellen Pokerräumen – zu Marktforschungszwecken, wie er es ausdrückte. In Wahrheit gab er wie immer jedem Impuls nach, der ihm in den Sinn kam. Heute Glücksspiel, gestern eine Line Koks auf der Toilette oder Sex mit einer Fremden auf einer Party. Jay dachte nur an sich selbst, tat, was sich gut anfühlte und gut aussah. Nach drei Monaten in New York kam er zu mir, um sich einen weiteren Scheck geben zu lassen; nichts hatte sich geändert.

Genau wie meine Eltern wäre er niemals in der Lage, seine Liebe zu mir von seiner Liebe zu meinem Geld zu trennen. Das war eine niederschmetternde Erkenntnis, um es vorsichtig auszudrücken. Ich hoffe, dass er, wenn das alles vorbei ist, ähnlich niedergeschmettert ist, dass sein Herz unter der Last zertrümmert wird.

Ich lege die Scheidungspapiere auf die Kommode und nehme die Waffe mit ins Bad.

Dann warte ich. Ein, zwei Minuten vergehen, dann öffnet und schließt sich die Haustür wieder. Ich halte den Atem an.

»Violet?«, höre ich Sloane rufen.

Ich spanne die Waffe und stoße Luft aus meiner Lunge.

Sloanes Schritte hallen auf der Treppe, dann im Flur. Ich räuspere mich. »Hier«, rufe ich. Meine Stimme hallt von den gekachelten Wänden des Badezimmers wider. Sie ist schrill, dünn. Meine Halsschlagader pocht.

Ich höre, wie sie die Schlafzimmertür öffnet, dann dreht sich der Knauf der Badtür. Ich stehe mit dem Rücken zu ihr, mit hängendem Kopf vor dem Doppelwaschbecken.

»Violet?«, fragt Sloane erneut, dieses Mal fast flüsternd. »Alles okay bei dir?«

Ich öffne die Augen und schaue hoch. Im Spiegel sehe ich Sloanes Gesicht hinter mir. Das Gesicht, das jetzt so sehr meinem gleicht. Unsere Blicke begegnen sich. Einen Moment lang bewegt sich keine von uns, beide starren wir auf das Spiegelbild der anderen. Ich atme gleichmäßig aus. Dann drehe ich mich zu ihr um.

»Nein, ist es nicht«, sage ich. »Okay, meine ich.« Mein Herz schlägt wie eine Trommel in meiner Brust. »Es ist schon lange nichts mehr okay.«

Sloanes Stirn legt sich sorgenvoll in Falten, ihr Gesicht wird weicher. »Das tut mir leid«, sagt sie sanft. »Gibt es irgendetwas, das ich …«

Dann hält sie inne, und ihr Blick fällt auf meine rechte Hand, die an meiner Seite baumelt. Sie sieht die Waffe. Ihr Kiefer klappt herunter, sie wird kreidebleich.

Als sie von der Waffe zu mir schaut, sind ihre Augen aufgerissen, die Pupillen groß und schwarz. Ich starre zurück. Es ist, als würde ich in einen Jahrmarktspiegel blicken. Eine verzerrte, beinahe täuschend echte Version meiner selbst.

Ich sehe, wie sie schluckt. »Geht es um Jay?«, fragt sie mit zittriger, winziger Stimme.

Ich nicke.

Sloanes Augenlider flattern. »Es tut mir leid«, sagt sie. »Es ist einfach passiert. Ich wollte dir nie wehtun!«

Ich kann nicht anders und stoße ein Lachen aus, ein kurzes Bellen. »Du meinst, das hier hat etwas damit zu tun, dass ich eifersüchtig bin?« Ich schüttle den Kopf. »Nein, ich bin nicht eifersüchtig. Das ist nicht der Grund.«

Sie seufzt. Dann, sanft: »Er hat mir alles erzählt, Violet. Er hat mir gesagt, dass er dich verlässt und dass du es nicht gut aufnimmst …«

»Er lügt«, unterbreche ich sie scharf. »Du glaubst ihn zu kennen, aber das stimmt nicht. Er ist ein Lügner. Genau wie du, *Sloane*.«

Als ich ihren Namen – ihren richtigen Namen – nenne, verändert sich ihr Gesicht. Sie schluckt schwer, öffnet den Mund, um zu sprechen, aber es kommt nichts heraus.

Ich schenke ihr ein kleines, reumütiges Lächeln. »Wir haben uns alle gegenseitig belogen, nicht wahr?«

Schließlich fragt sie mit angestrengter Stimme: »Wie lange weißt du es schon?«

»Von Anfang an.«

Sie presst ihre Lippen fest aufeinander. Ihre Augen füllen

sich mit Tränen. Sie sieht aus wie ein verletzter Welpe. Mir wird schlecht. Ich schlucke die saure Spucke in meiner Kehle hinunter. *Denk an Harper*, sage ich mir. *Du tust das für sie.*

»Aber …« Ihre Stimme zittert. »Warum willst du mich umbringen, wenn du nicht eifersüchtig bist?«

»Ich bringe nicht dich um«, antworte ich. »Schau in den Spiegel, *Violet*. Ich bringe *mich* um.«

Sloane starrt mich verständnislos an, ihr Gesicht verzieht sich verwirrt. Dann weiten sich ihre Augen angesichts der dämmernden Erkenntnis. Langsam hebt sie die Hand zum Mund und bedeckt ihn vor Entsetzen.

»Das heißt, eigentlich wird Jay dich umbringen«, fahre ich fort. »Zumindest werde ich das der Polizei erzählen.«

Ich spüre einen heftigen Schmerz im Bauch. Die Wahrheit ist, ich wünschte, ich müsste sie nicht töten. Ich wünschte, ich könnte mit der Pistole auf Jays Brust zielen und ein Loch dort hineinschießen, wo sein Herz sein sollte. Ich habe darüber nachgedacht. Immer wieder. Ich wollte ihn umbringen, mit jeder Faser meines Körpers, aber es wäre zu riskant gewesen. Würde man mich erwischen, wäre ich die Hauptverdächtige, vermutlich sogar die einzige Verdächtige, und ich würde alles verlieren. Alles, was Jay bereits drohte, mir zu nehmen.

Dann habe ich Allison kennengelernt. Und sie hat mir von Sloane erzählt. Das brachte mich auf eine Idee. Was, wenn nicht ich Jay töte, sondern Jay mich? Was, wenn die Leute denken würden, ich wäre tot und er hätte mich auf dem Gewissen? Dann könnte ich Harper mitnehmen, und niemand würde es in Frage stellen; sie wäre in der liebevollen, legalen Obhut unseres vertrauten Kindermädchens. Und Jay würde im Gefängnis sitzen, wo er hingehörte.

Aber damit das klappen konnte, brauchte ich einen Körper. Ich brauchte Sloane. Wenn ich sie dazu bringen konnte, sich wie ich zu kleiden, wie ich auszusehen, sich wie ich zu verhalten – wenn dann die Polizei am Tatort eintraf und ich ihnen sagen würde, das Opfer sei *ich*, würde es für sie keinen Grund geben, dem keinen Glauben zu schenken. Violet Lockhart wäre tot, und Jay Lockhart wäre derjenige, der es getan hat. Zumindest würde ich mit dem Finger auf ihn zeigen.

Es wäre mein Bild auf Sloanes Führerschein. Und dann sind da noch all die Fotos, die ich von Harper und Sloane gemacht habe, Bilder, die ich der Polizei zeigen werde. Wenn sie die Fotos zu Anne-Marie bringen, wird sie auf Sloane zeigen und sagen: *Ja, das ist Violet Lockhart*. Es klingt simpel, und das ist es auch. Denn es ist immer der Ehemann, selbst wenn er es nicht ist. Was gäbe es da anzufechten? Es gäbe eine Leiche und ein Motiv. Sie würden von der Lebensversicherung erfahren und dass sie im Falle einer Scheidung null und nichtig ist, sie würden die Scheidungspapiere finden, die ich auf der Kommode ausgelegt habe. Fall geklärt und abgehakt.

Jay würde ins Gefängnis gehen, und ich würde mit Harper abhauen. Dank des aktualisierten Testaments wäre Sloane Caraway der gesetzliche Vormund. Von Sloanes Handy aus würde ich ihrer Mutter schreiben und sie wissen lassen, was mit Violet Lockhart passiert ist und dass Sloane Harper zurück an die Westküste zu ihren Großeltern bringt. Vielleicht würde ich sie ein paarmal per FaceTime anrufen – die Sehkraft und das Gehör ihrer Mutter lassen langsam nach –, gerade lange genug, damit sie denkt, dass mit Sloane alles in Ordnung ist. Es ist unwahrscheinlich, dass sie eine echte Bedrohung darstellt, selbst wenn sie einen Verdacht hegt. Sloane meinte, sie sei ans Haus gefesselt; vom Sessel aus kann sie nicht viel unternehmen. Dann würde ich mit Harper irgendwo ein neues Leben anfangen, vielleicht in Kalifornien, vielleicht im pazifischen Nordwesten, irgendwo in einer kleinen Stadt in Oregon.

»Bitte«, wimmert Sloane mit gedämpfter Stimme hinter ihrer Hand. Sie ist zutiefst verängstigt. »Bitte tu das nicht.«

»Es tut mir leid«, sage ich. Und es tut mir wirklich leid. Ich will es nicht, aber ich muss es tun. Der Schmerz in meinem Magen pulsiert. »Es gibt keinen anderen Weg.«

Mein Finger krallt sich um den Abzug. Ich hebe die Waffe.

Sloane beginnt zurückzuweichen, ihre Beine zittern, die Arme sind ausgestreckt, als wolle sie sich schützen. Entsetzen steht in ihren Augen.

Ich fühle mich, als würde ich über mir selbst schweben. Das Blut rauscht in meinen Ohren. Ich sehe, wie sich ihr Mund bewegt, doch ich höre nur das Rauschen.

Sie dreht sich um und rennt los. *Jetzt. Jetzt, Violet, jetzt. Für Harper.*

Ich schließe die Augen und drücke ab. Der Schuss ist ohrenbetäubend, scharf, wie der Knall einer Peitsche, aber lauter, meine Ohren klingeln, schmerzen.

Als ich die Augen öffne, liegt Sloanes Körper auf dem Boden.

Die Waffe poltert auf die Fliesen.

Ich falle auf die Knie.

JAY

30

»Sie hat *was* gesagt?«, frage ich. Überrascht ziehe ich eine Augenbraue hoch. In der Ferne hört man schwach das Heulen von Sirenen.

Anne-Marie grinst frech, zuckt dann mit den Achseln und streicht sich eine Strähne ihres blonden Haares aus den Augen. »Sie meinte, du hättest sie angemacht.«

»Ich habe *sie* angemacht? Das hat Caitlin gesagt? Wann?« Ich versuche, nicht so gereizt zu klingen, wie ich mich fühle. Warum hat Caitlin mit Anne-Marie über uns gesprochen?

»Hey, ich kann auch nichts dafür, ich gebe nur weiter, was sie gesagt hat«, erwidert Anne-Marie, durchquert die Küche und holt ein weiteres Bier aus dem Kühlschrank. »Aber keine Sorge, ich habe das nicht allzu ernst genommen. Alle Kindermädchen denken, dass der Vater sich für sie interessiert, seit Ben Affleck mit seiner Nanny durchgebrannt ist.«

Sie zwinkert mir zu, nimmt mir die leere Flasche ab und reicht mir eine kühle, volle. Ich trinke einen großen Schluck, dann noch einen. Das Bier hat mich entspannt. Als ich vor einer Dreiviertelstunde hier ankam, direkt nach meinem Streit mit Violet, hätte ich mit der Faust durch die Wand schlagen können. Zum Glück habe ich Anne-Marie getroffen. Sie war auf ihrer Veranda, als ich vorbeifuhr, und winkte mir, anzuhalten. »Die Kinder sind oben«, sagte sie und bedeutete mir, ihr ins Haus zu folgen. »Sind vermutlich vor dem Flimmerkasten eingedöst.« Tatsächlich dröhnte oben der Fernseher auf voller Lautstärke.

Jetzt übertönen die Sirenen sogar den Fernseher und kommen näher. Mir fällt auf, es ist das erste Mal, dass ich welche höre, seit wir die Stadt verlassen haben. In New York sind sie konstanter Bestandteil der Geräuschkulisse, ein allgegenwärtiges Heulen, das im Laufe des Tages an- und abschwillt, manchmal leiser als sonst, aber immer da. Hier, wo das einzige Geräusch das Rauschen der Wellen ist, wirkt dieses Heulen unangenehm und deplatziert.

Ich neige den Kopf in Richtung Straße. »Meinst du, Caitlin hat die Cops gerufen?«, scherze ich.

Anne-Marie sieht mich amüsiert an. Sie öffnet den Mund, um zu antworten, hält dann jedoch inne, denn plötzlich ertönen die Sirenen in unmittelbarer Nähe. Wir drehen uns beide um und sehen zwei Streifenwagen mit Blaulicht vor dem Haus parken. Die Türen der beiden Autos werden geöffnet, die Sirenen heulen noch immer.

»Ich schau mal nach den Kindern«, sage ich zu ihr und stelle mein Bier auf den Tresen. »Vielleicht hat eins von ihnen ein Telefon in die Finger bekommen?«

Aber noch ehe ich mich rühren kann, hämmert es an der Tür. Heftiges Klopfen, eine geschlossene Faust schlägt dagegen. Wir sehen uns an und runzeln die Stirn.

Dann bricht sie auf. Wir zucken beide zusammen und weichen von der Tür zurück, bis wir an der Wohnzimmerwand lehnen. Drei Polizisten stehen in der Tür. Ihre Pistolen sind gezogen.

»Jay Lockhart?«, brüllt einer der Beamten.

Instinktiv hebe ich meine Hände über den Kopf. »Ja, das bin ich. Ich …«

»Sir, Sie sind verhaftet wegen des versuchten Mordes an Violet

Lockhart.« Er kommt mit Handschellen auf mich zu, dreht mich grob um. Ich spüre Metall an meinen Handgelenken, kalt und hart.

Versuchter Mord? Was soll der Scheiß? In meinem Kopf dreht sich alles, mein ganzer Körper verkrampft sich. Völlig geschockt starre ich ihn an.

Der Polizist fährt fort: »Sie haben das Recht zu schweigen. Alles, was Sie sagen, kann vor Gericht gegen Sie verwendet werden.«

»Das ist ein Irrtum«, bringe ich schließlich heraus und versuche, mich umzudrehen, um ihn anzusehen, doch ich werde zurückgerissen, nach vorne zur Tür gestoßen. »Bitte!«, schreie ich, und Panik steigt in mir auf.

Ich werfe einen Blick zurück auf Anne-Marie. Sie ist blass und starrt mich mit offenem Mund an, hat die Arme um den Körper geschlungen.

»Das ist ein Irrtum«, rufe ich erneut. »Anne-Marie, ruf einen Anwalt an. Du musst mir helfen!« Aber sie rührt sich nicht, ihre Augen sind geweitet, sie blinzelt nicht.

Draußen werde ich unsanft auf den Rücksitz eines der beiden Polizeiautos geschoben, wobei ich mir den Kopf am Türrahmen stoße.

Auf der Fahrt zum Revier spricht niemand mit mir. Ich sitze da und fühle mich wie betäubt, ein bleiernes Gefühl, das mir das Atmen und Denken schwer macht. Versuchter Mord? An Violet? Nein, das muss ein Irrtum sein.

Auf dem Revier werde ich in eine schmuddelige Arrestzelle gesteckt, trist, grau und feucht. Es gibt keine Fenster, keine Klimaanlage. Mein Hemd klebt mir am Rücken, verschwitzt und schmutzig. Ich sitze auf der harten Bank, dann stehe ich auf, setze mich wieder. Ich sollte gar nicht hier sein. Ich weiß zwar nicht, was zum Teufel vor sich geht, aber ich weiß, dass ich hier nichts verloren habe.

Zweimal stehe ich auf, schreie nach Wasser, hoffe verzweifelt, dass jemand mit mir spricht, nach mir sieht, aber es kommt niemand. Endlich, nach einer gefühlten Ewigkeit, öffnet ein Wärter die Tür, ruft meinen Namen.

Er führt mich einen Betonkorridor entlang zu einem Verhörraum. Wie die Arrestzelle ist es auch hier heiß und der Raum heruntergekommen. In der Mitte stehen ein Alu-Tisch und zwei Stühle, einer auf jeder Seite. Der Stuhl ist unbequem, zu klein.

Der Wärter geht, und ich bin wieder allein, aber diesmal nicht lange. Es ertönt ein lautes Summen und das Klicken der sich öffnenden Tür.

Ein Mann kommt herein. Er trägt eine legere Hose und ein Hemd mit umgekrempeltem Ärmelaufschlag, das am Kragen aufgeknöpft ist, so dass ein verblichenes weißes Unterhemd zum Vorschein kommt. Er zieht den Stuhl mir gegenüber hervor und lässt sich darauf nieder. Er ist schlank, Ende vierzig, Anfang fünfzig vielleicht, mit markanten Gesichtszügen.

»Ich bin Detective Edgerton«, sagt er. Er klingt ein wenig schroff, aber nicht unhöflich. »Wir zeichnen das Gespräch auf, okay?« Er deutet auf einen kleinen Videorecorder hinter ihm, in der oberen rechten Ecke des Raumes, und wendet sich dann wieder mir zu. »Wollen Sie mir erzählen, was passiert ist?«

Ich schüttle den Kopf. »*Nichts* ist passiert! Das muss ein Missverständnis sein!« Ich bin am Rande der Hysterie. »Sie haben den falschen Mann! Ich habe Violet nie etwas getan. Das würde ich niemals. Ich …«

»Jay.« Er hebt die Hand. »Lassen Sie uns einen Schritt

zurückgehen. Wann haben Sie das letzte Mal mit Ihrer Frau gesprochen?«

Ich atme zittrig aus. »Heute Nachmittag.«

»Und was geschah während dieses Gesprächs?«

»Wir …« Ich schlucke. Ich weiß, wie das klingen wird. »Wir hatten einen Streit. Sie hat mich gebeten zu gehen.«

»Worum ging es bei dem Streit?«, fragt er.

»Sie dachte …« Ich halte wieder inne, reibe mir die Schläfe. Meine Stirn ist schweißnass. *Scheiße.* »Sie dachte, sie hätte mich mit dem Kindermädchen gesehen.« Mein Schädel pocht, der Schmerz zieht sich vom Hinterkopf bis zu meiner Stirn. »Kann ich ein Glas Wasser bekommen?«

Der Detective ignoriert mich. »Und, stimmte ihr Verdacht?« Er macht ein ernstes Gesicht, blinzelt nicht.

Ich rutsche auf meinem Stuhl herum. »Hören Sie, meine Frau und ich, wir haben ein paar Probleme. Wir haben darüber gesprochen, uns zu trennen.« Ich weiß, dass dies keine Antwort auf seine Frage ist, aber ich möchte, dass er versteht, dass es nicht das ist, wonach es aussieht.

»Wer hat die Trennung vorgeschlagen?«

Ich zucke mit den Achseln. »Weiß nicht, eigentlich waren wir uns beide einig, dass es nicht mehr funktioniert.« Auch das ist nicht unbedingt die Wahrheit. Doch die Wahrheit wird mir nicht helfen.

»Aber ursprünglich war Mrs. Lockhart diejenige, die die Sache beenden wollte?«

Ich bin mir nicht sicher, worauf er hinauswill. Oder wer ihm das erzählt hat. »Sie war wütend, und ja, vielleicht hat sie es als Erste ausgesprochen, aber wir wollten an unserer Beziehung arbeiten und …«

Er unterbricht mich. »Sie wollte es also beenden und Sie nicht. Haben Sie deshalb auf sie geschossen?«

Ich starre ihn ungläubig an. »Was? Auf sie geschossen? Nein! Ich habe auf niemanden geschossen. Hat sie gesagt, ich hätte das getan? Sie lügt! *Heilige Scheiße.*«

Ich stütze meinen Kopf in die Hände. Ich weiß, dass Violet wütend auf mich war, natürlich weiß ich das. Unsere Ehe war schon seit Längerem angeknackst. Es stimmt, dass ich nicht immer der beste Ehemann war, aber es war auch nicht immer einfach, so zu sein, wie sie mich haben wollte. Ich fühlte mich einsam, und ich gebe zu, dass ich schwach war. Das letzte Jahr in New York war besonders hart. Wir haben beide Dinge gesagt und getan, um uns gegenseitig zu verletzen, aber *das*? Zu sagen, ich hätte auf sie geschossen? *Was zum Henker soll das, Violet?*

»Hören Sie.« Ich hebe den Kopf. Ich bin erschöpft, jeder Teil meines Körpers fühlt sich an wie Ballast. »Kann ich mit ihr reden? Wenn ich nur fünf Minuten Zeit hätte, könnte ich das alles sicher klären. *Bitte.* Nur ein kurzer Anruf.« Jetzt flehe ich ihn förmlich an. »Sie wird Ihnen bestätigen, dass das alles ein Irrtum ist!«

Detective Edgerton seufzt. Dann lehnt er sich auf seinem Stuhl zurück. Auch er sieht müde aus. »Ich fürchte, das ist nicht möglich.«

»Ich durfte noch niemanden anrufen!«, erwidere ich, als mir auffällt, dass mir das zusteht. »Darf ich nicht einen Anruf tätigen? Bitte! Lassen Sie mich mit ihr reden!«

Der Detective räuspert sich. Es entsteht eine lange, bedeutungsschwangere Pause, bevor er sagt: »Leider ist Mrs. Lockhart vor zwei Stunden auf dem Weg ins Krankenhaus verstorben.«

Ich starre ihn ungläubig an. *Was? Nein.* Sie kann nicht …

»Was« – er räuspert sich erneut – »heißt, dass Sie des vorsätzlichen Mordes verdächtigt werden. Sind Sie bereit, mir zu sagen, was wirklich passiert ist, als Sie Mrs. Lockhart das letzte Mal gesehen haben? Wenn ich die Wahrheit kenne, kann ich Ihnen helfen.«

Der Raum scheint sich auszudehnen, dann zu schrumpfen, meine Sicht verdunkelt sich. Plötzlich habe ich das Gefühl, unter Wasser zu sein, alles ist verzerrt. Die Geräusche sind gedämpft, meine Augen trüb.

»Mr. Lockhart?« Die Stimme von Detective Edgerton dröhnt laut. »Kann jemand Wasser holen?«, ruft er. »Mr. Lockhart, geht es Ihnen gut?«

»Ich brauche einen Anwalt«, höre ich mich sagen.

Es dauert bis zum nächsten Nachmittag, dass mein Rechtsbeistand zu mir kommt. Mein Körper ist steif und schmerzt, mein Kopf hämmert immer noch. Meine Augen brennen vom Schlafmangel. Nach dem Gespräch mit dem Detective wurde ich offiziell verhaftet – Fingerabdrücke wurden genommen, Fotos gemacht, meine Kleidung gegen eine zu große Jogginghose und ein fleckiges T-Shirt getauscht – und in eine Zelle mit einer dünnen Matte in der einen Ecke und einer Metalltoilette in der anderen gebracht. In dem kleinen Raum war es heiß und stank nach Urin.

Erschöpft legte ich mich auf die Matte. Ich schlief mehrmals ein, wachte aber ruckartig immer wieder auf. Meine Brust verkrampfte sich, jedes Mal, wenn es mir wieder einfiel: *Violet ist tot. Tot. Tot. Tot.*

Heute früh klopfte ein Wärter an meine Tür und signalisierte, dass es Zeit fürs Frühstück war. Vier Stunden später gab es Mittagessen. Beides wurde auf Plastiktabletts serviert, beides ungenießbar.

Schließlich öffnet der Wärter meine Zelle und schwingt die Tür weit auf. »Ihr Anwalt ist da«, sagt er teilnahmslos. »Stehen Sie auf.«

Detective Edgerton hatte gestern, bevor er mit mir den Verhörraum verließ, eine Liste mit Namen über den Aluminiumtisch geschoben. »Das sind alle Anwälte auf der Insel«, hatte er erklärt. »Falls Sie keinen eigenen haben.«

Ich zeigte auf den ersten Namen, den ich sah. Javier Delgado. Ich hätte Kathleen anrufen können, die Scheidungsanwältin, mit der ich mich ein paarmal getroffen hatte, aber was würde mir eine Scheidungsanwältin jetzt nützen? Und ich wollte jemanden vor Ort, auf der Insel. Jemanden, der mich so schnell wie möglich hier rausholen konnte.

Der Wärter führt mich in denselben Verhörraum, in dem ich gestern war. Javier Delgado sitzt auf demselben Stuhl wie der Detective, vor ihm auf dem Tisch liegt ein offener Aktenordner. Er steht auf, als wir reinkommen, lächelt mich höflich an, als er mir die Hand schüttelt.

Er trägt einen gut geschnittenen grauen Anzug, eine teure Krawatte und Lederslipper. Javier ist Ende dreißig, vielleicht Anfang vierzig, hat dichtes grau meliertes Haar und trägt eine Brille mit Drahtbügeln in seinem glatt rasierten Gesicht.

Ich weiß, wie ich dagegen aussehe, schmutzig und verschwitzt, mit blutunterlaufenen Augen und dicken Tränensäcken. Ich verströme außerdem einen scharfen, beißenden Geruch nach Schweiß und Urin. Ich brauche eine Dusche. Ich muss nach Hause, runter von dieser beschissenen Insel.

»Mr. Lockhart …«, beginnt Javier Delgado mit einem angenehmen, fast neutralen Gesichtsausdruck.

»Ich war es nicht«, unterbreche ich. Das muss er wissen. Es ist das Einzige, was er wissen muss. »Wir haben uns gestritten, aber als ich das Haus verließ, ging es Violet gut! Ich schwöre, ich habe nichts damit zu tun!«

Er lächelt mich freundlich an und nickt. Er glaubt mir. Ich lasse mich auf meinem Stuhl zurücksinken. Zum ersten Mal, seit ich hier bin, fühle ich mich erleichtert. Er wird mir helfen.

»Ich habe heute Morgen mit der Staatsanwältin gesprochen, bevor ich hierherkam«, sagt Javier. »Sie haben uns einen Deal angeboten.« Er sieht mich an, als wäre das eine gute Nachricht. Als ich nicht reagiere, fährt er fort. »Wenn Sie sich schuldig bekennen, reduzieren sie die Strafe auf Totschlag. Das sind fünfzehn Jahre Haft.«

Ich starre ihn ausdruckslos an. *Was?* »Aber ich habe Ihnen doch gesagt, dass ich es nicht getan habe«, erwidere ich und schüttle den Kopf. »Warum sollte ich mich schuldig bekennen?«

Javier seufzt. Er nimmt seine Brille ab und fährt sich mit der Hand übers Gesicht, von der Stirn bis zum Kinn, als wäre er schon jetzt erschöpft von diesem Fall. »Mr. Lockhart, ich will ehrlich zu Ihnen sein. Es sieht nicht gut für Sie aus. Wenn wir die Sache vor Gericht bringen, sehen Sie mit großer Wahrscheinlichkeit einer lebenslangen Haftstrafe entgegen.«

»Aber ich habe es nicht getan«, wiederhole ich dumpf.

»Das mag sein, aber es könnte schwer werden, das zu beweisen.«

Ich schlage mit der Faust auf den Tisch. »Ist das nicht Ihr verdammter Job?«

Der gleichmütige Gesichtsausdruck ändert sich nicht. Er blickt auf die Akte vor ihm. »Ihre Frau hat der Polizei vor ihrem Tod erzählt, dass Sie auf sie geschossen haben. Ms. Caraway bestätigt diese Version. Damit gibt es zwei Zeugen. Und dann ist da noch die Lebensversicherungspolice.«

Ich weiß nicht, wer diese verdammte Ms. Caraway ist, aber die Erwähnung unserer Lebensversicherungspolice macht mich zu nervös, um mich jetzt darum zu scheren.

»Wovon reden Sie?«, frage ich und lehne mich vor, die Hände auf dem Tisch.

»Die Police, in der Sie als alleiniger Begünstigter ihres Trusts benannt sind. Es sei denn, Sie würden sich scheiden lassen.« Javier schiebt einen Stapel Papiere über den Tisch.

»Was ist das?« Ich blättere durch die Seiten.

»Das sind die Scheidungspapiere. Sie machen die Versicherungspolice ungültig. Mrs. Lockhart hat sie aufsetzen lassen, bevor Sie New York verlassen haben. Die Staatsanwaltschaft wird argumentieren, dass Sie wütend waren, als sie Ihnen zugestellt wurden. Sie haben versucht, es ihr auszureden, aber als das nicht gelang, ist die Situation eskaliert.«

Ich schüttle den Kopf. »Nein, so war das nicht! Das ist das erste Mal, dass ich das hier überhaupt sehe! Aber« – ich schaue auf die Seiten und versuche, sie zu verstehen – »selbst wenn das wahr wäre, hätte ich Violet nie erschossen! Ich würde ihr nie etwas antun!«

»Es gab in der Vergangenheit immer wieder körperliche Auseinandersetzungen, richtig? Die Polizei kam letztes Jahr wegen eines häuslichen Streits zu Ihrem Haus?«

»Weil sie ein Glas nach mir geworfen hat!« Ich fahre mir mit den Fingern durch die Haare und ziehe daran. Ich habe das

Gefühl, den Verstand zu verlieren. »Die Nachbarn haben uns streiten hören und die Polizei gerufen. Ich habe sie nicht angefasst!«

»Hören Sie, ich sage nicht, dass Sie es getan haben. Aber es könnte als ein Verhaltensmuster interpretiert werden. Zumindest wird die Staatsanwaltschaft das so darstellen. Und die Tatsache, dass man Sie bei den Nachbarn aufgegriffen hat, dass Sie vorhatten, Ihre Tochter ohne die Zustimmung ihrer Mutter mitzunehmen …«

Mir bleibt der Mund offen stehen. »Sie mitnehmen? Ich war nicht da, um Harper mitzunehmen. Ich …« Ich breche abrupt ab. Der wahre Grund, warum ich dort war, macht die Sache für mich nicht besser.

Javier zuckt mit den Achseln. »Die Beweislast gegen Sie ist erdrückend, Mr. Lockhart.«

Ich starre ihn ungläubig an. Es kümmert ihn nicht, ob ich es getan habe oder nicht. Kein bisschen.

»Überlegen Sie es sich«, sagt Javier. »Fünfzehn Jahre, wenn Sie sich schuldig bekennen. Bei guter Führung werden Sie wahrscheinlich nur zwölf Jahre absitzen. Sie werden dabei sein können, wenn Ihre Tochter Ihren Highschool-Abschluss macht. Wenn es zum Prozess kommt, werden Sie sie vielleicht nicht einmal zum Traualtar führen können.« Er schiebt die Papiere, die auf dem Tisch verstreut liegen, zu einem Stapel zusammen und legt sie zurück in einen Ordner. »Schlafen Sie eine Nacht drüber. In ein paar Tagen komme ich wieder.« Javier steht auf und geht zur Tür.

»Warten Sie!« Der Gedanke, dass ich gleich wieder allein in dieser Zelle sitze, versetzt mich in Panik. »Gehen Sie nicht!«

Er bleibt stehen und hebt eine Augenbraue. *Ja?*

»Wann kann ich hier raus?«, frage ich. Ich möchte zu ihm rennen, mich an seine Anzugjacke klammern, ihn anflehen: *Nehmen Sie mich mit.*

Er starrt mich einen Moment lang an, bevor er antwortet. »Es tut mir leid, Mr. Lockhart«, sagt er und schüttelt den Kopf. »Es gibt keine Kaution. Nicht bei schweren Verbrechen.«

31

Es ist noch zwei Tage hin, bis Javier zurückkommt. Zwei weitere schlaflose Nächte in dieser feuchten Zelle. Es fühlt sich an, als würde sich mein Verstand auflösen. Ich kann mir keinen Reim darauf machen, was ich hier tue, warum ich hier bin.

Die Stunden vergehen. Um mir die Zeit zu vertreiben, spiele ich meinen Streit mit Violet immer wieder durch, während mir Schweiß auf der Stirn steht und sich unter meinen Armen sammelt.

Als ich das Schlafzimmer betrat, hatte sie bereits gepackt. In aller Eile, wie es aussah – die Kleider lagen verstreut herum, die Schubladen der Kommode standen offen. Sie schien nicht sauer zu sein, zumindest nicht am Anfang. Sie wuselte umher, stopfte Sachen in eine Tasche. Es dauerte eine Minute, bis ich begriff, dass es meine Sachen waren, meine Tasche.

Dann bemerkte sie mich in der Tür. Ihre Mundwinkel zuckten. »Ich will, dass du gehst«, sagte sie. »Ich habe dich mit Caitlin gesehen.« Ihre Stimme war so emotionslos, als ob sie mir sagen würde, dass wir keine Milch mehr haben.

Es war so anders als beim letzten Mal, an dem Abend, als sie ihr Weinglas nach mir geworfen hatte, mit wild entschlossenem Blick und wutentbranntem Gesicht.

Nein, dieses Mal war es fast so, als ob sie es genießen würde.

Was hat sie noch gesagt? Ach ja. *Es ist genau das, worauf ich gehofft habe.* Dann hatten sich ihre Mundwinkel zu einem so kurzen Lächeln verzogen, dass ich dachte, ich hätte es mir nur eingebildet.

Es ist genau das, worauf ich gehofft habe.

Warum? *Warum?*

Ich weiß es nicht. Das Einzige, was ich weiß, ist, dass Violet noch lebte, als ich das Haus verließ. Was war passiert, nachdem ich gegangen war? Wie war sie zu Tode gekommen? Die Frage hämmert in meinem Schädel.

Schließlich, als ich kurz davor bin, völlig durchzudrehen, öffnet ein Wärter meine Zellentür und bringt mich zurück in den Verhörraum. Drinnen wartet Javier, die Hände auf dem Tisch gefaltet.

Ich setze mich auf den Stuhl ihm gegenüber. Er lächelt mich erwartungsvoll an. »Haben Sie …?«, beginnt er.

»Sie müssen mir sagen, was passiert ist«, unterbreche ich ihn. »Nachdem ich aus dem Haus gegangen bin. Ich schwöre, als ich es verließ, war Violet noch am Leben! Hat sich jemand Zutritt zum Ferienhaus verschafft? Wurde sie dort erschossen?«

Javier starrt mich an, als würde er überlegen, ob er mir antworten soll, als würde er denken, ich verarsche ihn. Dann erklärt er: »Ihr Kindermädchen hat ausgesagt, dass sie gehört hat, wie Sie sich mit Mrs. Lockhart gestritten haben. Ein paar Minuten später fiel ein Schuss. Als sie sich sicher genug fühlte, um aus ihrem Zimmer zu kommen, fand sie Mrs. Lockhart blutend im Badezimmer vor. Als die Polizei eintraf, bestätigte Mrs. Lockhart, dass sie von Ihnen angeschossen worden war.«

Ich schüttle den Kopf. »Es ist ein Schuss gefallen, nachdem wir gestritten haben?«

Javier schaut auf seine Papiere hinunter. »Laut Ms. Caraway. Hier steht, sie hätte der Polizei gesagt, dass …«

»Warten Sie mal.« Ich hebe die Hand. Das ist das zweite Mal, dass er diesen Namen erwähnt. »Wer ist Ms. Caraway?«

»Sloane Caraway. Ihr Kindermädchen.«

Was soll der Scheiß? »Nein«, sage ich. »Unser Kindermädchen heißt Caitlin. Ich kenne niemanden namens Sloane.«

Javier nimmt ein Foto aus seiner Mappe und schiebt es zu mir. Es ist ein Bild von Violet und Harper mit Caitlin am Strand. »Ja, das ist Caitlin«, sage ich und blicke wieder zu ihm auf.

»Sie hat der Polizei gesagt, sie heiße Sloane Caraway«, erwidert Javier und zuckt mit den Achseln. »Ich bin sicher, dass sie sie nach ihrem Ausweis gefragt haben.«

Ich starre erneut auf das Foto. Sloane Caraway? Warum hatte sie uns gesagt, ihr Name wäre Caitlin?

»Hören Sie«, sagt Javier. »Die Beweislage ist ziemlich eindeutig. Die Staatsanwältin hat mir heute Morgen eine E-Mail geschickt. Sie haben die Waffe gefunden, mit der Mrs. Lockhart erschossen wurde. Es sind zwar keine Fingerabdrücke darauf, aber sie haben die Waffennummer überprüft. Sie ist auf Ihren Namen registriert. Ich verstehe, dass Sie sich nicht schuldig bekennen wollen, aber das, zusammen mit Ms. Caraways Aussage …«

»Violets Mutter hat ihr die Waffe gegeben! Ich habe sie nie angefasst!« Meine Stimme ist angespannt. »Ich werde mich nicht schuldig bekennen. Das kann ich nicht. Ich habe es nicht getan.«

Javiers Gesichtszüge verhärten sich, seine Lippen ziehen sich zusammen. Er seufzt. »Ich halte das für einen Fehler. Wie ich bei unserem letzten Treffen sagte, ist das vielleicht Ihre einzige Chance auf Strafminderung. Ich weiß, es ist nicht ideal, aber

Sie müssen die Alternative bedenken. Wenn das vor Gericht kommt und Sie verurteilt werden, kann es Jahrzehnte dauern, bis Sie wieder auf freien Fuß kommen. Und was ist mit Ihrer Tochter, Jay?«

Meine Schultern sacken herab. Harper. Mein wunderschönes, braunäugiges Mädchen.

»Wo ist sie?«, frage ich. Ich stütze meinen Kopf in die Hände. »Geht es ihr gut? Ich muss meine Schwester anrufen. Sie kann herkommen und sich um sie kümmern.«

Ich habe seit Monaten nicht mehr mit Denise gesprochen, obwohl sie sich alle paar Wochen meldet. Ich ignoriere ihre Anrufe, rufe nicht zurück. Es ist mir unangenehm, ihre ständigen Bitten nach Geld ablehnen zu müssen. Sie lebt in Ohio mit ihren drei Kindern, zwei Stiefkindern und ihrem zweiten Ehemann und ist immer knapp bei Kasse; das Geld für die Miete, für Lebensmittel und Kleidung reicht vorne und hinten nicht. »Ich wünschte, ich könnte Penny beim Ballett anmelden«, hatte sie bei unserem letzten Telefonat gereizt gesagt, als wäre es meine Schuld, dass sie sich das nicht leisten kann.

Javier öffnet seine Mappe, blättert sie durch und zieht ein abgetipptes Blatt heraus. »Sie befindet sich in der Obhut von Ms. Caraway.«

Ruckartig reiße ich den Kopf hoch und sehe ihn stirnrunzelnd an. »Caitlin? Warum ist Harper bei ihr? Sie sollte bei ihrer Familie sein.«

»Nun, es sieht so aus, als ob Ms. Caraway« – Javier sagt ihren Namen langsam und nachdrücklich, um mich zu korrigieren – »als Harpers Vormund aufgeführt ist. In Ihrem Testament. Für den Fall, dass Sie und Mrs. Lockhart das Sorgerecht nicht wahrnehmen können.«

»Was?« Das ergibt keinen Sinn. »Nein, nein, das ist ein Irrtum. Meine Schwester ist der designierte Vormund.«

Als Harper geboren wurde, war das ein Streitpunkt, der sowohl Denise als auch Violet schwer zu vermitteln war. Wenig überraschend, konnten sich die beiden nicht leiden. Denise hielt Violet für einen Snob, Violet betrachtete Denise als Schmarotzerin. Beide hatten nicht ganz unrecht. Aber ich konnte mich nicht mit dem Gedanken anfreunden, dass Harper bei Violets Eltern leben sollte – oder gar bei meinen. »Sie sollte bei ihren Cousins sein«, argumentierte ich gegenüber Violet, »bei anderen Kindern, bei unserer Familie. Und außerdem, wie groß ist die Wahrscheinlichkeit, dass uns beiden etwas zustößt?« Violet lenkte schließlich ein, ebenso wie Denise, als sie erkannte, dass das Sorgerecht mit einem Scheck verbunden wäre. Hatte Violet unser Testament aktualisiert, ohne es mir zu sagen? Und falls ja, weshalb?

»Ihre Unterschrift steht auf den Papieren. Direkt neben der von Mrs. Lockhart.« Er nimmt ein weiteres Dokument aus seiner Akte, reicht es mir und tippt mit dem Finger auf den unteren Rand der Seite. »Das hier wurde uns von Ihrem Anwalt in New York zugesandt. Er sagte, Sie hätten es ihm geschickt.«

Ich starre sprachlos darauf; da steht in blauer Tinte mein Name – neben dem von Violet.

Schließlich blicke ich auf und schüttle den Kopf. »Ich habe das nicht unterschrieben! Und ich habe es definitiv nicht an ihn geschickt. Ich will nicht, dass sie bei Caitlin ist – oder Sloane, oder wie auch immer sie heißt! Bitte, lassen Sie mich Denise anrufen.«

»Hören Sie«, seufzt er. »Offenbar hat Ms. Caraway einen Anwalt. Einen guten. Wenn Sie das Testament anfechten wollen, müssen wir es über die richtigen Kanäle tun. Das kann Monate dauern.« Er klappt den Ordner zu. »Wenn Sie wollen, kann ich den Papierkram in die Wege leiten.«

In meinem Kopf dreht sich alles. *Was passiert hier eigentlich?* »Ja! Harper gehört nicht in ihre Obhut!«

Javier nickt. »Okay, ich kümmere mich darum. Aber was das Schuldeingeständnis anbelangt – sind Sie sich da sicher?«

»Wie oft soll ich es noch sagen? Ich werde nicht fünfzehn Jahre für ein Verbrechen im Knast sitzen, das ich nicht begangen habe!«, rufe ich aufgebracht.

Javier nickt. »Ich verstehe. Lassen Sie mich noch einmal mit der Staatsanwältin sprechen. Ich werde sehen, ob es Verhandlungsspielraum gibt.« Dann steht er auf. Die Stuhlbeine quietschen auf dem Betonboden. »In der Zwischenzeit sollten Sie versuchen, sich etwas auszuruhen, okay?« Seine Stimme ist jetzt sanfter.

Ich nicke stumm, immer noch schwer atmend. Ausruhen, klar. Ich frage mich, ob ich mich jemals wieder ausruhen werde.

»Und Jay?« Javier legt mir eine Hand auf die Schulter. Als ich zu ihm aufschaue, kann ich das Mitleid in seinen Augen sehen. Er hält mich für einen erbärmlichen Drecksack. »Ich habe Harper mit Ms. Caraway gesehen, als sie das Revier verließen. Sie wirkte, als wäre sie in guten Händen. Sie lächelte und aß eine große Tüte M&Ms.«

In meiner Zelle sitze ich mit dem Rücken an der Wand. Es fühlt sich an, als stünde ich am Rande eines schwarzen Abgrunds und wäre kurz davor, verschluckt zu werden.

Ich raufe mir die Haare. Warum sollte Violet das Sorgerecht

an Caitlin überschreiben? Warum hat Caitlin uns einen falschen Namen genannt?

Zum hundertsten Mal spiele ich meinen letzten Streit mit Violet durch. Ihre Stimme hallt durch die Zelle, hallt laut von den Betonwänden wider.

Es ist genau das, worauf ich gehofft habe.

Was hatte sie damit gemeint? Dass sie *wollte*, dass ich eine Affäre mit Caitlin habe? Warum sollte sie das Sorgerecht an eine Frau übertragen, mit der sie mir eine Affäre unterstellte?

Aber was zwischen Caitlin – Sloane – und mir geschehen war, konnte man kaum als Affäre bezeichnen. Es war nicht viel mehr als ein unschuldiger Flirt – ein paar Blicke hier, ein paar Küsse da. Es war eine Ablenkung, nichts weiter. Das wussten wir beide. Violet hatte mir in den letzten Monaten widersprüchliche Signale gesendet, mal war sie heiß, dann kalt, dann völlig abweisend. Seit wir auf der Insel angekommen waren, zeigte sie mir die kalte Schulter und tat jeden Abend, wenn ich ins Bett kam, so, als würde sie schon schlafen. Ich fühlte mich unruhig und angespannt, und Caitlin war da und wartete.

Wer könnte es mir verdenken? Ich erkannte Violet kaum wieder. Und das nicht nur, weil sie anders aussah. Ich denke an das Foto, das Javier mir heute gezeigt hat, von ihr und Caitlin am Strand, Harper in ihrer Mitte. Sie hatte in den letzten Wochen zugenommen – war so rundlich wie noch nie zuvor, abgesehen von der Schwangerschaft –, und ihre Haut hatte sich verschlechtert; neuerdings hatte sie kleine Pickel am Kinn, auf der Stirn. Die Violet, die ich kannte, mit der ich ins Bett gegangen bin, neben der ich mir mehr als zehn Jahre lang die Zähne geputzt habe, achtete peinlich genau auf ihr Gewicht und gab sich größte Mühe, ihre Haut rein zu halten – mit

Nachtserum und verschiedenen Cremes, Peelings und Gesichtsbehandlungen. Aber auch andere Dinge hatten sich verändert: wie sie sich kleidete, zum Beispiel, mit Klamotten, die ihr nicht passten, die hässlich und abgetragen waren. Und vielleicht die größte Veränderung von allen: wie sie sich benahm. Als wäre sie unerreichbar, als würden die Finger durch sie hindurchgehen, wenn man die Hand nach ihr ausstreckte.

Auf der Insel zog sich Violet immer weiter zurück, während Caitlin immer mehr in den Vordergrund trat. Caitlin, mit ihrem Schlafzimmerblick und dem kehligen Lachen. Sie sah mich so an, wie Violet es früher getan hatte.

In gewisser Weise erinnerte mich Caitlin sogar an Violet. An die alte Violet zumindest. Es ist schon seltsam, wenn ich so darüber nachdenke: Als Caitlin an dem Morgen, an dem wir auf die Insel fuhren, vor unserer Haustür stand, dachte ich für einen kurzen Moment, es wäre Violet. Caitlins Haare waren dunkler und kürzer als bei unserem letzten Zusammentreffen, sie hatte den gleichen Schnitt und die gleiche Farbe wie Violet, und sie trug Kleider, die so ähnlich aussahen wie die, die Violet tragen würde. Sie war errötet, als ich ihr ein Kompliment machte, und erzählte mir, Violet habe ihr das Tanktop geschenkt – eigentlich das gesamte Outfit. Damals dachte ich mir nicht viel dabei.

Aber jetzt gibt es mir zu denken. War Caitlin eifersüchtig auf Violet gewesen? Hatte sie Violets Kleider angezogen, sich wie sie benommen, weil sie wie sie sein wollte? Ich spüre, wie mich eine Welle der Übelkeit überrollt. Könnte sie eifersüchtig genug gewesen sein, um sie zu ermorden?

Ich reibe mir die Schläfen. *Nein.* Wenn es Caitlin war, die Violet angeschossen hat, warum sollte Violet der Polizei dann erzählen, ich sei es gewesen? Das ergibt keinen Sinn. Ich übersehe etwas. Aber was? Ich liege auf dem Rücken und starre die Risse in der Decke an. Ich habe das Gefühl, dass die Antwort zum Greifen nah ist.

Schließlich schlafe ich ein, mit brennenden Augen und pochendem Kopf. Ich wälze mich hin und her, mein Körper schmerzt. Mein Schlaf ist traumlos.

Dann, mitten in der Nacht, setze ich mich auf. Meine Augen öffnen sich, kalter Schweiß durchtränkt mein Hemd.

Javier sagte, Caitlin habe unseren Streit gehört. Aber sie war gar nicht zu Hause. Auf dem Weg nach draußen bin ich an ihr vorbeigelaufen; sie kam gerade herein.

Woher hätte Caitlin also wissen sollen, dass wir uns gestritten haben? Es sei denn, die Person, die den Polizisten von dem Streit erzählt hat, war gar nicht Caitlin. Die Wahrheit bricht über mich herein wie ein Tsunami.

Nicht Caitlin hat auf Violet geschossen. Violet hat auf Caitlin geschossen. Sie erschoss Caitlin und gab sich hinterher als Caitlin aus, behauptete, es wäre Violet Lockhart, die auf dem Boden lag. Und dass ich derjenige gewesen sei, der sie ermordet hatte.

Nicht Caitlin versuchte, wie Violet auszusehen; Violet versuchte, wie Caitlin auszusehen. Sie wollte, dass Caitlin wie sie aussah. Und sie wollte Caitlin und mich zusammenbringen, damit die Leute dachten, Caitlin sei Violet Lockhart, meine Frau. *Es ist genau das, worauf ich gehofft habe.*

Ich rapple mich auf und hämmere gegen die Zellentür. »Hilfe! Ich brauche Hilfe!«

Ich hämmere und hämmere, bis endlich ein lautes Summen ertönt und sich meine Tür öffnet. Der Wärter sieht mich irritiert an. »Sie müssen meinen Anwalt anrufen!«, sage ich.

»Es ist vier Uhr morgens«, entgegnet der Wärter. »Sie können morgen anrufen.« Die Tür knallt wieder zu.

»Nein!«, schreie ich. »Nein, warten Sie!«

Aber es kommt niemand zurück. Ich lasse mich auf den Boden fallen. Schließlich lege ich mich wieder auf die Matte, doch ich schlafe nicht, stehe unter Strom. Violet ist nicht tot. Nicht tot. Nicht tot. Nicht tot.

Ich gehe in der beengten Zelle auf und ab, bis mich schließlich ein Wärter holt. Mein ganzer Körper pulsiert; es fühlt sich an, als ob ich eine Line gezogen hätte, mein Kopf ist zugleich schwindlig und kristallklar.

Sobald ich den Verhörraum betrete und man mir die Handschellen abnimmt, renne ich zu Javier und packe ihn an den Schultern. »Violet ist nicht tot!«, sage ich. »Caitlin ist tot! Ich meine, Sloane. Violet hat sie umgebracht!«

Er tritt einen Schritt von mir zurück, rückt sein Jackett zurecht, dann deutet er auf einen Stuhl. »Warum setzen Sie sich nicht?«, sagt er ruhig. »Haben Sie geschlafen?« Er berührt mich am Ellbogen und versucht, mich zum Tisch zu führen.

»Nein!« Ich weiche zurück. Ich weiß, dass er mich für verrückt hält – das würde ich an seiner Stelle auch; ich weiß, wie ich aussehe, wie ich klinge –, aber ich bin sicher, dass ich recht habe. Darauf würde ich mein Leben verwetten.

»Hören Sie«, sage ich und senke die Stimme. »Violet will mich reinlegen. Sie hat Caitlin erschossen und behauptet nun, ich wäre es gewesen. Sie gibt sich als Caitlin aus. Deshalb hat sie sich zuletzt wie sie gekleidet. Ich dachte, Caitlin würde versuchen, wie Violet zu sein, aber es war genau umgekehrt! Können Sie sie herbringen?«

Ich atme schwer, keuche fast und starre ihn an. Er muss mir

nicht glauben, er muss mich nur anhören, mir eine Chance geben, es zu beweisen.

Langsam schüttelt Javier den Kopf. »Ich kann keinen Zeugen zu Ihnen bringen. Selbst wenn sie zustimmen würde, was ...«

Dann fällt mir etwas ein. Die andere Sache, die an mir genagt hat. »Die M&M's! Sie haben gesagt, Sie hätten gesehen, wie Caitlin Harper M&M's gegeben hat. Violet gibt Harper immer welche! Als Belohnung! Sie war es – Sie müssen mir glauben!«

»Jay, ich werde Ms. Caraway nicht beschuldigen, die Identität Ihrer Frau gestohlen zu haben, weil sie Ihrer Tochter M&M's geschenkt hat. Das ist ...«

»Sie ist nicht Ms. Caraway!« Ich schreie praktisch. »Haben Sie mich nicht gehört? Es ist Violet! Bitte, Sie müssen einen Weg finden, sich mit ihr zu treffen! Oder, nein, ich habe eine bessere Idee! Die Leiche! Können Sie einen DNA-Test für die Leiche anordnen? Dann wird man feststellen, dass es sich in Wirklichkeit um Caitlin handelt -oder Sloane oder wie auch immer sie heißt.«

»Jay, bitte setzen Sie sich«, sagt er.

Ich setze mich widerwillig. Unter dem Tisch wackelt mein Knie wie wild hin und her.

Javier nimmt mir gegenüber Platz. Einen Moment lang sagt er nichts. Dann: »Die Leiche wurde gestern eingeäschert.«

Ich starre ihn an. *»Was?«*

»Es tut mir leid.« Es fühlt sich an, als hätte man mir einen Schlag in die Magengrube versetzt. Wie konnte Violet das alles nur einfädeln? Ich fange an, ungläubig zu lachen, ein hysterisches Kichern, das aus mir herausbricht. Dieses *Miststück*. Sie hielt sich schon immer für schlauer als mich. Und das war ihre

Chance, es zu beweisen. Aber das lasse ich ihr nicht durchgehen. Ich fange mich wieder und höre so schnell auf zu lachen, wie ich angefangen habe.

Ich setze eine entschlossene Miene auf. »Ich will vor Gericht gehen«, sage ich.

»Jay …«, beginnt er zurückhaltend.

»Nein!«, unterbreche ich ihn. »Wenn Caitlin die einzige Zeugin ist, dann wird sie in den Zeugenstand gerufen werden. Violet wird dort auftauchen müssen.«

Javier setzt sich an den Tisch. Er seufzt. »Die Staatsanwältin hat gesagt, sie könnte Ihnen zwölf Jahre anbieten, wenn Sie geständig sind«, erklärt er. Er glaubt mir nicht. Kein bisschen.

Ich schüttle den Kopf. »Nein. Muss ich mir einen anderen Anwalt suchen? Ich werde es vor Gericht bringen. Mit Ihnen oder ohne Sie.«

Es entsteht eine lange Pause. »Wenn Sie den Fall vor Gericht bringen wollen, dann bringen wir ihn vor Gericht«, sagt Javier schließlich. »Aber das kann Monate dauern, sogar bis zu einem Jahr oder noch länger.«

»Das ist mir egal.«

Es ist mir egal, wie lange es dauert. Ich werde Violet nicht davonkommen lassen. Ich werde nicht zulassen, dass sie mir alles wegnimmt.

»Okay«, erwidert Javier und nickt langsam. »Ich werde der Staatsanwältin Bescheid geben. Und falls Sie es sich doch anders überlegen …«

»Das werde ich nicht«, sage ich.

Drei Monate vergehen. Auf meinen Wunsch hin hat Javier erfolgreich beantragt, dass der Fall in Brooklyn verhandelt wird, so dass ich in ein Untersuchungsgefängnis in Queens verlegt wurde. Das bedeutet, dass ich näher an Harper dran bin, auch wenn sie niemand zu mir bringen wird, damit ich sie sehen kann. Es bedeutet auch, dass ich Violet näher bin. Ich weiß, dass sie da draußen ist, kann sie spüren, höre, wie sie über mich lacht.

Dann gibt es eines Nachmittags Neuigkeiten. In einem Betonraum, der genauso trostlos ist wie alle anderen auch, erzählt mir Javier, dass Sloane Caraway einem Treffen mit mir zugestimmt hat. Sie wird von der Staatsanwältin begleitet werden. Javier wird ebenfalls dabei sein.

»Werden Sie sich schuldig bekennen«, will Javier wissen, »wenn es tatsächlich Sloane Caraway und nicht Ihre Frau ist?« Ich nicke. Es wird Violet sein. Ich weiß es sicher. Sie kann nicht anders, sie will es mir unter die Nase reiben, will, dass ich weiß, dass sie mich für alles bestraft, was ich getan habe.

»Gut.« Javier nickt, und ich weiß, dass er und die Staatsanwältin sich zusammengetan haben, beide mit dem gleichen Ziel: einen Prozess zu vermeiden, den Fall zu den Akten zu legen, meinen Fall.

Ihre Beweggründe sind mir egal. Das Einzige, was für mich zählt, ist, dass Violet kommen wird. Ich habe sie nicht umgebracht, aber wenn ich sie sehe, kann ich für nichts garantieren.

Zwei Tage später sitzen Javier und ich nebeneinander in einem fensterlosen Raum des Zellenblocks, zwei leere Stühle stehen uns gegenüber. Meine Knöchel sind aneinander und an die Stuhlbeine gefesselt. Ein Wärter steht in der Ecke.

Im Raum ist es mucksmäuschenstill.

Ich kann meinen Blick nicht von der Tür abwenden. Jeden Moment wird sie hereinkommen.

Mein Herz klopft heftig in meiner Brust. Es ist, als säße man in einer Achterbahn, kurz bevor es steil abwärts geht. Man weiß, jeden Moment wird es so weit sein, aber man weiß nicht wann. Jetzt? Jetzt? *Jetzt?*

Endlich, ein lautes Summen. Jetzt. Mein Magen verkrampft sich.

Die Tür öffnet sich. Zwei Frauen kommen herein: zuerst die Staatsanwältin, eine große Frau in einem kastenförmigen Anzug, mit graublondem Haar, dann Violet, den Kopf gesenkt, dunkelbraunes Haar, seidig-glatt. Mein Atem stockt. Sie ist es. Ein triumphierendes Lächeln breitet sich auf meinem Gesicht aus, Adrenalin strömt durch mich hindurch.

Dann sieht sie hoch. Ihr Blick begegnet meinem, und mein Lächeln schmilzt dahin, tropft von meinem Mund auf den Boden, bildet eine Pfütze zu meinen Füßen. Beide nehmen auf der anderen Seite des Tisches Platz.

Die Frau, die mir gegenübersitzt, ist nicht meine Frau. Sie sieht aus wie sie, fast – der gleiche Haarschnitt, der Pony, das herzförmige Gesicht. Sie trägt auch Violets Kleidung, ein gestreiftes Hemdblusenkleid, das ich immer geliebt habe; die obersten zwei Knöpfe sind geöffnet, zeigen ihre goldene Strahlenkranz-Halskette.

Doch es ist nicht Violet.

Es ist Sloane.

SLOANE

32

Ich drehe meinen Schlüssel im Schloss und öffne die Tür zum Brownstone der Lockharts. Der Geruch von frisch geschnittenen Pfingstrosen steigt mir in die Nase, als ich im Eingangsbereich stehen bleibe, das Wohnzimmer, die Küche betrachte.

Ein Dutzend halbvoller Umzugskartons steht auf dem Boden, auf der Küchenarbeitsfläche, dem Esszimmertisch. Die Bücher wurden aus den Regalen genommen, Bilderrahmen von der Wand, Teller und Gläser aus den Schränken, alles in Luftpolsterfolie gewickelt und sorgfältig verpackt. Vor zwei Wochen habe ich das Haus inseriert; es sind bereits sechs Angebote eingegangen, zwei oberhalb unserer Preisvorstellung. Die Immobilienmaklerin glaubt, dass der Verkauf bis Ende des Monats in trockenen Tüchern sein dürfte. Bis dahin wird Jay geständig sein und für lange Zeit hinter Gittern landen.

Ich lächle und gehe dann die Treppe hoch. »Bin wieder da!«, rufe ich.

Als ich oben ankomme, öffnet sich die Schlafzimmertür am Ende des Flurs. Violet tritt heraus. »Wie ist es gelaufen?«, fragt sie.

»Du hättest sein Gesicht sehen sollen«, sage ich und grinse. »Ich wünschte, ich hätte ein Foto machen können.«

Sie grinst ebenfalls, ihr Gesicht ein Spiegelbild meiner selbst. Violet, mein Zwillingszwilling.

Ich hätte sie fast verloren, so kurz, nachdem ich sie gefunden hatte. Wir waren beide leichtsinnig gewesen, hatten zugelassen, dass Jay zwischen uns stand, unsere Gefühle für ihn – Verliebtheit in meinem Fall, Hass in ihrem – uns davon abgelenkt hatten, was wirklich wichtig war. Aber am Ende, als es darauf ankam, haben wir uns füreinander entschieden.

Vor drei Monaten starrte ich Violet entsetzt an, als sie eine Waffe auf mich richtete. Als ihr Finger sich um den Abzug krümmte, fing ich an zu rennen, und als die Waffe losging – so laut, dass ich das Gefühl hatte, mein Trommelfell würde platzen –, fiel ich zu Boden, die Hände über dem Kopf.

Als ich merkte, dass sie mich verfehlt hatte, begann ich wegzukriechen, geriet in Panik und rappelte mich hoch.

Das war etwas, das ich als Erzieherin im Mockingbird-Kindergarten im Präventionskurs für Amokläufe gelernt hatte – die einzige Chance, die man gegen jemanden mit einer Waffe hat, ist zu rennen; es ist schwieriger, ein bewegliches Ziel zu treffen. Also rannte ich. Ich rannte aus dem Schlafzimmer, die Treppe hinunter, durch die Haustür nach draußen und drehte mich nicht um.

Als ich die Straße erreichte, keuchend und weinend, schrie ich um Hilfe. Ich hatte kein Handy bei mir und keinen Autoschlüssel.

Verzweifelt sprintete ich auf Anne-Maries Haus zu. Zweimal warf ich einen Blick hinter mich, aber beide Male war da niemand. Trotzdem rannte ich weiter, mein Gesicht schweiß- und tränenverschmiert.

Ich wurde erst langsamer, als ich das Haus von Anne-Marie erreichte, und rang mit brennender Lunge nach Atem.

Als ich den Gehweg hinaufging, hielt ich inne und bemerkte das Auto, das in der Einfahrt geparkt war. Es war unseres, unser

Mietauto. Erleichterung machte sich in mir breit. Jay war hier. Er war hier, um Harper abzuholen.

Ich hatte seinen Streit mit Violet gehört, als ich mich unserem Haus näherte, nachdem ich Harper bei Anne-Marie abgesetzt hatte, das verärgerte Geschrei, als ich auf die Veranda trat, ihre lauten, wütenden Stimmen. Noch ehe ich hineingehen konnte, öffnete sich die Haustür mit einem Knall. Jay hatte sich seine Reisetasche über die Schulter geworfen, die Miene wutentbrannt. Er war an mir vorbeigestürmt, hatte mich kaum registriert, und murmelte etwas von »zurück in die Stadt«. Ich war fassungslos, ein wenig gekränkt, aber vor allem verwirrt gewesen. Jetzt ergab alles einen Sinn. Natürlich war er hierhergekommen. Er würde nie ohne Harper gehen.

Halb schluchzend stieg ich die Treppe zu Anne-Maries Tür hinauf. Aber dann, auf der obersten Stufe, als das Wohnzimmerfenster in Sicht kam, blieb ich abrupt stehen, mein Atem stockte, und ich presste eine Hand auf mein Herz. *Nein.* Nein, das konnte nicht sein. Ich wollte vor Schmerz aufschreien, aber ich tat es nicht.

Durch die Scheibe sah ich Jay. Und Anne-Marie. Zusammen. Wie sie sich küssten. Sie lehnten an der Wand, sein Körper presste sich gegen ihren, Anne-Maries Hand tastete vorne an seiner Hose. Ich starrte mit offenem Mund, konnte das Bild nicht ganz zusammenfügen.

Jay mit Anne-Marie. Jay küsst Anne-Marie. Küsste sie so, wie er mich geküsst hatte, gestern Abend erst. Es fühlte sich an wie ein Tritt in die Magengrube, als hätte mir jemand einen Arm in den Hals gesteckt und die Eingeweide herausgerissen. Fünf Minuten zuvor hatte ich gedacht, ich würde sterben; als ich Jay mit Anne-Marie sah, wünschte ich, ich wäre gestorben.

Wann hatte es angefangen? Während ihrer morgendlichen Laufrunden? Oder spätabends, nachdem wir alle schlafen gegangen waren?

Seit wir auf Block Island angekommen waren, waren meine Gefühle für ihn immer intensiver geworden, bis ich den Eindruck hatte, in Flammen zu stehen; mein Körper brannte lichterloh. Ich dachte, ich hätte meinen Seelenverwandten gefunden.

An jenem ersten Tag, als er mich auf die Inseltour mitnahm, legte er seine Hand auf mein Kreuz, als wir ein Restaurant betraten, ließ sie dort länger als nötig. In der Sitznische berührten sich unsere Oberschenkel. Das Knistern zwischen uns war unverkennbar. Er hatte mich geneckt, mich angegrinst, mir in die Augen geschaut. Ich redete mir ein, es sei alles nur Einbildung, lag aber jede Nacht im Bett und hoffte, dass dem nicht so war, während es zwischen meinen Beinen heiß pulsierte. Er war alles, woran ich dachte, alles, was ich wollte.

Dann kam der Abend, als wir zusammen essen gingen. »So habe ich noch nie für jemanden empfunden«, flüsterte er mir ins Ohr, als Harper auf dem abgedunkelten Rücksitz des Autos einschlief. »Ich auch nicht«, hatte ich gehaucht. Zu diesem Zeitpunkt hatte er mir von der Scheidung erzählt, und obwohl ich wusste, was das für meine Freundschaft mit Violet bedeuten würde, steckte ich bereits zu tief drin.

Ich dachte, Jay und ich würden zusammenkommen, sobald wir wieder in New York wären. Das hatte er auch gesagt. »Ich kann es kaum erwarten, bis wir endlich allein sind«, sagte er. »Bis diese Heimlichtuerei aufhört.«

Aber ich war eine Närrin gewesen. Als ich ihn durch das Fenster beobachtete, wie er mit Anne-Marie wild herumknutschte, erinnerte ich mich an Violets Worte.

»Du glaubst ihn zu kennen«, hatte sie trocken gesagt, »doch das tust du nicht. Er ist ein Lügner. Genau wie du.«

Ich nahm an, dass sie wütend auf ihn war, weil er sie verlassen hatte. Die verbitterte, verstoßene Ehefrau. Aber dann, als ich ihn mit Anne-Marie sah, wurde mir klar, dass sie etwas anderes meinte. Er hatte mir nur das erzählt, was ich hören wollte. Er erzählte allen, was sie hören wollten. Wie hatte ich nur so blind sein können?

Also kehrte ich zurück. Zu Violet. Ohne dass Jay oder Anne-Marie mich sehen konnten, ging ich die Treppe wieder hinunter, zurück zu unserem Haus.

»Violet?«, rief ich und öffnete die Eingangstür. »Du hast recht. Ich bin eine Lügnerin. Eine ziemlich gute sogar. Und ich will dir helfen.« Ich war nicht mehr verängstigt. Sie wollte nicht mir, sondern Jay wehtun. Und jetzt wollte ich das auch.

Sie war immer noch oben im Badezimmer, kniete auf dem Boden, die Waffe beiseite geworfen. Ihr Gesicht war blass, die Augen rot und geschwollen. Sie sah so jung aus. Als sie zu mir aufblickte, liefen ihr Tränen über die Wangen.

Ich setzte mich vor sie hin und berichtete ihr, was ich beobachtet hatte. Dann hat sie mir alles erzählt.

Jay hatte angefangen, sie zu betrügen, als sie mit Harper schwanger war. Zumindest fand sie damals erste Beweise. Als sie ihn damit konfrontierte, behauptete Jay, sie sei bloß eifersüchtig und bilde sich das nur ein. Sie hätte ihm fast geglaubt, aber dann fand sie die Nachrichten auf seinem Handy. Nacktbilder von einer Kollegin, Pläne für ein Treffen in einem Hotel.

Er weinte, als sie ihn zur Rede stellte. Er erzählte ihr, er hätte sich einsam gefühlt, Angst davor gehabt, Vater zu werden, versprach, es würde nicht wieder vorkommen. Doch das tat es. Da war Harper gerade mal sechs Monate alt. Und noch einmal ein Jahr später. Das waren zumindest die Male, von denen sie wusste. Jedes Mal schwor er, dass sich alles ändern würde. Sie wollte ihm glauben. Musste es.

Als er sie bat, mit ihm in New York neu anzufangen, stimmte sie zu. Er sagte, es sei seine Chance, der Ernährer zu sein, sich selbst zu beweisen, dass er für ihre Familie sorgen könne. Sie hatten sich so lange auf das Geld ihrer Familie verlassen, dass er aus den Augen verloren hatte, wer er als Mann war. Dass er bei anderen Frauen nach Bestätigung gesucht hatte. In New York, so versprach er, würde alles anders werden. Würde alles besser werden.

Und das war es auch, selbst nachdem sie herausgefunden hatte, dass er von dem Trust wusste. Er war hingebungsvoll, konzentrierte sich auf sein Start-up. Zumindest dachte sie das. Dann kam die Bitte um eine Finanzspritze, das Eingeständnis, dass er die Firma verzockt hatte. Und nur ein paar Wochen später der endgültige Schlag ins Gesicht.

Als Violet eines Nachmittags nach Hause kam, war das Haus scheinbar leer, auf dem Fernseher im Wohnzimmer lief ein Disney-Film. Keine Spur von Harper und Nina. »Hallo?«, rief Violet. Dann hörte sie ein Rascheln. Sie folgte dem Geräusch in die Küche und fand Harper, die auf dem Tresen vor dem Snackschrank stand. Harper drehte sich um, als sie Violet hinter sich hörte, schwankte und fiel beinahe, ein schuldbewusstes Lächeln im Gesicht. Sie wusste, dass sie dort oben nichts zu suchen hatte. »Ich hatte Hunger«, erklärte sie. Sie wusste auch nicht, wo Nina war.

Violet setzte Harper mit einer Schüssel Honey Nut Cheerios wieder auf die Couch und machte sich dann auf die Suche nach Nina. Die Tür zu Jays Büro war geschlossen. Langsam, kaum atmend, öffnete Violet sie. Jay saß in seinem Schreibtischstuhl, den Kopf zurückgelehnt, die Augen geschlossen, Nina vor ihm auf den Knien. Violet schloss die Tür und ging wieder nach unten.

Leise zog sie Harper an und ging mit ihr in den Park. Plötzlich wurde es ihr klar, als hätte man ein Streichholz in einem stockfinsteren Raum angezündet. Sie lebte das Leben ihrer Eltern. Das, vor dem sie nach Kräften versucht hatte, wegzulaufen. Sie war zu ihrer Mutter geworden, war verheiratet mit demselben Typ Mann, wie ihr Vater einer war. Und das auf Kosten ihrer Tochter. Ihrer geliebten Harper. Sie war wütend. Auf sich selbst, ja, aber auch auf Jay. Endlich auch auf ihn.

In dieser Nacht wartete sie, bis Harper schlief, bevor sie die Tür zu ihrem Schlafzimmer schloss. Er lag bereits im Bett, beugte sich über sein Handy. Wahrscheinlich schrieb er Nina – vielleicht schickte er ihr ein Foto von seinem Schwanz, das er an diesem Tag gemacht hatte.

»Was?«, fragte er, als er aufblickte und ihren Gesichtsausdruck sah.

»Wie konntest du nur?«, schrie sie. »Du hast sie allein gelassen! Und wofür? Einen *Blowjob*?« Ihre Stimme war schrill, angespannt.

Zuerst wiegelt er ab. Harper ginge es doch gut, ihr sei nichts passiert. Es sei nicht das gewesen, wonach es aussah. Violet war einen Moment lang verwirrt. Doch schließlich hörte er auf zu lügen, aber dieses Mal war er nicht reumütig.

Stattdessen sah er sie nur mit einem Ausdruck von *Was hast du erwartet?* an. »Du bist nicht mehr die Frau, die ich geheiratet habe«, sagte er. Als wäre es Violets Schuld, dass er seine Hände nicht bei sich behalten konnte, dass er tat, was er wollte, mit wem und wann er wollte. *Das Problem bin nicht ich*, erklärte er. *Nichts ist falsch an dem, was ich getan habe. Aber mit dir stimmt etwas nicht.*

Da hatte sie rotgesehen und ihm gesagt, dass sie die Scheidung wolle. In dem Moment war der Streit eskaliert. Er war ihr nach unten gefolgt, wo sie alle Fotos von ihnen zerschlug und so laut schrie, dass die Nachbarn die Polizei riefen. Dann hatte sie das Glas nach ihm geworfen. Als es zersplitterte, streifte eine Scherbe Jay seitlich am Gesicht. Der Schnitt war nicht tief, aber das Blut floss aus der Wunde und lief an seinem Hals hinunter. Er presste die Hand dramatisch auf die Wunde und zuckte zusammen wie ein verwundeter Welpe. Niemand wurde verhaftet, der Vorfall von der Polizei lediglich protokolliert. Violet war betrunken, und obwohl Jay es auch war, war es ihr zerbrochenes Glas, sein tropfendes Blut.

Jay hätte Anzeige erstatten können, doch er tat es nicht. Er würde es aber tun, warnte er sie, nachdem die Polizei gegangen war, falls sie versuchen sollte, sich von ihm scheiden zu lassen; der Beamte hatte gesagt, er hätte ein Jahr Zeit, die Klage einzureichen, falls er seine Meinung ändere. Dann würde er das alleinige Sorgerecht beantragen. Welcher Richter würde einer Mutter, die wegen häuslicher Gewalt vorbestraft war, das Sorgerecht übertragen, falls es zu einer Anhörung käme? Er würde Harper mitnehmen und so viel Geld, wie er konnte. Wenn sie ihn verließ, so drohte er, wäre sie pleite und allein. Er hielt sie als Geisel, die Hände gefesselt, einen schmutzigen

Knebel in den Mund gestopft. Ihre Ehe war, genau wie ihre Kindheit, ein Gefängnis.

Sie versuchte, sich dagegen zu wehren, aber ihr Anwalt sagte, es bestehe die Möglichkeit, dass Jay recht habe, dass ein Richter sie für untauglich erklären und ihr das Sorgerecht entziehen könnte. Und sie zur Zahlung von Alimenten verurteilen würde. Schließlich war da noch der Treuhandfonds ihrer Großmutter. Ja, er gehörte ihr, aber es gab Möglichkeiten, auf das Einkommen zuzugreifen, das sie daraus bezog. Seiner Sechshundert-Dollar-pro-Stunde-Meinung zufolge, war es das Risiko nicht wert. Könnte sie ihrer Ehe nicht noch mal eine Chance geben?, hatte der Anwalt gefragt.

Aber hatte sie das nicht längst? Jahrelang hatte sie versucht, ihre Ehe zu retten, weil sie Jay liebte, weil sie ihm glaubte, als er sagte, er würde sich ändern. Weil sie ihn trotz allem für einen guten Vater hielt.

Zumindest glaubte sie, dass er das sein *könnte*, wenn sie ihm zeigen würde, wie man bedingungslos liebt, wie man ohne Erwartungen liebt.

Aber hier war der Beweis, der endgültige Beweis, dass sie sich getäuscht hatte. Er würde nie ein guter Vater sein. Ein guter Vater würde sich niemals mehr um seinen Ständer kümmern als um seine Tochter. Und schlimmer noch, ein guter Vater würde niemals ein Kind seiner Mutter wegnehmen. Harper brauchte sie. Er hätte seiner Tochter genauso gut Arme und Beine abhacken können.

Endlich sah sie klar. Erkannte, wer Jay war und warum er sich nie ändern würde. Im Grunde genommen ging es ihm nur um Geld und Äußerlichkeiten. Ging es ihm nur um *ihn*. Und Violet wusste besser als jeder andere, was das bei einem Kind anrichten würde. Vielleicht könnte sie durch ihre Anwesenheit seinen Einfluss etwas abmildern, aber wenn er mit Harper allein gelassen wurde, wer weiß, welchen Schaden er dann anrichten würde.

Das war die andere Sache, bei der sie ein Auge zugedrückt hatte, die sich momentan noch subtil äußerte, aber wer wusste schon, wie lange noch? Kommentare darüber, wie viel Harper aß, wie groß ihre Portionen waren. Er hasste die M&M's, starrte Violet an, wenn sie Harper etwas Süßes anbot. Achtete darauf, dass Harpers Haar ordentlich geflochten, ihr Pony schön glatt war, dass alles, was sie trug, von der richtigen Marke stammte. Wenn man es nicht besser wusste, konnte man das für väterliche Fürsorge halten. Dafür hatte ich es gehalten. Aber Violet hatte es durchschaut. Jay brachte Harper bei – genau wie er es Violet eingeimpft, wie ihre Eltern es ihr eingeimpft hatten –, dass ihr Wert untrennbar damit verbunden war, wie sie sich der Welt präsentierte.

Insofern lautete die Antwort nein, sie konnte ihrer Ehe keine Chance mehr geben. Jay hatte Violet das Herz gebrochen, wieder und wieder, und eines Tages würde er auch Harpers Herz brechen, dessen war sich Violet sicher. Und das war das Einzige, was sie niemals zulassen würde.

Also schmiedeten wir gemeinsam im Bad des Ferienhauses einen Plan. Es gab nur eine Regel: keine Lügen mehr. Zumindest nicht einander gegenüber. Niemals mehr.

Als wir uns einig waren, reichte mir Violet die Waffe. Anstatt dass sie mich erschoss, würde ich sie erschießen.

Bevor ich das tat, rief Violet Danny auf dem Prepaidhandy an. Als er ranging, fing sie wieder an zu weinen. »Ich konnte es nicht tun«, sagte sie ihm. Ihre Schultern zitterten, sie schluchzte laut, ihre Stimme brach. »Ich konnte es einfach nicht.« Am anderen Ende der Leitung hörte ich seine Stimme. »Ich weiß, Süße.« Deshalb hatte er zugestimmt, ihr zu helfen. Ihm war klar gewesen, dass sie es nicht über sich bringen würde, mich zu erschießen, sobald sie die Waffe in die Hand nahm und den Finger am Abzug spürte. So war sie nicht. Er hatte das lange vor ihr gewusst.

Die Waffe war schwerer, als ich erwartet hätte. Ich konnte spüren, wie mein Herzschlag in der Handfläche gegen sie pulsierte. Ich atmete zittrig aus. Violet stand nur ein paar Meter entfernt, mit dem Rücken zu mir, als würde sie wegrennen, so wie ich vorhin. Ich musste aus nächster Nähe schießen, damit ich sie nicht verfehlte. Danny hatte gesagt, wir sollten auf ihren Unterschenkel zielen. Es würde jede Menge Blut fließen, aber es wäre weit genug von den Organen entfernt, und er könnte behaupten, ihre Oberschenkelarterie sei getroffen worden. Niemand würde das anzweifeln; er war der Leiter des Rettungsdienstes, sein Wort war unanfechtbar.

Violet schrie auf, als die Waffe losging, ein tiefer, gutturaler Schrei. Ich rannte zu ihr, doch sie winkte mich weg. »Die Waffe«, sagte sie mit zusammengebissenen Zähnen. »Kümmer dich um die Waffe.«

Ich wischte sie ab und warf sie unters Bett, damit die Polizei sie finden konnte. Dann drückte ich einen Waschlappen auf ihren Unterschenkel und wählte den Notruf. Ich war dankbar für meine großen Hände, meine *Pranken*, die die Wunde bedeckten und die Blutung stoppten. »Hilfe!«, schrie ich ins Telefon. »Sie müssen uns helfen! Meine Freundin wurde von einer Kugel getroffen. Ihr Mann hat auf sie geschossen und ist geflohen!«

Während wir auf die Sirenen warteten, konnte ich nicht umhin, mir vorzustellen, wie es wäre: Ich würde in ihr großes Haus einziehen, Violet und ich würden einkaufen gehen, um Jays Büro umzugestalten und es in ein Zimmer für mich zu verwandeln. Ich würde wie eine Tante für Harper sein, wie eine Schwester für Violet. Ich sah mich schon, wie ich morgens aufstand, um Harper das Lunchpaket einzupacken, ihr die Haare zu flechten und sie in den Kindergarten und später in den Park zu bringen, wie ich Violet beim Kochen helfen würde, sie am Herd, während ich an der Kochinsel Zwiebeln schnitt. Wir würden uns dabei abwechseln, wer Harper ins Bett brachte und wer den Abwasch übernahm. Am Ende des Tages würden wir uns auf die Couch fallen lassen und uns liebevoll darüber streiten, was wir uns ansehen sollten.

Ich lächelte sie zärtlich an und drückte ihre Finger mit meiner freien Hand. Violet hatte sich von dem Menschen, den ihre Eltern aus ihr machen wollten, zu dem Menschen entwickelt, den Jay aus ihr machen wollte, und sich selbst dabei so stark zurückgenommen, dass sie kaum noch atmen konnte. Sie hatte alles gegeben. Dennoch war es nicht genug. *Sie* war nicht genug. Aber sie würde genug für mich sein. Wir würden genug füreinander sein.

Violet öffnete die Augen und lächelte schwach. »Es tut mir leid, dass ich versucht habe, dich zu töten.«

Halb lachte, halb schluchzte ich. »Es tut mir leid, dass ich versucht habe, mit deinem Mann zu schlafen.«

Violet war schweißgebadet, als Hilfe am Tatort eintraf. Danny erschien wie versprochen zuerst, zusammen mit einem anderen Sanitäter, einem jungen, pickeligen Typen, der kaum älter als achtzehn sein konnte, dann kamen zwei Polizisten, von denen einer etwa im gleichen Alter war wie der Sanitäter, der andere um die sechzig, mit einem runden Bauch über dem Gürtel. Inmitten der Aufregung betrachtete ich Danny. Violet hatte recht; er war wunderschön. Als er zu ihr ging, war seine Berührung zärtlich, sein Blick weich, seine Stimme leise und beruhigend. Kein Wunder, dass jedes Mädchen – und jeder Junge – auf der Insel in ihn verliebt gewesen war.

Während Danny sich um Violet kümmerte, ihre Wunde verband, eine Sauerstoffmaske auf ihrem Gesicht befestigte und sie auf eine Trage legte, saß ich bei den Beamten. Ich erzählte ihnen, was wir abgesprochen hatten: dass ich nach Hause gekommen war, nachdem ich Harper bei Anne-Marie abgesetzt hatte, und hörte, wie Violet und Jay sich stritten und er sie anschrie. Irgendwas von Scheidungspapieren und dass er sie nie gehen lassen würde. Er war rasend vor Wut, erzählte ich mit bebender Stimme. Dann hatte ich einen Schuss gehört und mich vor lauter Angst in einem Schrank versteckt. Ich hörte ihn wegfahren, aber da ich fürchtete, er könnte noch mal zurückkehren, wartete ich. Als ich herauskam und die Treppe hinaufstieg, fand ich Violet auf dem Boden; überall war Blut. »Ich glaube, er ist gegangen, um seine Tochter zu holen«, sagte ich schließlich. »Sie übernachtet bei den Nachbarn.«

In diesem Moment war der ältere der beiden Polizisten abrupt aufgesprungen und rief etwas von »Verstärkung« in sein Funkgerät. Dann gingen beide, ihre Stiefel polterten den Flur hinunter, man hörte das Knallen der Haustür, das Heulen der Polizeisirenen. *Sorry, Jay*, dachte ich, auch wenn es mir ganz und gar nicht leidtat.

Danny und der andere Sanitäter rollten Violet aus dem Schlafzimmer, die Treppe hinunter und aus dem Haus. Ich folgte ihnen in den hinteren Teil des Krankenwagens, wo Violet auf der Bahre lag, ihr Gesicht ganz blass. Als die Trage gesichert war, schloss der zweite Sanitäter die Türen und erschien einen Moment später im Fahrerhaus des Krankenwagens hinter dem Lenkrad.

Danny befestigte eine Infusion an Violets Arm. Flüssigkeit und Schmerzmittel, wie er mir erklärte. Violets Augen schlossen sich. Ihre Atmung wurde flach. Ich konnte nicht abschätzen, ob sie schauspielerte oder nicht.

Fünf Minuten nach Beginn der Fahrt sah Danny zu mir auf. »Sie hat zu viel Blut verloren«, sagte er und schüttelte den Kopf. Sein Gesicht wirkte so ernst, so erschüttert, dass ich ihm einen Moment lang fast geglaubt hätte. Dann hämmerte er gegen die Plastikwand zum Führerhaus. »Dreh um«, sagte er. »Dreh um zum Leichenschauhaus.«

Unsere Sirene verstummte abrupt, und der Krankenwagen wurde langsamer. Während wir fuhren, rief Danny die Polizei an. Es war ein kurzes Gespräch, und als er auflegte, sagte er mir, man erwarte mich auf dem Revier, damit ich eine offizielle Aussage machen könne. Jemand würde uns in der Leichenhalle treffen, um mich abzuholen.

Als der Krankenwagen schließlich zum Stehen kam, zog Danny ein dünnes weißes Laken über Violets Gesicht.

Ich stand auf dem Parkplatz, während Danny sie hineinrollte, und fühlte mich wie in einem Traum.

Ein paar Minuten später kam er mit einer leeren Trage heraus. Der Gerichtsmediziner war wie immer sternhagelvoll, die Ginflasche halb ausgetrunken auf seinem Schreibtisch. Er nahm Danny kaum wahr, als er das Aufnahmeformular unterschrieb, und winkte ihn in den hinteren Bereich, wo Violet von der

Trage stieg und in einem Spint darauf wartete, dass Danny sie nach Schichtende abholen würde. Das Morphium, das er ihr im Krankenwagen verabreicht hatte, würde bis dahin anhalten.

Während der Gerichtsmediziner mit glasigen Augen in seinem Büro einen weiteren Schluck trank, brachte Danny Violets Kartei in das Leichenlager im hinteren Teil des Gebäudes. An den belegten Leichenkühlzellen befanden sich ähnliche Karteien, die in Plastikhüllen an den Türen befestigt waren. An diesem Tag waren drei zur Einäscherung vorgemerkt; es gab immer mindestens so viele Tote, insbesondere im August, wenn die Hitze am größten war und die Touristen sich übermäßig betranken und ihre Schwimmfähigkeiten überschätzten.

Danny nahm eine der Karteien aus der Hülle und steckte stattdessen die von Violet hinein. Wenn die Leiche eingeäschert wurde, würde niemand wissen, dass es sich nicht um Violet gehandelt hatte. Wenn die Polizei – oder sonst jemand – nach ihr suchte und eine Autopsie verlangte, würde der Gerichtsmediziner mit leeren Händen dastehen. Es wäre nicht das erste Mal, dass es eine Verwechslung gab, absichtlich oder unabsichtlich, oder dass jemand etwas verschleiern wollte. Wäre es ein anderes Revier oder eine andere Stadt gewesen, hätte es vielleicht eine Untersuchung gegeben, aber hier würden die Polizisten keinen Druck machen. Der Gerichtsmediziner war einer von ihnen; je eher die Sache begraben wurde, desto besser für alle.

Nirgendwo sonst hätte das funktioniert, doch auf dieser kleinen Insel war alles anders. Violet wusste das, als sie uns hierherbrachte; genau deshalb hatte sie uns ja hergebracht.

Danny wartete mit mir, bis ein Polizeibeamter auf dem Parkplatz hielt. Ich fuhr schweigend mit zur Wache, wo ich dieselbe Geschichte wiederholte, die ich den Beamten im Haus erzählt hatte. Sie bedankten sich und brachten mich dann zu Harper. Sie schlang ihre Arme um meinen Hals, und ich hielt sie fest.

»Wo ist Mom?«, fragte sie schließlich und zog den Kopf zurück, um mich anzusehen.

»Vorerst sind wir nur zu zweit«, antwortete ich ihr. Ich umarmte sie und flüsterte ihr dann ins Ohr: »Aber keine Sorge, du wirst sie bald wiedersehen.« Dann reichte ich ihr eine große Packung M&M's, ihre Lieblingssorte.

Ein Beamter nahm uns mit in ein nahe gelegenes Hotel; das Ferienhaus war jetzt ein Tatort. Als Harper im Doppelbett neben mir schlief, rief ich Laura an, meine Dolly-Parton-Kundin aus dem Beautysalon.

Ich war ihr begegnet, als wir am Tag zuvor Harpers Kleid gekauft hatten. Harper und ich gingen gerade zur Kasse, während Violet im Imbiss gegenüber auf uns wartete, als ich meinen Namen hörte. »Sloane? Bist du das? Hi, Schätzchen!«

Als ich mich umdrehte, musste ich zweimal hinschauen. Ich hatte nicht damit gerechnet, auf der Insel jemandem zu begegnen, den ich kannte, schon gar nicht einer meiner ehemaligen Nagelkundinnen.

Ich erzählte ihr, dass ich mit einer Freundin und ihrer Familie zu Besuch sei, und stellte ihr Harper vor. Zum Abschied umarmte mich Laura und gab mir ihre Nummer. »Ruf mich an«, sagte sie lächelnd. »Falls du jemals etwas brauchst.«

Als ich das zwei Tage später tat, sog sie scharf die Luft ein, als ich ihr erzählte, was passiert war. »Wie *schrecklich*«, sagte sie mit ihrem texanischen Akzent.

Sie setzte mich mit ihrem Anwalt in Verbindung und sagte,

ihr Honorar würde mehr als nur ein paar Telefonate abdecken. Innerhalb einer Woche wurde mir das vorläufige Sorgerecht für Harper zugesprochen; zwei Monate später erhielt ich die volle Vormundschaft.

Zehn Tage nach der Schießerei fuhr Danny mit seinem Auto auf die Fähre, Violet versteckt auf dem Rücksitz, und brachte sie nach Hause, nach Hause zu Harper und mir, wo wir sie mit offenen Armen empfingen.

Mit Hilfe von Lauras Anwalt wurde alles auf meinen Namen übertragen: das Lockhart-Haus, das Geld für die Erziehung von Harper.

Violet verlässt fast nie das Haus. Wir wollen nicht riskieren, dass irgendjemand sie erkennt. Deshalb werden wir, sobald Jay sein Geständnis abgelegt hat, einen Umzugswagen packen und nach Kalifornien fahren. Nicht nach San Francisco, sondern an einen sonnigeren Ort. Wir schauen uns derzeit Häuser in San Diego an, helle Bungalows in Strandnähe.

Dort können wir endlich eine richtige Familie sein, nur wir drei. Dank Violets Großmutter werden wir mehr als genug Geld haben; keiner von uns wird arbeiten müssen. Rechtlich gesehen werden wir uns meine Identität teilen und uns beide als Sloane Caraway ausweisen, aber jedem erzählen, wir wären Schwestern. Ich nenne mich jetzt Caitlin, das macht es einfacher.

Sobald wir uns eingelebt haben, möchte ich meine Mutter überreden, zu uns zu kommen. Das warme Seeklima wird ihren Gelenken guttun. Aber nicht nur das. Sie liebt Harper genauso sehr wie ich; freitags geht sie sogar mit uns in den Park und schiebt Harper auf der Schaukel an. Sie kümmert sich um sie wie eine Großmutter, kneift sie in die Wangen und steckt ihr Hershey's Kisses zu, wenn sie glaubt, dass niemand hinsieht.

Meine Liste der Lügen ist jetzt kürzer. Lüge Nr. 1: Ich bin die einzige Sloane Caraway. Lüge Nr. 2: Violet Lockhart, Harpers Mutter, ist tot. Lüge Nr. 3: Ich habe nichts empfunden, als ich Jay heute Morgen im Gefängnis sah.

Diese letzte Lüge über Jay ist die, von der ich wünschte, sie wäre wahr. Aber als sich unsere Blicke trafen, setzte mein Herz einen Schlag aus, mein Magen zog sich zusammen. Dies ist die einzige Lüge, die Violet nie erfahren darf. Die, die ich so tief begraben werde, dass sie nicht atmen kann.

Denn ich habe mein Happy End gefunden. Es ist nicht das Ende, von dem ich geträumt habe, als ich Jay im Park kennenlernte, nicht das, von dem ich glaubte, es zu wollen, aber es ist besser so. Dank ihm habe ich das gefunden, wonach ich mich mein ganzes Leben gesehnt habe. Eine Schwester. Und nicht nur irgendeine Schwester: einen Zwillingszwilling.

Nicht blutsverwandt, aber seelenverwandt.

DANK

Danke an Elisabeth Weed, die von der ersten Seite an dieses Buch – und an mich – geglaubt und meine kühnsten Träume in die Realität umgesetzt hat. Deine Kenntnis, deine Anleitung und Unterstützung waren ein wahres Geschenk, das alles andere als selbstverständlich ist. Ich bin dir für immer dankbar. Ein großes Dankeschön an das gesamte Team von The Book Group für eure Unterstützung und an DJ Kim, deren Name in meinem Posteingang mir immer ein Lächeln ins Gesicht zaubern wird.

Danke an James Melia, dessen scharfsinnige redaktionelle Vision und Brillanz ebenso groß ist wie die Begeisterung und Wärme, mit der er sie vorträgt. Es war eine Freude, mit dir zusammenzuarbeiten; du hattest mir versprochen, es würde ein großer Spaß werden, und du hast üppig geliefert. Ich bin der größte Glückspilz der Welt. Vroom vroom!

Danke an das gesamte S&S-Team, das leidenschaftlich und unermüdlich gearbeitet hat, um den Lesern die beste Version dieses Romans zu bieten, insbesondere: Jennifer Bergstrom, Sally Marvin, Jessica Roth, Mackenzie Hickey, Aimee Bell, Wendy Sheanin, Liv Stratman, Caroline Pallotta, Alysha Bullock, Esther Paradelo, John Vairo und Matt Attanasio. Danke für jede Minute eurer Zeit.

Danke an Michelle Weiner, Filmagentin der Extraklasse, die sich von Anfang an für dieses Buch eingesetzt hat. Ich fühle mich so geehrt, dich auf meiner Seite zu wissen.

Danke an Jenny Meyer und Heidi Gall, dafür, dass ihr dieses Manuskript der Welt zugänglich gemacht habt. Ihr habt Wunder bewirkt.

Danke an Liz Gazin für die Freundschaft, die dieses ganze Buch inspiriert hat. Du hast ein Herz aus Gold; wer dich kennt, liebt dich. Du bist die beste Cheerleaderin, die man sich wünschen kann.

Danke an die McGibbon-Frauen: meine Patentante Josie und meine Patenschwestern, Amalia und Chloe, die von ganzem Herzen Anteil genommen haben an meiner Freude auf dieser Reise, auf all meinen Reisen. Chloe, meine beste Freundin von Anfang an, für immer und ewig, danke, dass du bei jedem Schritt dabei warst.

Danke an Kelsey Cox und Marcie Haydon, die dabei waren, als ich die E-Mail bekam, die den Anstoß zu diesem Abenteuer gab, und die mich angefeuert, mit mir gefeiert und mich gekrönt haben. Ihr seid die Besten.

Danke an Shannon McClintock für die unendliche Begeisterung und Ermutigung, die mich aufgemuntert hat und niemals nicht ranging, wenn ich anrief. Ich hätte diese letzten paar Jahre ohne dich nicht durchgestanden.

Danke an Jenna Newburn, die mich immer in meinen Träumen ermutigt hat, die mich auf jeder Kostümparty, die ich besucht habe, begleitet und mir vor langer Zeit beigebracht hat, dass, wenn man etwas verloren hat, man in seinen Taschen nachsehen sollte. Du bist Sonnenschein pur. Carpe diem, meine wunderschöne Freundin.

Danke an Martha Scurr, meine Lieblings-Lesepartnerin, die mich bei jedem Schritt angefeuert und jedes Word-Dokument gelesen hat, das ich ihr geschickt habe. Ich bin dir so dankbar für deine Freundschaft. Denk daran: Wenn ich das kann, kannst du das auch!

Danke an Miranda Leggett und Rachel Rose, meine brillanten Testleserinnen. Euer positives Urteil war der Anstoß, den wir brauchten, um dieses Baby in die Welt zu schicken. Danke für eure aufschlussreichen Änderungen, euren unübertroffenen Witz und eure Freundschaft.

Danke an Emma Pattee, Kate Fagan, Clare Leslie Hall, Christina Li und Sanam Mahloudji, es ist mir eine Ehre, dass mein Debüt zusammen mit euren brillanten Romanen erscheint. Eure Freundschaft war ein unerwarteter Schatz.

Danke an Liane Moriarty, Katy Hays, Amy Tintera und Liv Constantine, dafür, wie ihr mir großzügig eure Zeit und Unterstützung geschenkt habt; danke für den Weg, den ihr angehenden Autorinnen bereitet, und für eure Bereitschaft, jene zu fördern, die in eure Fußstapfen treten.

Danke an meine Tanten, Onkels und Cousins, von Küste zu Küste. Familie ist alles. Ihr seid alles. Ich habe so ein Glück, dass ich zu der lustigsten, nettesten, herzlichsten Gruppe von Menschen gehöre. Besonderer Dank geht an meine Tante Dina, deren Großzügigkeit grenzenlos ist und die mich seit meinem ersten Buch als Schriftstellerin ernst genommen und mich vor vielen Jahren eingeladen hat, in ihrem Buchclub zu sprechen, außerdem an Tante Lori, die von jedem meiner Manuskripte ein Exemplar haben möchte und schon lange ein Fan war, bevor ich es verdient hatte.

Danke an Teresa Morrissey, Laura Rubenstein und Alexis Donaire für zwanzig Jahre Freundschaft, dafür, dass ihr mich aufgebaut, mir Liebe gegeben, mich zum Lachen gebracht und mich geistig bereichert habt. Danke, dass ihr diejenigen seid, die mich daran erinnern, dass ich schon immer eine Autorin war, weil ich schreibe; der Rest ist das Sahnehäubchen auf der Torte. Wir haben solches Glück, dass wir uns gegenseitig haben, durch dick und dünn und alles, was noch kommen wird!

Danke an Jim und Holly Stava, meine liebevollen Schwiegereltern, die mich vom ersten Tag an mit offenen Armen in ihrer Familie willkommen hießen. Danke, dass ihr immer an mich glaubt.

Danke an meinen Bruder. Jemand hat mich einmal gefragt, ob ich mir jemals gewünscht habe, eine Schwester zu haben, und ich habe ehrlich geantwortet: nein, nicht ein einziges Mal, ich habe schließlich Noah. Hätten sie mich allerdings gefragt, ob ich mir manchmal wünschte, ein Einzelkind zu sein … War natürlich nur ein Witz. Ich liebe dich. Du bist eine Inspiration und der beste Bruder, den sich eine Schwester wünschen kann. Ich hoffe, du bist nur halb so stolz auf mich, wie ich es auf dich bin.

Danke an meine Eltern: Mit euch habe ich im Lotto gewonnen. Danke für eure endlose Liebe und Unterstützung, für ein Elternhaus voller Bücher und dafür, dass ihr mir immer das Gefühl gegeben habt, die ganze Welt würde mir offenstehen. Mom, du wusstest lange vor mir, wovon dieses Buch handeln würde – natürlich wusstest du es, denn du hast immer das große Ganze im Blick und warst immer mein Leitstern. Dad, es war das größte Geschenk, mit dir die Liebe zu Büchern zu teilen. Dein Rotstift – und deine Schlagfertigkeit – hat meine Schreibkünste geschärft und verbessert, solange ich denken kann.

Danke an Beckett und Margot, die Lichter meines Lebens, dafür, dass ihr mein Herz für eine Liebe geöffnet habt, die ich nie für möglich gehalten hätte.

Danke an Jensen, für deine Unterstützung und Ermutigung, dafür, dass du niemals Zweifel daran hattest, dass dieses Buch Gestalt annehmen würde, aber vor allem für das schöne Leben, das wir uns gemeinsam aufgebaut haben. Danke für all deine Liebe.

Emily Rudolf
Die Auszeit

Es sollte die perfekte Auszeit werden: Die Influencerin Viktoria Kaplan und ihre fünf engsten Vertrauten wollen in einem Retreat in den Alpen das Leben feiern. Sie sind jung, schön und erfolgreich, und die ganze Welt soll an ihrem Glück teilhaben. Doch unter der Oberfläche brodeln Spannungen. Aus Freundschaft, Liebe und Sex wird Eifersucht, Neid und Hass. Jeder der Anwesenden macht sich verdächtig. Aber das Retreat liegt lange nicht so versteckt, wie alle dachten, und bald zieht ein mörderischer Sturm auf.

»Unheimlich brillant und packend – verpassen Sie Emily Rudolf nicht!« Arno Strobel

Thriller
480 Seiten, Klappenbroschur
978-3-651-00128-2

Weitere Informationen finden Sie auf
www.fischerverlage.de

Emily Rudolf
Das Dinner
Alle am Tisch sind gute Freunde. Oder?

Alte Freunde. Neue Lügen. Mörderische Wahrheit. Für ein Wiedersehen laden Jonathan und seine Verlobte Lotta die alte Freundesgruppe in ein abgelegenes Restaurant in der Eifel ein. Nur ein Platz bleibt leer: Vor fünf Jahren ist ihre Freundin Maria spurlos in der Nacht verschwunden. Um der alten Zeiten willen beginnen die Freunde ein Krimi-Dinner. Doch das Spiel verschmilzt rasch mit der Realität. Verstörende Erinnerungen kommen hoch und werfen Fragen auf: Wer lügt für seine Rolle, wer für sich selbst? Während draußen ein Sturm aufzieht, eskaliert das Spiel. Ist Maria noch am Leben? Oder sitzt ein Mörder mit am Tisch?

Thriller
464 Seiten, Klappenbroschur
978-3-651-02515-8

Weitere Informationen finden Sie auf
www.fischerverlage.de

Caro Carver

Bad Tourists

Sie sind gute Freundinnen. Aber noch bessere Lügnerinnen

Die Freundinnen Darcy, Camilla und Kate reisen auf die Malediven, um Darcys Scheidung zu feiern. Das exklusive Sapphire Island Resort mit luxuriösen Privatvillen, kristallklarem Wasser und weißen Sandstränden scheint der perfekte Ort, um sich zu entspannen. Doch die drei Frauen verbindet keine gewöhnliche Freundschaft: Ein traumatisches Ereignis in ihrer Vergangenheit hat sie zusammengeführt – und lässt sie auch auf den Malediven nicht los. Als ein Mann verschwindet, müssen Darcy, Camilla und Kate sich fragen, wie gut sie einander wirklich kennen …

Aus dem Englischen von Janine Malz
448 Seiten, Klappenbroschur
978-3-596-72022-4

Weitere Informationen finden Sie auf
www.fischerverlage.de